# 威 兰

[美]查尔斯·布朗 著

王秀萍 曲 洪 译


# 瓦塞克

[英]威廉·贝克福德 著

王丹红 译

浙江工商大學出版社
ZHEJIANG GONGSHANG UNIVERSITY PRESS

**图书在版编目(CIP)数据**

威兰 /（美）查尔斯·布朗著；王秀萍，曲洪译.
瓦塞克 /（英）威廉·贝克福德著；王丹红译. —杭州：
浙江工商大学出版社，2016.7(2017.9 重印)
（西方经典哥特式小说译丛 / 蒋承勇主编）
ISBN 978-7-5178-1680-5

Ⅰ. ①威… ②瓦… Ⅱ. ①查… ②威… ③王… ④曲
… ⑤王… Ⅲ. ①长篇小说－美国－近代②长篇小说－英
国－近代 Ⅳ. ①I712.44②I561.44

中国版本图书馆 CIP 数据核字(2016)第 131363 号

| | | | |
|---|---|---|---|
| **威 兰** | | **瓦塞克** | |
| [美]查尔斯·布朗 著 | | [英]威廉·贝克福德 著 | |
| 王秀萍 曲 洪译 | | 王丹红 译 | |

| | |
|---|---|
| **出 品 人** | 鲍观明 |
| **丛书策划** | 赵 丹 |
| **责任编辑** | 田 慧 |
| **责任校对** | 胡亚娟 陈晓雯 |
| **封面设计** | 林朦朦 |
| **责任印制** | 包建辉 |
| **出版发行** | 浙江工商大学出版社 |
| | （杭州市教工路 198 号 邮政编码 310012) |
| | （E-mail:zjgsupress@163.com) |
| | （网址:http://www.zjgsupress.com) |
| | 电话:0571－88904980,88831806(传真) |
| **排 版** | 杭州朝曦图文设计有限公司 |
| **印 刷** | 杭州五象印务有限公司 |
| **开 本** | 880mm×1230mm 1/32 |
| **印 张** | 10.5 |
| **字 数** | 252 千 |
| **版 印 次** | 2016 年 7 月第 1 版 2017 年 9 月第 2 次印刷 |
| **书 号** | ISBN 978-7-5178-1680-5 |
| **定 价** | 37.00 元 |

# 总　序

蒋承勇

　　哥特式小说,作为一种独特的文学类型,是由 18 世纪的英国小说家贺拉斯·沃波尔首创的。他的小说《奥托兰多城堡》作为黑色浪漫主义的发轫之作,不仅引领了当时的哥特式小说创作风潮,而且也成为随后而起的欧洲浪漫主义文学运动的动因之一。与某些昙花一现或盛极而衰的文学类型和文学流派不同,哥特式文学发展虽然经历了跌宕起伏,但依然顽强地生存了下来,并于 20 世纪 70 年代开始在西方复兴,还由文学扩展到其他文化艺术领域,基于哥特式文学创作的哥特式批评和研究也成为当代西方批评的一个热点。正如琳达·拜耳-伦鲍姆(Linda Bayer-Rerenbaum)在《哥特式想象:哥特式文学和艺术的扩展》(*Gothic Imagination*:*Expansion in Gothic Literature and Art*,*Fairleigh Dickinson University Press*,1982)一书中写道:"十年前,当我开始研究哥特式主义时,'哥特式复兴'才刚刚兴起。尽管哥特式文化现象已开始浮现,如电影《罗丝玛丽的婴儿》(*Rosemary's Baby*)已上映,但是,当时的普通读者甚至学者对'哥特式主义'这个术语及其特定的含义,都还很陌生,甚至最好的大学的英语系也很少开设哥特式文学课程。当我告诉朋友,我正在从事哥特式主义的研究时，只有少数人熟悉这种文学类型，或者能够记起一部哥特式小说的名字。大多数人只是想掩饰自己的无知，礼貌性地笑一笑说：'噢，这个太专了吧。'而在十年后的今天，'哥特式'这个词已是家喻户晓。最近，我在一家我最经常光顾的百货商场的书店里看到，在'烹调类'和'非小说类'图书旁边整整一个过道上都是'哥特类'图书，超过一百种可供挑选。电影《驱魔人》（*The Exorcist*）——一部哥特式经典之作，比起先前的电影，吸引了更多的人，而小说《驱魔人》也售出七百多万册。过去十年中，我们耳闻目睹了超自然、占星术、哥特式科幻小说甚至经典哥特式文学的复兴。时至今日，人们很难看到在美国有哪所大学不开设哥特式文学课的。哥特式文学由于越来越受欢迎，其地位也已获得学界的首肯。"哥特式小说在18—19世纪的繁荣之中确立了它的美学范式和风格，并由此在西方文学中形成了哥特式文学传统。其后的发展也与时俱进。在19世纪，哥特式文学的新发展就是同现实主义融合，为该时期许多主流作家所用，如简·奥斯汀、狄更斯、勃朗特姐妹等。此外，哥特式也见于其他流派主要作家的创作，如霍桑、爱伦·坡、王尔德、亨利·詹姆斯、梅里美和波德莱尔等。他们要么创作了哥特式小说，要么在自己的创作中运用了哥特式风格和元素。到了20世纪，哥特式元素和风格为许多作家所青睐，哥特式文学再度出现繁荣，如福克纳、理查德·莱特、弗兰纳里·奥康纳、安妮·莱斯、托妮·莫里森等都创作了颇具特色的美国南方哥特式小说，其中不乏获诺贝尔文学奖的作家作品。当代美国作家斯蒂芬妮·梅尔的《暮光之城》小说系列以及由此改编的电影，更是让哥特式文学在全球读者和观众面前绽放异彩。

面对西方哥特式文学传统及其演进和当代复兴，面对西方哥特式文学和艺术研究持续不断的深入和拓展，我国学界对哥特式文学的研究显得相对滞后，理应引起外国文学研究者的足够关注。李伟昉教授认为,英国哥特式小说研究是一个新的富于挑战性的课题。之所以这样说,主要原因是:受以往既定的政治标准和阅读思维定式的影响,国内对产生于 18 世纪后期的英国哥特式小说这样一个曾经深刻影响过 19 世纪以来西方文学的"黑色小说"流派,在译介和研究上显得非常滞后,国内读者对其还十分陌生。从国外方面看,20 世纪 80 年代前,哥特式小说的研究明显不足,且评价不高。80 年代后,西方对哥特式小说的研究出现日趋高涨的热潮。因此无论在国内还是国外,英国哥特式小说都是一个值得充分重视并大有可为的研究领域。不过,据本人陋见,早在 20 世纪 80 年代,国内就已有学者开始关注哥特式文学了。我在上海师范大学读硕士研究生时,我们的老师朱乃长先生就要我们翻译亨利·詹姆斯的《螺丝在拧紧》作为翻译作业;正是从他那里得知,这是一部哥特式小说;也正是从那时起,知道西方文坛中还有哥特式文学这样一朵奇葩。2003 年在台湾出版的高万隆教授译作——贺拉斯·沃波尔的哥特式经典之作《奥托兰多城堡》,正是他在朱乃长先生指导下的文学翻译习作。这是我见到的最早的中文译本了。此后,马修·刘易斯的《修道士》、玛丽·雪莱的《弗兰肯斯坦》和布莱姆·斯托克的《德拉库拉伯爵》等经典哥特式小说的中译本在国内不同出版社出版。

国内对哥特式文学的研究始于 20 世纪 90 年代。在其后的 20 余年间,哥特研究形成了一定规模,且呈现多元态势:肖明翰、韩加明、高继海、高万隆等撰文梳理并探讨了英国哥特式小说的发展;黄禄善等从多维度深入解读了哥特式小说文本;李伟昉等对哥特式小说的美学理论及其渊源进行了追溯和探究。此外,李伟昉等还从比较文学的角度研究了英国哥特式小说。近几年还有不少文章从女性哥特式文学的理论立场出发,对女性文学的经典之作进行重读和诠释。另外一个值得关注的现象是,近年来,英语语言文学或比较文学与世界文学研究生的论文有许多都涉足哥特式文学研究。由此可见，伴随着国外"哥特式"的复兴，"哥特式"也逐渐成为我国外国文学研究的热点问题之一。

然而，遗憾的是，至今国内尚无西方哥特式文学经典的系统性翻译。有鉴于此，2011 年，浙江工商大学比较文学与世界文学省级重点学科将"西方经典哥特式小说译丛"列为重点项目之一。"西方经典哥特式小说译丛"从起笔到付梓，历时五年多之久。这套译丛在国内首次以系列方式推出，无疑有助于推动国内读者对西方哥特式文学的了解，也有益于推动国内学界对哥特式文学的研究。第一批"西方经典哥特式小说译丛"选译了 18—19 世纪最有代表性的西方哥特式小说经典之作。之后，还将继续选译和出版 20 世纪的哥特式小说经典。我相信，这不仅是我们的期待，也是读者的共同期待。

本译丛的译者多为工作在高校教学和科研第一线的教师和学者，教学科研任务繁重，但他们不辞辛苦，为这套译丛的翻译付出了艰辛的劳动。在此，向他们表示敬意。此外，对于浙江工商大学出版社对这套丛书在编校和出版方面所付出的努力也深表感谢。

# 译者序

查尔斯·布朗(Charles Brown，1771—1810)，是美利坚历史上第一位以写作谋生的美国人，浪漫主义小说的先驱，美国小说之父，一生著有7部小说。1798年，他完成了代表作《威兰》——一部哥特式的恐怖小说。这部革命性的著作承载着太多美国历史上的"第一"——出自第一位美国职业作家之手，是美国文学史上的第一部小说，也是第一部美国哥特式小说。

布朗生于费城，曾在亚历山大·威尔考克斯学院学习法律，毕业后当过律师。由于性格倔强，政治上日趋激进，加上酷爱文学，他很快就与法律分道扬镳，后迁居纽约。在纽约，他结识了英国著名作家威廉·戈德温(William Godwin，1756—1836)，并深受其作品尤其是哥特式小说《凯莱布·威廉斯传奇》的影响，这促使布朗开始转向哥特式小说创作。回到费城后，布朗便开始了笔耕生涯，并以狂热的激情在两年内写出了4部美国哥特式小说：《威兰》《阿瑟·默文》《奥蒙德》和《埃德加·亨特利》。

小说《威兰》以怪诞、恐怖、神秘为基调，由威兰的妹妹克拉拉讲述威兰一家伊甸园般的幸福生活是如何被一些神秘的声音所搅乱而最终家破人亡的。《威兰》上演了一场宗教信仰极端化的噩梦，老威兰是一个狂热的清教徒,并最终将自己的性命作为祭礼献给了上帝。威兰是启蒙主义的信徒,却被一些"声音"驱使最终走向宗教疯狂和毁灭。布朗成功地将传统的恐怖哥特式小说技巧同美国的场景结合起来,并出色地描绘了威兰复杂的恐怖心理。他力图通过他的"哥特世界"让美国小说摆脱简单说教的模式,给予小说更开阔的释义空间。他的小说根植于美国文化的土壤之中,主题鲜明,较多地观照个体人物的命运及其矛盾的内心世界,作品极富自由想象的张力。

1926年,美国评论家帕蒂(Fred Lewis Pattee,1863—1950)再版了查尔斯·布朗的《威兰》并为其作序,由此通过美国哥特罗曼司的"第一样本"——《威兰》,为读者开启了通往美国哥特式小说之门,并引起了一代评论家对美国哥特式小说的热情和关注。帕蒂将《威兰》看成一部以哥特式手法写成的美国悲剧,是对伊甸园般新世界所做出的承诺的悲观回应。《威兰》是对英德哥特传统的继承与发展。在流派上,美式哥特更偏好于继承安·拉德克利夫及德国哥特罗曼司中的理性主义传统,这一选择奠定了美国小说中的哥特传统,并对后来美国小说的发展产生了深远的影响。在创作手法上,《威兰》巧妙地继承了安·德拉克里夫学派的"英国哥特血脉",并创造性地发展了这一学派对"超自然""预言性的梦"等哥特创作手法的应用,使其具有"美国哥特"的标记,但又不同于英德哥特式小说。在这些梦中,并没有上帝或超自然神灵的干预,而更多地充满了心理暗示,这更增强了小说神秘与恐怖的效果。在主题的选择上,《威兰》呈现了美国建国初期的现实情况。那时,新建国家的众多不确定使每个个体都具有"邪恶"的潜能,这就确定了美国哥特式小说最初的、根本的主题,如家庭解体,乱伦,谋杀,种族与色情暴力,自然环境的污染,等等。美国社会不再被描绘为是"圣殿般的",而是"摧毁了的伊甸园""堕落的世界",一切都变成了充满哥特式阴暗与恐怖的画面。赫尔曼·梅尔维尔(Herman Melville，1819—1891)在对纳撒尼尔·霍桑(Nathaniel Hawthorne，1804—1864)的《古宅青苔》一书的评论中，将美国哥特式文学的精神动力比作"黑暗的力量"。这些黑暗的元素，如：对自身的恐惧、对孤独与无家可归的恐惧、心灵的骚乱、社会的动荡、本体的冲突与困境、精神的淤积、心灵困陷等，构成了自查尔斯·布朗的《威兰》到史蒂芬·金(Stephen King，1947—    )的《魔女嘉丽》等美国哥特式小说的一贯主题。与英德哥特式小说前辈相比，查尔斯·布朗更加关注人物的心理世界，并成功地将表象世界和潜意识的心理世界有机统一起来。在他的笔下，外部世界的客观物质有了与其人物内心世界相通的心理内涵。这是布朗对英德哥特传统的又一发展。1944年，在《肯萨斯大学城市评论》上一篇题为《查尔斯·布洛克登·布朗——天启者》的文章中，乔治·斯奈尔(George Snell)给予布朗如下评价："他是一个文学传统的缔造者，这个传统影响了比他更伟大的一批作家，并继续灌溉着当今一些严肃的小说创作。在布朗身上，我们发现了一个新的文学学派，其特征是：魔鬼般的、令人毛骨悚然的、具有天启性的。这是一个新的开始，美国小说新的方向已有了雏形。"

圃于本书译者经验不足，水平有限，书中的错误在所难免，诚挚地希望广大读者及专家学者批评指正，以便日后可以进一步修订拙译。

# 译者序

威廉·贝克福德（William Beckford，1760—1844），英国人，一生著述不多，《瓦塞克》是其仅有的一部小说，也是其生平最有影响力的一部作品。它与贺拉斯·沃波尔（Horace Walpole，1717—1797）的《奥托兰多城堡》和玛丽·雪莱（Mary Shelly，1797—1851）的《弗兰肯斯坦》齐名，是早期哥特式文学的代表作之一。

《瓦塞克》，又名《瓦塞克，一个阿拉伯神话》或《哈里发瓦塞克的故事》，写于1782年，最初由法语创作而成，但这一法语版的故事直到1787年才由作者在巴黎等地正式出版。1786年，一个叫塞缪尔·亨利（Samuel Henley）的牧师，根据尚未出版的手稿将它译成英文，作为一个阿拉伯神话先行出版了，出版时没有作者署名，并宣称是从阿拉伯手稿翻译而来，为此还引发了作者与译者之间的一场纠纷。

该书讲述了一个阿拉伯国家的哈里发——瓦塞克为了至高无上的权力和所罗门的宝藏，在异教徒的诱导和巫婆母亲的唆使下，一步步背弃伊斯兰信仰，最终堕入地宫饱受炼狱之苦的故事。故事中充斥着洞穴深渊、精灵鬼怪、巫术魔法等典型的哥特元素，离奇怪诞的恐怖描绘也不在少数，但这些尚不能体现它的独到之处。作者受法国东方学家、翻译家与考古学家安托万·加朗（Antoine Galland，1646—1715）翻译的《一千零一夜》的启发，创作了这么一部颇具东方色彩的奇幻小说。小说由中东真实的历史人物出发，将故事置于伊斯兰文明与文化的大背景下展开，在沃波尔开创的哥特式文学传统中融入了当时英国社会热衷的东方元素。正是这种东方性，成就了《瓦塞克》在哥特式文学史上独树一帜的地位。

阅读此书，我们会不时地产生这样的错觉，以为故事的主人公就是作者自己。瓦塞克是一个生活放荡、专横傲慢的君主，他沉溺于物欲与情欲的享受，却依然不满足，建起了一座有一万一千级台阶的高塔，妄图眺望世人在地面上看不到的景象。威廉·贝克福德，正如原作引言所介绍的那样，是个从小见惯了饕餮盛宴的富家子弟，曾一度被称为"英格兰最富有之子"。1784 年秋，他因双性恋丑闻，被迫与妻子、女儿流亡瑞士。1796 年重返伦敦后，他雇请当时著名的建筑设计师詹姆斯·怀亚特（James Wyatt，1746—1813）建造芳特希尔大教堂（又名芳山修道院）。这座哥特式建筑中也有一座塔楼，建造的过程体现了作者对高度的极致追求。他原本计划塔高 145 英尺，但很快决定将其升至 300 英尺，其最终的实际高度，按照肯尼斯·克拉克在《哥特复兴：一篇趣味史中的随笔》中的记载，是 276 英尺。难怪威廉·贝克福德将沃波尔的草莓山庄戏称为"哥特捕鼠器（Gothic mouse-trap）"。此外，芳特希尔也是贝克福德展示家族荣耀的博物馆。其中收藏了包括法国皇室家具、文艺复兴时期的绘画在内的价值连城的藏品，不胜枚举。据说，1823 年，当贝克福德不得不出售芳特希尔时，各种器物 37 天才卖完。因此，可以毫不夸张地说，贝克福德就是"芳特希尔的哈里发"。

也许正是因为这里面有他自己的影子，贝克福德三天两夜就写出了这个故事。《瓦塞克》的故事表面上教导人们虔心奉教，以宗教的救赎贯穿始终，却以主人公的彻底堕落而结束。读到这样的结局，联想 18 世纪的英国，读者或许会有另外一番感受。在作者所处的那个时代，伏尔泰、卢梭和康德已经大行其道，宗教对于知识分子而言不过是一种仪式和文化背景。作者实际上是借瓦塞克的经历写出了自己在生活中从未实现的梦想，也写出了从中世纪到现代的血脉走向。这里有理性与疯狂的交织、古典与浪漫的矛盾，也有自我的放纵与救赎，以及对天堂与地狱的双重渴望。或许这也是我们今天重读这部小说的意义所在吧。

最后，感谢这套丛书的总负责人高万隆教授，是高教授的信任使我有幸成为翻译团队的一分子，参与到哥特式小说译介这一浩大的工程中去。感谢高教授将《瓦塞克》介绍给中国读者，也让我这个译者得以如此近距离地接触这一哥特式文学的经典之作。

囿于译者的经验与水平，书中错误在所难免，敬请各位专家读者批评指正。

# 目　录

# 威 兰

查尔斯·布朗 著

王秀萍 曲 洪 译

表里不一必偏离美德；善行是笔直正道，邪恶则通向灭亡。

# 致读者

  下面奉献给大家的是系列故事中的第一个，因深受读者喜爱，作者付之铅印，其目的既不是为了作者自己，也不是一时兴之所致，而是旨在描绘人类道德品质的一些重要方面。至于是将其列入平凡的、毫无意义的娱乐故事之流，还是归入少数因有益于世人而世代流传的名作之列，当由读者来做出评判。

  故事情节实属罕见，某些情节堪称离奇，但并非不可思议。期望读者不要反感书中的人物描写。这样的人物描写方式恰到好处地体现了人性。小说主要人物所拥有的超常能力确有其事，虽说这种情况千载难逢，但却有史可查。

  有些读者认为青年威兰的所作所为是不可能的。为了证明其可能性，作者请教了医生及熟悉间歇性妄想症的人们，不可否认，类似的例子的确很少，但确实存在。把这类话题用最具有教育意义、最难忘的方式描述出来，是文以载道。如果大多数读者能够通过这个故事，回忆起与威兰的故事高度契合的真实案例，并从中得以启发，对于作者来说，已足矣。

  另一点需要说明的是，故事是以书信形式讲述的，女主角是故事的陈述者。她将此事讲给少数几位朋友听,因为他们对此事极其好奇。同样需要说明的是,这些事情发生在法印战争结束至美国独立战争爆发初期之间。小说结尾处提及的卡尔文的回忆,将根据读者对现有版本的反响决定出版与否。

查尔斯·布朗
1789 年 9 月 3 日

# 第一章

　　我非常愿意满足你的要求，但你并不完全了解我为何悲哀，因为你对我内心深处的痛苦全然不知。因此尽管你努力安慰我，但肯定不起作用。我讲这件事情的目的不是博取你的同情。虽然我身陷绝望的深渊，但我决不放弃尽绵薄之力来做一些对人类有益之事。我承认你有权利了解我家人的近况。对我接下来要讲的这个故事，你就按照你认为合适的方式随意处置吧。如果公之于世，那么它将会劝导世人有责任避免欺骗他人。它将例证儿时经历的影响，同时也将展现错误的或有缺陷的行为会造成无法估量的苦难和伤害。

　　尽管我处在这种状态，但我还是很平静。我的心不再充满希望，未来对我没有任何吸引力。对于将要发生的一切，我全都漠不关心。至于我自己，已无所畏惧。命运对我已经非常残酷，从今往后，我对不幸将会漠然处之。

　　我没有向上帝哀求，因为支配世间万物诸事的上帝已经做了选择。那道决定我处境的旨意，也绝不会收回。毫无疑问，这与永远公正的基本准则是一致的。对于这一点，我既不心怀疑虑，也不否定。过去的已无法改变，这就够了。那场风暴撕碎了我们的幸福，使我们的生活从幸福的天堂一下子跌到凄凉无比的地狱。现在风暴暂时趋于平静，但沉寂得令人害怕。当然，这只是两次风暴之间暂时的休眠。只有当受害人被伤害到体无完肤后，它才会真正地趋于平静；只有当它的淫威扫平一切阻碍之后，只当我们手里最后那一点点残留的美好被夺走并消失殆尽后，它才会真正地平静下来。

我的故事会使你震惊，使你同伴震惊，且这种震惊无以复加。倘若我所述说的故事没有事实依据，你可以拒不接受，因为这故事令人难以置信。没有哪个人的经历能与我的相提并论：芸芸众生中，只有我注定要承受这无望的命运，这也是史无前例的。的确，我惊诧我还活着，还有能力讲述发生在我身上的故事，而非所有的能力都已经被剥夺。因此先听我讲述，然后判定是什么使我应该遭受如此可怕而罕见的噩运。

我的祖上血统高贵，但我祖母却是商人的女儿。我祖父老威兰是土生土长的德国萨克森人，在兄弟姐妹中排行靠后。到了合适的年龄，他就被送到德国一所大学学习。假期时，他去周边地区四处游历。有一次，他到了汉堡，在这个命中注定的地方，他结识了一个名叫李欧纳·韦斯的商人，并成为他家的座上客。商人有个独生女，我的祖父很快爱上了这位姑娘，并且不能自拔，他在家人的极力阻止下还是迎娶了出身商人家庭的祖母。

祖父此举极大地触怒了他的家族，他被扫地出门，父子关系断绝，亲戚间停止来往。从此之后，祖父甚至被家族视为恨之入骨的敌人，得到的"款待"陌生而无情。

庆幸的是祖父在他岳父家里找到了庇护。他的岳父脾气不错，更因为与贵族联姻而感到骄傲，毕竟祖父的高贵血统是金钱无法换来的，因此，他岳父觉得，把女儿托付给这样的人，总的来说是值得的。虽说如此，但我祖父却觉得自己独立生存是义不容辞的职责。巧合的是，他年轻时为了消遣而学习的文学、音乐技能，现在却成为他谋生的手段。那时,几乎没有用萨克森方言创作的高雅作品,所以我祖父老威兰或许可被认为是德国戏剧的创始人。那位同姓的现代诗人①就是老威兰的同宗,而且在作品的成就或品味方面,或许只比老威兰稍强一点。我祖父把一生的时光都倾注在奏鸣曲创作和剧本编写上。他的作品颇受人们喜爱,但微薄的收入只够他过上捉襟见肘的生活。尽管如此,生活的不幸还是降临到他们头上,先是祖父盛年骤逝,随后祖母也撒手人寰。他们唯一的孩子,也就是我的父亲,由外祖父韦斯监护。我父亲在很小的时候就被送到伦敦的一个贸易商那里当学徒,并度过了七年奴隶般的学徒生涯。

我父亲的学徒生涯过得并不幸运。贸易商非常苛刻,我父亲的日程被安排得满满当当,每时每刻都要工作,没有一点空闲。虽说他的工作既艰苦费力又枯燥乏味,但习惯成自然,因此,我父亲也从未觉得身心受煎熬。他更没有因为向往更加繁花似锦、更加平坦的人生道路,而对目前从事的工作产生憎恨。虽说如此,但无休止的劳作和贸易商的苛刻态度,同样足以令父亲产生不满。贸易商不允许他有丝毫的娱乐,他工余时间要么把自己关在黑暗而阴郁的房间里,要么踯躅在狭窄而拥挤的街头。他的食物粗糙,住所简陋。因为郁闷和沮丧,他的心条件反射似的慢慢紧缩,并成习惯。他无法确定还需要什么才会拥有自己的幸福,他也并没有因为将自己的境遇和其他人的相比较而备受折磨。他这样的境况与他的年龄相称,也与他对命运的看法一致。他没有意识到自己正受到不同寻常的、不合情理的苛求。相反的是,他甚至利用其他商人学徒的境遇也和自己差不

---

① 这里指德国诗人克里斯多夫·马丁·威兰(Christoph Martin Wieland, 1733—1813),与歌德、席勒、赫尔德并称"魏玛古典主义四大奠基人",启蒙运动时期的重要作家,同时也是诗人、批评家、哲学家、出版家和翻译家。(译者)

多的猜想来安慰自己。在现实生活的困境中,父亲的生活单调乏味。

与祖父不同,父亲没有通过文学、音乐来消遣生活的条件,也意识不到书中所蕴含的启迪、教化力量。他没有读书的习惯,所以尽管他早在几年前就发现了一名阿比尔教派的学者或者说是法国新教徒写的一本书,但他将其束之高阁,从未想过完整地阅读这本书,甚至连了解一下这本书究竟讲什么的念头都没有。

一个星期天下午,他想到阁楼里静静地待上几分钟。命中注定的是,这本书意外地被打开了,巧合的是他被其中一页所吸引。当他在床沿坐下来,开始缝补衣服时,目光却始终停留在这页书上。最初引起他注意的是书上一行来自《马太福音》的文字:"寻找,就寻见。"他有些好奇,并继续往下看。他缝完衣服后,马上拿起这本书,如饥似渴地从第一页开始往下读,直到光线越来越弱,他才不得不将书本合上。

这本书对加尔文教派的教义做了详细的阐述,并对它的起源做了历史性的探究。他的心情特别适合接受虔诚的情感,那种经常萦绕在他心中的渴望现在已有了一个目标。他的心灵没有因对这一问题的冥思苦想而迷惘。白天他要学做生意,拂晓即要起身,直到夜深人静才回到栖身的小屋。现在他可以就着蜡烛,利用夜晚和星期天的时间研读这本书。当然,书中的《圣经》典故俯拾即是,所有的结论也都是从《圣经》中推导得出的。对于父亲来说,这已经足够了,《圣经》就是源泉。除此之外,没有必要对宗教真理的源流追本溯源,当然他也只能追寻到此。

父亲轻而易举地得到一本《圣经》后,便如饥似渴地进行研读。他曾受过独特的指导,理解力与众不同。他以同样独特的方式构筑所有的梦想,并很快形成自己的宗教信仰。由于书中每一个故事及其观点都是以加尔文教徒的视角来阐述的,再加上他对文本的理解较为肤浅，对里面观点的理解也很有局限性，因此，迄今为止，他对《圣经》还是一知半解。他时而害怕，时而情绪激动，经常焦虑不安，他幻想自己被教会的反对者诱捕而遭到围攻，时时处于戒备状态，只有无休止的祷告才让他有安全感。

虽然之前他从未放纵过自己，但现在却以更加严格的道德标准来约束自己。宗教那至高无上的权力已经影响到他的一举一动、一言一行。他禁止自己言谈轻浮、举止轻率。他神态悲哀，总在忏悔祈祷。他极力继续保持对上帝的敬畏，并相信上帝无处不在、无所不能。与此无关的想法，一概被他极力排斥于脑海之外，因为他觉得，让这些无关的想法侵入头脑，那是亵渎具有最高权威的、神圣的上帝，是一种罪过，是日日夜夜、年年月月精神和肉体的极度痛苦也无法救赎的。

两年过去了，他的生活没有什么重大变化。本以为他的热情会减弱，勇气会消退，从而让他有时间产生怀疑，但渐渐地怀疑越来越少，持续的时间也越来越短。相反，每一天他都更坚信目前的思维模式和行为方式。最后，他对信仰的坚守达到了知行合一的境界。他的学徒生涯马上就要结束了，要考虑未来的发展。按我祖父的遗嘱，到了这个年龄，他有资格继承一小笔钱财，但这小笔资产不足以令父亲安身立命，想要经商家底不够，而且也不可能指望苛刻的贸易商慷慨相助，再加上宗教信仰的原因，父亲想要寻找英格兰之外的新的落脚之地。促使父亲离开英格兰还有一个最重要的、无法抵抗的原因，那就是他认为在不信宗教的民族中传播福音的真理是他不可推卸的职责。他沉迷于这样的想法，无法自拔，尽管一开始，他对传道士生活所面临的危险和艰难感到恐惧。因为怯懦，他挖空心思想找出退却的理由和借口，但发现这些理由和借口根本不可能动摇他履行传播福音职责的信念。每当与他的激情产生新的冲突后，这个信念总能获得新的力量。最后，他决心按照上帝的旨意去行动。

北美印第安人成为父亲救赎的首选对象。他奴隶般的学徒生涯一结束，便变卖了自己仅有的财产，登上客船义无反顾地前往费城。但在那里，父亲感受到了现实的恐怖，近距离接触到的当地人的野蛮行为动摇了他的决心。他放弃了目标，在距费城几英里的斯库基尔买了一处农庄，定下心来开始耕作。土地和非洲奴隶（那时通常都雇佣非洲奴隶）的廉价，让这个欧洲穷人感受到有钱的所有好处。在这段时间里，新的目标、新的职业、新的交往几乎湮没了他年轻时虔诚的信念。他结识了一个性格文静、脾气温顺的妇人，她也像他一样没什么学问。他伸出手，她挽住了。他勤俭节约，艰苦劳作，就这样过了十四年。

十四年的勤奋劳作，换来了悠闲自得的生活。他可以把注意力放到自己所关注的事情上，那些虔诚的信念又重新萦绕在他的脑海，阅读《圣经》及其他宗教书籍再次成为他最喜爱的事。那些有关改变野蛮民族的古老信念又一次复活了，并且获得了极其强大的生命力。当然，除了以前存在的各种冲突外，他现在又多了为人父、为人夫的感情羁绊。这种心理挣扎持续了好长一段时间，而且一度非常激烈，但是他的责任感并没有被压制或削弱。

然而他的努力并没有获得永久的成功。有时他的布道会产生昙花一现的影响力，但更多时候是遭到嘲笑和侮辱。在追求这个目标的过程中，他遇到过一触即发的危险，经历过难以置信的疲乏、饥饿、疾病和孤独。野蛮情感的放纵，和堕落的乡下人的邪恶诡计，所有这一切都阻止了他继续前进的脚步。直到似乎真的看不到成功的希望，他才失去勇气；直到他心里觉得已解除了所谓的职责，他才停止。他拖着有些虚弱的身躯，终于回到家，得到了暂时的宁静。他遵循节俭、有序、严格的原则处理家庭事务；他不与其他任何教派联合，因为他并不完全认同其他任何教派。他认为宗教都是靠人们的崇拜而扬名立万的，但是这一点在他的信条里没有立足之地。他严肃地解释教义规定：做礼拜时，应重归孤独，排除任何干扰。按照他的观点，虔诚不仅仅是默默无闻的工作，也是必须单独行动的，因此中午一小时、午夜一小时的礼拜是适宜的。

父亲为自己建造了一座心目中的圣殿。在离家三百码的地方，有一块巨石。巨石的各个侧面陡峭、粗糙，周围长满了矮小的雪松，地面上铺满了碎石，凹凸不平。巨石东侧是悬崖峭壁，离悬崖六十英尺的谷底，有一条汩汩流淌的河流。河水清澈见底，穿行在岩石间，不时涌起波浪，泛起涟漪，欢快地流向远方。顺着河流极目远眺，两岸是一望无尽的玉米地和果园。他在巨石的顶部建造了一座在常人看来是避暑别墅的建筑，看上去非常轻巧，像空中楼阁。巨石顶部只不过是块圆形的空地，直径十二英尺，去掉苔鲜和灌木，地面就是岩石。地面铲得非常平整，边上用十二根托斯卡纳式的柱子支撑起波浪形的圆形屋顶。我父亲提供尺寸和草图，并雇用能工巧匠按照自己的设计完成整个建筑的建造。整个建筑物内没有桌子、椅子以及任何装饰。

在这个圣殿中，每天二十四小时，他两次在这里救赎自己的灵魂，不要任何人陪伴，风雨无阻。只有身体不适，无法走动，才会使他间断或延迟这样的行动。他从不要求家人效仿他。至于其他人，尽管他们对自己的信仰也像我父亲一样虔诚，却几乎没有人能像我父亲这样宽容地对待他人的信仰，不责难和约束他人。我母亲也如我父亲一样的虔诚，但她所受的教育使她更适应另一种形式的膜拜。他们的住宅地处偏僻，远离他人，因此她不能参加任何常设的宗教集会，但她会效仿莫拉维弟兄会亲岑道夫敬虔派的信徒，在祈祷室里，在赞美救世主的旋律中准时地进行祈祷仪式。我父亲不会干涉她的安排。

父亲对其他人充满仁慈和温暖，而他自己的脸上却总是充满哀伤，尽管并不带严厉或不满之色。他的语调、他的手势、他的步伐，所有这一切都非常平静，非常和谐一致，始终带某种克制和谦卑，这使得那些不喜欢他的教义的人们对他保持尊敬。他们也许会叫他狂热的宗教徒或梦想家，但对他无可匹敌的公正和始终如一的正直表示敬重。公正、正直的信念是父亲幸福快乐的源泉。然而所有幸福与快乐都有终点。

始终笼罩着他的哀伤突然间加重了，有时他唉声叹气，有时甚至泪流满面。对于妻子的劝告，他很少回应。与人交谈时，他透露出自己没有很好地履行职责，因而心灵失去了宁静，因为他空有传道布教的信仰抱负，但却未能有效付诸实践。俗务的缠身、感情的羁绊浪费掉过多的时间，毕竟机遇稍纵即逝。他觉得现在最大的问题是因为自己没有遵从上帝的意愿，上帝已经把这个职责移交给他人，所以他现在唯一能做的就是接受各种惩罚。这是一种什么样的惩罚，父亲没有进行描述。按常理来说，这似乎不过是因一时犯了错误而遭受的内心谴责，然而他觉得他的罪过是无法救赎的，所以这种感觉更加强烈。没有感同身受的人根本无法想象他所忍受的痛苦。时间的流逝并没有减轻反倒是加重了他的负担，最后他暗示妻子，他的末日已经临近。他没有预示死亡的方式或时间，但头脑里却充满了死亡即将来临的想法，任凭他人如何规劝，都无济于事。他同样被另一种信念所折磨，那就是等待他的死亡方式是不同寻常的，也是非常可怕的。因此直到此时他的预测还是模糊的、不确定的，但这种想法足以使他在有生之年的每时每刻都饱受折磨，陷入无穷无尽的痛苦循环之中。

# 第二章

从俄亥俄州的海滨回家后,父亲整天待在家里,很少外出。直到八月的一天,因为有些债务,父亲不得不出门去处理。他在闷热的早晨离开麦丁根到城里去,直到傍晚才回来,看上去极度疲乏。他的沉默和沮丧也比平常更加显而易见。碰巧的是,我那位当外科大夫的舅舅要在我们家过夜,因此和我们一起见证了灾难的降临。直到后来,舅舅还经常对我们提起那个不眠之夜。

黄昏来临,和往常一样,父亲和家人坐在一起,但他却越来越不安,大家聊天时不说一句话。看起来他似乎全神贯注地沉浸于自己的思想中。偶尔,他面露警觉之色,身体一动不动,但神情激动地凝视着天花板,就这样不时地发作一下。家人们尽了最大的努力,试图打断他的幻想,可无济于事。恢复常态后,他也没有表现出诧异,只是把手压在额头上,用震颤、恐惧的声音抱怨他的头脑被烧成灰烬了,然后流露出深深的忧虑。

舅舅给他搭了一下脉,察觉到他身体不舒服,但还没有到令人担忧的程度,认为主要是用脑过度所致。舅舅劝告他心境要平静,头脑要镇定,但没有效果。到了就寝的时候,父亲回到自己的房间,在母亲的劝说下,他虽然宽衣上床,但依旧不安,没有任何东西能减轻他的症状。面对母亲温柔的劝慰,他严肃地制止:"别说了,我觉得只有一种解决办法,而且马上就要来了。你什么忙都帮不上,注意你自己的情况,祈祷上帝给你力量,让你坚强,渡过即将来临的难关。"母亲回答说:"我要担忧什么?你想到的究竟是什么可怕的灾难?"父亲说:"安静——到现在为止,我自己都不知道,但它会来的,马上就来。"母亲一遍又一遍地询问,一次又一次地表示不信,但父亲突然严厉地命令她安静,谈话戛然而止。

母亲从未见过父亲如此恶劣的情绪,印象中自己丈夫的行为举止都是和蔼可亲的。父亲态度的反差之大,犹如万箭穿心般伤害了母亲。她完全不知道该如何解释,也不明白究竟是什么样的灾难在威胁着她的丈夫。

同样反常的是,以往放在壁炉上的那盏灯被留在桌子上。桌子上方的墙壁上,挂着一个精心设计的小闹钟,每隔六个小时闹钟就会狠狠地闹一次。现在闹钟马上又要闹了,这就意味着父亲要到圣殿去做祷告了。长期形成的习惯使父亲每到这时总会醒来,然后这只闹钟也像接到命令似的,马上就响了。

现在父亲频频将焦急的目光投向这只挂钟,时针的每一次移动都逃不过他的眼睛。接近十二点时,他焦躁的情绪明显增强。父亲越发焦躁的情绪,使母亲更加忧虑,但是她竭力强迫自己不出声,她唯一能做的事情就是密切注视着丈夫面部每一点细微的变化。母亲泛滥的泪水宣泄着她心中的悲情。

终于,时间到了,闹钟响了。闹钟的声音似乎把震惊传达到我父亲的四肢百脉,他立即从床上起来,披上宽大的睡衣。然而他现在连这件事情做起来都有些吃力,因为他的每一个关节都在颤抖,他的牙齿在惊慌中咯咯作响。由于信念的召唤,他要到建在巨石上的圣殿里去做祷告。母亲自然而然地得出结论,父亲到那里是想救赎自己的灵魂。但所有的不同寻常，都令母亲心中充满了震惊和不祥的预感。她眼睁睁地看着父亲离开房间，听着他匆匆地走下楼梯。她想起床赶上他，但犹豫不决，不过很快她就知道这个想法不切实际。因为世上没有任何力量可以说服她的丈夫，让他带着其他人去他自己心目中的圣殿。

父母房间的窗户面朝那块巨石，尽管空气清冽而且宁静，但是无法透过暮霭看见远处的圣殿。母亲是如此焦急，她坐立不安。她站起来，走到窗前，尽力睁大眼睛，试图想看见圣殿的圆顶和通往圣殿的小路。原本她以为圣殿看起来会很清楚，但实际上肉眼辨不出圣殿究竟建在哪块大石块上；也有可能她还没看清时，父亲已经走过去了，或许往另一个方向走了。

究竟是什么使她如此害怕，是害怕她丈夫或她自己灾难临头吗？父亲已经预感到这些灾难，但至于是什么样的灾难，他自己也不得而知。什么时候这些灾难会降临呢？是今晚，抑或这时已经降临了？此刻，她情绪焦躁，心情不定。现在，所有的害怕都和父亲的人身安全联系在一起，她凝视着闹钟，和父亲刚才一样，焦急地等待着下一时刻的到来。

母亲的眼睛紧紧地盯着岩石，在焦虑中煎熬了半个小时。突然，岩石明亮起来了，光线从圣殿里面透出来，使岩石上每一个地方都清晰可见。忽然一道闪光从圣殿的中间弥漫开来，紧接着传来一声巨响，就像是地雷爆炸。她下意识地尖叫一声，但新的声响传到她的耳膜，使她很快忘记了自己的惊诧。响声夹杂着尖叫，没有间断，到处弥漫着闪光。一会儿，其他的闪光消失了，但是圣殿内部却还闪烁着火光。

母亲的第一个想法是手枪走火，然后是建筑物起火。她根本来不及细想，就冲到门口，使劲地敲舅舅的门。此时，舅舅听到爆炸声也已起床,并马上冲到窗边。他也认为他所看到的是火。伴随着爆炸声和猛烈的尖叫声而来的好像是救援的魔咒。整个事件无法解释,而他也觉得当务之急就是赶快奔到出事地点。待舅舅拉去门闩准备开门时,母亲也正在门口呼喊。

舅舅以最快的速度回应魔咒的召唤。他没有时间停下来询问母亲,而是匆匆地跑下楼梯,穿过介于房子与岩石之间的草地。此时虽然听不到尖叫声了,但圣殿里柱子间闪烁的火光还清晰可见。他沿着石头上凿出来的不规则的石阶跑到岩顶。建在岩顶的圣殿三面濒临悬崖,第四面是正面,前有一小块空地,粗糙的石阶通到里边。舅舅很快跑到出事地点,他因为快速奔跑而筋疲力尽。他停下来,休息了一会儿,同时集中注意力警惕地注视着他面前的物体。

他看见两根大柱之间有一团像云似的东西,但不知道该怎么描述。它中间很亮,光芒四射,但是并没有往上移动。它并不是贴近地面,而是悬在离地面仅仅几英尺的半空中。圣殿里也没有任何地方着火,这种现象令人惊奇。舅舅慢慢地靠近祭坛。他往前走,那团火云就往后退。当他抬腿走到里面,那团火云就完全消失了。这突然的变化使得随之而来的黑暗显得特别的黑。恐惧和惊愕使他觉得无能为力。在这样一个肃穆、神圣的地方,这样的事情很容易使人不寒而栗。

身边的呻吟声召回他飘忽的思绪,他的眼睛也渐渐地恢复了视力,看到父亲仰面躺在地板上。这时,母亲和仆人提着灯笼赶到了,这使得舅舅能更加仔细地检查父亲的情况。父亲在离开住处时,除了上身穿着一件松松的睡衣和拖鞋外,还穿了件衬衫和衬裤,而现在,他赤身裸体,身上的皮肤出现大面积瘀伤和烧伤,他的右臂有一片好像被重物击伤的痕迹。他的衣服已被脱去,等我们意识到此事时,衣服早已化为灰烬,而他的拖鞋依然穿着,头发也没有被烧掉。

大家把他搬回房间，并对他的伤口进行了必要的护理。慢慢地他的伤口变得更加疼痛，最令人苦恼的是手臂上很快出现坏疽。不久，其他受伤的部位也出现类似的情况。

随后，父亲似乎一直处于半昏迷状态，任人摆布。他很少睁开眼睛，回答问题也很艰难。通过他断断续续的叙述，我们了解到，事情好像是这样的：他默默祈祷时，就觉得迷迷糊糊并焦虑不安。突然一道微弱的闪光斜斜地穿过房间，一个人手持一盏灯的画面马上在他脑海里浮现。这个人似乎从背后过来，他正想转过去看看这个不速之客时，右臂受到棍棒重重的一击。正在此时，一颗明亮的火星点着他的衣服，顷刻间他的衣服化为灰烬。这就是他描述的主要内容。从他的神态，我们觉得他的描述有所保留。舅舅认为他隐瞒了至少一半的真相。

病情发展的速度非常惊人，更可怕的症状出现了，他发起高烧，并胡言乱语，然后昏睡。两小时后，死神夺去了他的生命。房间里弥漫着躯体烧焦的气味，令人难以忍受。

就这样，父亲的生命结束了。的确，没有哪个故事比这个更加神秘。回想起父亲那令人沮丧的预感和无法克服的焦虑，我们觉得应该讨论一下他当时的境况，是否是他的性格、他所处的地方使他遭人谋杀。因为当晚晴空碧海，万里无云，遭雷击是不可能的。那么我们应该得出什么样的结论呢？

先是微弱的闪光，再是手臂上的一击，然后是致命的火星、大家都能听到的爆炸声，和包围着父亲但没有使建筑物起火（尽管建筑物是由易燃的材料建成的）且舅舅来了就突然消失的火云——我们从这些事情中应该推断出什么样的结论？这些事实毋容置疑，舅舅的说法特别可信，因为他的秉性最值得信任，而且他的信念无疑最合乎自然。

那时我才六岁,这件事给我的印象永远无法抹去。至于当时发生了什么事情,我无法判断,但是随着年龄的增长,和对这些事情越来越了解,我开始越来越频繁地思考这些事情。这些事情与最近发生的事情如此相似,以至它们以新的力量激活我的记忆,使我更加迫切地想解释这一切。这是对违抗上帝命令的惩罚吗?这是无形的手在打击报复吗?这再一次证明神圣的统治者在干涉人类的事务。他是在策划人类下场、选择并任命使者,毫不含糊地强迫人们屈从他的意愿吗?

# 第三章

父亲离奇死去,使母亲受到沉重的打击,几个月之后,她也与世长辞。哥哥和我那时都还小,就成了孤儿。父母留下相当可观的财产,在我们成年前,由值得信赖的人管理。我们的教育由姨妈负责,姨妈未婚,与我们居住在同一城市。她无微不至的照顾使我们在很短的时间内就忘记了失去双亲的悲哀。

接下来的几年里,日子平静而快乐。除了少数几件孩童时期无法避免的事情以外,我们的生活几乎没有任何困扰。我姨妈对我们既溺爱顺从,又不乏果断坚定。这是出于她的天性,而不是故意为之。这使她既不会极端严格,也不会过分宽容。我们与他人的交往也颇愉快,没有过分受限制;我们接受实用知识的教育,避免了寄宿学校以及大学的腐败与专制。

邻居的孩子是我和哥哥的主要玩伴。其中一个很快就和我哥哥成了最亲密无间的朋友。她叫凯瑟琳·浦雷尔。她富有、美丽,并刻意摆些最迷人温柔的姿势,说些最活泼可爱的话语。我非常爱她,她也同样爱我。这种关系加深了她和哥哥之间的爱恋。我们各方面情况相似,比如:性别一致,年龄一样;住得很近,一眼望去,能看到对方的住处;我们彼此的性格脾气很合得来;我们的老师不仅要求我们有同样的追求,而且允许我们为此一起奋斗。这便使我和她更容易产生友情,发展友情。

我们三人的关系一天强似一天,也慢慢地脱离了与其他人的交往,而且发现我们如果不在一起,每一刻都是那么的枯燥乏味。哥哥年龄的增长并没有改变这种境况。可以肯定的是他以后所从事的应该是农业。他很富有,没有必要亲自参加体力劳动。他所要完成的任务只是管理而已。管理所要求的技巧也只是理论性的,关起门来就能学到,不需要严格监督就能学会,因此在他学习这种技巧期间也不会长期与我们分开。对我们来说,任何一个人不在都会增加其余人的急躁和期待。我们一起做作业、散步、听音乐,所有活动不得缺任何一人,否则很少进行得下去。

显而易见,凯瑟琳和哥哥是天造地设的一对。他们彼此的激情很快就突破了年轻人应有的限度,因此遭到盘问直至招供。但由于哥哥还未成年,因而他们必须推迟结合。在随后的两年时光,他们充分利用机会尽情享受。

哦,哥哥!我已经给自己设定了任务,就让我坚定不移地完成吧。那段时间,我们非常幸福,没有一点令人沮丧的预感。与现在一样,所预见的将来也是平静而安定的,时间的流逝只会带来新的快乐和幸福。除了重大事件,其他事情没有必要详细描述。结婚的日子终于到来了,拖延已久的婚礼在哥哥出生的房子里举行,庄严而隆重。

哥哥和我平分了父亲的遗产。哥哥举行婚礼的那座房子,归哥哥所有。距离哥哥的房子四分之三英里处的河边,有一处雅致的住所,归我所有。那片地域叫麦丁根,是以最初拥有它的人命名的。我很难解释为何不愿和哥哥一起居住,原因可能是我天生是一个节制的享乐主义者。适时的克己忘我能使自己更加愉快。此外,我希望自己管理资金和家庭事务。再说哥哥家和我家距离那么近,只要愿意,可以随时相互走动。总之,从一座房子走到另一座房子都是非常开心的,有时我是他们的贵宾,有时他们是我的贵客。

我接受的教育不涉及宗教,而是按照自己的理解和社会经验来进行的,因此避免了许多焦虑,但不能因此就断定我们没有宗教信仰。对于我们来说,信仰是真情实感的产物,是幸福的流露,是由大自然的庄严伟大激发的。我们的信仰基础不是权衡证据或剖析信条,我心里非常虔诚,但不经常挂在嘴上,或者热情地参加各种仪式,而是把各式各样的感悟小心翼翼地留在心底。目前,我尽情地享受快乐,没有心思想到未来。毕竟在灾难降临时,宗教的力量弥足珍贵,可以给人安慰,能增加快乐,但现在灾难还太遥远,还用不着通过它来实现各种愿望。

哥哥的情况则有些不同。他的行为举止严肃但体贴周全。不知道他是否赞同我对他有关行为举止的阐释。在他看来,人类生活是由可变因素组成的。生前死后都需要做好某种准备,提供某种预防措施。我不否认他的观点,但他有一个与众不同的癖好:他喜欢对这些真理进行反反复复的思考,尽管他有时表面上轻松愉快,但他内心的焦虑一览无余。这种焦虑不会令人产生苦恼和恐惧,但渗透到他的行为举止中,使他蒙上了某种深谋远虑的、严肃的神情。这主要体现在他的面部表情和说话的语气上。他往往摆出一副忧郁的表情,令人担忧。我几乎从未见过他哈哈大笑,他与同伴们在一起时,遇到高兴的事,也只是微启双唇,略略咧一下嘴而已。

他以同样的热情参与我们的工作和娱乐,但他的热情有些另类。脾气的不同不是我们意见相左的根源,也几乎不会使我们觉得遗憾,或使我们的生活失去光彩或造成混乱,但它会阻碍我们,使我们停滞不前,在相互谅解之前,产生焦虑、不安和激动的情绪。在他的研究中，他追求更加严峻、更加艰难的道路。他精通宗教理论史，并费尽心机探求其有效性。他认为这对于证实他信仰的根源、搞清动机与行为的关系、评判价值标准及佐证材料的种类、性质都是必不可少的。

显而易见，他在这些方面的观点，和父亲有着惊人的相似之处。他们的性格相似，但是儿子是经过科学训练和文学熏陶的。

那座圣殿已经失去了往日的用途。哥哥曾经从一位意大利冒险家手中买了一尊西塞罗的半身像雕塑。那位意大利冒险家误以为自己能在美国从事雕刻工作，并可以在此出售作品，他声称已经在莫迪那市郊亲手临摹了一件古玩。对于这话的真实性，我们无法判断，但是这尊大理石雕塑纯净无暇，富有光泽。我们等不及艺术品鉴赏家的认可，就欣赏起这件作品来，觉得非常满意。我们聘请这位艺术家从附近采石场里劈了一座合适的底座。底座就放在圣殿里，西塞罗的半身像雕塑则放在底座上。雕像的对面，摆放着大键琴，圣殿上临时搭建了棚顶用来挡风避雨。这里是夏天傍晚的好去处，我们记忆中每一个开心、温馨的场面都与这座建筑联系在一起，弥足珍贵。我们在这里唱歌、聊天、读书，偶尔在这里设宴；在这里演奏祖先创作的音乐，朗诵祖先创作的诗歌；在这里哥哥的孩子们接受启蒙教育；在这里我们进行积极而富有意义的谈话；在这里我们的友谊得到进一步发展；在这里我们挥洒甜美而同情的眼泪。

哥哥是个不知疲倦的学生，他读过无数作家的作品，但最崇拜的是西塞罗。他指挥排练西塞罗的作品，从不厌烦。他不满足于仅仅理解他的作品，还渴望找到表达作品意义的各种动作和语音语调。他一丝不苟地选择拉丁语正确的发音方法，使之适合他所热爱作者的语言。他最喜欢的工作就是用最得体的姿势和最合适的发音方式来装饰他的修辞艺术。

他不满足于此,还下苦功夫致力于确立、恢复文本的纯洁性。为此,他搜集了所有他能得到的版本和评注,并耗时数月刻苦钻研,对它们进行探索和比较。只有在这方面有所发现时,他才会感到一丝满意。

这种情况一直持续到我朋友兼嫂子的唯一兄弟——亨利·浦雷尔加入我们的小团体。他们两人意气相投,因此哥哥对罗马雄辩术的热情得到了浦雷尔的支持和鼓励。这个年轻人曾在欧洲生活过若干年,我们很小的时候就分开了,现在他回来了,后半辈子将和我们一起度过。

我们的圈子因增加新成员而大大地活跃起来。亨利·浦雷尔的口中充满新奇的事物,他几乎总是兴高采烈,但如果需要,他的行为举止也能庄重沉稳。他洞察力敏锐,但倾向于把每件事物都看成是仅仅为人们提供快乐的素材,他的想法热情洋溢却荒唐可笑,是我们快乐的无穷源泉,但他老老实实地承认,他的记忆掺杂了他的杜撰。

他的住处和我们的住处离城里的距离相差无几,却在城市的另一边。他几乎每天过来。哥哥和浦雷尔对拉丁语作家有着同样的喜好,浦雷尔的宗教历史和宗教玄学知识并不比哥哥逊色。然而,他们的信条在很多方面都是截然相反的,一个发现可以证实他信仰的证据,另一个就能找到对此表示怀疑的理由。在我哥哥看来,精神上的需要、加尔文教派的启示是他们的精神支柱。浦雷尔是精神自由的拥护者,他几乎只接受自己的理智为他指路。他们经常讨论,但尽量做到真诚直率,也讲究技巧,他们总是热切地要求我们聆听他们的讨论,并希望从中受益。

浦雷尔和我们一样喜爱音乐和诗歌。从此以后,我们的乐队由两把小提琴、一架大键琴和三种嗓音组成。我们经常提醒自己,幸福是多么需要友谊。虽然,在这个新朋友到来之前,我们也不感到空虚,但现在看来,这个新朋友并不多余。如果他要离开,会引起无法忍受的惆怅,也会造成无法弥补的遗憾。甚至连哥哥,在浦雷尔到来时也被迷住了——即使他的想法时常会受到这位朋友的质疑,甚至连西塞罗的神圣地位也会遭到挑战——就连平素那种严肃的神情也少了几分。

# 第四章

　　哥哥结婚六年了。六年时间里，我们平平安安，过得非常幸福。虽然独立战争已经打响，但对我们来说，战场还太遥远，只能作为茶余饭后的谈资。这边战场，我们击退了印第安人；另一边战场，我们打败了加拿大。对于参加战斗的人们来说，在战场上浴血奋战、灾难深重，但对我们来说，战争在某些方面却增加了我们的快乐。对战争的好奇，使我们情绪激动，爱国热情汹涌澎湃。

　　哥哥的四个孩子中，三个都到了身体与心智上需要特别照顾的年龄。在这个年龄段，他们更感到无助。一直以来，对他们的悉心照顾使哥哥心中充满父性的温柔。第四个孩子是个可爱的小宝贝，看起来很像她母亲，身体非常健康。除这些孩子之外，哥哥家里还有一个十四岁的可爱女孩，我们都对她宠爱有加，甚至超越了做父母的对孩子应有的宠爱。孩子母亲的经历非常悲惨。孩子还在襁褓中时，她就从英格兰只身来到这里，举目无亲，身无分文。她似乎是匆匆忙忙偷渡而来。在我舅舅的保护下，她孤独痛苦地过了三年，之后郁郁而终。其悲哀的缘由，我们没要求她说，她也没有跟我们谈起。但她的教养、她的仪态都表明她出身不俗。她临终时平静、安详，因舅舅向她保证，她的女儿也会像她一样受到保护。

在哥哥结婚时,大家都同意将女孩过继给哥哥,成为哥哥家庭的一分子。我无法公正合理地评价这个女孩的惹人怜爱之处。她母亲的品性、遭遇我们记忆犹新,也许她与母亲相似的神情激起了我们的同情心。她常常心事重重,而这种境况容易使旁人联想到她举目无亲、无依无靠的处境。在此情形下,人们同情心泛滥,大家都视她为掌上明珠,珍爱得难以用语言形容,个个都使出浑身解数,努力开发、提高她的智力。她的安全也是大家最关心也最忧虑的事情,其程度几乎超出常人所能理解的范围。我们对她的溺爱的确无法掩盖她自身的优点。她每每正眼瞧我,或想看看我的反应时,都会激起我无限的同情。在我看来,无人能超越她的温柔、聪明和镇定。每当她走过来,我都高兴得热泪盈眶,在无法言语的慈爱中,把她紧紧地揽入怀里。

时间一天天地过去,她也越来越惹人怜爱,她的心智也一天天地成长。但发生了一件事,使我们差一点失去她。一个在魁北克受伤致残的军官,在美加正式议和后,开始旅行穿越英殖民地。他在费城逗留了很长一段时间。在即将启程继续旅行之际,他到备受我们尊敬的贝恩顿太太家中辞行。贝恩顿太太和我们家关系很亲近,对于他的经常来访我们也感到特别荣幸。当时,我和这个可爱的女孩也正好走进她的住所。这个军官的目光落在小女孩身上时所流露出来的情感很难形容。他无法隐藏自己的感情,先是目瞪口呆,一动不动,然后静静地坐下来,目光紧紧追随着小女孩,最后一把抓起小女孩的手,问贝恩顿太太:"她是谁? 从哪里来? 叫什么?"口气既急迫又困惑,使小女孩对他的行为惊愕不已。

可是答案只能使他的想法更加困惑。我们一遍又一遍地告诉他,她叫路易莎·康威。她母亲来时,小心翼翼地隐瞒了她的出身,因为她母亲是逃出来的,而最后她母亲终不敌忧伤,含恨九泉,留下这个孩子让朋友监护。听到这个故事，他激动得哭了起来，急切地紧紧搂住小女孩，声称自己是她的父亲。这个意料之外的场面在他心中激起的波澜稍微平息后，他讲了下面的故事，以满足我们的好奇心。

康威小姐是伦敦一个银行家的唯一千金，作为慈爱的父亲，银行家对女儿尽职尽责。一个偶然的机会，这位军官与她交往，被她的迷人魅力所吸引，拜倒在她的石榴裙下，并正式向她求婚，令他欣喜不已的是她父亲和她自己都接受他的求婚。康威小姐对丈夫非常仰慕，非常依恋。她的父亲，一位非常富有的父亲，也很尊重他，非常大方地提供他所需要的东西，但只提了一个要求：他们必须跟他同住。

他们非常幸福地过了三年，新生命的诞生给他们的婚姻生活增添了不少快乐。其时，他的军人职责召唤他到德国去。她也要陪伴他到德国去，一起承受战争的艰辛与危险。经过苦口婆心的劝说，他终于使她放弃了这个念头。天各一方是最痛苦、最令人难以忍受的事。他们频频鸿雁传书来抚慰各自的相思，减轻命运带来的不幸。他妻子的书信流露出对他安全的担忧和他不在身边时的寂寞难耐。最后，军队换防，把他从威斯特伐利亚调到加拿大。这次调动有一个好处，那就是提供他与家人会面的机会。他妻子欣喜若狂，程度不亚于他。他们很期待这次会面。他顺利到达伦敦。一从马车上下来，就迫不及待地往康威先生家飞奔。

但是康威先生的宅里，举家悲恸。他父亲伤心至极，无法解答他的任何质询。仆人们个个悲伤、沉默，同样不能回答他的问题。他搜遍整幢房子，呼喊着妻子和女儿的名字，终无回应。最后，人们解释道，在他到达前两天，人们发现他妻子的房间空空如也，没有他妻子的影子。无论怎么仔细、焦急地搜寻，都找不到他妻子的踪迹。她的失踪没有缘由。就这样，母亲和女儿一起消失了。

家人想尽一切办法寻找，又重新仔细搜寻她的房间、橱柜，但没有找到任何蛛丝马迹表明她为何逃离。她是自愿的还是被迫的？她究竟在哪里，在英国的哪个角落或者在这个世界的哪个角落躲藏起来？这些都找不到答案。谁能描述她丈夫的悲伤和震惊？谁能描述他的不安、他在希望和担忧之间的挣扎，以及他最终的绝望？他的职责召唤他到美国来。他早已到达这个城市，并经常从这所当时他妻子居住的房子前面经过。她父亲还没放弃，想尽办法试图解释这令人痛苦的神秘之事，但都无果而终。失望加速了他的死亡。在他死后，路易莎的父亲继承了他的巨额财产。

　　这个故事令人思绪翻腾。在家里，我们开始讨论许多有关动机的问题。是什么事件影响了斯图亚特太太，使她决定放弃自己的祖国逃离到异国他乡。没有迹象表明她的逃离是偶然的。我们回忆、讨论所观察到的每一个细节，但还是没有发现任何线索。最缜密、最详细的调查也无法解释她的行为。但就最近来看，斯图亚特军官性格和蔼友善，他对路易莎的喜爱似乎是与日俱增，而她对这种符合她性格的伤感气氛最熟悉不过了。她欣然接受和父亲一起回英格兰的建议。但是，出于对女儿的考虑，他推迟了这个计划，他说要做这么大的改变，我们必须给路易莎时间做好心理准备，让她能够在与我们分别时不至于痛苦不舍。我也恳切希望能说服她父亲完全放弃这个不受欢迎的计划，毕竟他还要继续游历南部各殖民地。权衡再三，路易莎还是继续和我们待在一起。路易莎和哥哥经常收到他的来信，这些信件表明来信并非出自一般人之手。信中描述旅途中的趣闻轶事和他自己的深刻思考。他在这里的时候，晚饭后我们经常在圣殿一起闲聊；他离开这里后，他的信件同样经常给我们提供谈资。

　　五月的一个下午，空气清新，碧草蓝天，这使得我们比往常早一些聚在圣殿里。女士们忙着做针线活，哥哥和浦雷尔正在你一言我一语地引用名言警句和演绎推理三段论,争论的要点是西塞罗为克律恩侠斯所做演说的价值所在。正如人们所说,这篇演讲第一体现了演讲者的才华,第二呈现了当时的礼节。浦雷尔则竭力降低这两点价值,尽力推崇他的独创性。他争辩道,演讲者围绕不恰当的动机,或者说是值得怀疑的动机,依赖拥护者的夸大之词,或构想单个家庭的情形作为一种模式,从这种单个家庭模式来勾画整个国家的状态是很荒谬的。由于错误的引证,争辩突然转向了新的问题。浦雷尔指责他的对手不应说"政治家",正确的说法应该是"政客"。辩论没有定论,因为这个词的说法问题要追根溯源,要查一查某卷书。就在哥哥回屋取书的路上,他碰到仆人拿着斯图亚特军官的来信,他马上转回来给我们大伙读信。

信中斯图亚特军官亲切地问候我们,并像所有的父母一样祝福路易莎,同时描绘了莫农加希拉河上美丽的瀑布。这时突然下起一阵暴雨,我们不得不撤回到哥哥家。暴雨过后,皎洁的月光照射进来。大家重新坐下时,座位顺序没有变动,原来坐在谁的旁边,现在也就坐在谁的旁边。我们轻松地交谈着,刚刚收到的这封信给我们提供了一个话题,那就是信中所描述的瀑布与浦雷尔在格鲁斯境内阿尔卑斯山脉中发现的瀑布相似。在信中对前者的描述中所提到的一些细节,其真实性还值得怀疑。为了平息由此引起的争论,我们提议再把信拿出来看看。哥哥在口袋里找那封信,但找遍各处都没找到。最后哥哥记起,他把信留在圣殿里了,所以决定去取。他妻子、浦雷尔、路易莎和我留在哥哥家。

几分钟后,他回来了。我对争论颇感兴趣,因此,急切地盼望着他回来。我不得不说,我们派他去的目的很显然是去拿信。但是,听到他走上台阶的脚步声时,我立刻注意到,他这件事办得非常之快。我盯着他走进来,觉得他进来时眼神与去时截然不同。进来时眼神恍惚,还有一丝焦虑夹杂其中。他的目光似乎在搜索着什么,从每个人身上很快掠过,最后停留在他妻子身上。他妻子像刚才在圣殿里一样,无忧无虑地坐在沙发上原来的位置,手里拿着跟刚才一样的薄纱棉布,她的注意力集中在手头的活上。

看到她的那一刻,他眼神里的迷惘和困惑明显增强。他静静地坐下来,两眼盯着地板,好像全神贯注地沉思着。我准备问一些有关信件的事,但这种种异常使我打住。不一会儿,大伙停止刚才的话题,把注意力转移到威兰身上。他们以为,他只是等着大家静下来之后才把信拿出来,但他没说什么也没做什么,大家继续静静地等着。最后,浦雷尔终于说:"唔,我以为你找到了那封信。"

"没有。"哥哥回答,眼睛定定地看着他妻子,严肃的表情没有丝毫缓和。"我没有爬上小山。""为什么?""凯瑟琳,我离开这屋后,你坐在这里没动过吗?"他严肃的表情影响了她,她放下手中的活,回答道:"没啊。你为什么这么问呢?"语气透着惊讶。他的两眼继续盯着地板,并没有马上回答。"凯瑟琳真的没有跟着我上小山?她真的不是刚刚才进这房间?"我们异口同声地向他保证,她一直在这里,一刻也没有离开过,并问他为什么这么问。

他说:"你们的保证是认真严肃、没有异议的。但是,我对你们表示怀疑,否则我就要怀疑自己的感觉了。我的感觉告诉我,我爬到半山腰时,凯瑟琳就在山脚下。"

我们听了他的话,都糊涂了。浦雷尔打趣他的变化无常,可他冷静地听完朋友的取笑,脸上的表情没有丝毫松懈。

他强调说:"有一件事是真的。要么我听到我妻子在山脚发出的声音,要么是你在说谎。"

浦雷尔回答说:"确实,你把自己置于进退两难的境地。如果我们眼睛所见为实,那你妻子在你出去的每一个分分秒秒肯定就坐在那个位置，千真万确。一般而言，她的声音就像她的脾气一样，非常温柔，要在房间的那一边听到她说话，她必须用力地喊。如果我没搞错，你出去后，她没说一句话，而克拉拉和我一直在说。你说，你在半山腰听到她的声音，也许她在山上与你窃窃私语，开'私语大会'呢。告诉我们，她都跟你说了些什么。"

他说："'私语大会'很短，并且远非私语可以进行的。你知道我为什么离开这里的。走到离大岩石上的圣殿还有一半路程的时候，有一会月亮躲在乌云后面。我从未感觉到空气这么温和，这么宁静。就在这间歇，我抬头看了一眼圣殿，我想我在圣殿的两根柱子之间，看到了一抹微弱的光芒。如此微弱，如果不是月亮被乌云遮住，这道光芒恐怕很难辨别。我再抬头看，但什么都没看到。我以前一个人去那里，或晚上去那里，都会想起我父亲的遭遇。光芒的出现一点都不美妙，这不仅仅暗示孤独和黑暗，还有更多在同一地方发生的事情。

"我继续走路，脑海里出现的场景是忧郁、阴沉的。这光芒究竟是什么东西，我抱有强烈的好奇心，但一点都不害怕。我走到一半多一点的地方时，有人从背后喊我，声音清晰、独特、有力。我坚信不疑，这是我妻子在说话。她的声音通常没这么响，她一般不这么用力，但有时会听到她用力焦急地呼喊。如果我的耳朵没有骗我，我听到的就是她的声音。

"'停下，不要再往前走，前面有危险。'这个警告很突然，令人意想不到，语气有些惊慌。毕竟，这是我妻子在对我说，是她在劝告我，让我停止前进，这就足以让我惊惶失措。我转过身子，仔细聆听以确认我没有搞错，但继之而来的是深深的寂静。最后，我问：谁在叫我？是你吗，凯瑟琳？我停下后，马上得到回答：'是的，是我。不要上去，立刻回来，屋子里的人们需要你。'这声音还是凯瑟琳的声音，然后传来了走在石阶上的脚步声。

"我该怎么办？这个警告不可思议，很神秘。在这样的地方、这样的情境下，凯瑟琳提出这样的警告，更增添了神秘感，我只好听从。因此，我转身往回走，期待着她在山脚下等着我一起回来。走到山脚下时，不见一个人。明亮的月光又普照大地，但极目望去，没有一个人影，也没有看见任何移动的物体。如果她回到屋子里，她肯定是以极快的速度回来的，所以我看不到。我一遍一遍用力呼喊，但都是徒劳，没有回音。

"我一边琢磨这些事情，一边回到这里。毫无疑问，我听到了我妻子的声音，而你们现在都向我保证没发生特别的事促使我回来，我妻子也坐在她的位子上一动未动，这些事情很难解释。"

这是哥哥的叙述。我们听着，感受各异。浦雷尔毫不犹豫地认为这是受感官欺骗所致。也许哥哥真的听到某种声音，但经过他的想象，误认为那个声音是他妻子的声音，也因此认为那个声音很重要。浦雷尔的秉性是想到什么就说什么的。有时，他将这些想法当作严肃讨论的主题，但更多时候，他当作无稽之谈，一笑带过。他不相信冷静的推断能说服他的朋友。他认为欢快的气氛有利于淡化威兰心中因为这种事件导致的肃穆感觉。

浦雷尔提议去找那封信，他走了，很快又回来了，手里拿着那封信。他是在雕像的基座边找到的，信是打开的，既没有任何声音也没有任何魅影出来阻止他找信。

凯瑟琳天生就有很强的判断力，但这种时候她容易受影响，她既惊讶又恐惧。她丈夫无缘无故地、神秘地、想当然地认为那是她的声音，这引起她极大的忧虑。浦雷尔试图证明这只不过是幻听，是一种错觉。她承认浦雷尔的想法似乎有些道理。但当她的目光转向她丈夫时，她又动摇了。她感到浦雷尔的逻辑在她丈夫身上根本没有产生任何效果。

至于我自己，我的注意力已经完全被这件事情所吸引。我能感觉到这整个事件与父亲的死有隐隐约约的相似之处。对于父亲的死，我经常思索，但总是无法找到确切的答案，所存的疑问也并不令人苦恼。不可否认这件事很神奇，但我极其痛恨这种解决方式。此事的原因很神秘，使我觉得惊愕，觉得惊险，觉得肃然，但没有悲痛和害怕。最近惊险的经历使我产生了类似的感觉。

但此事对哥哥的心理产生了影响，非常关键的影响。最理想的状态是哥哥对此毫不在意。即使产生最坏的影响，其实也并不十分可怕。但是想到他由于这些错觉而失去其他感官的判断力，我不能忍受。有理由认为，自此之后，他病态的身体出现越来越危险的征兆。意愿是理解的工具，而理解是感官感受后所产生的结果。倘若感官颓废了，就会对理解进行错误的推论，不幸之事随之产生，不可预测。

我曾经说，哥哥为人既热情洋溢，又郁郁寡欢。如果换成别人，这些想法是漫不经心的，抑或是含糊朦胧的，是茫然和孤独时使人一娱、可一笑置之的；当境况改变后，也就轻而易举地忘记了。但在他，这些想法会牢牢地盘踞在脑海里，久久不能忘记。长期的相处使我们熟知，就他的智力而言，最显而易见的结论可以从最纵深的源头通过一番演绎推理得出。他对神的统治机制、知识构成的法则进行长期的、深奥难懂的演绎推论，而他的行为举止，他的务实情怀，所有一切的一切都和这种演绎推论联系在一起。他在某些方面是个充满热情的人，但对于信仰，又通过不计其数的争辩和思虑得以加强。

他一直认为父亲的死来自直接的、超自然的天意。我在冥思时，经常想起父亲的死，哥哥比我更加频繁地想起。这件事给他留下更加阴郁、更加持久的影响。显而易见，最近发生的事件在他身上产生了更加严重的后果。他不如以前那么愿意交谈和阅读。我们细究他的想法，往往发现他的想法或多或少与最近发生的事有直接的联系。我们很难确定这事使他心里产生了什么感想，他从未谈起过这事。对于浦雷尔的调侃、讽刺和挖苦，他只是静静地听着，付之于半开玩笑半认真的一笑。

有一晚，正好就我们俩在圣殿里。我抓住这个机会，想了解他的思想状态。我们沉默了一会儿，他好像没有一点想打破沉默的意思。我对他说："这里的黑暗几乎伸手可触，但上面射下的一缕光芒驱散了这里的黑暗。""哎，"威兰热情地回答说，"不仅物理上的黑暗，而且精神上的黑暗也被驱散。"我说："但是为什么上帝一定要公然宣扬戒律？"他意味深长地一笑，回答说："千真万确，是有其他方式来诠释的。""你从未，"我进一步接近主题，"从未告诉过我你是怎么看待最近发生的离奇事情的。""这件事怎么看，没有确定的方式。这是一种结果，但是起因完全不可思议。假定这是个错觉是没有用的，而这可能的确是个错觉，但还有其他十几、二十几种可能的假设。在找到起因前，必须把所有的假设放在一边。""这十几、二十几种的假设都有哪些？""没必要说了。只是它们和浦雷尔的假定相比，可能性更小。时间会让其中之一变为事实。只有到那时，详细阐述这些假设才有用。"

# 第五章

时光飞逝。过了一段时间后，发生了一件更让人惊讶的事情。浦雷尔从欧洲带来了一个对哥哥十分重要的消息。我们的祖先是萨克森贵族，在德国卢萨蒂亚地区拥有大片的领地。而继承权排在我哥哥前面的那些人都已经在普鲁士战争中丧生。浦雷尔经过仔细咨询，发现依照长子继承权的法律，在世的人当中，我哥哥比任何人都更有权利继承这些地产。不需要提供其他任何资料，他只要在那个国家出现，并通过申请就能合法地获得这个权利。

浦雷尔竭力推荐这个计划。他认为这个计划有很多利益可得，并表明不利用这些利益是愚不可及的。出乎他的意料，哥哥反对这个计划。一开始时，他以为稍微规劝，哥哥就会回心转意，但他后来发现哥哥根本不是有点反对，而是坚决反对。浦雷尔的家族同样源于那块萨克森的热土，他年轻时也在那里度过了几年，因此特别热爱那片土地。出于对那片土地的热爱和对朋友及妹妹幸福的关心，他更加努力地想赢得威兰的同意。他用尽各种能想到的办法来达到这个目的。他浓墨重彩地描绘那个国家里人们的言谈举止、政府体制、公民权利、人身安全、信仰自由；他详细描述财富、社会地位所带来的各种特权；他从社会底层被奴役的状况得出有利于他计划的论据；回德国将获得的财富和权力能使我们大发善心。如果权力落在坏人手中，会滋长邪恶；但正义的人善加利用，会带来好处。威兰克制着不发表任何意见，既不准备接受成功封侯所带来的所有好处，也避免了可能因经营不善所产生的所有风险。

　　就哥哥而言，他能轻而易举地反驳浦雷尔的论点。他目前居住的国家，安全自由，地球上没有其他地方能享受到同样的安全和自由。就算萨克森人不担心政府治国无方，显而易见，还有很多来自外部的混乱和恐慌的因子。最近由普鲁士人造成的毁灭就是其中的一个例子。在奥地利和普鲁士的暴君成功瓜分德意志帝国之前，战争阴霾始终笼罩在人们的头上。他也非常怀疑，爆发战争已为时不远了。把这些情况暂且放在一边，在财富和权力触手可及时，攫取它们是否值得称颂呢？财富和权力是不是堕落的两大最主要原因？如果改变了社会地位、改变了环境，如果堕落为暴君和酒色之徒，他还有什么安全感可言？人们恐惧权力和财富的主要原因是它们往往使拥有者堕落。他痛恨拥有它们，不仅因为它们给其他人带来痛苦，而且给获得它们的人也带来了痛苦。此外，富有是相对而言的，他难道不富有吗？他目前就过着安全而富贵的生活。只要他认为值得，不管是理性的还是想象的，所有享乐都唾手可得。为了获得想象中的财富，为了目前尚不明确的益处，他必须把自己变成穷光蛋，必须把目前的实实在在变成遥远的可能，另外，谁都知道法律是费钱、费时、不可靠的制度，再说，如果他接受这个计划，他需要远离家人乘船去一趟欧洲，并逗留一段时间，他必须忍受船在大洋中航行所带来的不适和危险；他必须放弃天伦之乐，令他妻子得不到丈夫的陪伴，令孩子得不到父亲的照顾和教育。所有一切，都是为了什么？为了膨胀的财欲和无耻的暴君所能给予的模糊利益？为了在动荡的、战火连天的土地上那虚无缥缈的财产？利益，当然不一定能得到，即使一定能得到,那也是遥远的将来的事情。因此,他决定放弃权力和财富,不管这权力有多崇高,财富有多巨大。

浦雷尔倾心于他的计划,因为这个计划本质是有利可图的,当然还有其他一些原因。对他而言,他住在莱比锡时,那里就像是他的家乡。各种各样的社会关系把他和这个地方连接在一起。住在那里的时候,他不可避免地传染上恋爱的病菌,坠入情网。而他的这位情妇,虽然十分得浦雷尔青睐,但又被迫把手伸向另一位。另一位的死亡才移除了这个障碍,现在她本人亲自邀请他回去,他当然决定回去,但他渴望得到威兰的陪伴,想到与现在所结交的朋友从此天各一方,永远分离,他无法忍受。他认为朋友们的利益,正如他自己的一样,将得到进一步提升。因此,他不知疲倦、一而再再而三地摆事实支持自己的论点,并试图说服甚至恳请威兰同意。

他知道他的计划不可能同时得到我或他妹妹的同意。如果这事向我们提起,我们会结成同盟,一致反对他。本来就很难说服威兰,这样一来威兰就更不情愿了。因此,他焦虑不安地把真正目的隐藏起来,不让我们知道。如果一开始威兰已经同意此事,那么他会发现要说服我们就没那么困难了。哥哥对这事保持沉默,因为他坚信自己不会改变想法,而且也不愿意看到我们为这件事情烦恼。他知道,稍微提一提这样一个计划,或他同意这样一个计划的可能性,都会引起我们强烈的不安。

"神秘的呼唤"事件过后大约三个星期后的某一天,大家都同意全家人到我那里做客。以前很少有哪天像这天一样过得如此宁静而又快乐。浦雷尔答应和我们一道去,但直到太阳快要下山,我们才看到他。他的表情透露着失望和烦恼。不等我们询问,他急切地解释原因。前两天,他预料会收到情人的信件,因而很高兴,结果却没有收到。我以前从未看到他被某件麻烦事弄得如此垂头丧气。他的想法使朋友们沉默不语。他被嫉妒所折磨，痛苦不堪，他怀疑她背信弃义，而他对她却是全心全意，忠贞不二。大家都不发一言，像约定过似的。有人曾经肯定地分析，也许是她病了、出门了或者死了。要么他的情人对他冷漠了，要么她对别人投怀送抱了，除此之外无其他可能。从莱比锡到汉堡，再从汉堡到这里，运输畅通无阻，因此信件无法送达的可能性很小。

他留在美国这么长时间，主要是因为威兰反对他提出的计划。他现在更焦急地想回到欧洲去。当想到因为一再耽搁而可能失去情人的爱时，他非常痛苦。如果可能，他要尽快回去，这是阻止不幸发生或进行补救的唯一办法。他已经得到消息，船在一两个星期之内要返航，他几乎已经下定决心就乘这趟航船回去。

同时，他还决定对威兰再动员动员，试图动摇他的决定。入夜，他邀请威兰随便走走。威兰同意了，他们离开凯瑟琳、路易莎和我。我们尽我们所能，自娱自乐。散步时，浦雷尔重提他心中的话题，他再次摆出所有的理论依据，甚至说得更令人信服。

他们答应一会儿就回来的，但一个又一个小时过去了，他们还是没有回来。我们轻快地交谈着，直到十二点钟声敲响，才意识到时间不早了，但他们还没回来，我们有些不安。我们正说着我们的担心，各自猜测着原因时，他们进来了。进来时他们脸上的表情令我目瞪口呆，说不出话来。这些凯瑟琳都没注意到，她对他们那么长时间的散步表示惊讶和好奇。他们听她说话时，我注意到他们的惊讶不亚于我。他们沉默地注视着对方，然后看着她。我观察着他们的表情，但不能明白他们内心的感受。

注意到他们的表情，凯瑟琳转移了话题。她问："你们沉默不语，这么怪异地你看他、他看你，还这么怪异地看着我，是什么意思？"浦雷尔明白她话中的暗示，装出一副满不在乎的样子，随便找了借口搪塞,同时向威兰暗送意味深长的眼神,似乎在提醒他不要泄露秘密。哥哥什么都没说,却陷入深思。我同样沉默不语,但内心却非常焦急,迫不及待地希望把秘密探个究竟。现在哥哥和他妻子、路易莎已经回家了,浦雷尔主动提议晚上留宿我家。这个提议,再加上刚才的一切,使我更加迷惑不解。

只剩下我们俩了,浦雷尔的表情马上严肃起来,甚至可以说是恐怖,我以前从未见过他这么惊慌失措。他在房间里来回踱步,费神思索。我满腹疑问,希望不用追问,他就给出答案。我耐心地等着,但他思维混乱,似乎还理不出一点头绪。终于我忍不住提起,他们在外逗留的时间那么长,这种不同寻常的散步引起我的忧虑,他们回来后的举动更是增加了我的担忧。我恳求他给我一个解释。我开始说话时,他停止踱步,紧张地盯着我。我说完后,他问我,声音因为激动而战抖:"我们出去散步时,你们在做什么?""反复查阅《秕糠字典》,谈论各种话题。就在你们进来之前,我们猜测你们俩单独外出的吉凶,正在担忧焦虑呢。""凯瑟琳一直和你待在一起?""是的。""你肯定?""百分之百肯定。她一会儿也没离开过。"他站了一会儿,好像要让他自己确信我说的话的真实性。然后,他紧握双拳,猛地举过头顶,喊叫道:"好,我有事要跟你说。施托尔贝格女男爵死了!"

施托尔贝格女男爵就是他的情人。所以他露出极度焦虑不安的迹象时,我不感到惊讶。"但是你是怎么知道这个消息的? 这个消息是否真实又与凯瑟琳是否一直和我待在一起有什么关系?"他有一会儿漫不经心,对我提的问题没加注意。他沉浸在幻想里,好像他说的话也是他幻想的延伸。

"当然那可能仅仅是个骗局,但在那种情况下,我们俩都被骗了吗? 这么惊人的巧合,不可思议,也很少见啊! 几乎是不可能的。而且,好像神谕一样的音调——特丽萨死了,不,不。"他双手掩面,带着哭腔,断断续续,继续道,"我不信。她没有写信给我,但如果她真的死了,忠实的伯特兰会第一个告诉我的。如果他了解他的主人,他肯定不难猜测这样的消息会给我带来什么样的影响。他是可怜我,所以什么都没说。

"克拉拉,原谅我。对你来说,这种行为很神秘。只要我能解释,我就会解释的,但不要跟凯瑟琳说一个字。她不如你坚强,此外她更有理由震惊,她是威兰的天使。"

浦雷尔首次跟我谈起他的计划,也告诉我他是如何焦急地逼迫我哥哥接受。他详细地列举了哥哥对这个计划的各种反对意见,他又是如何费尽心思证明这些反对都是错误的。他提起没有收到来信对他的决心所产生的影响。他继续说道:"这次我们出去散步,我提出我心中最想说的话题,再次摆出所有的理由,甚至说得更令人信服,威兰还是很执拗。他详细地解释了财富和权力给夫妻间神圣的关系、给父母的职责和给平凡生活中的幸福所带来的危害。

"时间过得很快,我们都没有注意。这不奇怪,我们全心全意谈论这个事件。好几回,我们走到岩石脚下。我们一看见岩石,就改变路线,一直都这样。最后,你哥哥注意到,说:'我们似乎被某种神力领到这里来了。既然我们离这里这么近,我们不妨上去休息一会。如果你还想继续谈论这个话题,我们到那里后再继续。'

"我默许了。我们登上台阶,把椅子搬到河边坐下,继续刚才断了的话题。我嘲笑他怕海,奚落他恋家。我用同样的口气不断地说啊说,对自己这样的举动觉得满意,好一会儿,他都没有打断我。最后,他对我说:'假设现在,我被你说服了,屈从于你的嘲笑奚落,赞同你的计划,那你会得到什么呢?什么都没有。除了我反对,还有其他人反对。即使你说服了我,你的难事才刚刚开始,还有我妹妹、我妻子,她们会和你继续争辩。相信我,她们才是你的力量、你的计谋无法征服的劲敌。'我旁敲侧击地说她们都是听从他的意愿的:凯瑟琳认为服从是她的美德。他有点急切地回答说:'你错了。她们的同意是必不可少的。要求她们做出这样的牺牲不是我的风格,我活着是她们的保护者,她们的朋友,而不是她们的暴君和敌人。如果我妻子认为她的幸福,以及她的孩子们的幸福,取决于留在这里,那么她就应该留在这里。'我说:'但是,如果她知道你离开更开心,难道她不会迎合你吗?'他还没来得及回答,一个否定的答复就从另一个地方传来,声音清晰洪亮。这声音不是来自我们的左侧或右侧,也不是我们的前方或后方。声音从何而来? 是谁发出的?

"我们本来对是否听到声音将信将疑,接着那个声音又清晰地重复说了一个'不'字,让我们深信附近有人。这声音是你嫂子凯瑟琳发出的,好像来自屋顶。我惊讶得从座位上跳起来,惊呼道:'凯瑟琳,你在哪里?'没有回答。我搜遍整座房子,还有房前地带,但没有发现她。你哥哥坐在座位上一动不动,我回来,坐回到他身旁,我和他一样惊讶不已。

"最后,他说:'嗨,你怎么看? 这声音和我原先听到的一模一样,我耳朵没问题,这回你相信了吧。'

"我说:'是的。很明显,这不是虚构的。'我们再次陷入沉默,若有所思。想起我们出来的时间太长了,最后我建议回去。我们站起来准备回去。站起来时,我又想起了自己的处境,我大声地说——并不是只对威兰说:'是的,我决心已定,我不希望能说服我朋友陪伴我,就让他们在斯库基尔河畔,天天昏昏沉沉地打着瞌睡来打发日子。至于我,将搭乘下一趟航船,飞速赶到她面前,要她解释为什么彻底保持沉默。'

"我一说完这些话,同样神秘的声音就响起来了:'你不会走的。死亡的封条已经贴上她的嘴唇。她的沉默就是葬入坟墓后的沉默。'

想想这些话对我所产生的影响。我听着听着，全身战栗，从最初的惊愕稍稍缓过劲来后，我问道：'谁在那里说话？你从哪里得到这个可怕的消息？'没等多久，回答的声音传过来了：'从可靠的渠道获得的，不会有错。毫无疑问，她死了。'你有充分的理由感到惊讶，我是在这种情况下听到这个消息的。尽管这些事情很神秘，给我传递这个消息的人也很神秘，我还是一心一意专注于正在谈论的事情。我急切地询问，她是在什么时候、什么地方死的，她为什么死亡，她死亡的消息确凿无疑吗，只有最后这个问题的答案传来：'确凿无疑。'一样的声音，但听起来像是从更远的地方传过来。我又提出疑问，可回答我的是深深的寂静。

"这是你嫂子的声音，但她不可能说那些话，如果不是她说的，那又是谁说的呢？我们回到这里，发现你们在一起，原先的怀疑消除了。很显然，先前的告知都不是来自她。如果不是她，那又来自谁？所告知的境况是真的吗？这消息是真的？但愿这些都不是真的！"

浦雷尔忧心忡忡，陷入沉默，同时也给我时间思考这无法解释的事情。我完全不知道怎么表达这些事情在我身上所产生的影响。我不怕幽灵鬼怪，幽灵鬼怪和魔法不能控制我，不会引起我的兴趣。我只觉得它们无知和荒唐，我甚至没经历过令人激动的恐怖事件，但这件事情不同于任何我以前所知道的事情。这件事有合理的、清楚的证据。不可否认，这则消息是超人类力量获悉并传递给我们的。

毫无疑问，除我们之外，的确存在有意识的生命，他们的行为方式、传递信息的方法远超我们。能否让我们看一眼这些超自然的生命世界是怎样的一个世界？我的心无法接受这么夸张的想法。"肃然起敬"是我所能想到的最亲切、最庄严的感觉，这种感觉就像电流传遍全身。我与浦雷尔分别后回到房间，这种感觉还在脑海盘旋，整个夜晚我的头脑异常清醒，没有一丝睡意，一直胡思乱想。我对神秘但不怀恶意的力量深信不疑。迄今为止,没有任何事情使我怀疑这个想象中的使者在忙于做坏事,而不是做好事。相反,在我的脑子里,我总是认为有出众的美德,就会有超级的力量,两者联系在一起。因此,大家认为先前听到的警告,其意图是良善的。哥哥在登上小山途中被这声音阻止,这声音告诉他上山的路上隐藏着危险,他听从暗示,使他可能避免了像我父亲一样的厄运。

这插曲使浦雷尔免受折磨,他不再半信半疑,不再需要经受旅途的危险和劳累。这个插曲使他确信他的特丽萨已经不在人世了。

这位女士已经不在人世了,如果是真的,这个消息会很快被证实。她香消玉殒,联结浦雷尔和欧洲的纽带也从此随她而去了。自此以后,综合考虑各种原因,他可能会留在这个国家。如果他离开我们前往欧洲,他会陷入绝望,伴随而来的是深深的后悔。他留下来了,我们也免遭由此而产生的深深的悔恨。幸运的是这个神灵传递了这些消息。如果在传递她的死亡消息时,神灵是出了力并起了作用的,那他应该是幸运的。这对于我们来说也是有利的,浦雷尔可以安心地享受朋友们的陪伴。对于浦雷尔他自己也是有利的,虽然他所爱的这个对象被死神夺走了,难道就不会有另一个人能够且愿意安慰他?

二十天后,来自同一港口的另一艘船到达我们这里。在这段时间里,大多数情况下,浦雷尔都远离原来的老朋友。他郁郁寡欢,沉默寡言。他最远只到达拉华河岸。达拉华河岸是人工筑建的河岸,河岸的这边是芦苇和河流,另一边是沼泽地。河的这边是他的地产,从荷兰朵溪口一直延伸到斯库基尔河口。这里最能吸引热爱自然景色的人们。河的另一边都是泥浆,河滩上长着茂密的芦苇,以防止泥浆的流失。大部分时节,这片土地是个泥沼,但当泥沼变成比较坚固的泥地时,周围纵横交错的小水沟把这些落脚点分割成一块一块,小水沟上覆盖着片片稀疏的绿色,散发出极其有害的气体。在那些地方,健康和快乐千载难求,毫无疑问春天和秋天是疟疾和弛张热的多发季节。

在我们麦丁根住处周围的景色就大不相同。这儿,斯库基尔河的河面宽阔,河水清澈透明,奔腾不息,碰到岩石时会发出音乐般的撞击声,河水汩汩地冲上河边的沙滩,河面倒映着高低起伏、千姿百态的河岸风景。河岸由形状各异的白色岩石堆砌而成,河畔则是一片片生机勃勃的绿色植物,有长满雪松的小灌木林,有整齐的果园。在这个季节,果园里的果树花团锦簇,花儿竞相开放,散发着醉人芳香。河岸旁是一块顺势而下的坡地,人们在这里挖出一条条溪流和排水沟,灌溉这里的园地。哥哥的园艺技术为这里的美景增色不少,他用各种各样的植物装饰着这片起伏的坡地,从橡树粗大的树枝到忍冬簇簇的藤蔓,应有尽有。

为了使浦雷尔免受他家附近不健康的空气的影响,我们曾建议他春天的几个月跟我们一起住。很显然,他曾经心动,但后来的事件促使他改变了主意。人们去拜访他时,看到他独自一人在那偏僻的地方。他郁郁寡欢,把所有热情都倾注在如何尽快从萨克森获取消息这件事上。我前面提到,另一艘船从易北河开到这里了。一天早晨,他沿着河边走时,远远看到了这艘船。船很容易认出来,他第一次到德国去乘的就是这艘船。他马上登上船,但得知没有寄给他的信。信件的缺失在某种程度上得到了补偿,因为他在乘客中碰到一个最近才住到莱比锡的老熟人。这位仁兄向他讲述了特丽萨的死亡及葬礼的细节,结束了他对特丽萨命运的疑虑。先前的暗示因此得到了证实。浦雷尔不再被心中的疑虑所困扰,在同伴的安慰下,不久他从悲痛中恢复过来。他再次加入我们的圈子,但的确不如从前活泼,即使这样,他也比以前更受欢迎,因为他很严肃认真,既不沉默寡言也不阴沉着脸。

这些事件曾一度占据了我们所有的心思。在朋友们讨论其他各种话题时，我更易产生多愁善感的情绪，这与我的意愿有关。这些事件对哥哥产生了明显的影响，我们很容易察觉到哥哥的大多数想法中都有这些事件留下的蛛丝马迹。这一点从下面这件事中可以看出。这段时间他着笔于一个构想：搜集和研究一个神秘人物——苏格拉底的守护神——的相关事实。

哥哥熟悉有关希腊和罗马的知识，这方面世上无人能比。毫无疑问，这个世界应该更热切地接受他对这个主题的论述。但是，唉，这个还有其他一切能带来幸运、带来荣誉的计划注定是要突然毁灭的，而且是不留希望地毁灭。

# 第六章


我现在要提到一个人，一提到那个人的名字，我就心潮起伏，寝食难安。我极不愿意说起他，想到要写到他，心里就发毛。现在我开始感受到着手要做的这件事情的难度了，但退缩逃避是软弱的表现。我一想起他，就周身血液凝固，手指发抖。为我的怯懦和柔弱的心脏感到羞耻吧！到现在为止，我竭力保持镇定，但现在必须歇一歇了。并不是可怕的回忆抑制了我的勇气，或阻碍了我的计划，而是这种怯懦不是一下子就能克服的。我必须稍事停顿。

我在房子里转了几圈，勇气渐渐集聚起来，使我足以继续下去。但是，难道是这项计划超出了我的能力范围？果真如此，就在要开始描述这事情之时，我的膝盖软弱无力，身体下沉。当我匆忙进入无法想象、无法用语言描述的恐怖情景之中时，我应该怎样支撑自己？想到这些，我头脑发晕，畏缩不前，但我的犹豫不决是暂时的。我要描述这事，是有充分的理由的，虽然我可能要不时地犹豫或中止，但最后绝不会掉头离去，避开此事。

你，人类中最致命、最强大的你，我该用什么词语来描述你？怎样措辞才能足以公正地描绘你的品质？我应怎样详细述说你实施秘密目的的方式，而这些目的又是如此令人难以理解？但我不会抢先行动,如果可能,让我先从紧张中恢复过来,变得冷静镇定;让我控制住会使我轻率鲁莽和软弱无力的感情潮水;让我抑制住提到你名字时所唤起的痛苦;让我暂时把你看成是不令人害怕的一个生命;让我暂停对那些邪恶事件的沉思吧——无疑,你就是这些悲剧事件的策划者——而把视线集中在你刚出场时那副无辜的外表上吧。

一个阳光灿烂的下午,我站在门口,注意到有个人经过屋前。他一路紧贴着河岸行走,走路时漫不经心,踌躇徘徊,步态粗俗笨拙,丝毫没有受过良好教育的人的那种优雅、闲适,而这种步态正是有学识之人和市井之徒的区别所在。他身材难看,上下不成比例;上身从上到下宽度一致,由两条既细又长的腿支撑着;肩膀宽阔,前胸凹陷,脑袋耷拉在胸前。这就是他身体结构的各个组成要素。相对于他这副身材而言,他的服装并不显得很不协调。他的宽边软呢帽子,因经年累月暴露在空气中而失去了光泽;一身厚厚的灰色布外套,似乎是乡村裁缝裁剪和缝制的;他脚穿蓝色精纺毛料袜子和系着皮带子的鞋子,看不出鞋子是什么颜色,因鞋面积着厚厚一层尘土,从未用刷子刷过。这就是他的装束。

这样的外表是再平常不过了的,在路上、在田间经常看到。虽然我在那些地方经常见到这样装束的人,但不知道为什么,我比平常更加关切地凝视他。或许是因为,除了在田间地头我很少看到这样的人。只有那些享受漫步乐趣或大自然壮观景色的人才会横穿这片草地。

他慢慢地沿着河岸前进,走走停停,好像故意仔细地观察研究河畔的景色,但从不转过视线看向我家的房子。如果转身过来,我就可以一睹他的容貌。不一会,他钻入不远处的矮树林,消失了。还看得见他时,我的视线追随着他的身影。他离开后,他的形象还留在我的脑海里,因为还没有出现其他事物足以驱散他留在我脑子里的形象。

我继续留在原地半个多小时,时不时模糊地想起这个徘徊的身影,并根据我自己的经验从他的外表推断他所受的教育。我思考着愚昧与农业耕作一般来说存在着怎样的关系。我充分发挥诗人的想象力,沉溺于想象高深的知识如何消除这种关系:犁和锄头为何没有成为人类交易的工具? 怎样使这个交易工具有益于智慧和口才的获得,或者起码与智慧和口才的获得相称? 对此,我都存在疑问。

想得倦了,我转身进了厨房,做些家务活。我只有一个女仆,她和我年龄相仿。我在烟囱附近忙活,她在门边劳动。这时传来敲门声,她去开了门,立刻有人对她说:"上帝保佑你,好女孩,你能给口渴的人一杯牛奶吗?"她回答,房子里没有牛奶。"噢,但远一点的牛奶场有。你我都知道,虽然赫耳墨斯①没有教过你,即使每个牛奶场都有一座房子,但每座房子并不都是牛奶场。"虽然她对他说的话一知半解,但她一遍一遍肯定地告诉他,她没有牛奶可给。这个陌生人回答说:"那么,发发慈悲,给我一杯冷水吧。"女孩说她去泉边取点水来。"不,给我杯子,容许我自己去取吧。我的手脚既未上镣铐受束缚,也未瘸未拐,我如果叫你去替我去取水,作为报应,我应该葬身乌鸦之腹。"她给他一个杯子,他转身到泉边取水去了。

我静静地听着他们的对话。那人所说的话在我听来没有什么特别之处,引起我注意的主要是他说话时的音调。这个音调于我是完全陌生的。哥哥和浦雷尔的声音都不仅充满活力而且悦耳动听。我天真地猜测,在这方面没有人能超越他们。现在我终于发现我错了。我说不清他的语调留给我的印象,也不能描述这些话中的力量和温柔是怎样恰到好处地糅合在一起的。这些话他讲得字正腔圆,在我

---

① 希腊神,为众神传信并掌管商业、道路、科学、发明、口才、幸运等。(译者)

的人生经历中，我从未听到过这种语调。还不仅仅是这些，这声音不仅流畅、清晰，重音还那么正确，语调还那么热情洋溢。听了这话，铁石心肠的人也不会无动于衷。总之，它表达的是一种既自然而然又无法抑制的情感。当他说"发发慈悲吧"时，我拿在手中的衣服滑落到地上，我的心中充满同情，我的眼中溢满泪水。

对你来说，这些描述微不足道或难以置信，但这些情况的重要性在以后的事件中会得到证明。就我所知，在这场景中我受到的影响是整个事件的起因。这样的语调我以前的确未曾听到过，但它瞬间使我泪水溢满眼眶。这在别人听来难以置信，我自己也难以理解。

很容易猜想，我对这位神秘的访客以及他的行为举止有些好奇。踌躇片刻之后，我走到门边看他的背影。当我看到他就是半小时前出现在河岸边的那个人时，你可以想象我有多惊讶。我曾经像着了魔似的，把他想象成一个完全不同的人。我急迫地创造出一个身材、姿势、装扮都与说这些话、发这些音相称的人，但这个人在肉眼所能见的各个方面，都与我想象的幻影截然相反。这太奇怪了，我不能迅速而心甘情愿地接受失望。相反，我回到厨房，一头扎进放在门对面的椅子里，陷入沉思。

几分钟后，我的注意力被那个陌生人唤回，他拿着个空杯回来了。我没想到会出现这样一种境况，不然无论如何应该选择另一个座位。他一出现，我隐隐约约觉得不合适，再加上突然与他碰面，事先我没有预料到，没有心理准备，这使我处境非常尴尬，痛苦异常。他表情平静，但朝我望了一眼后，立马像我一样脸上容光焕发。他把水杯放在椅子上，结结巴巴地说声谢谢，就消失了。

过了好一会，我恢复了应有的镇静。我只匆匆看了一眼陌生人的面容，这一眼所产生的印象非常清晰，难以忘怀。他脸颊苍白细长，眼眶凹陷，额头盖着乱蓬蓬的头发，牙齿虽然健康洁白，但大而不整齐,下巴因为皮疹而变了色,他的皮肤像谷粒般粗糙,肤色发黄,脸盘使人想起倒圆锥的形状。他面部的每一部分都远远谈不上英俊漂亮。

　　但是这张脸有一些突出的特征。乱蓬蓬的头发遮掩下的前额,显露出难以言表的平静;深邃的、炯炯有神的目光虽带有几分野性,却令人无法抗拒;面部流露出的某种无法描述的特质显示他思维极其缜密。与他不期而遇对我生活的影响不同凡响。这张脸我就看了一眼,却长久地占据了我的脑海,我几乎想不起所有其他的人。那天晚上,我故意和哥哥一起度过,但这张脸如此令人难以忘怀,我无法抵挡把它描画在纸上的冲动。无论是由于某种特别的灵感所辅助,还是被我自己喜爱的感受所欺骗,这张画像虽然匆匆而就,我却喜爱至极。无论我把它置于哪里,或远或近,或明或暗,我的目光总很难从上面移开。夜已过半,我还毫无睡意,总是在想这幅画像。人有时候很清醒,又很固执,有时又很容易屈从于冲动,有时又认定方向毫不动摇。这是一连串事情中第一个相关联的事情,而我又几乎完全无法预见这一连串关联事情的最终结果。

　　第二天,天空黑暗,狂风肆虐,伴随着阵阵雷声,大雨倾盆而下。雷声从对面的斜坡上反弹回来,震耳欲聋。这样恶劣的天气,我没法走出去,我也没有心思离开住处。过了一夜,这幅画像对我的吸引力有增无减,我又开始注视这幅画像。我把平常所做的事放在一边,在窗边坐下,一会看看窗外的狂风暴雨,一会又注视着放在我面前桌子上的这幅画,就这样不知不觉过了一天。也许,你会认为这种行为有点不同寻常,认为我的脾气有点怪异。但我一点都没意识到这有什么不同寻常或者怪异。这么专注于这幅画像无非是认为它有非凡的特性。人们也许猜想这就是每个少女情窦初开,首次被感情击中心扉的情形,即使事情并非如此时也往往这样猜测。我不想驳斥这种猜测的合理性，让大家去猜测吧，别人爱怎么猜测，随他们去。

夜幕终于又降临了，狂风暴雨已经停止。空气又变得清新宁静，与先前狂风暴雨的喧嚣形成鲜明的对比。我在黑暗中坐在窗前，像白天一样，沉思良久。为什么我总闷闷不乐，有种不祥的预感呢？为什么我总要唉声叹气，且泪水盈满眼眶呢？刚刚过去的暴风雨是我即将崩溃的前兆吗？我细细地想着哥哥和他的孩子们，心中充满无限的柔情，但想到他们只不过增加了我的悲伤。这些可爱的孩子的笑容一如既往，无忧无虑；他们父亲也一如既往，体面尊贵，但我想到他们却极度痛苦。有什么东西在我耳畔轻声细语地告诉我，我们目前所享受的幸福的基础开始动摇了。死亡肯定要降临到我们所有人的身上。我们的幸福注定要被摧毁，我们注定要低下年迈的头颅，放弃自己的尊严，这都是人类无法解决的问题。以往，我很少有这些想法。我尽力避免去思考人类固有的命运，因为我对此满怀恐惧，但现在我越来越强烈地感到命运的无常。我对自己说，我们注定要死，我们迟早要从地球上永远消失。不管是什么纽带把我们的命运联结在一起，它都要断裂。生命的这种情景总的来说是一场灾难。当知道生命要终结时，很多人都会为即将降临的不幸感到痛苦，特别是那些财产丰厚的人，后悔没有享受到更多的喜悦。

有时，我情不自禁地沉浸在这些令人沮丧的想法中不能自拔，到最后，这种想法引发的沮丧让人沉痛得难以忍受。我试着听听音乐，减轻痛苦。我能熟记祖父留下来的所有优美曲调和诗歌。我碰巧读到记述一位德国武士命运的叙事诗，这位武士在布永的戈弗雷围攻法国尼斯时阵亡。我的选择是不合时宜的，因为野蛮的暴力和血腥的杀戮场面使我产生了另一个新的想法——战争的恐怖。

我想用睡觉来逃避，但是没有用，我的脑子里挤满了逼真却混乱的人物。我做了各种努力，但都不足以把他们驱赶出我脑海。就这样,我听到挂在我房间墙上的壁钟"当当"敲了十二下。这钟原本挂在我父亲的房间里,是我父亲亲手做的。我父亲手艺精湛,家庭的每一个成员对此都很崇拜。在分割财产时,这钟分给了我,我就把它挂在这里。钟声敲醒了一连串有关父亲去世的回忆。我正要开始追忆往事,就听到一阵耳语。那声音好像就是贴近我耳畔的嘴唇发出来的。

在这样的环境中听到如此的耳语,我感到惊恐也不足为奇。我的第一反应就是轻轻地尖叫了一声,然后把整个身子蜷缩到床的另一边。一会儿后,我恢复了常态。这种情况对大多数人来说或许是一种折磨,他们害怕鬼怪或者盗贼,但我一贯认为这里很安全,没有鬼怪或者盗贼,因此也没有采取任何方式来对抗他们、保护自己。我很快恢复了平静。很显然,这耳语是某个紧贴我床沿的人发出来的。我首先想到的是和我住在一起的女仆发出来的。也许,有什么事惊吓了她,或许她病了,来向我求助。她是想通过在我耳边耳语叫醒我,免得我受惊吓。

这个想法很有说服力,于是我喊道:"朱迪思,是你吗?你要什么?你没事吧?"没人回答。我重复了一遍,同样没有回答。窗外乌云密布,我的床上罩着床帘,什么也看不见。我撩起床帘,把头支在胳膊肘上,凝神静听,试图听到某种新的声音。同时,我左思右想,回想起每种能帮助我判断的情形。

我的住处是两层楼的木结构建筑,每一层左右各有两个房间,中间由入口或通道隔开,通道连着两边的门。在底层,通道两端各有一扇门和一级楼梯。在二楼,房门和窗户遥遥相望。房子东面是侧厅,也同样分成上层和下层,其中一间用作厨房,隔壁是会客室,厨房上面是仆人的卧室,隔壁是另一间卧室。西面的侧厅小一些,房间面积不足八平方英尺。下面的房间用来存放工具,没有窗户;上面的房间是个暗室，用来放我的书籍、纸张，只有一个窄小的小窗用来采光、通风，人很难钻进来。这边的房间只有一个门，从隔壁房间即我的房间进入。这扇门离我的床头很近，常年上锁，只有我自己能进。下面的走道晚上往往都关着，并且上了门闩。

女仆是唯一与我相伴的人，她要先经过对面的房间和中间的通道，才能走到我的房间，但中间房间的门通常都不上门闩的。如果她不经意弄出响声，我这样叫喊她，她会回答我的。因此，没有别的结论，只能是我误会了一些声音，我的想象力把一些偶然发出的响声误当成人发出的声音。我对自己的这番解释非常满意，正准备躺回去时，我再次听到耳语，声音就在耳边且更响。像前一次一样，声音好像就从紧贴我枕头的嘴唇里发出来的。但是，仔细听了一秒钟后，我很清楚这声音是从暗室里传来的，暗室的门离我的枕头不足八英寸。

第二次干扰所引起的震动不如前一次激烈。我惊跳起来，但没发出任何受惊的响声。我竭力控制着自己的情绪，继续倾听，看看接下来那声音要说些什么。这次耳语清晰，声音沙哑。说话的人希望所说的话被某个在近处的人听到，同时又小心谨慎地避免让其他人偷听到。

"停，停，我说，你这疯子！难道没有比这更好的解决办法吗？你这样胆大妄为会遭报应的。不必开枪。"

在离我枕头那么近的距离之内，某人焦急、愤怒地说。对于这些话，我还能解释什么、怎么解释呢？因为害怕未知的危险，我的心开始怦怦直跳。一会儿，同一地方传来另一个声音，答道："为什么不？这件事是我挑起的，但是，如果得寸进尺，我要下地狱的。"这时，第一个声音传过来，因为愤怒，声音比耳语稍高，说："胆小鬼！站到一边去，看我怎么做。我会抓住她的咽喉，立刻把她做掉，她连呻吟的时间都没有。"听到这些可怕的对话，我整个人吓呆了，多么惊悚啊，杀人犯隐藏在我的暗室里！他们在策划阴谋，准备毁灭我。一个决定用枪射击，另一个威胁要掐死我。办法一确定，他们就会毫不犹豫地破门而入。在这么危险的处境中，立刻逃走是上上之策。我想仔细考虑一下，但恐惧给速度增添了翅膀，我披着单薄的罩衣，跳下床，冲出房间，跑下楼梯，飞奔到户外。我几乎记不起自己是怎么旋转钥匙、抽出门闩的。恐惧迫使我几乎机械地往前冲，一直到哥哥的门前，我才停下来。因为强烈的情绪波动和剧烈的奔跑，我筋疲力尽，来不及跨过门槛，便感到一阵晕厥，身子一沉，昏死过去。

我不知道我昏厥了多久。当我悠悠醒来时，发觉自己已经躺在床上，嫂子和她的女仆围在床前。对眼前的情景，我一时没反应过来，慢慢地我回忆起所发生的事，并尽我所能回答他们急切的询问。浦雷尔碰巧也在这里，前一天的暴风雨正好使他留了下来。哥哥和他得知每一个细节后，提着灯，拿着武器，一起奔向我的住处。他们进入我的房间，我的暗室，发现每一件东西都在原来的位置，有条不紊。暗室的门上着锁，在我离开这段时间里，没有被打开过的痕迹。他们走到朱迪思的房间里，发现她正睡着，很安全。浦雷尔小心翼翼，避免惊吓这个女孩，但发现她对所发生的事一无所知。他们叫她回到她自己的房子里去，然后关好门，回哥哥家了。

我的朋友们倾向于把这件事情看成是一个梦。严格说来，他们不相信那些人实际上被关在暗室里，因为在那种情况下，从外面走进去或者从里面走出来显然是不可能的。如果不是为了掩盖抢劫的阴谋，策划谋杀是不可置信的，但是屋子里的家具、暗室里的财物都留在原来的位置，很安全，很显然没有被抢劫的痕迹。

我回忆起每一个发生过的细节，每一个听到过的语调，我相信它们的真实性，但反过来，突然发生了一般情况下不可能发生的事，这在某种程度上使我产生怀疑。这异乎寻常的经历对我影响深刻，直到在哥哥住处待了一星期后，我才下决心回到我自己的住处居住。另一件事情更增添了此事的神秘色彩。即使在我恢复后，家人还很关心我的处境。因为那天，我还没跨进门或者发出讯号，就已经晕倒在门前。哥哥说，我卧室里发生耳语事件时，他自己正好因为有点不舒服，还没睡着。按照他的习惯，他会思考某个他感兴趣的话题。突然，一声非常尖锐刺耳的声音打破夜的肃静，那声音就好像是从他卧室下面的大厅里发出来的。"醒醒！起来！"那声音喊道，"快点起来去救救那个倒在你门前快要死去的人。"

这声召唤很奏效。由于这声召唤，屋子里所有的人都起来了。浦雷尔是第一个听到召唤起来的，在他到达大厅之前，哥哥超过他，跑在他前面。发现我躺倒在门前的草地上，四肢无力，面色惨白，濒临死亡，大家是多么的吃惊啊！

第三次出现这种声音了，每一次都是为了我们的利益而发出的。这次发出声音的人和前面几次一样神秘莫测。反思这些事情，我既感到惊愕、敬畏，又觉得不安。我以为自己听到了暗室的谈话，我真的被欺骗了吗？我再也不会对那些神秘声音的真实性表示怀疑，那声音曾在山脚下召回我哥哥，曾为浦雷尔送来德国女友的死讯，最近又召唤他们来帮助我。

但我又该怎么看待这次的午夜对话呢？沙哑、男子似的声音商讨致人死亡的办法，离我的床头这么近，又是在这么一个时间！我原来的安全感怎么就消失了呢？我的住处迄今为止一直都是未受侵犯的庇护所，可现在我的生命安全受到了威胁。独居，我以前非常珍视的独居，我现在再也不能忍受了。浦雷尔同意在春天的这几个月里住在那间空着的房间里陪伴我。他取笑我心中的恐惧。不久这些恐惧就完全消失了，因此对于他哪些夜晚住在我的房子里，哪些夜晚住在哥哥的房子里，我完全不加理会，这样的安排大家都很满意。

# 第七章

　　我不再一一列举这些事情所引发的各种调查、猜测。尽管做了种种努力，也没有驱散萦绕在我们心中的谜团。随着时间的推移，我们没有找到真相，反而加深了各种疑问。尽管近来被这件事情所困扰，我也没有忘记那天与那个陌生人的会面。我向朋友们讲述各种细节，展示他的画像。浦雷尔回忆他在城里曾碰到过与我描述相似的男子，但他对那人的面貌和衣着没有印象，不像我对此印象深刻。他趁机打趣我，用旅行中所遇到的许许多多可笑的趣闻逸事揶揄我。他毫无顾忌地告诫我，我已经坠入情网，并扬言他碰到那个乡村情郎时，要告诉那人要交桃花运了。

　　浦雷尔的脾气是容易为一时的印象所影响的。和我们聊天时，会偶尔露出久违的轻松活泼，虽然他的急性子有时会引起麻烦，但他是没有恶意的。我不担心我的性格或我的自尊在他那里遇到麻烦，当他宣称下次碰到那个陌生人，要把那人介绍给我们的熟人时，我也没有觉得很不愉快。

　　几个星期后的某天，我劳累一天后筋疲力尽。太阳下山时，我发觉自己想去散散步，放松一下，全身心地放松。从我所在的地方开始往上，有相当长一段河岸，非常陡峭，高低不平，不容易上下。斜坡上有一凹陷处,靠近属于我的一小块领地的边缘。在这个凹陷处,有个小小的凉亭,建了栏杆,放了座椅。与建筑物相连的岩石裂缝里,喷出一股水流,纯净甘甜;水流从六十英尺高的崖石上一层一层跳跃而下,发出潺潺的流水声,给空气带来股股清凉,潺潺的流水声使心灵得到最大的抚慰。此外周围还有隐藏在树林中的雪松、围绕栅栏而生长的一簇一簇的忍冬发出阵阵的清香。这里是我夏季最喜爱的去处。

这一次,我就走到这里。由于长时间的思考,我身心疲惫,精神萎靡不振。我一屁股坐在椅子上,身心极度倦怠。瀑布的流水声令人昏昏欲睡,薄暮中草木的芬芳使我的情绪平静下来。不久,我沉沉睡去。要么是我的姿势使我不舒服,要么轻微的不适干扰了我的睡眠,引起梦中不愉快的色彩。我脑子里出现了许多毫不相干、杂乱无章的画面。最后出现的画面是,在暮光中,我朝哥哥的住处走去,我不知道路上某处挖了深坑。在我漫不经心地继续往前走的时候,我看见哥哥招着手叫我快点走。他站在坑的另一边。我加快了步伐,如果不是突然有人从后面抓住我的胳膊,并焦急恐惧地大喊"停!停!",我就会再往前跨一步,跌入万丈深渊。

声音惊醒了我,紧接着,我霍地站了起来,发现周围已经一片漆黑。幻想的画面太可怕也太暴力,我似睡非睡,似醒非醒,一时失去了行动能力,看不清我的真实处境。我惊讶地发现自己独自一人在空旷的户外,被浓浓的黑暗所包围。我先是恐慌,后是心神不宁。我慢慢地回忆起下午发生的各种事情,以及我是如何来到这里的。我无法判断现在是什么时候了,但加快速度回到屋子里是最恰当的选择。我脑子还太晕,周围又太黑,不能马上找到那条陡峭的路。因此,我又坐了下来,恢复一下,仔细考虑我的境遇。

我一坐下来,就听到一个低低的声音从我坐着的栅栏后面传来:

"当心！当心！但不要害怕。"在岩石和栅栏之间，有一个裂口，其宽度不足容纳一个人的身体，但就在这个裂口里，他——那个说话的人就待在那里。

我惊跳起来，大喊道："天啊！那是什么？你是谁？"

"一个朋友，一个来救你的朋友，不是来伤害你的。不要害怕。"

我马上听出，这声音和我在暗室里听到的一个声音是一样的。这就是那个提议用枪射杀我而不要掐死我的声音。立刻，我害怕得呆若木鸡，口不能言。他继续说道："我想与人联合谋杀你，我后悔了。记住我的吩咐，你就会没事。避开这地方，这里到处都是死亡陷阱，在其他地方，危险就远离你。若你珍爱自己的生命，就避开这里，避开这地方。千万要记住我的警告，你会得益于我对你的警告，但对其他人要三缄其口。如果你露出一点点口风，你的命运就不可知了。想想你父亲吧，所以要切记啊。"

说到这里，声音戛然停止，剩下我独自一人，惊慌失措，满脑子里想着他刚才对我的劝说。留在这里的每个分分秒秒，我的生命都处在危险之中，但我害怕掉入悬崖，迈不开脚步。通往山顶的路不长，但高低不平，错综复杂。没有一丝丝光线，甚至连星星微弱的光芒都被树荫遮挡住了。我还是无法迈开脚步。我该怎么办？去或留都同样有不同寻常的危险。

在犹豫之际，我看见一丝光亮划破黑暗后消失了。紧接着，又看见一丝更亮的光在黑暗中停留了一下，非常短暂，却照亮了入口处的灌木丛，光亮一点紧接着一点，持续了几秒钟，最后，又是无边无际的黑暗。

最初看到的那点光亮在我脑海里唤起一连串恐怖事件。在这个地方，我面临毁灭。刚才听到的声音警告我要避开这地方。如果我拒绝，它就用我父亲的命运来威胁我。我也很想离开，但没法服从，我迈不开脚步。在闪光划破夜空时,父亲倒下了,或许也正是在这个时间点上——这些光点就像是前奏,我好像看见要除掉我的利剑悬在我头上,我全身战栗。

不久,更亮的光从右边穿过栅栏,照射过来。从上边的悬崖边传来喊声,喊着我名字。是浦雷尔,他提着灯笼来找我。听出是他的声音,我欣喜若狂,但我脑子混乱极了,以至于直到他叫唤好几遍后,我才有力气回应。最后,我匆匆地离开这个致命的地方,顺着灯笼的指引,上山了。

我脸色苍白、气喘吁吁,几乎站立不住。我难得离家,所以浦雷尔焦急询问我离家的动机和为什么如此惊恐不安。他从哥哥家回来时已经很晚了。朱迪思告诉他,我在太阳下山前就走出来,到现在还没回去。这个消息令他担忧,他又等了一段时间,但还不见我回家,就出来找我。他十分仔细地搜寻了附近,但没有我的踪影。正准备把这情况通知我哥哥时,他想起了河岸边夏天避暑的凉亭,才找过来。他认为不太可能有什么事情使我在这里逗留,便又一次询问我为什么在此地逗留,以及我的表情为什么看上去这么困惑,这么恐慌。

我告诉他我下午就在这里闲逛,坐下来歇脚时睡过去了,醒了才几分钟,他就到了。我不能再告诉他其他事情。此时此刻,我的思想斗争激烈,几乎不能确定哥哥试图诱使我踩进去的那个深坑,以及栅栏后传过来的声音,是不是也是那个梦的一部分。同样,我记得保守秘密的训诫,以及如果我轻率地泄露听到的秘密所要遭受的惩罚。因为这种种原因,我闭口不提那件事情。之后,我把自己关在卧室里,独自一人冥思苦想。

毫无疑问,我所述说的事情对你来说就好像是神话故事。你会认为这些不幸的事情使我失去了理智,我在用我脑子里的奇思妄想而不是真正发生过的事情来消遣你。如果你这样猜测，我也不会觉得惊讶或觉得被冒犯，但我的确不知道你怎么能否认这些事实的发生。因为对我来说，我是直接的目击者，这些事存在着许多值得困惑的地方，但只因为我的叙说，怎么能对另一个人产生影响呢？只有随后发生的件件事情，才毫无争辩地使人确信我的感觉是真实的。

与此同时，我又做何感想呢？毫无疑问，我确信有人已经谋划好要取我的性命，流氓恶棍已经联合起来要谋杀我。我得罪谁了？他为何要与曾经和我说过话的那个人联合起来谋杀我？谁能够给他凶残的目的提供方便？

我的脾气既不专横也不残酷，相反，我常常因为有些孩子所遭受的不幸而对他们深表同情。但这种同情并不是无聊的多愁善感，尽管我不那么富足，但我总是能慷慨解囊，救济穷人。通过我的努力，许多不幸的人脱离贫穷和疾病，作为回报，他们对我非常感激。我从未看到过某人因为我的接近而低下头，也从未听到一句诅咒的话。正相反，因接受过我的帮助而改变命运或只通过名声知道我的人，没有一个人不是对我笑脸相迎、尊敬相送的。基于以上种种感觉，我怎么能相信这个阴谋的目的是要取我的性命？

我的勇气消失殆尽，因而无法在危险中表现得深思熟虑，平静镇定。我冒着生命危险，对这件事保守秘密，但现在困惑烦恼，惊恐万状。我活到现在，从未害怕过死亡，但一想到有人从背后突然袭击我，或者有刺客用乱刀来砍我，我就不寒而栗。我曾经做过什么，要遭此报应，成为阴谋的受害者？

但是，等等！那声音不是告诉过我，除一个地方外，我在其他地方都是安全的吗？为什么这种阴谋只限在那个地方，只在那个地方起作用呢？我在所有地方都一样，都是毫无防卫之力的。一直以来，我的屋子、我的卧室都是可以长驱直入的。危险仍然盘旋在我头上，血腥的目的仍然存在,但是那只要置我于死地的手,在其他所有地方都是无能为力的,只有一个地方除外!

刚刚过去的四五个小时,我就待在这里,没有采取任何的抵抗或防护措施,但我没有受到袭击。有一个人在附近,他知道我的存在,并警告我从此以后避开这个僻静的地方。他的声音不完全陌生,但除了以前曾听到过一次外,我就再也没有听到过吗?但他为何禁止我把这件事告诉其他人呢?假如我不听,会赐给我哪种死法呢?

他谈起我父亲,明确表示泄露这件事会给我带来和父亲一样的命运——毁灭。那么,我父亲的死亡,也是某人的阴谋吗?这好像应该是那个人获悉了我父亲死亡事件的真相,知道是什么导致他的死亡。死亡会不会也降临到我头上,就看我能不能遵守保持沉默的命令。是不是我父亲也违反了类似的命令,因此遭受如此可怕的惩罚?

我的脑子就这样胡思乱想,结果一夜未眠。昨晚由于我的失踪,浦雷尔把想告诉我们的那件事压下了。第二天早晨吃早餐时,他告诉我们了。他说昨天早上很早的时候,他有重要事情,去了一趟城里。他在咖啡厅消磨一小时,在那里他遇见一个人。这人的外貌使他马上想起我曾经提起过、短暂拜访过我家的那个人,他特别的面容和声音曾经给我留下那么深刻的印象。他留心观察,确定此前这个人和他在欧洲也有些来往,因此浦雷尔和他随意搭讪。根据浦雷尔所说,聊了一会后,因为记着那陌生人在我心中的地位,便斗胆邀请他来麦丁根做客。那人愉快地接受邀请,并答应第二天下午来。

听到这个消息,我的心情再也不能平静了。我当然渴望浦雷尔告诉我他们以前来往的详情,包括他们是什么时候、什么地方遇到的,他对那个人的生活、性格有什么了解。

他回答说，三年前，他到西班牙旅行，从巴伦西亚①游览到萨贡托②，想看看散布在城镇周围的辉煌的古罗马遗迹。穿过古萨贡杜姆剧院遗址时，他偶尔瞧见这个人正坐在一块石头上，在仔细研究天主教执事马蒂的著作，全神贯注。简短的聊天后，浦雷尔得知这个陌生人是英国人，之后他们一起回到巴伦西亚。

那个人的装扮、外貌以及行为举止等，完全是西班牙式的。在西班牙居住的三年里，他孜孜不倦地学习西班牙语，努力保持与当地居民一致的风俗习惯。正如他决定展现的那种特征，与当地居民很难区分。浦雷尔发现他与城里许多杰出的商人有联系，他跟他们交朋友并受到尊敬。他信奉天主教，后取了个西班牙名字卡尔文替代原名。在新的国度里，他专注于文学和宗教。他没什么工作，依靠来自英格兰的汇款生活。

浦雷尔留在巴伦西亚时，卡尔文不讨厌与他交往。浦雷尔也觉得这位新朋友魅力十足。卡尔文非常聪明，也十分健谈。他的足迹遍布西班牙的各个角落，无论是有关古代的还是现代的话题，他都能侃侃而谈，细节详尽准确。在涉及宗教问题和他自己变成西班牙人之前的人生经历时，他却始终沉默不语。你只能从他的只言片语中推断出他是英格兰人，对邻国相当熟悉。

他的性格激起浦雷尔极大的好奇。他在各种不同场合所表现出来的知识和能力，证明他改信天主教并不是件轻而易举的事情。有时会使人产生猜测，他是为了某种政治目的而假装信奉天主教。然而，最细致的观察也不能发现原因。任何时候，他的举止既非恶意的，也非装腔作势的。他具有爱思考、爱隐居的人们所特有的习惯。

---

① 西班牙一港市。（译者）
② 巴伦西亚附近的城市。（译者）

他好像已经喜欢上浦雷尔了，而浦雷尔也很快喜欢上他。

在那个城市又住了一个月后，浦雷尔回到了法国。从那时起直到卡尔文出现在麦丁根，再也没有听到过有关他的消息。

在这种情况下，卡尔文保持冷淡并一本正经地接受浦雷尔的问候，这使浦雷尔不太习惯。卡尔文注意到浦雷尔要询问他有关离开西班牙的情况时，他故意避而不谈。他曾经公然宣布决定在那里度过一生。他坚持不懈地把浦雷尔的注意力转移到不相干的话题上去。谈及那些不相干的话题时，他还是像以前一样口若悬河，滔滔不绝。浦雷尔猜想不到他为什么一身乡村人的装束。也许是因为贫穷，也许是因为某种动机使他改变。他有意隐藏这动机，但动机又跟此时此刻的结果密切相关。

总的说来，这些就是我朋友浦雷尔告诉我的信息。现在有一件新事情让我思考，让我担忧。那天大部分的时间，我独自一人，自由思考。要是没有自由思考的时间，不管做什么事情都会令人厌倦。傍晚时分，我将被引到他面前，聆听我曾经听过的那个令人激动、魔力十足的声音。但他会以怎样的新形象示人呢？

卡尔文是罗马天主教的信徒，但生在英国，也许接受的是新教的教育。他曾选定西班牙作为他的定居地，宣布将在那里度过一生。但现在他成了这个地区的居民，装扮得像个小丑似的来掩盖他的真实身份。是什么使他涂抹掉自己年轻时的心愿，使他公开放弃自己的信仰，甚至自己的国家？后来又发生了什么事使他完全改变计划呢？离开西班牙时，他有没有皈依祖先们的信仰？他之前的转变都是骗人的，还是他的行为受制于某种小心翼翼隐藏起来的目的？

这些想法在我脑海里翻腾，就这样，几个小时过去了。我思考得很深入，当这一连串的思考被打断时，我开始惊讶地思索自己的处境。从我父母双亡直到今年年初，我的生活都是平静而幸福的，而且比大部分的普通人都要平静和幸福。但现在,我的心被焦虑啃噬着。我对未知的危险感到恐惧,我觉得未来是这样一种景象:乌云翻滚,雷声隆隆。我拿前因和后果相比较,它们似乎完全没有联系。不知不觉,某种我无法解释的力量,将我从一个安全的、高高在上的位置,推进了无穷无尽的烦恼中。

我想今晚去拜访哥哥,但还是犹豫不决。浦雷尔含沙射影,暗指我坠入情网。他的暗指根本不影响我的信念,但我意识到也许在面对面相互介绍时,他也会在场,他的在场会使我更加尴尬,会使他更加坚信我已坠入情网,从而产生新的玩笑。我最苦恼的是他在这个事情上开玩笑。假如他知道这件事对我的幸福的影响,根据他的性格他是不会坚持的,但我就是要尽力消除这种影响。我真正不幸的根源是放在心里的另外那件事。要是被我朋友知道,只会让他认为我是愚蠢透顶。因此那件事要是被他发现,将会大大加深我的悲哀。

# 第八章

　　到了傍晚，我就去拜访哥哥。哥哥把我迎进家时，卡尔文也在。他的外貌和我上次见到时没啥变化。他的衣着也与以前一样简陋粗俗，乡气很重。我好奇地凝望着他的面容，我的位置让我能仔细地慢慢观察研究。从容不迫的观察使我不会错过他脸部每一个奇妙的特征。我无法否认对他脸上流露出的智慧的尊敬，但对于他是一个可怕的人还是一个可亲的人，以及他的能力是为善的还是为恶的，我彻底迷惘了。

　　他少言寡语，但他所说的话都富有深意，而且说得清晰准确，强调重点到位。尽管他的衣着不优雅、举止不完美，但他却能用娴熟的技巧来讨论所有的话题，毫无故弄玄虚、矫揉造作之感。他不说情绪化的观点以给人不好的印象，相反，他的评论表明了他宽宏的态度和豪迈的情怀。他毫不夸耀地表述自己的看法，说话时那种认真的态度也表明他很诚挚。

　　他不久就跟我们告别，谢绝了在这里过夜的邀请，但欣然同意下次再来。自此，他经常来拜访，每来一次我们的感情都会更亲近一些，但对于我们最好奇的事情，他还是闭口不谈，因此我们对此一无所知。他故意避开他的过去和现在的处境，甚至他在城里的住处都对我们保密。

在这方面,我们有点缺乏创见。无可置疑,这个人天资聪颖。我们对他评头品足,对他的行为举止进行详细的评论。当时的情况,也许超过你的想象。我们私下聚在一起时,他的每一个手势、每一个眼神、每一个口音,无一不是我们谈论的对象。我们再依此进行推断,有充分理由认为他的行为举止不同寻常,是经过特别训练的。我们利用每一次机会,对他进行仔细观察。但过了很长一段时间,我们还是收集不到令人满意的信息。他根本不提供丝毫依据让我们做出貌似有理的推断。

在早期的交往中,出于礼貌,我们一丝不苟地遵守一些行为准则。常来常往后,我们渐渐地熟悉起来,我们有充分的理由变得更加随便。如果出于对我们的幸福安宁无私的关心,我们会允许别人打听我们的境况。这种关心不仅可以被原谅,而且是出于正当的要求,因为我们是朋友。但卡尔文的行为举止高深莫测、严肃认真,在这样的情况下,友情的发展要缓慢许多。

然而,为了这个目的,浦雷尔终于开始采取正常的方式进行打听。他时不时地提起他们原先碰到时的情形,谈起西班牙人和英国本地人在习俗和宗教上的不同。对于在地球的这个角落里遇见我们的这位客人,他表示非常惊讶,特别是他们在西班牙分手时,他以为卡尔文是永远不会离开那个国家的。他旁敲侧击地说,肯定有什么非凡的、重大的目的导致了这么大的变化。

对于这些旁敲侧击,卡尔文往往不做回答,或避重就轻。他说大不列颠人和西班牙人信仰同一个神,由于同一种戒律,他们有着同样的信念,他们的思想汲取着同样的文学源泉,他们说着同一语系的各种方言,他们的政府和法律的相同之处多于不同之处,他们原本就是同一帝国的不同行省,直到最近还信奉同一宗教。

至于促使人们改变住地的原因，肯定是难免的，是暂时的，充满变化的。如果不是因为婚姻、父母的关系，或工作性质的关系，或是为了生存而被羁绊在某地，人们会因为无数种原因改变住地，而且改变住地的诱因会比留在原地的诱因更多，更具说服力。

卡尔文说得头头是道，假装他不知道浦雷尔说话的意图，但有些迹象是显而易见的，那就是他决不让人看透自己。这些迹象是从面部表情读到的，而不是从他所说的话中听到的。一旦我们说出我们的好奇，他的面部表情就会变得更加沮丧，而且眼窝完全凹陷进去，要经过明显的挣扎才能恢复常态。因此，很显然，我们可以推断他是在反思生活中发生的一些事情，并觉得后悔。既然这些事情小心谨慎地被隐藏起来，所产生的后悔也费力地抑制住了，那么这些事情不仅仅只是悲伤而已。经仔细观察，我们认为他不是刻意谋划，来激起我们对这些秘密的好奇，而是觉得内疚或是小心掩盖所犯的罪行，使我们觉得他心里有鬼。

浦雷尔、哥哥，还有我都有这些想法，这使得我们不会用更直接的方式来达到目的，满足我们的好奇。我们提的问题本可以不给对方留有假装误解的余地，但是我们认为，如果揭露真相会制造痛苦或让人觉得蒙受耻辱，那么硬是揭露出来就不近人情了。

由于他在场参与讨论，我们当然只能间接提及最近发生的各种无法解释的事情。每当这种时候，我特别注意他的语言和目光。这个话题非常特别，任何经验丰富或善于思考的人要是能清楚地解释最近发生的事情，我将钦佩至极。而卡尔文学识渊博，且见多识广，所以我非常渴望听到他的高见。

开始时，我担心他会既怀疑又暗含嘲讽地听这些故事。我以前在听到类似的神秘故事时，往往都觉得它们荒谬可鄙。现在，我怀疑在我们客人的心里也有同样的感想，但我的担心是多余的。

他严肃认真地听完故事,脸上没有一丝惊讶或不信的痕迹。显而易见,他很愉快地继续这种讨论。他的想象力不同寻常的活跃、丰富。他说有时我们得承认人类和大自然的创造者有一种灵性的交流,即使不能说服我们相信这点,他至少让我们相信了有这样一种可能。他只是根据他自己的推理得出结论,认为这样的交流是可能的,但他承认,虽然他也得知许多事例与我们讲述的有些类似,但没有哪个毫无人为操纵的嫌疑。

我们要求他讲讲这些事例,他便用许多奇妙的细节逗乐我们。他的叙述非常巧妙,充满活力,常常产生戏剧性的表演效果。那些最有条理、最细致准确、其结果最不值得相信的叙述也由这位雄辩的演讲家用完美无缺的技巧表现出来。对于每一个可能的难点,他都能提供一个现成的、似是而非的解答。神秘的声音总被认为是招致灾难的一部分,但人们总是能根据某些已知的法则加以解释:这种声音,要么是通过将声音反射到某个聚焦点,要么是通过某种管道传播而实现的。我不得不说,他的叙述虽然复杂或者绝妙,但没有一个事例和降临到我们头上的事件十分相似,因而也没有一个解决办法适用于我们的情况。

哥哥在对这些事情进行推理时比我们的客人要乐观得多。即使对卡尔文所说的一些事例,他也坚持这可能是来自上天的干扰,而卡尔文往往否定这一说法,并能找到人为操纵的蛛丝马迹。浦雷尔同样不会轻信别人,他很谨慎,不否定任何的说法,只否定他自己的感觉;只允许这些事情产生疑问,不允许这些事实影响他的信仰,尽管近来有证据证实这些经历是事实。

不一会儿我们看到卡尔文也在某种程度上选择类似的区分方式。别人讲述的这类故事,只要根据已知的规则能够解释,他会相信。他亲耳听到的又无法解释的这类故事,他会相信实际上是由更高级的生灵来传达消息的说法。出于礼貌，他的观点不会和哥哥或者我的观点相左，但根据他的理解，他不愿勉强同意我们的看法。此外，他怀疑在圣殿、在山脚下和在我暗室里听到的声音就是人的器官发出来的声音。鉴于他的这种推测，我们希望他解释一下这个结论是怎样得出的。

他回答说模仿的能力非常常见。在山脚下的那个声音是别人模仿凯瑟琳的声音，这很容易。模仿的人逃走，或躲避威兰的搜寻也并不是难事。那位萨克森女士死亡的消息是由近在咫尺的人说出来的，因为他偷听到对话，推测出她死了，而他的推测碰巧与事实相符。听见像是来自天上的声音往往被认为是一种幻听。那天晚上我遇险，大厅里听到求救的声音应该属于人的声音，那人说话时实际上就站在大厅里。他说我们不能解释那人出于什么动机发出信号，把我们引向那里，这不重要。我们对于我们周围人的环境、周围人的阴谋是多么缺乏了解。城市近在咫尺，成千上万的人居住在那里，无论什么神秘的事，他们的能力、他们的目的都可能毫不费力地对此做出解释。至于暗室里的对话，他认为以下两种推测必居其一：要么是我想象出来的，要么真的有两个人在暗室里对话。

这就是卡尔文对所发生事情的解释方式。这样解释，也许就像把最似是而非的事情交由最有洞察力的头脑来解释，但这还是不足以使我们信服。至于针对我的、有预谋的背信弃义的行为，得出的结论无疑要么是真的，要么是想象出来的。但"这是真的"这个结论是经过避暑凉亭里神秘的警告检验的，这个秘密到现在还封锁在我自己的心里。

这样的交流中持续了一个月。至于卡尔文，他不表达真正的看法，也不流露真实的性格，我们对他还是知之不深。考虑到哥哥的房子离城里比较远，在我们的挽留下，他经常留下来过夜。他一般间隔一两天就来拜访一次，所以我们一致把他认作是这房子的同住者，他的来来去去都不拘礼节。他到来时，受到自然而然的欢迎。他决定回去时，也没有强求他留下。

圣殿是我们这些人消遣的主要地方。可当我们聚集在这个庇护所里时，我们所感受到的快乐好像只是从前的一小部分。卡尔文一直很严肃。我们常常在琢磨他那难以捉摸的性格，不能确定与他的交往是好事还是不幸。这种情况下，我们感到强烈的悲哀。

我心中的忧虑与日俱增。我以前身心健康、活泼快乐，在我身上发生这种变化，我的朋友们不可能注意不到。哥哥总是一本正经，嫂嫂则是黏土做的，把她放在什么环境里，她就被塑造成什么样子。就剩浦雷尔了，他的行为举止对我们的幸福仍然非常重要。难道他也同样不再活泼了吗？

他还像以往一样，依旧反复无常，依旧诙谐活泼，但他不幸福。这个事实对我太重要，以至于不能不使我成为一个警惕的观察者。我觉察到他的欢笑是努力装出来的。当他的注意力离开我们这些人时，面部就悄然浮现不悦和不耐烦的神情，甚至连拜访都不如以前频繁，也不如以前准时。可以肯定，因为这些迹象，我心中的不安增加了。这可能很奇怪，我发现在目前的状态下，我越来越相信"浦雷尔不快乐"。

的确，这种不幸福，在我看来，其重要性依它产生的原因而定。它不因那位女士的死亡而产生，也不因威兰或卡尔文面部表情的影响而萌生。它只来自另一个源头。每当有新的迹象表明我模棱两可的行为举止可能是他不快乐的原因时，一种不可名状的心醉情迷就会传遍我的全身。

# 第九章

　　哥哥收到一本从德国寄来的新书。这是一部悲剧文学作品,是一个萨克森诗人的处女作。对于这位诗人,哥哥一直寄予很高的期望。他把波西米亚英雄杰西卡的壮举改编进一个系列剧。这是根据德国的传统,通过想象杜撰出来的,讲述了一连串的冒险行为,还有闻所未闻的灾难,既详细准确又喜闻乐见,充满冒险精神和天马行空的幻想。书中详详细细地描述了护城的堡垒、灌木丛,充满激情地描写了出其不意的伏击、硝烟弥漫的战斗、激烈的情感冲突。我们留出整个下午来排练剧情。除了卡尔文,我们都熟悉德语,因此,显而易见,他可以不来陪伴我们。

　　打算排练的那大早上,我待在家里。我心里想着与我自己处境有关的事情。我的情感、我的活力都和我心目中的浦雷尔息息相关。我痛苦时,不缺乏他的安慰。他最近的所作所为是我希望的源泉。即将到来的时光不应是我最幸福的时光吗?他猜疑我用讨人喜爱的目光看卡尔文,因此感到不安。他极力隐藏他的不安,但无济于事。他爱我,但他觉得他的爱没有希望。我想眼下不正是消除误解的好时机吗?但是通过什么方法才能起作用呢?只能是通过改变我的行为举止才能做到?但为了这个目的,我该怎样表现?

我不应当说话,既不能用眉目传递情感也不能用言语传递信息。在他正式提出来之前,他可能尚不确定我的心是属于他的,但他必须确信我的心还没给另一个人。我必须给他留有余地,可让他对我感情的真实状况产生疑问,同时又必须鼓动他坦率地表明心迹。这既不能不到火候,又不能过分,要恰到好处。界线太微妙,真是太为难了!

那天下午,我们将要在圣殿碰头,要到很晚才能分手。浦雷尔的职责是陪我回家。苍穹辽阔,空气清新,微风轻拂,预示着夜晚天气温和。月亮将在晚上十一点升起,那时,我们可以漫步河岸。也许那个时间点将决定我的命运。若给予浦雷尔适当的鼓励,他会向我倾诉衷肠,我就是世界上最幸福的人。这位男士成为我的爱人,这太好了。甜蜜的夜晚,我给你增添翅膀,你要加快速度,快点到来;还有你,月亮,我责令你,当我的浦雷尔在我耳畔低声诉说爱情的那一刻,你要收起月光,隐蔽起来,我不想让这世上的人看见我那时羞红的脸和发自心底的喜悦。

但是要怎么鼓励呢?我必须要注意不能超越界线,过了火候。然而当一个人心里充满真正的爱情时,语言和眼神不都是多余的吗?我的手势动作以及轻轻的触碰不足以传递感情吗?难道他会看不到他的手碰到我时经常会引起我情绪的激动吗?他把对爱情的冲动误当作满心愤慨,这可能吗?

即将到来的夜晚会为我做出决定。它会来的!可是想到夜幕即将降临我就感到恐惧,聚会因此必须结束,而我肯定希望这种聚会继续。当然,如果没有对夜的恐惧,也就不会有这种希望了。就这样左思右想,摇摆不定!

我不是不愿意让我的朋友们都清楚我的情感,这只是时间问题。我是带着无限的焦虑把这些情感隐藏在心里,对每个人都避而不谈。

唉！这些想象的、稍纵即逝的羞愧已经消失。我的顾虑、踌躇都是十分荒谬可笑、非常错误的。由于不恰当的、有悖常理的教育，所有的人都会这样。如果我的命运没有苦难，我还会这样，没有改变。吃一堑，长一智，我所犯的错误教会我许多智慧，让我明白在这些情感中哪些是不该表露的。隐藏应该表露的情感是极其错误的。

原计划定在下午四点开始排演。我掰着指头数着分分秒秒，总觉得时间要么过得太快，要么过得太慢，非常受折磨。我吃着食物但味同嚼蜡，做事心不在焉，不能享受片刻的宁静。一到时间，我就急急忙忙到哥哥家去了。

浦雷尔不在那里，他还没有来。通常情况下，他非常准时。他非常热心，急切地想分享排练的快乐。他和哥哥将一起分派任务。在这类事情上，他总是表现出极大的热情。他朗诵的声音与其说是甜美，不如说是洪亮，因此比起他朋友的甘美流畅，他更适合这部戏剧强烈、悲愤的剧情。

是什么事情阻止了他？也许是因为他忘记了，但这令人难以置信。即使事情更微不足道，也从没听说他忘记过。是这个计划失去吸引力了？这并非不可能，他曾说，即使他来也不能满意。那为什么我们又希望他遵守时间呢？

半个小时过去了，浦雷尔还没到。也许他误解了我们提议的时间，也许他以为我们选择的是明天，而不是今天。但是不，我仔细回想以前的情况，却发现这种误解是不可能的，因为是他自己提议这个日子、这个时间点的。今天他有空，注意力可以集中，预计明天他要全神贯注忙于其他事务，不可分身。因此他肯定是被不可预见的非常特别的事所耽搁。我们很茫然、很无序地猜测，有时也会产生可怕的想法：是不是因为他病了，或者他死了，因此耽搁行程了？

悬而未决的事情最折磨人。我们面面相觑，坐在那儿盯着通向这里的路,把每个骑马经过这里的人都当成是他。时间一点一点地过去,太阳也慢慢地西斜,最终沉入西山,还没有一丝他到来的迹象,我们终于不抱希望了。他的无故缺席对于我的朋友们来说不是不可忍受,因为对他能来已经彻底不抱希望了,他们表示应该把这项活动推迟到次日进行。毫无疑问,某些无伤大雅的事使他耽搁了,他们也相信在翌日早晨会得到一个令人满意的解释。

这些设想让我非常失落,我的失落在方方面面都影响了我。我转过头,极力隐忍我的眼泪。我跑到无人的地方,痛哭了一场,狠狠发泄我心中的委屈,用泪水洗刷我的耻辱。我心中充满愤怒和忧伤,随时都会爆发。浦雷尔不是我要强烈谴责的唯一对象,也不是遭受不公平谴责的唯一对象。我恨恨地痛骂自己的愚蠢荒唐。我从小培养的快乐天性也因此毁坏,我最美好的愿景也因此化为空气,随风而去。

我梦想浦雷尔是我的爱人,这是多么的天真!如果他是,无论遇到什么障碍,都不能阻止他的到来。他真是个没有眼光且糊涂的家伙!我大声叫喊道:你拿我的幸福作为消遣!给你好处,你却傲慢、愚蠢地拒绝!那好吧,我从此之后将自己的幸福交与自己掌握,而不交给任何其他人看守。

由失望而引起的痛苦开始让我失去理性与公正。浦雷尔得到我的欢心,但他未受感动,我以此来说服自己,但这种依据慢慢地化为乌有。我好像受到最显而易见的幻想误导,产生了错误的想法。

我找了个小小的借口,回到我自己的屋子里。我回来得比预计时间早得多。我回来得太早,没打算去睡觉,就坐在窗前,任由自己的思绪自由驰骋。

可恨的、有失身份的冲动最近一直支配着我,此时这种冲动在一定程度上消失了,但仔细、反复地思考最近一段时间的行为举止,我的沮丧接踵而至。的确，使我们理解产生偏差，做出不公正行为的情感值得痛恨。我有什么权利指望他来？不顾他的幸福，把自己的情感倾注在他身上，这不是降低我自己的身份吗？他正是要证明他的爱所以缺席，而我认为他的缺席正证明他的不爱。因为看见我的冷漠或我的反感，他感到绝望，所以他不来。为什么我要用假装或沉默来延长我的痛苦，还有他的痛苦呢？为什么不能明确地对待他，毅然决然地告诉他真相呢？

你可能不会相信，我想到这里马上有给他写信坦白的想法，但转念一想，又觉得这个做法有点轻率。不知道脑子有什么不对，竟然有那么一刹那对这种想法表示认可。我很清楚地意识到那样的坦白可能是对女性尊严最不可救药、最不可原谅的侮辱，与曾经约束过我的那种激情，也完全不配。

我回到座位上，继续沉思，再次试图给浦雷尔的缺席找到合理的解释。我猜想着在他来的路上，是不是发生了很多他不能克服的事情，所以他才没有出现。记得小时候，有一次的情况与现在很相似，我们有一个娱乐计划，他和他妹妹都要来参加的，结果他从船上掉到河里，经历了几乎被淹死的危险，因而来不了。因为他的缺席，我们的计划落空。这次是他第二次使我失望，也是他不履行计划引起的。难道是有同样的原因吗？他不是打算那天早晨横跨河流去泽西岛买一些必需的物品吗？他预定回家吃饭，但是也许某种灾祸降临到了他头上。经验告诉我独木舟不安全，而这是浦雷尔能乘坐的唯一的一种船。我也一样，天生怕水。把这些情况综合在一起，我的想法显得十分有道理。我一开始惊慌失措，现在随着思考的深入有所缓和。要是有什么灾祸降临到他头上，哥哥会以最快的速度得到消息的。想到这些，我得到了些许安慰，但新的想法又使我失去这些安慰。也许灾祸已经发生，而他的家人还没接到消息。也许潮水把他冲到海滨,要过好多天才会发现他青紫的尸体,那时才会传来有关他命运的第一个消息。

我就这样翻来覆去地思考,觉得很悲伤。就这样我被自己的想象所折磨。我并不总是这样的,我能确定只有那天我的脑子这样低能,也许与命运相关的感情来袭时,我才这样弱智。我将永远不会崇尚这种感情,仅仅这种感情就足以使我失去安宁,它本身就是灾难的根源,过早地为我挖掘坟墓。有了这种感情,再也不需要出现其他灾祸夺走生存的魅力。

有许多的危险和忧虑不可避免地困扰着人类,我目前的精神状态自然会产生一连串的思考,很自然地,我开始回忆起父亲不平静的生活和神秘的死亡。我以极其尊敬的心情缅怀父亲,每一个与他命运相关的遗物都被我极其细心地保存起来。在这些遗物中,有一本编了号的手稿,记录了他自己对生活的回忆。它的写作风格自然、朴素、独特。大量各种各样的事件按照其内在的重要性详细呈现出来,再配上对人们态度和感情的描述,因而成为我收藏物中最有价值的书。夜已深了,但我没有丝毫的睡意,我断然决定再细细地通读一遍这本手稿。

要读书,必须要点灯。我的女仆早就回到她自己房里了,因此我只好自己动手。灯和点灯工具都在厨房里。在那里,我毫不犹豫地把灯点好,但火光只够我看到那本书。我知道放书的架子和书的位置。是先把书拿下来,还是先把灯放好,似乎并不重要,但我还是先把灯放好,然后离开座位,走向暗室,我前面提到的暗室里放着书籍和文件。

突然我记起最近在暗室里发生的事情。我不知道这时是接近午夜,还是午夜已过。我和那时一样,独自一人,又无保护自己的能力。大地沉睡,了无生气,徐徐的微风带来瀑布的潺潺水声,夹杂着风吹树林时树叶发出的沙沙声,庄严神秘,又令人陶醉。那神秘的对话、令人恐惧的计划和远远超出恐惧所能引起的疯狂又重新充满我的头脑。我步履蹒跚,定定地站了好一会儿才使自己镇静下来。

最后我终于说服自己继续移步向前,走向暗室。我碰到暗室的门锁,但手指没有一点力气。我又感到一阵抑制不住的恐惧。脑子里突然蹦出一个想法:某个生灵藏在暗室里,用意险恶。我开始与恐惧做斗争时,突然想到先去把灯取过来,再开暗室的门。我后退几步,在到达房门前,我又有另外的想法。好像运动在我身上产生机械性的影响,我对自己的软弱感到惭愧。毕竟一盏灯又能给我什么帮助呢?

我的害怕没有准确的对象,经常出现在我脑海里的幻影也没有一定的样子和颜色,因此很难用语言描述。一只看不见却具有超自然力量的手,受到人类情感的驱使,选择我的生命作为目标,这样的画面令人恐惧。所有地方对我来说都一样,这个危险物都能长驱直入。即使他活动的范围受到限制,那我也完全不了解究竟哪些地方是安全的。他的同伙不是告诉过我,除了河边山凹里的避暑凉亭外,其他每个地方都没有危险吗?我回到暗室,再次把手放到门锁上。啊呀,我又一次听到那么可怕的尖叫,但愿我的耳朵早已失聪!我的理解力被恐怖的叫声所抑制。它就像钢刀的刀刃砍在我的神经上,把我头脑的组织切成了碎片,使我的每个关节也都痛苦得变了形。

这声音很大很刺耳,但事实是,这叫喊声仍然是人类的杰作。没有其他声音比它更清晰!那人喊叫时喷出的气息没有吹动我的头发,但我仍然觉得发出这声音的嘴唇触碰到我的肩膀了。

"停!停!"这就是可怕的叫人停止的声音。在这恐怖的叫喊声中,我整个心都揪紧了,所有的力气都转化为焦虑和恐惧。

我全身发抖,向前猛冲,整个人撞在墙上,同时不由自主地转过脸看看那神秘的监视者。明亮的月光泄进每一扇窗户,把房间的每一个角落都照得通亮,但我什么也没看到!

从他发出喊叫到我听到声音后开始察看,中间间隔的时间之短,简直可以忽略。但是如果有人在那里,我怎么能看不见呢?我哪个感官导致这致命的幻觉?我身体的每一个细胞还能感觉到那声音所引起的惊愕,因此,那声音确实引起了真正的振动。我曾经听到的声音,是最真实的,就像是有人趴在我右耳边说出的,但我看不见这个与我形影相随的人,他就隐匿在我的周围。

我无法描述我这时的思想状态,我的每一个感官都觉得惊愕,我的身体在颤抖,我的血液在凝固,我只意识到我有强烈的感觉。这种情况没有持续很久,好像潮汐突然涌到最高点,然后又突然平息下去。我的神志慢慢地恢复正常,不再混乱;我的心情开始变得平静,不再激动。我能思考,也能移动,我的脚恢复知觉,往房间中央走去。我敏锐地观察着四面八方,上面、下面、左边、右边,只检查一次不够。迄今还拒绝让人看到庐山真面目的他可能改变目的,再检查一次,也许就能清楚地辨认出来。

孤身一人可以让人自由发挥想象,朦胧的月色比黑暗更能激发幻想。我独自一人,窗棂的影子投在墙壁上,乌云移动,月光时明时暗,光影交错,那些影子似乎被赋予了生命,似乎在移动。微风吹进房子里,窗帘不时飘动起来,离开它原来的位置,这些运动并非都是无声无息的。每一次窗帘飘动起来,或细微的响声传过来,我都很快地看一眼,仔细地听一下,不错过每一个细节。我强烈地感觉到我的跟随者就在我的附近,而且立刻将这些动静解读为他存在的迹象,但是我什么都没看到。

当我最终能回想起刚才发生的事情时,心里的第一个想法就是,我刚刚听到的声音和在避暑凉亭里把我从梦中唤醒的声音是相似的。我们有办法能够区分幻影和实体、梦幻和现实。那个深坑、哥哥诱使我向前走、有人抓住我的手臂、后面传来的声音，这些肯定都是假想的，的确是梦里的事情。但现在这些都确确实实是有证据可以证明的，那些话、那些声音是一样的，这也使我相信我此刻是清醒的。于是，由于一些无法解释的阴谋诡计，我意识到危险的存在。同时，我的行动和感觉都不是我自己的了，都游离在我身体之外，变得完全陌生。现在，我的行动和我的想法正在发生冲突，这不也同样是真实的吗？罪犯潜藏在暗室里，这个想法不是得到了肯定吗？我的行动不是预示着安全难以保证吗？那人采取了同样的手段防止我的愚蠢产生不良后果。

在我的梦境里，那个诱使我走向毁灭的人是哥哥。在我行走的路上，潜伏着死亡。此刻我要遭遇什么样的罪恶？这个密室里隐藏着什么样邪恶的人或勾当？我感受到的这令人窒息的呼吸声是属于谁的？我敢开门闯进去吗？这可怕的阴谋是谁设下的？

会是哥哥吗？不，保护我、使我不受伤害是他的职责。这是多么奇怪、多么可怕的妄想症啊！但我一时半刻也摆脱不了这种想法。的确，能让我如此恐惧的肯定不是普通的手段。那人时时刻刻都在我的周围，是魔咒的创造者。这个魔咒现在已经在我身上显灵了。我珍视生命，还没有出现要我放弃生命的理由。神圣职责和种种自发的情感让我热爱自己的生命。当我的身体有危险时，我不应该战栗吗？但是如果那只举起来对付我的手是哥哥威兰的手，我应该怎么面对？

我的所思所想无法用既定的律法来解释。我为什么会想入非非，以为哥哥是我的敌人呢？为什么仅仅因为冥冥中有人向我传达有关我命运的凶兆，我就认为是他呢？为了什么有利的目的呢？是为了让我小心谨慎地准备好，以躲避或坚强地忍受我将要遭受的不幸？这些事情和我梦里的那些事情很相似，我现在的想法确实是因为两者的相似而受影响。狂躁左右了我的行动。起初，当我想到一个流氓恶棍藏在我房间的暗室里时，我的第一个冲动就是狂奔而逃。如果现在我还仅仅这样简单地想，无疑将经历同样的冲动，但现在他可能是我哥哥！我认为他是这场阴谋的策划者——有关这个阴谋，已经有人预先警告我了。这种想法无法抗拒，也无法减轻我的恐惧或降低我的危险。我立刻下定决心，又重新走近暗室，拉开门闩。

门是由很轻的材料做成的。锁的结构非常简单，很容易打开。通常锁打开后，不需我用力，门就自动地随着门轴的移动打开了。这扇门是向房间里开的。当然，现在这种情况，这样的效果正好，我的目的就是迅速地打开门。但是不管我多么用力，都不见效果，门就是打不开。

如果放在平时，我不会认为这种情况带有什么神秘色彩，我会认为是因为某种偶然的障碍使门无法打开，然后会继续努力移除障碍。但是现在我的脑子里只有一个想法：是某人极力阻止我开门。这无疑是我感到惊恐的一个新原因，现在我没有理由犹豫不决，我确信决定把门打开是正确的。难道除了逃离这个房间、这所屋子，就没有其他办法了？或者我不该再尝试打开暗室的门？

我不是说过我的行动是由狂躁左右的吗？我的推理曾经使我下不了决心，或动摇我的决心。我反复尝试，用尽所有力量克服障碍，但都无济于事。我努力想把门打开，但有人试图阻止我，他的力量比我的大得多。

粗心大意的人也许会赞同这个大胆的行动。但是我坚定不移的决心除了源于日常应对危险挑战之外，还能源于何处？我已经尽我所能清楚地确定这事的原因。是哥哥在暗室里边，是他尽力阻止我开门。这些疯狂的想法已经在我脑子里根深蒂固了。我告诉你当我发现所有的努力都是白费功夫,并开始用尽力气尖叫时,你就知道我彻底糊涂了,我肯定完全丧失了洞察力。

现在到了决定我命运的关键时刻。"啊,门打不开了,"我用忧伤而不是害怕的语调喊道,"我很了解你,出来吧,但不要伤害我,我恳求你出来。"

我已经把手从门锁上拿开,往后缩了缩,离开门一点点。我一说完这些话,门就随着轴回旋,悠悠地开了,暗室的内部展现在我面前。无论谁在里面,都隐蔽在黑暗中。过了几秒钟,还是无声无息。我不知道在期盼什么或者害怕什么,我的眼睛一眨不眨地盯着黑暗的暗室内部。一会儿,深深的叹息声传了过来。我凝视着叹息声传来的方向,有人从远处走近。我很快看出这是一个人的轮廓,脚步犹豫不决,走得很慢。他往前移动,我往后退缩。

最后走到房门边,他的身影清楚可辨,这个人完全不是我原来预想的哥哥,居然是卡尔文!我绝对想不到会在此时此地碰到他。我的惊愕胜过害怕:刺客躲藏在这个地方。某个神圣的声音警告过我有危险,而此刻危险正在等着我。

我回忆起卡尔文神秘的面部表情和可疑的性格。除了凶恶的动机外,还有其他什么目的把他的脚步引到这里?我独自一人住在这里,所有救助者离这里都有一段距离。他已经把自己的身体挡在我和房门之间,强烈的焦虑和恐惧使我全身发抖。

我还没有完全丧失理智,我警惕地留意他的动作,他表情严肃,但也不是没有不安。究竟流露了哪一种不安,因为光线不足,我没有发觉。他静静地站着,但目光从一个物体游离到另一个物体上。当他强大的目光落到我身上时,我缩成一团。最后,他打破沉默,他说话的语气很认真,没有困窘。他说话时,向我靠了靠。

"最近跟你说话的声音是什么样的?"

他停顿了一下,等待答案,当看到我惊恐得发抖时,他继续一本正经地说道:"不要恐惧。不管他是谁,他为你做了重要的工作。我不必问你那是不是我们同伴的声音,那个声音超越人体器官的界限,通过不可思议的方式,获得能告诉你谁在暗室里的能力。

"你是知道我在那里的。知道后,你还坚持不懈。大胆的女孩!没有人告诉你我的意图?同样的能力可以赋予这个人,也可以赋予那个人。但也许,你信任那个人的保护,你的信任是正确的。毕竟有了这样的救助者在你身边,你可以公然藐视我。

"他是我永远的敌人,阻碍我实现最好的计划。他两次介入救了你,太可恶了。我本应早点赢得你的信任。"

他更加笃定地看着我,而我每时每刻都更担忧我的安全。我非常费劲,结结巴巴地恳求他立刻离开,我这么做非常难受。但他无视我的请求,更热情洋溢地接着说下去。

"你害怕什么?我没有告诉过你,你是安全的吗?你更加信任的人中,有没有人向你保证过你的安全?难道我实施我的目的,会对你造成什么伤害吗?你出于偏见以为我的目的是伤害你,但不是。我有一种以你为荣的情感,这种情感驱使着我尊崇我的行为;但无论怎样,你是安全的,我绝对不会伤害你。"说到这里,他停了下来。

他所说的话和所做的手势驱走了我所有的勇气。当然,在其他场合,我从来没有这么懦弱胆小。我现在的状态简直无可救药,我完全受这个人控制。无论我把眼睛转到哪里,我都看不到有什么路可以逃脱。我的力气、我的机灵、我的能言善辩,估计都发挥不了作用了。过去我习惯于赞扬美德的高贵、真理的力量,在它们的指引下,我一次次征服困难,并常常引以为豪。

我常常认为魔鬼不会降临到拥有健全心智的人身上,真正的美德给我们提供了罪恶永远无法抵抗的能量,我们总是有能力阻止敌人。现在我的内心充满了绝望，我怎么会相信我有机会受到保护，或者相信迫害者会产生怜悯？

他说的话表明他曾经想过要伤害我。他说在他实施过程中出现了障碍，他曾经放弃计划。这些话给了我些许的安慰，但对我来说有他在，就没有安全感。当我看着自己，想起此时此地的情景时，我心中的恐惧和沮丧简直压倒了我。

他不说了，思考着，不顾我的处境，但也没有离开的意思。轮到我沉默了，我能说什么呢？我确信在这场争辩中，劝说是软弱无力的，是改变不了什么的。我必须依靠他自己提出建议来保障我的安全。不管他到这里是出于什么目的，他已改变了初衷。那么他为什么还要留在这里？他的决定可能会动摇，短暂的停顿也许会让他恢复他当初的决定。

然而这不是我们孜孜不倦、好心好意款待的那个人吗？因为他丰富的知识和取得的成就，我们不是喜欢他的陪伴吗？谁曾经成百上千次地详述美德的有益与美好？为什么要害怕这样的人？如果我能忽略我们是在此时此地此种状况下碰面的，我可能就把他的话当成玩笑话了。不久，他又继续说道：

"别怕我，我们之间的距离很近，所有明显能救你的人都在很远的地方，你要完全相信我的能力。你处在被毁灭的边缘，你毫无理由害怕我，因为我不会采取行动来伤害你。让月亮在它的轨道上停止运行，都要比伤害你容易。如果我心里还存有对你不利的想法，那么，用来保护你的力量将粉碎我的肌肉，让我在瞬间化为一堆灰烬。用你聪明的眼睛审视一下，你的路上没有深坑吞噬你，没有陷阱连累你，而是有一双手臂环绕着你保护你，使得一切阴谋都会被挫败，一切诡计都会被逼退。"

说到这里，他又停顿了一下。我仍然密切注意他的每一个手势和表情,他的平静和一本正经刚才变成了另一种表情,现在却彻底变为恐惧和焦虑。

"我必须走了,"他支支吾吾地说,"我为什么在这里逗留？我不想请求你原谅,我知道你的恐惧无法克服。你即使原谅我也是由于害怕我,而不是情之所致。我必须避开你,直到永远。那个策划损害你荣誉的人肯定希望你和你的朋友们受到迫害至此。我注定要流放自己,永无止境。"

说完,他慌忙离开房间。我听着他下楼,拔掉外间的门闩,往远处走去。尽管月光明亮,我的目光可以追随他,但我没有。他离去后,我松了一口气。由于刚才的害怕和冲突,我筋疲力尽,砰然躺倒在椅子上,听任自己胡思乱想,碰到这样的事情谁也免不了胡思乱想。

# 第十章

　　思绪回归正常并不容易，刚才的声音还在我耳畔回响。卡尔文刚才说的每一个字我记忆犹新。他的不请自来、他身份的败露，以及他的匆忙离开，等等，在我的脑海里产生无法描绘的复杂印象。我努力放慢思考的步伐，理顺让人头痛的混乱，但我所有的努力都付诸东流。我将手覆盖在眼睛上坐下。不知道过了多久，我还是无法理顺思路，或者说出我的想法。

　　我觉得这种绝对孤独的状态持续了好几个小时，因为不觉得再会有什么危险来扰乱我的平静，便没有做防卫的准备。是什么让我想再去细读父亲的手稿？假如不去细读父亲遗留下来的东西，我早就上床，然后入睡，那我的命运又会是怎么样呢？那个流氓已经注意到这点，肯定早已屏住呼吸，隐藏好自己以免被发现。我醒过来时，可能被吓得半死。我痛恨自己：怎么对所面临的危险没有一丝察觉？我能在如此致命的陷阱之中安然入睡吗？

　　那个威胁要毁了我的人是谁？他是通过什么方法把自己藏在暗室里的？他肯定具有超自然的能力。就是这样的敌人，预先警告我，并告诉我他的企图。我几乎每天都碰到他，跟他说话交流，但他戴着厚厚的面具，隐藏得很深，让人无法洞悉他的狡诈。我忙着猜测谁是威胁我的始作俑者时,脑海里根本描画不出他的模样。但卡尔文不是已经宣称自己是我的敌人吗?如果他不是为了有预谋地实施罪恶,他为什么要在这里?

他已经坦白承认这是第二次尝试,那么他前面那次阴谋是什么?是不是他通过耳语暴露了自己?难道我被骗了吗?那个男子的声音和那个讲要扼住我的喉咙并在某一时刻摧毁我生活的那个声音没有一点相似之处吗?他还有个同谋,但现在,他是独自一个人的。他的解释就是要把我弄死,而现在我无法用言语形容所受到的伤害。我应该怎样感激他提出救我的勇气!

这种勇气是不易察觉的,是我冥冥之中感觉出来的。谁能告诉我这是怎么回事吗?有名男子曾威胁破坏所有对我而言珍贵的东西,他的狡猾已经欺骗了每个人,而卡尔文公然对抗这个人的阴谋。没有人能把我从他的掌控之中拯救出来。我的轻率妨碍他从容思考,加速了他实现计划的步骤。如果有危险,我也无法逃离。这好像也是我那隐身的保护者所担心的。另外,为什么恳求我不要打开暗室的门呢?这一点不令人费解吗?是怎样无法说明的糊涂迫使我最终打开了暗室的门呢?

但是,我的行为是明智的。卡尔文不能理解我的愚笨,他从我的反应猜想,我已经知道他在里面。他以为自己已经被发现,可能是我的朋友也就是他的敌人已经告知我了。

卡尔文知道这个人的本性和意图,也许此人就是阴谋的策划者。但是如果这样假设,那得出的结论就不可信了。为什么要选我作为关怀的对象?或者假设他仅仅是个凡人,我给予的和得到的恩惠促使他爱上我,我不应该认识他么?他保护的范围是什么?期限是多久?我曾获得强有力的证据表明自由、仁慈的生灵是存在的。人类有足够的能力接受更强有力的证据吗?

谁是合谋者呢？那个承认与卡尔文联合搞阴谋行动的声音警告我要避开避暑凉亭，他向我保证只在避暑凉亭那里我有危险。他的保证，现在看来是靠不住的。他的警告难道就不是谎言吗？他与卡尔文的契约作废了吗？也许阻止我去那个地方，他们的某种目的就得以实现。为什么吩咐我不要把他的警告告诉其他人？除非是为了某种未经许可的、罪恶的目的。

除了我以外，没有人常去那里。背面，岩石遮挡，从远处看不到这里；前面，有藤蔓植物和雪松树枝做屏障，无法清楚地看到里面。还有其他更隐蔽的地方更适合干秘密勾当吗？我以前经常光顾那地方，那里是重温童年时光和憧憬幸福未来的神圣天堂！自从卡尔文到来后，就开始有不祥的预兆，继之而来的是多么令人沮丧的转变啊！现在那里也许成了他策划阴谋的地方。令人恐惧的阴谋，避开阳光、企图殃及无辜的阴谋就在这里孕育、滋长并趋于完善。

那天夜里，这些想法在我脑海里翻腾。我回顾有卡尔文参与的每一次谈话，试图参照他以前的冒险经历和真实观点仔细研究，从他的所作所为所说进行推论，发现真正的结论。我告诉过他有关暗室里的对话，我仔细考虑他对此所做的解释。回顾整个过程，没有新的发现。从一开始，我把这事告诉他时，他只有小小的惊讶。对于那些声音是真实的或是幻想的，他从来没有明确表示过他的看法，也没有提出小心预防的措施。

但是我现在能采取什么措施呢？威胁我的危险已经结束了吗？再也没有什么可害怕了吗？我独自一人，没有什么保护措施。我也猜测不出动机，控制不了那个人的脚步。我能在多大程度上确定他将继续认定他的目标，并迅速回来完成这些目标？

这些想法使我再一次感到沮丧。我多么后悔自己一个人孤独地住在这里，多么热切地希望白天回来！但是，无论哪一种都不是好办法。我首先想到的是叫醒女仆，让她通宵待在我的房间里，但显而易见这只是个权宜之计，对保障我的安全没有作用。我曾经下决心离开这所房子，到哥哥家去，但考虑到这个时间点不合适，也考虑到我的到来会引起的惊慌和必须讲述的理由，以及我到那里去的路上会把自己暴露在危险之中等因素，我也都放弃了。同样，我也开始觉得卡尔文回来骚扰我是绝对不可能的，他已经自愿放弃计划，自觉自愿地离开。"当然，"我说，"万能的上帝在这过程中改变了像卡尔文这种人的想法，保护我免遭他的迫害，看来上帝也关心我将来的安全。"

我一说完这些话，就被脚步声吓了一跳，有人走进我屋前的走廊。我刚刚产生的信心瞬间烟消云散。我以为卡尔文后悔离开，又慌忙返回了，但他不可能由于担心我的安全而折返回来。他要侵犯我、谋杀我的想法再次出现在我的脑海里，随之而来的恐惧几乎使我丧失了采取任何保护措施的能力。我赶快锁上卧室的房门，插上门闩。做好这些后，我瘫坐了下来，因为颤抖我站立不稳。我全神贯注地倾听，如此专注，以至于几乎忘记了呼吸、停止了心跳。

楼下，门上的铰链吱吱呀呀地作响。这门不是再次被强行推开的，而似乎是一直开着的。脚步声进来了，那人穿过入口，开始登上楼梯。我痛恨自己的愚蠢，你可能也没有想到，卡尔文走后，我没下去把楼下的门闩插上！这个疏漏证明来保护我的天使遗弃了我，从而无法防止灾难降临到我头上。

他在楼梯上每走一步，离我的房间就更近一点，我也更加绝望。我无论如何都要尽力躲避威胁我的魔鬼。在这样的紧急情况下，我根本没有想到应该怎么应对。你会认为沉着和绝望肯定已经让我采取行动，我应该竭尽全力、毫不犹豫地采取最好的防卫措施，但我只记得一把打开的小刀放在桌上。我会抓起小刀，毫不犹豫地用这把小刀做最后的抵抗。此时唯一的防卫手段就是把小刀刺向他的心脏。

就是在这样绝望的时候，我决定行动。我已经不再怯懦，我对怯懦深恶痛绝。怯懦使受伤的女性在伤害造成之前毁灭自己，在没有补救办法的时候毁灭自己。现在，这把小刀对我来说除了与攻击者搏斗，或伤害自己以阻止灾难之外，没有其他用途。在这种情况下，权衡利弊是不可能的，但此刻我脑子里乱哄哄的，我不记得我曾经想到过把它作为直接防卫的工具。现在脚步声已经到二楼了，那双脚每迈一步，实施罪恶的确定性就增加一分。我意识到房门已经紧闭，只有这扇介于我和危险之间的房门给我带来些许安慰。我看了一眼窗户，这同样也给了我新的启示。如果房门被撞开，我就毫不犹豫地从窗户跳出去。从窗户到砖铺地面的高度足以使我粉身碎骨，但我现在无暇顾及。

到我房间对面时，脚步停住了。是那人在仔细倾听，看看我是不是不再那么恐惧，而开始疏忽大意了？他希望出人意料地逮住我？如果这样，他为什么发出那么大的动静泄露他的到来？不久，我再次听到脚步朝房门走来，然后是一只手放在门锁上，拉掉插销。他以为我可能没有把门关紧？好像所有的门闩都已经被拉开，只要用一点点力就能把门推开，只要一点点力气就够了。

一想到这里，我飞快地跑向窗户。卡尔文非常结实，满身肌肉，曾在许多场合表现出巨大的力量。他精力充沛，稍稍用些力，就会推倒房门。他不打算用力？肯定会，但他一旦推倒房门，进入房间，我就会从窗户跳出去。我心里仍然想着从窗户跳出去，眼睛却凝视着门口，时刻担心袭击的发生。但外面这人已经暂时停止了行动，犹豫不决，静止不动。

我突然想到也许卡尔文以为我已经逃走了。实际上我根本不可能逃走的。如果他以为我逃走，那他肯定要去确认，之后会发现楼下的门没关紧,而房门已经关紧。我不该这么想吗?在这样的情况下,如果我继续保持绝对的安静,他会更加相信我已经逃走,而他也会再次离开。我越想越觉得这样的推论貌似更加可信。当注意到脚步声开始远离房门时,这想法得到进一步证实。我再次把心放回到肚子里去,开始欢欣雀跃起来,但是我的喜悦很短暂。他不是下楼,而是走向对面房间,打开门,进去,再用力地把身后的房门关上。用力之猛,足以震动整座房子。

我该怎么解释这种情况呢?他为什么进对面房间?他猛烈关门表明他非常恼怒?通常浦雷尔住在那个房间,卡尔文知道今晚浦雷尔不在吗?他怀疑浦雷尔策划如此肮脏的勾当吗?他如果这样想,我就没办法阻止了。我理当抓住最初的机会逃走,但如果敌人以为我已经逃跑,并已经影响他的行动,那么现在这里是最安全的庇护所。他听到声音,可能会来追我,而我要从房间里逃出去,怎么可能不发出声音呢?

怎么解释他进了浦雷尔的房间,对此我彻底困惑了。我等待着,期待马上听到他出来,但一切都绝对静止。我静静地听了好长一段时间,想听到再次开门的声音,但什么也没听到。这里只有一扇通往女仆房间的门可以进出,没有其他路可以让他溜走。是否有什么不幸的事转而降临到女仆身上?

由此所引发出一连串新的忧惧,使我更加苦恼,思维更加混乱。不管什么不幸逼近,我都没能力逃避。我隐藏在这里,保持沉默,这是今晚我把自己从致命危险中救出的唯一途径。我郑重发誓,如果我重见天日,我绝不会再把自己的安全托付给这所房子的大门!

时间一分钟一分钟地过去,没有迹象表明卡尔文回到走廊。我再次问自己,是什么使他逗留在房间里?他是不是已经回来,而后又悄悄溜走而未被觉察?我很快意识到如果继续这样隐藏,要了解卡尔文的动向有难度。我焦急地看向窗口，好像通过这种方式，才能获得那边的信息。

首先吸引我的注意的是一个站在河岸上的人影。我的期待也许增强了我的观察力。即便离得那么远，卡尔文的身影清晰可辨，而我所处的位置比较模糊，他不可能看得见我。他好像不想让我看到他的身影，转身走下斜坡。这是一段比较平缓的斜坡，容易走。

我原来的猜测是对的，卡尔文轻轻地打开房门，悄悄地下楼出去了。我不应该听不到他的脚步，更令人难以置信的是我的眼睛也欺骗了我。但是，现在该怎么办？可恨的"同住者"最后从这房子走出去，他也可以通过这条路重新进来。把楼下的门关上明智吗？也许他可以通过厨房的门出去。这样，他就必须穿过朱迪思的房间。如果这些入口都关好，上了门闩，我的安全就会得到极大保障。

这些措施很明显是权宜之计，仅凭这些，我还不能成功战胜恐惧。我小心翼翼地打开门，蹑手蹑脚地走下楼，好像我还担心卡尔文仍隐藏在浦雷尔的房间里似的。外间的房门是微开的，我哆嗦着把门关上，插上每一个门闩。然后，我轻轻地、还算谨慎地穿过会客厅，惊奇地发现厨房的门关着。我又不得不勉强认为第一个猜测是对的，即卡尔文是通过大门入口溜走的。

现在我略略放宽心，不再那么担忧恐惧。我再次回到房间，仔细地锁上门。现在还不是休息的时候。月光已经隐退，天际已露出鱼肚白，早晨将要到来。我想着昨晚发生的事情，决定自此以后住到哥哥那里去。我是否应该告诉他昨晚发生的事？这是个问题，好像得仔细考虑考虑。为了安全，毫无疑问我要放弃目前的住处。

当我开始可以比较顺畅地思考时，浦雷尔的形象和他令人怀疑的情况再次浮现在我的脑海。我又一次细想他前一天缺席的可能原因，心情也随之变得忧郁起来。我仔细思考他也许已经死亡这个想法,但无法解释我怎么会有这么顽固的想法。我在脑海里描绘他在巨浪中挣扎的情形,我想象自己半夜里在海滩上徘徊,无意中发现他被潮汐冲到海滩的尸体。这些凄凉的画面冲击着我,使我热泪盈眶。我不再努力克制,任由泪水流淌。出乎意料,泪水使我得到解脱。泪水流得越多,我的总体感觉越趋平静,我最后不再躁动不安,得以平静地休息。

　　也许,泪水缓解了焦虑。如果没有发生新的情况,久违的睡意恐怕已不知不觉地淹没了我的意识。

# 第十一章

　　显然是隔壁传来的声音使我从昏昏欲睡的状态中惊醒过来。可能是我弄错了曾在河岸上看到的人影？或者卡尔文通过某种不可思议的方式重新进入了这所房子？对面房间的门开了，脚步声传了过来，那个人走到我的门前，敲了敲门。

　　如此出乎意料的事件使我失去了所有的沉着冷静，我惊跳起来，不由自主地惊叫："谁啊？"那人马上回答，竟然是浦雷尔的声音，我惊讶得难以形容。

　　"是我，你起来了吗？如果没起来，快点起来。我要在会客厅里跟你说几句话。我在那里等你。"说完，他从房门前离开了。

　　我应该相信刚才听到的话吗？如果那是真的，那么，迄今为止幽闭在对面房间里的那人就是浦雷尔。我曾多少次在心里描绘着那入侵者的可怕形象，我是如此不安地听着他的脚步声！我怎么就没想到那是他啊！虽然他待在房间里很安全，但他的心深受烦恼所折磨，他的身体因为害怕而缺乏生气。那个人怎么这么愚蠢啊！明明警告我敌人就在附近，却拒绝明明白白地告诉我。如果告诉我，会减少多少痛苦的担忧啊。

　　但是谁又能想到浦雷尔在这个时候到来呢？他声音沮丧、焦急。

为什么不合时宜地叫醒我？又为什么这么匆匆地离开？也许他带来了某些神秘的、不受欢迎的消息。

我没有停顿，迫不及待地走了出来。我发现浦雷尔站在窗前，两眼看着窗外，双手交叉放在胸前，若有所思。他脸上的每一根线条都充满忧伤，而且他脸色苍白，神情疲惫。最后一次见到他时，他的神情完全不是这样。我惊讶于他的变化。最初的冲动就是想问问他原因，但我的心里有些乱，因为我意识到，爱情的力量太强大。于是，我选择沉默。

现在，他收回目光，紧紧地看着我。我从他的目光中读出了难以言表的痛苦。我从未见过浦雷尔有过类似的神态。我的确从未见过他脸上如此清晰地刻着痛苦。他似乎努力地想表达什么，但毫无结果，他摇摇头，转身离我而去。

我很焦急，不能再保持沉默了。我说："看在上帝的分上，我的朋友，究竟是什么事啊？"

他听到我的声音很惊讶。有一会儿，他因为某种情感面部抽搐，而这种情感与悲痛完全不同。他的声音因为愤怒而结结巴巴。

"那件事——噢，卑鄙的家伙！样子如此精美——在他身上，大自然似乎已经集所有的精美于一身，如此有魅力，如此纯洁！你多么堕落啊！从如此的高度堕落！现在彻底毁了——如此彻底，闻所未闻！"

他再次激动得哽咽，悲伤和怜悯又浮现在他的脸上。他继续说道，声音断断续续、抽抽搭搭。

"但我为什么要责备你呢？如果我能恢复你已经失去的东西，抹去邪恶的污点，把你从这个恶魔的嘴里抢夺回来，我会这么做的。但是我的努力有什么用呢？我没有武器可以和如此彻底、如此可怕的堕落相抗衡。

"证据不足只会激起不满和鄙视。人们认为这个坏蛋不会做坏事，但他损害你的名誉，应该遭谴责。当然这只不过是个疯狂的想法而已。我亲眼所见、亲耳所听你的堕落！难道就没有任何其他方式让我得知这可憎的罪行？

"我为什么要叫你来会面呢？为什么把我自己置于你的嘲笑之中呢？此时警告和恳求都已是徒劳了。你已经知道，他是个杀人犯，是个盗贼。原以为我是第一个向你揭露他丑行的人，我想警告你，你正往陷阱奔去，但是你明明睁着眼睛却视而不见。哦，多么肮脏，多么不能忍受的耻辱啊！

"我知道你们要一起私奔，可你怎么能将大家的幸福和名誉都卷入其中！但这种情况最后肯定会来临的。这地方将被他的再次出现所弄脏。毫无疑问，不久你会再与你那可恶的情夫幽会，这里会再次被午夜幽会所污染。现在只剩一个办法，就是告诉他，他的罪行已经败露。如果他不希望他的生命在爱尔兰受到威胁，让他远走高飞，瞬间从这个地方消失。

"你岂会留下来？——我对软弱感到羞愧。我不知道要说什么——我已经做了自己想做的事情。我想多待几分钟，劝诫你、恳求你、告诉你私奔的种种后果。

"除了你变得声名狼藉、我们更加悲哀外，还能有什么结果呢？哦，想想吧，趁现在还来得及，想想你私奔会给我们留下多少痛苦。在某种程度上，你是把你自己的名誉卖给了那个卑躬屈膝、性格残暴的坏蛋，但这又怎么样？你是不是已经厚颜无耻，你的道德已经彻底败坏？哦，最徒有其表、最放荡不羁的女人！"

说完这些，他冲出房间。我看见他立刻急急地沿着通往哥哥家的小路上走去。我没有力气阻止他，或叫住他，或跟他走。从他说的话中，我推测他是没搞清事实。我看看周围，确信这个场景是真实的。我拿不准我是否是清醒的，我走动了一下以消除疑问。浦雷尔口中的我竟如此罪孽深重！他污蔑我是不道德、不检点的人！指责我败坏了名声！痛骂我和杀人犯盗贼在午夜幽会，并打算和他私奔！

我所听到的话肯定是因为狂躁所致，或者是建立在某种致命的、不可思议的误解之上的。经过一夜的担惊受怕后，经历那个坏蛋造成的惊恐后，我被叫过来与他会面，却发现他坚信我对那坏蛋用情至深，以为我为那个坏蛋牺牲了我的纯洁无瑕的名声、我的友谊和我的命运，而没有选择死亡来逃避那个坏蛋的暴力！我认为即使最疯狂的行为也不该引起这样的指责。

什么样的证据可能造成如此疯狂的想法？我与卡尔文出乎意料地在我的卧室里会面，然后他离开了。浦雷尔怎么可能看到他走出去？卡尔文走后不久，浦雷尔进来了。难道他可恶的结论是建立在这一事件上？这么多年来我的行为举止、我与他的情感竟然不能使我免除这样肮脏的怀疑？如果像以下那样推断不是更理智吗：卡尔文是个杀人犯、盗贼，同时发现他在策划肮脏的阴谋，因为他的狂怒我面临危险，我的名声不是由于哄骗而是由于暴力受到攻击。

他没有听我述说就妄下判断。他从表面现象来下结论，而这表面现象是令人怀疑的、不能确定的，由此得出的结论也必然是最不可靠的，也是最不公平的。他给我冠上所有不可容忍的名号，把我列入妓女和盗贼的行列。因为这种不公平，我不能原谅你，浦雷尔。你这样的想法令人伤心。如果你是清醒的，你所说的话是经过深思熟虑的，我将永远不能原谅你如此公然的侮辱。

慢慢地，我又有了新的想法，产生新的疑问。浦雷尔的行为是因为一时狂躁所致，是表面现象使他产生明显的误会。他的精明怎么会变得如此盲目呢？是不是因为爱情？以前他确信我对卡尔文产生感情，因为悲伤和嫉妒而心烦意乱，由于一些未知因素的刺激，促使他这么晚了还到这里来，他的想象力把捕风捉影变成妖魔鬼怪，信以为真，因此使他陷入到这些可悲的错误中。

这个想法起到了一定的安慰作用。我既因为他对我的不公正而愤慨，也由于我所想到的原因而得到些许安慰。好长一段时间，我再没有其他想法。诧异是能使人衰弱而不是使人鼓舞的感情，我所有的想法都伴随着惊奇。我天马行空，含糊不清。在以后的交往中，这种情况会产生令人无法接受的影响。

渐渐地，我开始仔细考虑被浦雷尔误解的后果，考虑应该采取什么措施以防止卡尔文将来对我造成伤害。我应该忍受浦雷尔的误解，接受时间的检验吗？当他的情绪平息下来时，难道不会想到这对我很明显不公平吗？不会想到加倍地偿还给我吗？他怎能用如此无礼的语言侮辱我，用如此粗暴的态度对待我？我坚持认为自己是无辜的，相信随着时间的推移，这个无端的指控将不辩自明，我所能做的只是保持被动、保持沉默。

我决定将卡尔文企图暴力侵犯我以及我如何逃脱的事情告诉哥哥，并听从他的建议。为此，早上雨露未干，我就起身朝哥哥房子走去。我嫂嫂像往常一样，照例忙着她的事情。我一露面，她就发觉我神态的变化。我没告知她我要说的事，免得她受到惊吓。她的健康状况特别不适宜听到灾难性的故事。我没有直接回答她的询问，转而问她威兰的去向。

她说："啊呀，我怀疑今天早晨发生了什么神秘的、不愉快的事情。我们刚一起床，浦雷尔就来拜访我们。我不能断定究竟是什么事情促使他这么早、这么不合时宜地造访我们。从他凌乱的衣着、沮丧的表情来看，发生了一些非常特别的事情。他只告诉我他昨晚一夜没睡，甚至连衣服都没脱。他把你哥哥叫出去说要走走，肯定有什么事必须要深入探讨，因为早饭时间过去了，威兰都没回来。后来他独自一个人回来,神情极度不安。他无视我的要求,也不告诉我发生了什么事。我从他留下的一些线索推测,在某种程度上,你的处境是造成此事的原因,但他向我保证你待在你自己的房间里,仍然活着、身体无恙、非常安全。早餐他几乎没吃什么,早餐后又马上出去了。他没有跟我说他到哪里去,但提到也许夜晚之前不能回来。"

我对于这个消息感到既惊讶又惊慌。浦雷尔已经把我的事告诉哥哥了,他通过似是而非、夸张的描述,已经慢慢地向哥哥灌输了对我不利的看法。难道具有超强判断力的威兰也不会觉察和发现他的结论是错误的?也许他的不安来自对卡尔文不良品性的洞察和对我安全的担忧。浦雷尔因为表面现象产生了误解,可能会相信我对卡尔文怀有轻率的、虽然不能说是不光彩的感情。我脑子里迅速产生了这种推测,我想确定一下这些推测,焦急之情难以言表。为了这个目的,我很想跟哥哥见上一面。但是他出去了,没人知道他到哪里去了,也不能指望他很快回来。我没有一点线索来寻找他的踪迹。

我的焦急逃不过嫂嫂的眼睛,这加深了她对事情原因的关心。有好多理由让我保持沉默,最起码,要保持到见着哥哥,现在就述说最近发生的事将是一个不可原谅的冒失行为。我想不起有什么权宜之计来躲避她的强烈要求,只能回到自己房子里去。我想起我曾想住在她这里,我把这事向她提了,她很高兴地同意这个建议。我告诉她我要考虑收拾那些对我有用的东西马上搬到这里来时,她就没那么不情愿,而是容许我离开。

我要再次回到我自己的屋子里,那屋子曾经有过那么多的混乱和危险。没走多远,就看见哥哥走过来。他看见我,停下了脚步,好像在确定我走哪条路,之后,他在我前面回到我屋里。我对这情景感到由衷的高兴,如果可能我要赶紧消除各种误会。

他眉宇间根本没有表现出浦雷尔激起的激动情绪。我从中看到良好的预兆，我立刻把事情说开了。

我说："我一直在找你，但凯瑟琳告诉我，浦雷尔有一些重要的、不愉快的事把你叫走了。他去见你前，和我待了几分钟。在这几分钟里，他因为误以为我犯了某些严重的错误和意图而谴责我，而我根本不该受谴责。我认为他在理由非常不充分的基础上形成了错误的看法。他的行为是最贸然轻率的、最不公正的。在我这方面，在我得到补偿前，我要蔑视他，这是他应得的。同时，我也担心他促使哥哥对我有偏见。我很焦急，我要驳斥他，当然也凭自己的力量去消除这个错误。今天早上，他主要是谈论我吗？"

哥哥的表情证明他对我说的话一点也不惊讶，他脸上的亲切之情一点也没有减少。

他说："你的行为确实是我们谈话的主题。我既是你哥哥，也是你朋友。在这世上，你是我最爱的人，我把你的幸福放在最贴近我心的地方。想想我听了浦雷尔讲的事情，我会有怎样的感受。如果有可能，我期待也希望你对如此愚蠢的诽谤为自己进行辩白。"

他说最后一句话的语气深深地影响了我。我重复道："如果可能辩白！就你所知，你认为有必要进行正式的辩白？你真的认为我犯了过失，哪怕这个想法一闪而过？"

他神态极其痛苦地摇摇头。他说："我曾经努力摆脱那种想法。站在你面前的是个法官，他想利用任何理由无罪开释你；当他们反驳你时，他在质疑他自己的判断力。"

这些话在我脑子里激起一些新的想法。我开始怀疑浦雷尔的指责是建立在一些我不知道的事情上的。我说："我也许不知道是什么让你相信他的看法。浦雷尔用下流的、刻薄的恶言恶语来诽谤我，但他不允许我对那些使他产生怀疑的事情做出解释。昨天晚上发生了一些事情，这些事情中有一些不确定的因素。我想也许他还没认识到这点,因此他是带着偏见的,这为他的行为提供了虚假的理由,但我相信你的判断更加公正,推断更加正确。也许他所说的事情不同于我的猜想,那么听听我的叙述。如果他所说的事情与我说的有任何不一致的地方,那么他的说法就是错的。"

接着,我将昨晚发生的每一个细节讲述了一遍,威兰仔细听着。讲完后,我继续说:"这就是事实,你看我和卡尔文是在什么情况下见的面。他在我的暗室里待了好几个小时,在我的卧室里待了几分钟,他不是急忙离开的,也不是被打扰了才离开的。可能他离开时被浦雷尔看见了,所以浦雷尔就做出那些伤害我品行的推测,他给出的证据缺乏判断力、缺乏公正,我曾经以为他不仅有敏锐的洞察力,而且是不偏不倚的。"

沉默了一段时间后,威兰说:"他说的不是这个证据,他被欺骗是不可能的。如果他的陈述与你的说法前后不矛盾,也不能说明卡尔文不是个骗子,但我原有的疑虑现在消除了。你所说的某些部分太不可思议了:在接近暗室时,有个声音要阻止你;尽管这样,你继续坚持;你认为我是那个无赖,以及你接下来的行动,这些我都相信,因为从小我就了解你,因为有成千上万的事证明你的诚实,因为跟你自己的断言相反,我自己听到的、看到的使我确信我的妹妹已经掉进如此邪恶的深渊。"

我张开双臂抱住他,任凭眼泪冲刷着他的双颊。我说:"这样说才像我的哥哥。但浦雷尔的证据是什么?"

他回答道:"浦雷尔告诉我,在走近你的屋子时,他听到两个声音。说话的两个人坐在河岸下面,只闻其声,不见其人。根据声音判断,那两个人是你和卡尔文。那段对话我就不重复了。假如你是那个女的,浦雷尔据此得出结论:你的确是最不检点的女人之一。因此,他谴责你,他努力得到我的同意,计划永远把我妹妹和那个男人分开。"

　　我要威兰把他刚才说的话再重复一遍。的确,这个故事让我心中充满可怕的预感。我自信地认为门和门闩可以保证我的安全,但没有任何魔力可以把我从这个危险敌人的魔爪中救出来。他的阴谋诡计把我的名声和幸福置于他的掌控之中。我将怎样揭露他的计谋,查出他的帮凶?他唆使某个卑鄙、自甘堕落的女人模仿我的声音。浦雷尔的亲耳所闻证明我的名誉受到了玷污。这就是他所谓的午夜幽会。这也解释了为何当他试图打开我卧室的门却打不开时,一声不响地走了。他猜想我没在房间里,也许他本来想进我的卧室,留下某些可以问罪的物证。

　　同样,浦雷尔不再受到责备。他的痛苦、他的绝望,我都要带着感激的心情记住。但是他的行为是不是太冲动呢?有人模仿我的声音,这种猜测是完全站不住脚的吗?有这种本领的人也很常见。在他看来,邪恶的卡尔文肯定足以想出这样的办法,但他还是先认为我有过错。

　　但是怎么洗刷我的罪名呢?除了自己的言之凿凿之外,我还有什么证据可以反驳这个罪名?我的自白比他听到的话语更令人信服吗?没有人证明我不在现场。那晚的情况太不可思议了。几乎人人都会毫无疑问地对我持怀疑态度。浦雷尔的怀疑态度,已经到了无以复加的程度。我也不能叫卡尔文来为我做证,证明我的清白,这样就变为他自己控告自己了。

　　哥哥看到了我的苦恼,也理解我的苦恼。但他不完全知道,要付出多少努力才能重新激起浦雷尔对我的好感。他试图安慰我,他说,发生某些新的事情,就可以解开谜团。我认为我可以发挥口才的优势,这一点哥哥没有质疑。为什么不试着与浦雷尔见上一面呢,要求他详细而准确地叙述一下,也许他碰到的某些事件可以解释整件事情呢？

我很迫切地想抓住这个希望，但是新的想法抑制了我的渴望。难道我应该不请而至，突然出现在他面前，让他任意裁定我的幸福？在这方面，我是理智的，也是清白的。

威兰继续说："如果你想要与他见面，你必须快点，因为浦雷尔告诉我他想今晚或明天出发，开始长途旅行。"

这是最不受期待、最不受欢迎的消息了。坐在靠窗座位上的我，惊得站了起来。我惊叫道："上帝啊！你说什么？旅行？到哪里？什么时候？"

"我不知道他去哪里，相信这是突然的决定，我直到今天早上才听说的，他答应一安顿下来，就给我写信。"

至于旅行的原因和结果，我不需要了解更多的信息。为了幸福，他花了很多的心思，但由于昨晚的发现，幸福流产了。他认为我爱上另一个人，我不值得他爱慕，不再是他爱慕的对象，这些都在同一时刻由同一个举动得以证明。他无条件地离开，由于这样的原因无条件地离开，是因为忍无可忍。浦雷尔将永远放弃我，因为我无视他的优秀，因为我自甘堕落，声名狼藉。而实际上，我的心是纯洁的圣地，只为他跳动。但是，只要我的生命还在，我决不能忍受被浦雷尔抛弃的命运。

我想起来这种不幸仍然是可以制止的，这次重大的旅行仍然在我能力可控的范围内。旅行可以延迟，或者，也许，可以搁置一旁。没有什么能够阻止我去见他。我很担心，唯恐这次会面被耽搁得太久。哥哥知道我急迫的心情，一口答应为我提供一辆轻便双轮马车，并安排一位仆人照顾我。我马上就去浦雷尔的农庄，他通常白天在那里处理日常事务。

# 第十二章

我一路风尘仆仆地赶到城里。一进城，我就感到一阵恶心。每一个物体都变得模糊不清，在我眼前晃动。我艰难地硬撑着不让自己的身体溜到马车地板上。我先到贝恩顿夫人家去，希望稍事休息后能恢复精力和活力。但我心烦意乱，几乎得不到休息。下午情况似乎稍好一些，我便又继续赶路。

我只思考有限的几件事情。我认为原来想要达到的目的，其成功的可能性十分令人怀疑。在一定程度上，我是根据当时的想象和浦雷尔他自己提供的信息猜测的。当我反省这一指控的性质时，我的心因被鄙视而深受煎熬。事实真相和清清白白的意识不能使我成功吗？我不应当以一种不可抗拒的力量消除如此恶劣的诋毁吗？

几个小时之内，整个事件出现了多么令人悲哀的转变啊！将人和昆虫相区分的鸿沟是巨大的，而横亘于纯洁的女人和被玷污的女人之间的鸿沟更大。昨天的我和今天的我还是一样的，我不可能堕落到那样一个无以复加的程度。但是另一个人——我过去亲密的伙伴、我行为的永久见证人、我思想的参与者——担忧我已经不再是以前的我了，在他的眼里，我的品行被玷污，我的道德已枯萎。我是杀人犯的帮凶，盗贼的情妇！

他的想法不是没有证据,但是什么样貌似合理的证据使他产生这样的想法? 如果听到和感到的声音不一致,那么证据是不足的。如果我是听者而浦雷尔是罪犯,我也会假定两者一致的证据不足。但是模仿可以使这种情景逼真。天哪! 这就是克拉拉·威兰的命运。

但是,坏蛋,你的意图是什么? 当第一个阴谋失败后,你疲惫不堪,耗尽精力,没去杀掉受害者。你要的就是想彻底败坏我的名声,我的保护者知道你的这种意图,但要让浦雷尔消除这种偏见似乎是不可能的。即使你已经败坏我的名声,也不能认为你就没有其他的诡计,你的狡诈使你发现有不计其数的方法来达到你恶毒的目的。

我为什么要接受你的挑战? 我可以强烈地驳斥你,让你不再对我报复! 当我想到你的天性和你所受的教育为你提供了所有必备的条件——你的身体具有钢铁般的骨骼,又异常柔韧;你的大脑又具有无限理解力,上苍赋予你无穷的禀赋,让你理解所有的知识——我感到我的厄运已成定数,无法逆转。什么能够转移你的热情、抑制你的企图? 谁到现在为止一直保护我,谁就已经证明了你的企图异常可怕,因为只有完全超自然的干扰才能制止你罪恶的进程。

我一路思考这些想法,黄昏时分,到了浦雷尔的家。一个月之前,我也穿过同一条小道,但是感觉是多么的不同啊! 现在我正在寻找的那个浦雷尔,却认为我是人类中最堕落的人。我要为我的清白辩护,驳斥最明显、最关键的疑点。我越接近紧要关头,越没信心。马车停在门口时,我的力气已经丧失殆尽。我两腿一软,扑进浦雷尔家里上了年纪的女仆怀中。我没有勇气询问她的主人是否在家。我极其痛苦地担心浦雷尔的旅行计划已经开始。但当她问我是否要她去叫刚进房的主人时,我的担心消除了。我听到这消息,精神振奋了一下,决心立刻去找他。

我思绪混乱,忘了敲门,在没有预先通报的情况下,径直进了他的房间。这个唐突的举止完全是自然而然的,我全神贯注地思考这种无法言表的情形时,没有空闲拘泥于礼仪。我发现他背对入口站着,一个打开的小行李箱放在他面前,他好像忙于整理行装。我进来时,他正全神贯注地凝视着手中拿着的东西。

　　我想我完全理解这一幕,他拿在手中的、如此吸引他注意力的东西,毫无疑问是我的肖像。看到他为旅程所做的这些准备,想起迫使他远行的原因,我对成功说服他感到绝望。所有这些旧恨新愁一齐涌上心头,我眼眶一热,泪如泉涌。

　　他听到声音,惊跳起来,盖上行李箱,转过身来。他满脸深深的忧伤,突然转变为最强烈、最惊讶的态度和神情。看到我几乎支撑不住自己,他一言不发地上前来,伸过手臂扶住我。他的搀扶使我流出更多的眼泪。哭泣是一种慰藉,但在那个时候,我还不熟悉这种慰藉,因此觉得特别美妙。在我朋友脸上,再也看不到愤怒,只看到惊讶和怜悯交织的表情。这些表情很容易解释:我的这次造访、这些眼泪被他认为是悔罪的标志。我这个被他不可救药地、冷酷无情地诬蔑为不道德的可怜之人,现在带着一副痛悔不已的表情,来到这里忏悔了。

　　这样的想法安慰不了我,这只是新的迹象,表明想要留住他的任务更加困难。我们两人都沉默了。此时我筋疲力尽,一点儿都不想讲话。我从他的搀扶中挣脱出来,一屁股坐到沙发上。他坐在我旁边,显然在等待着某场谈话的开始,他很不耐烦也很焦急。我能说什么?假如我脑子里出现任何适合这种场合的话语,也都被眼泪噎住表达不出了。

　　他几次试图讲话,但似乎都因为某种程度上对这场景的真实性把握不定而咽了回去。最终,他犹犹豫豫地说:

"我的朋友！是否还允许我这样称呼你？我曾经爱慕的身影只留存在我的脑海里，尽管如此，我仍然不希望你误入歧途，你可能还不完全清楚你即将陷入何等恐怖的深渊。

"我认为你多才多艺、聪明伶俐，超过其他所有的女人。你表达的每一个观点、你流露的每一个眼神，在我看来，无不充满崇高正直和天才的迹象，但你不能假装你有理。我对你恶言谩骂，是我鲁莽，但我始终不会放弃对你所有的希望。如有任何证据证明你已无可救药，我都会一一排除。

"你来让我重获幸福，让我相信你已经撕掉了堕落的面具，你除了痛恨你的那些行为以外，也没什么别的想法。"

听了这些话，我再也不能保持镇定。有那么一会儿，我忘记了浦雷尔之所以有这种看法的证据、他责备的仁义之心以及他所说话语所表达的忧伤之情。我心里充满了愤怒和被侮辱的恐惧，我身子往后退了一下，看着他，一脸的不屑和愤怒。我激动的情绪让我得以开始说话。

"我到这里来，是多么可恨、多么愚蠢！我为什么要耐着性子忍受可怕的人格侮辱！我的过错只存在于你自己不真实的想象中，你与叛徒联合质疑我的生活，你发誓要破坏我的宁静、我的名誉。我来听你如此卑鄙的诽谤，是自取其辱的！"

浦雷尔听了这些话，没有表现出明显的愤恨，表情又恢复了刚才的忧伤，但他连看都不看我一眼。我又生气了，眼泪又一次夺眶而出。"啊！"我惊叫，因为哽咽，声音断断续续，"我这做的是什么事啊！强迫自己聆听错误的指责，而我知道他相信他自己所说的事，但这种想法毫无依据。这事虽然是荒谬的，但他却相信这事是真的。

"我来这里不是来坦白的，而是来辩白的。我知道你的想法是怎么来的，威兰告诉了我你的猜疑是建立在什么基础上的。你把这些猜疑想成是确确实实发生的事。我的生活经历、我所有的谈话、所有的书信都能佐证我的清白,我说的、写的每一个观点都能证明我的正直,但这些事实被置之不理,弃之不用,你还残酷地谴责我不检点、放荡,把我归入愚蠢的、肮脏的坏人之列。

"你有证据可以证明我做了那么肮脏、那么不可理喻的事?你曾听到午夜会谈,那声音传到你的耳朵里,你就以为这是我和一个恶棍的声音。那人所说的话不堪入耳,我以前从不会说这样的话,但那个卑鄙的人、那个盗贼、那个杀人犯会。你没看清这些都是欺骗,我的声音可能被另外一个人模仿。

"你轻率行事,冲动地来指责我。你或旁观,或逃避,而不去指责骗子,也不去把你看到和你听到的证据相比较。如果你继续追究,我的清白现在也不需要辩白。你不追究,就以为你的想法得到了证实。人们希望浦雷尔能理性地而不是草率地看待任何事情,而不会把我的名字和声名狼藉的丑行联系在一起,用牵强的或微不足道的理由来毁我名声。"哭泣时的呜咽声使我无法继续说下去。

有一会儿,浦雷尔感情上受到了冲击。他看着我,脸上浮现怀疑的表情,但很快又恢复了深深的忧伤。他茫然地盯着地板,说道:

"两小时后,我要走了。我要带着悲伤走吗?到现在悲伤还只是短暂的。或者让它成倍地积累起来?现在站在我面前的那个她是怎样的人呢?要每时每刻给我提供新证据来证明这空前的堕落?我已经认为她是最自甘堕落、最可恨的人了。她的来临、她的眼泪曾带来一线希望,但这一线希望已经消失了。"

他现在又盯着我看,脸上的每一块肌肉都在抽搐,他的声音既空洞又骇人:"你知道我是你幽会的目击者,但你还到这里来责备我不公正!你看着我的脸,说我被欺骗了!为了某种目的,神秘的造物主塑造了你。如果在你的好日子完结之前，他不后悔他的手艺，不向你复仇来消灭你，无疑，你必然会活着完成你塑造者的目的。的确，在这个世界上，任何人都无法与你比较！

"但我觉得我已经愤怒得要窒息了，我没有被上帝任命为你的审判者，我只是同情和纠正，而不是惩罚和辱骂。我认为我再也不会拥有暴风骤雨般的激情，我已经几乎劝服自己，让自己怜悯你的堕落，但我已经不想留在这里了——这所房子、这个房间，只要你愿意，你都有权住。但如果你认为我应该待在这里，那么请你原谅我，我更喜欢孤独。"说完这些，他变换了一下姿势，好像要离开房间。

这个男人强烈的感情影响了我，引起我的共鸣。我停止了哭泣，一动不动，痛苦得说不出话来。我紧握双手，坐了下来，无言地盯着他，目送着他。我渴望留住他，但无法做出任何努力。直到他走出房间，我又不由自主地发出一声声嘶力竭的喊叫："浦雷尔！你走了？你走了，就永远不要回来。"

听到这声叫唤，他慌忙回来，狂野地注视着我，脸色苍白，上气不接下气。而我的头已经耷拉在胸前，一阵痛苦的头晕目眩之后，我昏死过去。

醒来时，我发现自己已经躺在外面房间的床上，浦雷尔和两个女仆站在床边。浦雷尔脸上原来所表露的所有狂怒、轻蔑现在全都已经不见了，取而代之的是最温柔的焦急。他一见我清醒过来，便双手合十，呼喊道："感谢上帝！你终于醒了。我几乎已经绝望了，以为你醒不过来了。我担心我刚才太冲动、不公正。一些莫名其妙、一时的狂躁使我失去理性，使我成为受害者。原谅我，我恳求你，原谅我对你的责备。我从今以后以在这里的生活为代价，努力相信你的纯洁。"

他再一次用最炽热、最亲切的语气，恳求我镇静，然后把我留给女仆来照顾。

# 第十三章

　　朋友的变化让我感到诧异。是什么动摇了他那如此坚定的信念？难道在我昏厥期间发生了什么让他足以完全改变的事吗？听仆人说，他并没有离开我所待的房间。他在我昏厥时试过各种方法，试图让我早些清醒过来，但一时半刻我还是没有起色，这让他忧心忡忡。他是否意识到他的责备恰好证明了我的清白？

　　在这种心态下，我忘记了自己的心力交瘁，从床上起来，并执意要求在离开之前跟他见上一面。尽管他非常诚恳地要求我在他家待上一晚，但他还是答应了我的要求。他刚才流露出来的温柔现在已经消失得无影无踪，变得更加冷漠、更加一本正经。看来，指望时间流逝让他改变对我的污蔑，或是让他冷静思考后改变他对我的指控，是不可能的。

　　我告诉他我准备回哥哥家；我来到此处是为了澄清自己，证明自己的清白。我的自尊心不允许我沉默，亦不允许我逃避，虽然我很明白自己绝对无辜，也明白自己想获得他的好感，但对该怎样才能证明我的清白却感到有心无力。我坚信为了证明自己的清白，所有的努力都是值得的。对我不利的、似是而非的情况太多了，毫无疑问这些都是假象。我愿意相信他的真诚，他不相信的事情他是不会去指责的,但是他的这些指责都缺乏事实依据。让他对我有如此看法的原因都是不真实的,我希望有机会指出这些谬误。我恳求他直言相告,告诉我他的所见所闻。

听了这些话,他的脸色变得更加阴郁。看起来他好像在竭力抑制自己的愤怒。他开口想说话,但终究还是没能说出来。这样的尴尬气氛僵持了几分钟,最终他的倔强占了上风。最后他说道:

"我很乐意结束这令人厌恶的事。我要讲的话如果都说出来,却也好省去我无谓的烦恼。但我阐述得再清楚不过了,我也不会让你把事情了解得更彻底。你很清楚我为什么下这样的结论,可是你还是公然宣称自己是无辜的。为什么还要我重复一遍这些原因?你很了解卡尔文的性格,为什么还要我列举与他相关的一些发现?但是,既然这是你要求的,考虑到人类能力有限,以及我所看到的某些表面现象之下可能隐藏着某些错误,因此我简单地跟你说一下我所知道的。

"我还需要详细陈述最开始你的谈吐、你的言行举止给我的印象吗?我们小时候就分开了,但是我们之间信件来往频繁,从未间断。我是多么欢欣鼓舞地期望与你见面,你的来信让我觉得你是女中之最,而且你的确没有让我失望!圣人可以你为范本,设计出超凡的智慧;画家可以你为模特,临摹出理想的美人。可现在事实证明了,智慧与美貌的结合,只存在诗人的想象中。我曾注视过你的眼睛,观察过你的嘴唇。我曾经质疑过,你声音的魅力是在你那千回百转的语调中呢,还是在你那华丽的言语中更明显些呢?我曾留心观察过你交谈的过程,你表情恰当,言语精练,容光焕发。我曾经琢磨过你的做事原则,很惊讶地发现你的原则性非常强,而且它们的内在结构很完美。我曾经跟踪你回家,见过你跟你的仆人、你的家人、你的邻居乃至你的世界的接触。我曾见识过你巧妙地安排处理那些艰难复杂的事务,有条不紊的做事原则赋予你很好的记忆,而每天孜孜不倦地学习、写作让你拥有了准确而丰富的知识。如果在青春年少的时候就这么博学,而且像这样不断积累下去,那么你盛年时将会展示出一幅什么样的场景啊?

"你不了解我的观察是多么细致精确。我急于从如此稀罕的机会里受益,渴望其他人也能从如此罕见的例子中获益。因此,我详细地记下了你每一举动的特点。在对你的描写中我尽量不删减细节,哪怕一点点都不容我忽视。我义不容辞,又抄写了一份。为了呈现一个完美无缺的典范,我没有必要夸大其词也无须刻意忽略。这是和谐与优雅的完美组合,减少或增添都会破坏其完整性。

"我发现这任务无休无止。没有任何事像这事一样冗长、细致,哪怕鞋子的颜色,衣带的花结或是你摘玫瑰的姿势都会被我记录下来,甚至你早餐桌的摆放和洗手间的布置都有详细的描述。

"我知道人类更容易受榜样而非清规戒律的影响,我也知道纯粹捏造的典型会削弱它正面的作用,因为这是无效的,我们也知道这样创造出来的典型是可望而不可及的,但是我所勾勒出来的画面不是虚构的,作为一个典范,它极其完美。我当时还计划做另一件有趣的事。一个生活在我身边让我倾注所有温柔的人,无论从哪方面来看,都是一个值得深刻研究的人。由于她希望得到并提高我对她的尊重,我用这种方法塑造她——她的想法,她的语言,她的表情,她的举动。

"当卡尔文这个冒失鬼出现的时候,我还是深陷于此事,乐此不疲。我敬佩卡尔文的能力、他的成就,所以你敬佩他我并不感到惊讶。但基于对你客观的判断,我认为你的敬佩是保守的、小心谨慎的。我确信,他冷漠的行为举止和不为人知的生活,会让你小心谨慎。依我对你性格的了解,我知道所有这些错误,是最不可能发生在你身上的。但是，你深深地被他的第一印象吸引了，你陶醉于他的表情、他的声音。你对他的描述是富于激情但又令人啼笑皆非的。我惊讶地听着他不在场时你对他的描述，以及你常常对此事默默地思考，这是以前没有发生过的、出乎意料的事情，在某种程度上显示了非常明显的情感，但你有很强的判断力，我也没什么可担忧的。

"你们之间发生了更直接的交往。他让我感觉到他很优秀，使我不得不喜欢上他。在危险与痛苦的挣扎中，每每看到你我就很开心。任何跟你竞争的人都是卑微的，无价值的。我没有必要为了担心你的安全而向你道歉。你的安全是无价的，无法用金钱购买的。为了你的安全，我愿意牺牲我的安逸、我的健康，甚至我的生命。令我不解的是，为什么我对这个男人的情绪变化、行为举止从未放松过警惕。他在场的时候我观察你的一举一动，我费尽心思从你每次跟他见面都很开心的迹象中寻找让我深感焦虑不安的原因。

"我小心谨慎地下了结论。我回忆了各种各样关于爱情婚姻的话题。作为一个年轻、漂亮、独立的女性，你理应在这种事情上有自己的原则来加强你的心理防线。你的道德标准非同寻常的公正。你在对待这个徒有其表的骗子时，难道这些原则的公正和对这些原则的坚守没能经受得住考验？我更愿意相信你的这些原则会使你避免受到这个家伙的迫害。我不是唯一一个对他无与伦比的能力、曲意奉承的能力和能言善辩的能力表示佩服的人。我也曾掩藏但不能阻止自己相信他的眼睛和声音有某种魔力，这才是他真正可怕的地方。但是我仔细回忆他模棱两可的表情——这还是你首先提出来的——他模糊不清的性格、他刻意隐藏的多疑本性，最终觉得你应该是安全的。我不承认那些经不起推敲的解释。我把你的行为原因归结于你迄今为止从未公开过的某些做事原则，但是那些原则与已知的原则是不矛盾的。

"在这件事情上，我并未有过多的焦虑，不久我就有了答案。某个晚上，也许你还记得，我来到你的住处，像往常一样打算住在这里，只不过比平常早了些而已。我从外面走进的时候发现你房间里有灯光，便问了问朱迪思，她告诉我你在写作。作为你的亲属兼朋友，也是房客，我想我有权随便些。你待在你自己的卧室里写作，并且在这个时间点，我进入你的卧室也不是不恰当。我突然起了搞恶作剧的念头。我踮着脚尖走进你的房里，你没有察觉，我轻轻地绕到你身后。

"我已铸成大错，无法挽回。在诱惑面前再怎样小心也不会言过其词。我知道偷看你写的东西是可耻的，但是我觉得你天生就不会去隐藏什么。你写了太多不应该给朋友看的东西。此时此刻我的好奇心占了上风，只要我稍微扫一眼你的纸，我就会得到满足。我以前从未刻意做过这种事情。也许一点点的阻碍就会使我放弃这个念头，但同时我的目光不由自主地投到你的日记上。这一瞥，我只看到部分语句，但领悟的内容比看到的要多得多，因为这些字都是用速记法写的。我从看到的单词如'避暑凉亭''午夜'得到启发，在心里组成一段文字，想象你们'下次'见面的情形及渴望取得的效果。这些想法转瞬即逝，但我开始警告自己不能这样做，便拍了一下你的肩膀，让你知道我来了。

"我可以原谅你的惊慌，但是你的不安和脸红太过于明显。你立刻把日记拿开，看起来你很焦虑，想知道我是否看到里面的内容后会问你一些问题。对于你的惊慌失措我感到很好奇，但是直到我回到自己的住所才思考这个问题。当我一个人的时候，这些事情又浮出我的脑海。

"你所指的是什么情景，什么样的见面？我自问道。前一个晚上你消失了，我追踪到河岸边的隐蔽处，起初两声呼喊你并没有回答我,最后你非常尴尬,模模糊糊地回答我你上山了,想起这些我又一次感到很惊讶,难道这就是你提到过的避暑凉亭?当我们谈到这件事情和那里的隐蔽处时,很明显你表现出某种程度的羞怯和小心谨慎。不仅如此,我想,上一次我们提到那次奇遇,当时卡尔文正好在场,他的表情有些不自在。难道那次是跟卡尔文见面?

"这种想法让我不得不全身心投入思考。在这样的时间点,这样隐蔽的地方与一个行动诡异神秘的男子见面,事后,又费尽心思竭力隐藏!这太可怕、太奇怪!我无法估计他的居心,或探测他的计谋。难道他感觉到你的暗恋,然后同意在午夜到那隐蔽的地方偷偷地与你见面?我从未像那一夜那样如此担心害怕。

"我不知道该怎么办。首先,对这个人的人品及想法要做必要的了解。如果他已经公开向你表白,我们也早就可以直接向他询问一些问题,但是既然他选择了这条不明不白之路,那么就可以推断出他的人品是经不起推敲的。至少我们需要通过其他手段来获得关于他的信息。然而,你不可能做出如此鲁莽的事情,这让我的疑心稍有缓解,并深深地自责我不应该这样怀疑你。

"尽管你跟卡尔文的见面只是我的推测,还是有两件事让我痛苦不堪,深表怀疑。这个人诡计多端,做的事疑点重重,而且你又对他很有好感。或者,他的情况正好可以解释你为何对此事一直保密。无论何种情况,我可以大胆地推测,你已经失去贞操了。

"关于这个我不想谈太多。如果我对你的诋毁是错的,你会对我恨之入骨。如果是真的,提及这件事没有任何好处。你会找些理由把这件事隐藏起来,无论这些理由是真是假。最终,我默认卡尔文很正直。这样猜测,我便不觉得痛苦,也不会过于多想。而且一旦大家知道你保持沉默的原因,一切就都真相大白了。"

# 第十四章

"事发三天后，我仍然焦虑不安。我倒宁愿相信卡尔文对你的所作所为是善意的，你是安全的，但这种想法是不现实的。假如我们能够对他知根知底，那这件事就好说了。如果他表里不一，居心不良，那么我告诉你此事是为了你着想；如果他是光明磊落、无辜善良的，我不仅乐意维护他，而且会很热情地支持你的选择。但是让卡尔文公开说出自己的身世是不可能的。与其被他的花言巧语所蒙骗还不如不知道的好。很多次他都表现出不愿意谈论自己，我们也就别想能从他那里套出什么情况了。强迫他说出自己的身世也许可能，但是用这种手段得出的信息难以让人信服。他是个陌生人，我对他的了解也仅限于我们在巴伦西亚的交往和目前的交往，仅此而已。威兰是你哥哥，如果他真的同意你作为卡尔文的恋爱对象，作为哥哥难道他没有权利干涉或要求他坦白自己的想法吗？那么我还有什么理由提出怀疑呢？我提出怀疑恰当吗？当然不。

"就在这无休无止的思想斗争中，我最后觉得我有责任和义务跟你说实话，向你表达我对此事的看法，向你坦白承认我的无礼，我为此感到羞愧。我绝没有任何私心，我的生命远不及你的安全重要。在你出现危险之际，我愿意献出我的生命。你会理解我这种让人不满的行为吗？想到这些，我并没有感到任何愧疚，反而很感激。

"我们排练新选话剧那天，我答应过要到场的。在当时那种状态下，在这种场合下，我无法作为一个演出者或是观众出现。但是我想过，话剧排练结束时我跟你一起回家，那时便有机会跟你充分讨论这个话题。这样做是否合适，我一直犹豫不决。当我离家去赴约的时候，我更加焦虑不安，更加没有勇气。因为我们之间暧昧不明，我担心我的介入太晚，扰乱你的平静，而且我也不确定你对这个男人是否真的情有独钟，至少，他与你的午夜幽会是得到你的允许的。这些想法让我心神不宁，非常矛盾。

"我没有理由再去贝恩顿夫人家。那天早上刚刚见过她，我知道她身体很好。约定好的时间就要到了，我却出现在去她家的路上，在她家门口下了车。我走进客厅，一下子就坐到了椅子上。我没见任何人，也不想找任何人。我感到很郁闷，整个人都不舒服。满脑子都想着这件事。我很难说清也不可能说清卡尔文的目的和他的本质。我顺手拿了一张报纸。我沉浸在阅读早晨的新闻中，没有任何想法，就是机械地翻看着。

"我无精打采地看着报纸上的第一个专栏。读到的第一个句子便是：悬赏三百几尼①拘捕一个从都柏林纽盖特监狱逃跑的死囚。天哪！当我看到这个囚犯的名字居然是弗朗西斯·卡尔文的时候，刺痛感传递到了我的每一根神经！

"拘捕文书对死囚犯的外貌特征、说话特点的描述非常细致。他的体型、头发、肤色、特别的站姿以及面部特征，还有他那笨拙的不协调的体型、手势、步态，都与我们这个神秘的宾客完全吻合。他因为两件事情被控有罪：一是谋杀了简·康威女男爵，另一件事是抢劫了

---

① 1663 年英国发行的一种金币，值 21 先令，于 1813 年停止流通。（译者）

尊敬的鲁德罗先生。

　　"我一遍又一遍地读着报纸,恍如隔世,但我一下子意识到这条信息用处极大,那就是卡尔文正在被追捕,他犯了滔天大罪。所以我对卡尔文的身世更加肯定了,这就是证据。这名字、相貌、举止都一一吻合了。他出逃的时间段正是与我们不期而遇的时间。我敢肯定他就是这个人,我怀疑你和他一直有着秘密交往。此情此景,难道我不该立即把你从这个恶棍的手中救出来?难道我看着你冲向悬崖边缘而不伸手拉你一把?我无须多想,便把报纸塞进衣兜,立刻去见你。可是,我同时又想到,尽管我目前拥有的信息在某种程度上已经足够了,但是要是能得到更多的证据,则更有说服力。毕竟这段新闻摘抄自一份英国报纸,可能只是摘抄了一部分。

　　"想到这里,我调转了方向,到印刷工那里去,因为他那里有原稿。可是我没有发现更多的信息。我再细读这报纸时,印刷工就站在我旁边。他注意到了我要找什么。'啊,'他说,'这真是件很奇怪的事,要不是哈雷特先生把报纸拿给我,并特别关照要再版这则公告,我也不会知道这样的离奇事。'

　　"哈雷特先生!他为何会有这样的要求?是否他拿到这份报纸时还有其他关于这个罪犯的信息?还是出于他个人的或是其他特别的原因想再次发布这个公告?我快速奔向哈雷特先生家进行求证。哈雷特先生告诉我,鲁德罗先生本来是住在美国的。住在美国期间,哈雷特先生与他来往密切。这个秘密是从偶尔往来的信件中得知的。哈雷特先生最近收到他的来信中附了这份报纸,这个消息就是从这份报纸里得到的。他把报纸塞到我手里并指出报道卡尔文的相关段落。

　　"鲁德罗先生证实对他的控告及他逃逸的事实,此外,他坚信卡尔文乘船逃到了美国。鲁德罗先生只是大概对他进行了描述,就像描绘大多数不可理喻且可怕的罪犯一样，只能理智地推测他很有可能是罪犯，但是，没有人能清楚地解释下列疑问：在实施犯罪时他使用的模糊手段，使人琢磨不透他是否还有其他同谋；至今为止他的犯罪行为是否都有某个不为人知的神秘帮凶在暗地里操控；他发动了一场针对人类幸福的战争，把毁灭的矛头指向每一个无辜的人。

"这便是这封信的内容。我的态度让哈雷特先生颇感惊讶。我已经全神贯注于这封信的内容而忽略了对他的观察，想到我们竟然如此粗心大意，让这个罪犯出现在我们面前，我便不寒而栗。当时已经五点钟了，夜幕正在降临，为了尽绵薄之力以避免我们面临的灾难，我迫不及待地想去见你。在离开哈雷特先生家的路上，我遇到了我留在德国的仆人伯特兰。从他的神情、他的穿着打扮上看得出他长途跋涉、风尘仆仆。我完全没有预料到在这个时候会见到他，但在那时我见到的就是他。你知道这样一个我非常熟悉的人以这种状态出现在我面前，令我感到很焦虑。我暂时把卡尔文抛在脑后。在我的追问下他拿出了一个沉重的包裹。此时此刻我不想提及包裹里的东西，也不想提及当时我采取的处理办法。我仔细地浏览了一下这些文件，给伯特兰指点了几句，又继续赶路。他担负着一项很紧急的任务，为了让他尽快完成，我把马留给了他。这时已经是十点了，离麦丁根还有五英里。我打算步行到那里因此延误了行程。

"我边走边想，想着卡尔文出现时的点点滴滴，他的音容笑貌和他的言行举止。自从卡尔文到来后，就发生了这些无法解释、非常神秘、闻所未闻的事情。虽然我弄不清楚它们之间的因果关系，但我坚信这些事件不是超自然的原因造成的。难道这个人是策划者？有些事情看起来也不是什么坏事，但是我又该怎么看待你最近接到的那些被暗杀的警告？杀人是他的职业，制造恐怖是他的特长。在这些情况下，我们内心的同情天性不复存在，邪恶代替了善良，对罪犯除了刑罚而无其他行动。至于与魔鬼联合的，他们的魔力和恶意在人类中随处可见。其实世上没有真正的魔鬼，只有自私、奸诈的人。

"现在，事实上情况已经发生变化。我害怕的不是他的秘密武器，我害怕的是他在毁灭你的过程中成功地让你成为他的同盟者，并把你的意志作为一种手段，让你失去自由，失去尊严。

"像往常一样，我穿过你哥哥的领地，沿着河岸静静地快速走着，接近了隔离你和你哥哥土地的那个围墙，岸边的那个凹窝离你家很近，那是我的必经之路。我脑海中充满了对你的怀疑，对接下来在那里将发生的事情也表示怀疑。我很惊讶，这种想法居然一直萦绕在我的脑海里。我跳上围墙，在我跳下来之前，我好好地观察了一下这个地方。树叶上沾满露水，在月光下闪闪发亮，没有一丝动静，万籁俱寂，这让我感到安全，充满希望。过了一会儿，我离开了这里，向前走去。也许你已经休息了。我怎样才能在不打扰你的情况下让你知道我来了呢？我必须想方设法立刻跟你见个面。我不能忍受由于我的散漫和犹豫而耽误了和你见面。我该敲门吗？还是站在你卧室开着的窗子下叫醒你？

"在我经过避暑凉亭时我一直在想着这些事情。哪知我一走过去，就听到了一个不同寻常的声音。这声音太微弱，转瞬即逝，很不清楚。我停下脚步，凝神倾听，不一会儿又听到了。这次听到的声音大一点，是一阵笑声，很显然是一个女人的笑声。这声音很熟悉，是你的声音。

"起初，我还不确定，但是在第三次听到时我肯定这就是你的声音。我又回头望了望那个凹窝，整个人都僵在那里了。我没有思考这件事，至少我没有直接根据此时此刻听到的欢闹声下结论，也没有去推断是谁与你在一起，只是瞬间我的心似遭寒流袭击，生命骤然停止。

"我为什么还要往前走？我为什么还要返回来？我为什么不赶快远离这声音？在过去，这声音是多么甜美、多么令人陶醉啊，可现在听起来却比猫头鹰的尖叫还要可怕。

"我立刻有了想走过去看看是什么声音的冲动。我确信我当时的神志很清醒，而且越来越确信，而越确信就越感到愤怒。我几乎已经决定打断你们的幽会，甚至想要趁着怒气打死你。

"我非常小心谨慎地往前走。当我到达避暑凉亭上面那条河的岸边时，听到了来自下面的声音似乎在不停地谈论着什么。岩上的石级没有浓密的灌木掩盖，我就沿着石级下去，躲进避暑凉亭旁边的山洞里以不被发现，这么重要的事情躲在里面偷听再好不过了。"

浦雷尔讲到这里，停下来，看看我。至于我，听了这个故事后我不再感到恐惧或惊讶，更多的是对脸上流露出痛苦的朋友心生同情。我了解他的理解力，也掂量了敌人的能力，不用听我也能猜得到他都听到了什么，因为我知道卡尔文想要陷害谁就能模仿谁，可是浦雷尔不知道。此时，我十分冷静，就连浦雷尔的悲伤、愤怒都敌不过我的冷静，只是这种冷静源自绝望麻木而非坚强，我不忍心跟浦雷尔起口角之争，因为这是徒劳无功的。浦雷尔继续说道：

"女人！你要继续听吗？要我重复这次谈话的内容吗？这是不是让你难以启齿？要我继续说吗？还是你对我所说的这些已经满足了？"

我低下了头说："你继续说，我不指望你能幡然醒悟。我只是不能再这样软弱了。暴风雨已经来了，那么就让我平静地去接受它的愤怒。继续说吧。这次会面的结果只是让我更清楚地看清自己的命运，而不是得到些许满足，我将永远记在心里。"

听到我这样说，浦雷尔有点犹豫不决，我在猜想难道他又在想自己原来没有预料的事情？难道他坚信的事突然因为我的神情举止而动摇了？但是不管是什么原因，都经不起推敲。几分钟后，他的一腔怒火又再次燃烧。他用惯有的愤怒继续说道：

"我痛恨自己的愚蠢，无法正视这个事实，又不由自主地去想起它。我听清了你说的每一个字。我只向你重复你自己说的话。我本想你会静静地听，可是你冷酷无情的态度让我绝望。你都是这样的态度，那我为什么还要坚持讲这件事？"

他再次停了下来。而后，他说："不，我必须讲下去。我不会去重述你的爱情告白，你温柔的倾诉，你无耻的行动，以及你们第一次幽会的情况。那晚，我跟踪你到这个凹窝里，如果在那里他引诱了你，而且你允许了，就说明你同意了这种不圣洁的关系——

"上帝！你知道我是多么不愿相信我所听到的。如果我出其不意地叫你，会使你慌乱，你会慢慢地想出合适的借口，所以这没有用。如果我粗鲁地介入，让你结束了这次美好的幽会，你会恨我的。而接下来你会和他经常见面，努力弥补自己的失望。

"你只考虑那些你在意的事，那些偶然发生、只有你家人知道的事，可这是没有用的。只注重交谈中不可模仿的情绪和语言的独特也是没有用的。是这一连串的迹象让我对此事坚信不疑。我想不明白的是，是什么样的力量让我不再信任你。

"我什么都看不见，下面的树木很茂密，没有一点光亮。在这种情况下只能靠听了。我埋伏在大约离你三英尺的地方。我为什么不走近点儿呢？与那个背信弃义的人竞争有什么意思呢？我不与他竞争。我能做的只是从这个让人嫉妒、困惑且气愤的地方离开。我奔回你家，发现房子的大门是开着的，接着看见你走进去，关上门，插上门闩，走进了已经空置好久的卧室，这一切都证明了我坚信的事实。

"为什么我这暴风雨般的怒气在悲伤与报仇、愤怒与绝望中来回波动？为什么我重提永远不原谅你的决心，而现在又很快地改变了？

"我讲完了。我在你心目中已经没有任何地位了,我的想法、我的感觉在你眼里已经不重要了。但愿我出于对自己负责的态度能够把你忘记。我马上就要离开了。愿你能主宰自己的命运,在这次不幸中学会聪明,这是教育无法教会你的。"

这些是浦雷尔最后说的话,他离开了房间。看着他离开,我仍旧保持着内心的冷静。我独自坐在那里,反复琢磨着这些事。很显然我再也不可能幸福了,幸福已经被剥夺了,生活便没有任何意义。我现在的情绪却没有使我丧失处事能力,没有使我丧失力气。看到太阳西斜,我便知道该离开这里了。我又乘上轻便马车,缓缓回到城里。

# 第十五章

到麦丁根的时候已经是傍晚了。我本打算在这里过夜。只要身边有个忠诚的仆人，我并不在乎是否能早一小时到达。筋疲力尽的我最想吃点点心，恢复一下体力和精力。因此，我去了贝恩顿夫人家，她会像母亲对待女儿一样对我。她没有在家，我一踏进她家门，她的家人就递给我一封信，内容如下：

致克拉拉·威兰：

对于昨晚的失礼我该说些什么好呢？我愿尽全力去弥补，但唯一的办法就是今晚十一点在你家里见你一面。我担心你不会同意我这个计划。我没有办法消除你的担忧，但只能执意这样做。在我们共同经历那么多事后，你可能认为我不值得信赖，对此，我无能为力。我的愚蠢和鲁莽让我走投无路。我会准时到达你的家门口。如果你答应在没有第三者在场的情况下与我见面，我会详细告诉你一些跟你的幸福密切相关的事。再见。

卡尔文

这是一封怎样的信啊？一个刺客兼强盗，被发现潜伏在我卧室后，坦然承认策划了最可怕、最卑鄙无耻的阴谋。一个试图毁掉我的名声甚至我生命的人，现在竟然恳求我答应与他午夜见面，让他独自出现在我面前！难道他还期望我能答应他吗？他把我看成什么了？他以为我答应他如此疯狂的想法就能证明他的清白？这是一个极其过分的要求，字里行间根本看不出他的一丝真诚。如果他暗示的行为只是小小的不礼貌，且这次见面是朋友之间的会面，那他信中的语气就不会如此放肆，但事实就是这样，卡尔文显然失去了理智。

我一遍一遍地反复阅读着这封信。信中所提要求简直无理至极，抑或愚蠢至极。如果出自他人之手倒也情有可原，但出自卡尔文之手，则难以解释。他不可能不知道这封信会引起什么必然的结果，也不可能不知道我会以怎样的方式处理。他一定是有某种必胜的预谋，来逼迫我同意前往。

通常没有任何理由可以说服我在异性要求的时间与地点与之见面，我更不可能答应与--个可憎的罪犯见面，更何况他的奸计使我面临极大的危险，我的幸福将无可挽回地被摧毁。我一想到可能的见面就不寒而栗，连他经常去甚至曾经去过的地方我都不愿接近。

反复读信时，我最先想到这些。其时，我又继续我的回忆，脑海里盘旋着同样的事情。在反复思考这封信的同时，我逐渐想起了与浦雷尔的那次见面。

我回想起他偷听到的那次谈话的一些细节。想到这样一个无法摆脱的复杂骗局，以及那些不祥的巧合——正是这些巧合让他更加坚信自己的错误观点，我的心又一次往下沉。当时，当浦雷尔靠近我的卧室门口时，我吓得不敢作声。也许他把耳朵贴在门缝上，但是没听到一点声音。如果我喊出声，或任何表明里面有人的迹象，接着肯定会有对话。这个发现以及对之前所发生的事没有任何添枝加叶的描述，就有可能使我免于蓄意的陷害，但事实是浦雷尔进了自己的卧室，过了一会儿，我才悄悄地穿过入口，不声不响地下了楼。关好最外面的那道门后，我又折回来。这次我没那么小心，他没听到我下楼的声音，但很清晰地听到我折回来的脚步声。现在他觉得内疚，这次见面已经做个了结。他怎么解释发生的这一连串事呢？

我的决定是多么仓促而愚蠢啊！卡尔文的计谋之所以能取得成功完全是那些看似几乎不可能的事情碰巧都发生在一起。如果我跟浦雷尔解释卧室里发生的事情，他就会更加坚信之前我与威兰的见面是欺骗他。如果在他触碰我卧室的门锁时，或他如此用力地关上他自己卧室的门时，我正在与这暴徒说话，他也许会问自己怎么把这些事情联系到一起呢？他告诉哥哥的事情也就无从谈起，如此这般，我的清白也就水落石出了。

经过这样的思考后，我的第一个冲动就是折返回去，要求再见他一面，但我记起他的临别声明。他已经走了。

浦雷尔，我呼喊道，你永远走了！你还没意识到你犯的错误？我是被冤枉的，没人能帮我吗？阴谋策划者——卡尔文就在附近，他甚至后悔了，恳求见面，并承诺会公开一些与我的幸福息息相关的事。他将怎样为他的阴谋开脱呢？但是为什么他的悔过是假装的呢？我从来没有伤害过他，他的邪恶源于失望，他必定因自己的懊悔备受折磨。事情为什么是这样？为什么我要拒绝与他见面？

沉思了片刻，我突然回过神来，想到与他见面的疯狂举动差点让他的阴谋得逞，便惶恐万分，好在这事最终并没有发生。终于，我觉得应该对这件事谨慎思量。我质疑这样的会面是否恰当：在一个幽静偏僻的地方，一个诡异的时刻，一个神秘莫测的男人——这些恐怖行为的实施者——他的出现将意味着引起闻所未闻、难以言表的恐慌。

是什么在控制着我？我发现自己很难抑制住去见他的冲动。我的心里非常矛盾。慢慢地，这些心烦意乱渐渐平息。我之所以相信至今我还受保护，相信卡尔文信件里所提到的忏悔，相信这次见面会还我清白，消除朋友头脑中的错觉，是因为我需要新的证据和新的力量。

我为什么害怕与他见面？这不像是他想让我落到他手里的诡计。如果是诡计的话，那么他的目的是什么？我思绪万千，漫无边际。这种思绪抵制住了诱惑或魔力。但有一种力量，难以排除。一开始，在危险逼近时，我确实失去了面对的勇气。后来，我根本没有考虑的机会，在事情发生前我没有一点预感。我原先的想法愚蠢至极。最近的难过和不幸使我陷入困境：违背神圣的警告，执意打开暗室的门。

现在，也许我的勇气来自问心无愧。浦雷尔永远地离开了我。我试图假设他还在，以抑制住自己的懊悔，试图说服自己时间会带走一切。我期盼着新希望的到来，期盼着那个陪伴我已久的、优秀的人再次出现，但这一切都已随风而去。

我还能遭受比这更让人难过的事吗？

难道卡尔文不是我的敌人？我的一切霉运都是源于他的背信弃义。难道我不应该全力以赴赢得这次会面，对于他一手策划的阴谋对我所造成的所有伤害，迫使他设法补救，而不是尽力逃避与他见面？我为什么要觉得他是攻不可破的？难道是我自己没有理由，没有能力去说服他？难道他不明白应该是他来解开使浦雷尔困惑的谜团？

也许他有些害怕。难道他不惧怕感情受挫的女人的愤怒？但是，假设他意识不到这个因素，而是坚持自己卑鄙无耻的阴谋，难道我不是在尽自己的能力保护自己去对抗他吗？

想着想着,最后我做出决定。我希望他所期望的这次见面会让我有个满意的结局。

　　这种决定必然会动摇。此时我大脑的状态,就连诗人大脑的混沌状态都根本无法与之相提并论。我心中涌起痛苦,我预想直到我们见面,待事件的结果见分晓后这种折磨才会消失。因此我迫不及待,希望卡尔文安排见面的时刻早点到来。

　　与此同时,我更加胡思乱想,我很快想到不能实施这个计划的新理由。我曾跟凯瑟琳说今晚要陪她,并且今后要多陪陪她,她也正是这样告诉哥哥的,哥哥也表示极力支持。已经过了十一点就寝的时间。还有什么理由可以让我改变计划?我应该把这封信给哥哥看,听从他的意见?但是我知道他会怎样决定这件事,他会极力劝说我不要去。但他会不会做出更出格的事?他得知卡尔文对我的冒犯行为,也知道会产生什么后果。难道他不利用这个机会伸张正义吗?

　　想到此,我又一次陷入了疑虑之中。让卡尔文更容易被逮捕,这样做公平吗?我藐视背信弃义的行为。卡尔文并不知道他的危险,况且也许他的本意是对我有利。我应该在房子周围安排保护人员并采取行动吗?这样也许对我自己有利而破坏他的阴谋。哥哥也许有理由利用我告诉他的情况而采取行动。但是,一旦告诉他这些消息,我可能因为更可恨的罪状而败坏了自己的名声,而以前那些罪状都是强加给我的。因此,我毫不犹豫地否定了把此事告诉哥哥的想法,我也不想回到自己的房子里去。当然这需要借口,我从未用撒谎隐瞒过任何事。但除了撒谎,还有什么是刻意掩盖事实的最佳办法呢?要么保持沉默,要么用撒谎来欺骗。

　　然而,撒谎对我来说又有何益?有何借口可以作为我改变计划的理由?难道是要证实浦雷尔对我的诋毁吗?我应该主动地回到那个不久前差点毁掉我的名声和我的生活的房子里去。除此这外,还有什么能还我清白？

这些断断续续的思考使我难以下决定。在这种飘忽不定的思想状态下，我在小木屋下了车。我们把这间农场主和他的仆人租用的房子称作小木屋。这座小房子坐落在我哥哥土地的边缘。离哥哥的宅第还有相当长的一段距离，在通往那里的路上种有两排胡桃树。我独自一人踽踽前行。我进了客厅，客厅里空无一人，烛台上一支将要燃尽的蜡烛还亮着，靠墙的座钟显示着十一点。一看到时间这么晚了，我顿时吓了一跳。家里发生什么事了？按照惯例，他们一小时前就该就寝了，但是那还没熄灭的蜡烛和没有闩好的门都说明他们都还没有休息。我又回到了大厅，从一个房间走到另一个房间，仍没有发现一个人影。

我猜想，过几分钟就知道怎么回事了。此刻，我又想起已经到了事先约好的时间。卡尔文也许在等着我的到来。如果我立刻回到自己的房子，就没有人会知道我的行动。况且，这次见面只需要我半小时，因此没有必要做什么掩饰。

在我毅然决然地要实施这个计划的时候，房间里不寻常的气氛又浮现在脑海，对此，我隐隐约约有些担忧。我几乎能确定哥哥没有休息，但是什么原因引诱哥哥在这个不合时宜的情况下离开了他的房子，我不得而知。至少，路易莎·康威会在家，这个时候可能在卧室里休息，也许她能告诉我。

我走进她的卧室，发现她睡着了。她醒来看到我时惊喜万分，跟我说我哥哥和嫂嫂有多么渴望我的到来。他们担心我遭受不测，早过了平时的就寝时间，他们也还不去睡觉。尽管已经很晚了，凯瑟琳也没有放弃等我。路易莎说她离开客厅的时候他们俩还在那儿，不知道他们为何离开。

直至此时，我非常担心他们的人身安全。想到这里，我更加坐立不安，但他们即将面临何种危险，我却没有清晰的概念。也许只是因为我拖延太久，所以他们去河岸走走，轻松地消磨这段时间。户外，只有星星点缀的夜空格外晴朗、宁静。此刻，与卡尔文见面的想法再次浮现，我最终下定决心与他见面。

我忧虑重重，沿着小径匆匆前往。远处我居住的房子看起来阴暗而荒凉。那里没有人居住，由于我的新安排，仆人去了麦丁根。在我看来，这次的鲁莽行动开始更加清楚地展现出事情的本来面目。是谁曾经说过没有金刚钻不揽瓷器活？然而我必须拥有什么样的心理，才能在企图拿起杀人武器时毫不惧怕，并相信自己是安全的，只是因为我有把握杀死对方而使自己安全吗？但是，我没有这样坚强的心，我感觉我好像正冲进死亡的圈套里，但既不能停止也不能后退。

# 第十六章

房子刚映入眼帘，我立刻被自己卧室里的灯光吸引了。这个现象难以解释。原本是要与卡尔文见面，而别人却提前来到我的卧室，而且还自己点了灯，真让人难以置信。他为什么要这么做？弄清楚缘由之前我是否还该继续往前走？也许我再往前走一点就能看见那个人是谁。窗子里透出来的微弱灯光，恰好照射在岸边周围的灌木丛上。

就在我看着这道光的时候，光线突然变弱，摇曳一会儿便消失了。当我再次把目光投向窗户时，那光仍在，但不同的是光源的位置变了，因此我更加确定房间里有人。

在进门之前，我不得不停下来权衡一下。难道我在继续往前走之前不该慎重考虑前方是否存在危险？在敲门前难道我不该考虑里面的人是谁而直接进去？我走近一点，走到门边，侧耳倾听，没有任何声音。起初我轻轻地敲门，然后开始用力地敲，并无人应答。我退后观察，灯光消失了。是有人突然把灯熄灭了吗？这里有何玄机？为什么刚才有光，现在又突然不见了？为什么明明有人却一点声音也没有？

这么多疑问，而答案必定凶多吉少。假如从一个女人的胆量来考虑的话这还不算是危险,那什么才算危险?受到死亡的威胁,以及那令人惶恐的警告和对卡尔文的一知半解,最近在这个卧室里的见面,加上事先约好此时此地的会面,这些想法蜂拥而至,涌进我的脑子。我该怎么办?

我凝视了窗子一分钟,然后低头沉思了一分钟,从兜里掏出一把折叠式小刀。我告诉自己就这样保护好自己,报仇雪恨,不是他死就是我亡。早上我已经锁上了房门,且我口袋里有厨房的钥匙。因此,我决定从后门进去。我很快到了后门,打开后门进去了。四周静悄悄的,既阴暗又破败。由于熟悉房间里的每一个角落,我很轻松地走到储藏室,找到蜡烛、火石和打火镰,瞬时在光的照射下有了方向。

下一步该怎么办?我该去卧室面对那个擅自闯进我的卧室并极力隐藏起来的人吗?他把灯熄灭躲藏起来,想要乘虚而入吗?难道他认为我极有可能不在,因此房子是空的?尽管疑心重重,我还是要弄清楚这个人是谁。不管这次见面要付出多大的代价,在我死之前我一定要看清他的脸,让他后悔,让他得到报应。也许我的名声和生命将被毁灭,但是我的清白和尊严却永存。

我走到楼梯口。在这种危急关头,大脑无法自主思考,模糊的影子在我脑子里闪现,浮现的还有昨晚那诡异的事件。此时此刻的情形正同昨晚一样,如果我的守护神在屡屡失败的情况下还不厌其烦地拯救我,难道我不应该期待新的暗示吗?谁能说没声音了就意味着这个人离开了或危险不存在了?

想到这里我不寒而栗。我又多停留了一会儿,惊恐地回头看了一眼。

天哪!我的心立刻沉了下去。我手无缚鸡之力,思维活跃但语言苍白,因为我怀有无法言传的情感。这一切及此前发生的一连串相关事情萦绕在脑海,我感到既痛苦又绝望。

然而我会坚持到最后。我的叙述也许含糊不清，但是如果活不了多久，至少也要完成这个叙述。历史学家在遭受同样不幸的时候，除了模棱两可、佶屈聱牙、模糊过渡的描述之外，还能期待他们有清晰的描绘吗？

我说过当时回头看了一眼，本以为会看到什么东西，否则我为何往那个方向看呢？我的听觉和触觉同时受到了冲击。和以前同样刺耳的喊叫声"停！停！"就在我耳边响起，和上次一样，就好像趴在我肩膀上说的。这声音，我听到过。那人说话时空气的流动刺激着我的每一根神经，这是真实的，而我看到的景象不是我想象的，倒是值得怀疑的。我离开时，没有关好房门。我站在楼梯脚下，离门大概有八到十英尺远，楼梯紧贴着墙壁，门对着楼梯。因此，我是从侧面看过去的，看不清房间里的其他部分。

通过墙和门之间的缝隙，我看到一个人头一伸又闪电似的缩回去。可以肯定的是，这个人在躲避着我，但被我看到了。那张脸转向我，神情紧张，眉头紧蹙，嘴唇噘起好像要喊叫，两眼发光，毫无疑问，如果我没有拿灯，那目光就会像流星般发出光芒照亮我。声音和人影都真实存在，但是在同一时刻又是分离的。叫喊时喷出的气息吹进我耳朵，而那张脸却又离我有好多步之遥。这张脸很像是某种具有超凡能力的生灵的脸，但面部特征跟我以前见过的那个人却很相似。卡尔文的形象立刻随着我的思绪涌进我的脑海。这张脸也许是我自己想象出来的。如果是这样的话，现在发现他的踪影也不会让人紧张不安。然而，这些相似点极少，并且并不明显。

我能得出什么结论呢？无论那是人脸与否，我已得知他的用意，经历过后才知晓他的用意是善良的。一旦他保护我免受伤害，接下来的事便证明他的保护是有用的。现在我又再次得到警告要克制，在我快速地走向深渊时，同样的魔力在召回我的脚步。我可能不顺从吗？在同样危险的境遇中，我能坚持吗？是的，我不仅这样想，甚至是能这样做的。

这种暗示并没有多大意义：它没有让我意识到危险，至少没有告诉我该有多小心谨慎才好。最初我忽视过这种警告，而且也没有受到伤害。我可以再次不相信吗？尽管是下意识地，但这种想法一直萦绕心头。我坚持着不去相信，但是并不是仅仅因为这个原因。我也不知道是什么原因让我继续上楼。我现在这么说，好像我脑子里对于那些超自然声音的来源没有任何怀疑，但是这是由于我的语言表达欠妥，我只能说我的信念更持久，我的头脑此刻更清醒，其直接后果就是破坏了我做判断的基础，加快了我下决定的速度。

要么前进，要么后退，我选择了前者，开始上楼。一切鸦雀无声。卧室门是关着的，但是没有上锁。我鼓起极大的勇气，推开门，向里面看去。

我没看见任何可怕的或不寻常的物体。的确，危险人物极可能埋伏起来了，他会在我进来的时候跳出来袭击我，用他的铁爪撕碎我，但是我不在乎这样的结果，而是小心翼翼地进了房间。

一切都保持原状。找不到灯，也找不到蜡烛。我第一次开始怀疑我看到的光是怎么回事。会不会是那个具有神奇外表的伙伴发出来的？他能随心所欲地发出像流星一样的光芒，和我父亲去世时看到的光芒一样。

暗室就在眼前，这里曾发生过可怕复杂的事，对我来说历历在目。这里让人望而生畏，但恰恰可以满足我的好奇心。应该再次冒险到里面看看吗？下这样的决心不容易。正当我犹豫不决之时，我环视四周，正巧看到了桌子上的信，并立刻认出这信出自卡尔文之手，我迅速拿起信，读了起来。信中写道：

"期盼你能来赴约真是一个愚蠢的想法。我在你的房间发现了另一个人，可想而知我有多么失望。我等了会儿，但是多一会儿的等待都是危险。我还会找机会跟你见面，但是会在不同的时间、不同的地点；同时，我要告诉你，你怎么受得了——这件事真是无法解释！——让人意想不到——多么可怕的景象！"

这是一封多么唐突并且难以让人理解的信。信上的字墨迹未干，这正是卡尔文的笔迹。所以可以推断他刚刚离开，或者还在这里。我抱着期盼的态度猛地回头看了一眼，希望能看到他，但我没有看到。

卡尔文有什么用意？发生了什么样出乎意料的事情？将会出现什么样的情况？我又一次环顾四周，仍然没有发现什么奇怪的事情。我想起了暗室，决定到那里去一探究竟。也许答案就隐藏在那里。

我说过，进入暗室的门就在我床边，床的两边都是用布帘挡着的，在最靠近暗室的一侧，布帘是拉起的。我把灯放在眼前，边走边看，想驱散盘旋在我眼前的幻影般的迷雾。当我再次把目光投向床上的时候，我看到了卡尔文所言的不能解释的状况！这本应我承受的死亡噩运，却意外地降临到了另一个人身上，而这另一个人居然是我的嫂子！

我一直没有被毫无根据的威胁吓倒。当我走进这间卧室的时候，暴力和死亡就在等着我，我注定是猎物。是什么原因让我的嫂子先我一步来到这里？又是谁把我的嫂子当成我，而将屠刀刺进了她的心脏？恶作剧已经结束了，还是只暂时离我远去了？我的安全在哪里？刺客的脚步刚刚还在眼前，不可能走远，随时就会突然出现在我面前，我也有可能将在这肮脏得令人窒息的魔爪控制下丧生！

我整个人都在颤抖，双腿发软，站立不稳。我来回扫视着暗室的门和卧室的门，因为凶手不是通过这扇门就是通过那扇门进入的。我准备着、警惕着，可这又有什么用呢？对于这样恐怖的情景，我根本没有心理准备，我的防御能力、社会阅历根本不足以抵抗这样的危险，想到这里，我顿时失去了所有力气。我把注意力转移到了嫂子身上，我注视着她的面容。斑痕掩盖不了我嫂子的花容月貌。我默默地沉思：嫂子啊，是什么可怕的幻觉把你带到这里的？失去了你，你的子女和爱人还有什么幸福可言？作为平凡的人，失去了你他们会多么艰难？而且，死亡来得这么突然——这可怕的死亡！哥哥怎么能忍受这样的场面？你死了，可是你的敌人还是不会满意的，因为你是无辜受害的。我才是凶手迫害的目标。可是你怎么来到这里了？在你危难的时刻哥哥又在哪里呢？

我走近嫂子的遗体，牵起她仍然柔软的手，吻了吻她没有呼吸的唇。她下垂的衣服很凌乱，我整了整她的衣服，坐在床边，定定地看着她的脸。我不能很清晰地回想起当时都想了什么，但有一点可以肯定：我很困惑但是能坚定地认为，一切希望都随着凯瑟琳生命的消失而消失了。从今以后，在这所房子里及哥哥的眼中所有的幸福和自豪不复存在，留下的只有苟延残喘，了此短暂的一生，留给世界的只有对那破灭的希望和易变的命运的感慨。我已经失去了浦雷尔，又失去了那个分担我的想法、关心我、在乎我的同伴和亲人。我好像是暴风雨中漂浮在海面上的一叶小船，可是突如其来的巨浪撕裂了小船，永远地吞没了我。

# 第十七章


　　我既没有力气也没打算离开这里,我全身瘫软,坐在那里足足有一个小时。直到楼下门上的铰链发出咯吱咯吱的声音,脚步声顺着楼梯传了上来,有人上楼了,神志恍惚的我才被惊醒。我放下床帘移了个位置,那位置一眼便可看到楼下的来人。我当时的情感极其复杂,尽管我的恐惧似乎达到了顶峰,处境也越来越危险,可是我却感觉不到惊慌,只是觉得好奇。那人终于走进房间,我认出来了,原来是哥哥。这是我熟悉的哥哥威兰,但现在的他看起来完全是一幅新面孔。我想他还不知道自己妻子的死,他的表情也证明了我的猜测。因为我从未见过他眉宇间露出过如此喜悦的神色,而现在他脸上确实就是这样的表情。所以我猜测他不仅不知道这个噩耗,反而好像还碰到了什么喜事似的。而这件事将完全颠覆他那短暂的幸福,从大喜转为大悲!我能预料到他得知妻子死去时的感受。考虑到他的理性和虔诚,我并没有对他将实情和盘托出。在他看来罪恶肯定让人痛苦。但是,在这里所有对悲伤的同情、对命运的忍耐都无济于事。这场景不可避免地令他愤怒至极,绝望至极,最后走向死亡。

　　此刻,我无暇思考他为什么来这里,而是担忧他看到尸体后的反应。能长久地瞒着他吗?他很快会知道的,我想不出有效的策略拖延他知道真相的时间,所有能做的就是帮助他接受突如其来的改变,排除绝望引起的困惑,防止他暴发疯狂行为。但是我了解我哥哥,知道所有想方设法试图安慰他的努力都将是白费的。

该说什么呢?我无言以对,决堤似的泪水既为他的不幸也为我自己的痛苦所流。虽然泪眼模糊,我依然能看得清他的举动。但我的泪水并没有引起他的悲伤,他反而还露出一丝吃惊的表情。

哥哥的表情突然变得很不安,双手紧握,我甚至能看到他把指甲深陷到肉里的痕迹,他的双眼注视着我的脚,他的脑袋似乎不受控制,像要膨胀了似的。他气若游丝,哽咽着,最后爆发出一声声痛苦的呻吟。我从没见过人的情感可以像飓风一样如此爆发。直到最近,我的生活环境一直都是阳光灿烂、风平浪静的,我不了解情感到底可以在什么样的范围内波动,但是亲眼看到这些令人恐惧的境况还是惊呆了。

我无法解释接下来的矛盾现象。沉默了一会儿后,哥哥抬头看向天,断断续续地叹道:"上帝啊,太过分了!除了这个,其他的受害者,你把他们都处死了。难道这还不足以证明我对你的忠诚和对你的服从吗?她已经死了,他们都死了,他们和我的灵魂紧密相连,只有你的命令才会拆散我们。但是这里是圣洁的,这里有个卓越非凡的人。这是你的杰作,你不会将她摧毁的。"说到这里,他突然摊开双手,用一只手拍打着额头继续说道:"混蛋!谁让你这么快出现在上帝的面前?这个人已经挣脱了人世的樊篱,即将得到解脱,而你是命令的执行者。"

说完这些,哥哥向我走过来。他的话和他的动作让我迷惑不已,除非有这种可能:他已经知道凯瑟琳的死。正是因为他猜测到她已经死了,他才变得如此不理智。我害怕至极,看到人类最闪亮、最具有洞察力的心智已经消亡,我的内心极度痛苦,无法忍受。

我无暇顾及这个变故会怎样影响自己的安全,更没时间去想哥哥会有什么样的疯狂举动。他继续向我走来。此时,随风传来一些模糊的喧嚣声,接着我听到一些脚步声陆陆续续穿过草地,不久涌进门廊。

这些声音让他停了下来,凝神静听。听到这些声音越来越多、越来越大,他离开了我,冲出了我的视线。我除了惊讶还是惊讶,嫂子的尸体、哥哥的疯狂举动和这些不速之客,让我大脑短路,停止了思考,我手足无措,不知如何是好。

嘈杂的脚步声涌上楼梯后不久,很多面孔出现在我房门口,他们的眼神充满了惊恐和警惕。他们窥探着每个角落,好像在寻找逃犯,接着他们的目光带着强烈的恐惧和同情落到我身上。我曾一度怀疑这些身影和脸孔是否与我在楼下看到的有所不同,怀疑那都是我自己的幻觉抑或是虚无的存在。我的目光从一个人游离到另一个人,最终定在一个人身上,是我很熟悉的哈雷特先生。哈雷特先生是我母亲的一位远房亲戚,一位德高望重的长者,他正直、睿智。他虽然早已卸去地方治安官的重任,但他的威望足以驱散这些恐怖。

哈雷特先生走近我,慈爱地拉起我的手,低声说道:"亲爱的克拉拉,你的哥哥嫂嫂去哪里了?"我没有回答,指了指床,他的随从们拉开了帘子。看到尸体时,他们眼里充满了恐惧,溢满泪水。

过了好一会儿,他又转向我说道:"亲爱的孩子,你不应该看到这个。你能信任我,信任贝恩顿夫人吗?把这些事交给我们来处理,好吗?我们看看该怎么处理就怎么处理。"

我极力反对这个要求,我坚持要留在嫂子身边,直到她入土为安。可是想到路易莎需要安慰,我哥哥的孩子们需要看护,我那不幸的哥哥本人也需要关怀、照顾,最终,我答应离开尸体,回到哥哥的房子,那里需要女主人,他的孩子们需要母亲。

在整个谈话过程中,哈雷特先生强忍着不让泪水掉下来,但是我最后答应离开的时候他却泪如泉涌。其间,他的随从们一声不响地站在周围,表情悲哀,看看我,又看看彼此。我重复一遍我的决定,站起来就要走,但是他拉住了我的手挽留我。他的面部表情表明了他内心的犹豫不决和左右为难。我要他说说反对的理由,我恳求他直言相告。我跟他说我哥哥刚才来过,并告诉他我知道哥哥的情况。这场灾难逼得他发疯了,他的孩子们不只需要一个保护人。如果哥哥愿意,我可以任由他自己照顾自己,可他那无辜且无助的孩子们需要保姆看护,需要妈妈爱抚,只要我活着我就决不允许别人来做这些事情。

　　我所说的每一句话好像都增加了哈雷特先生的困惑和痛苦。最后他说道:"克拉拉,我想你应该给我更多的决定权,你已经说了你愿意帮助我,现在我要求你赋予我最大的权力,允许这两三天由贝恩顿夫人看管你哥哥的房子,然后,随你怎么样都行。不管我提出这样的要求出于什么动机,你的年龄、性别或是这场厄运带来的悲痛,都不利于你参与进来。当然,对于贝恩顿夫人的亲切善良,你是从未怀疑过的。"新的想法又涌进我的大脑,我目不转睛地看着哈雷特先生,问道:"他们好吗? 路易莎好吗? 本杰明、威廉姆、康斯坦丁和小克拉拉,他们安全吗? 告诉我真话,求求你了!"

　　"他们都很好,"他说道,"他们非常安全。"

　　"不要以为我是女人而承受不住,我能撑得住。告诉我真相,他们好吗?"

　　他再次向我保证他们很好。

　　我又说道:"那么,你在怕什么? 灾难使我无法履行我的职责,无力去帮助那些无助的无辜者,这可能吗? 我愿意和贝恩顿夫人一起来照顾他们,我将十分感谢她的同情和帮助,但是在这样悲痛的时刻我怎么忍心抛弃他们!"

多么让人痛苦的对话啊!我要长话短说。我仍然坚持我的计划,他仍然坚守他的立场。这再次引起了我的怀疑,但是他郑重地告知我他们是安全的,我也就不再疑心重重。我无法解释这位朋友的态度,但最终我同意去城里,条件是我现在就要见见他们,并且次日就回来。

可是即使是这样的要求也被拒绝了。最后,哈雷特先生告诉我他们搬到城里去了。我问他们为什么搬走,搬到哪里了?现在,我的追根究底让哈雷特先生无法回避了。这又引起了我的怀疑,没有任何借口或手段能消除我的疑虑。许多听到对话的人开始唏嘘流泪,流露出真情。哈雷特先生自己也觉得前后矛盾太明显了,持续不了多久就会破绽百出。我的心里有种声音在告诉我,事实可能比我亲眼见到的还要骇人,我怀疑他极力隐瞒是担心我知道真相后所产生的后果将会一发不可收拾。我再次恳求他告诉我孩子们的真实状况。为了达到目的,我假装麻木不仁。我说:"我能猜到,我知道发生什么事了,他们确实没法受伤,因为他们已经死了!难道不是这样吗?"尽管我鼓足勇气,可是我的声音还是结结巴巴。

"是的,"他说,"他们死了!死于同样的命运,死于同一双手,和他们的妈妈一样!"

"死了!"我重复道,"什么?所有人?"

"所有人!"他答道,"他一个也没放过!"

我的朋友,请允许我对这后面发生的事情闭上眼睛吧。为什么我要继续讲述一个让我已经觉得很难忍受的故事?至少让我稍事休息吧。事实上,我的陈述都是不完整的。所有这些事如暴风骤雨般,在我的心里和脑海里引起极度混乱。我记不清我当时采取的行动,记住的只是那些无意识的变化以及那悲伤的场景。我很擅长寻找折磨自己的机会,且不知疲倦。我不放弃任何加剧悲伤的场合。我要紧紧地搂住每一个惨白的、血肉模糊的躯体。他们一开始不让我看路易莎——我最爱的人,爱到难以用言语表达的人,但是我的执着征服了他们的不情愿。

他们走进一个黑漆漆的大厅,一盏没安罩的灯从天花板上悬挂下来。他们指了指桌子。那杀手剥夺了我最后一丁点儿的慰藉。我在她的脸庞上已寻找不到黎明的气息,或天堂的色彩,这些都随着生命的消失而消失了。我希望能把我的吻最后一次印在她的双唇上,然而却无法如愿,因为那谋杀者的殴打如此残忍,已经把她毁得面目全非,连面部的轮廓都难以辨认!

后来,我被带到城里,哈雷特夫人陪着我,照顾我。可是卡尔文像个幽灵,他追到我的梦里。在这个大暴徒的挟持下,我发着高烧,异常愤怒,神志不清,胡言乱语,永远都处在崩溃的边缘。他强有力的肌肉很难让我逃走,钢铁般冷酷的心将我充满恐惧的申诉拒之门外。我要求他们看着他,去评判他的狂怒、他的轻蔑,但都无济于事。我只是想逃离这残酷的打击,强烈地谴责自己不够警惕,为自己的不幸悲恸不已。

朋友们也备感悲伤,希望我慢慢好转。最终,我的病情得到缓解。慢慢地,在时断时续的光芒中,我又开始有了记忆。那些我看到过的场面又浮现在眼前,再次勾起我更大的悲伤,我也开始了思考和推理。

# 第十八章

　　得知我的舅舅托马斯·剑桥到来时，我并没有完全康复。十年前他去了欧洲，整个战争后期，他是一名驻扎德国的英国军医。战争结束后，由于他和一位爱尔兰军官结为姻亲，退役后便到了爱尔兰。在他以前给我们的信中，他多次说到很快将回到祖国并希望在我们的陪伴下安度晚年。可是当他回来的时候，所有的事情却是这么的不幸。

　　我有许多迫切的理由渴望与舅舅见个面，最重要的原因是我想知道哥哥的状况。我生病期间一直都没有见到哥哥，一直想听听哥哥的消息，可是打听到的消息都是模棱两可的，难以令我满意。我焦急地询问哈雷特夫妇，请求和我不幸的哥哥见面，但是他们诡异地跟我周旋，说他现在还不够理智，他的状况不适合见面。对于这次灾难的详情、灾难的策划者是谁，他们隐瞒得滴水不漏。

　　经过一段时间，我发现自己的努力都是徒劳的，便不再直接询问或恳求，而是决定一旦体力恢复了，就找其他的方法来解开这个疑团。这时，我的舅舅来了，并打算来看我。虽然当我向他述说降临在我们身上的这些不幸时，我会全身战栗；虽然我也不愿意看到舅舅流露出的沮丧和悲伤，但是我相信，当向他讲述了所有的事情之后，在我的强烈要求下,他会向我吐露我想要知道的真相。

我很肯定地知道我们的敌人是谁,但是他的作恶动机、手段和现状,我却一无所知,期望能从舅舅那里获得些消息还是有道理的。因此,我耐心地等着他的到来。最终,傍晚时分,在我那孤寂的卧室里,我们见面了。

这个人是我们最亲的亲戚,曾经像父母般照顾过我们。因此我们的见面充满温情,既喜悦又悲伤。他鼓励我在他的臂弯里痛哭一场,而不该强忍眼泪,然后默默地安慰着我。不久我们就谈到了这次灾难,一个话题紧接另一话题。最后,我提到一直以来我都没有认真地关注过哥哥的命运,也没有预料到我们会发生不幸。我恳求他告诉我哥哥的现状,以及对这场前所未闻的大灾难的幕后主使者的侦查进展。

"幕后主使者?"他说,"你知道幕后主使者?"

"唉!"我说,"我太了解他了。我对此事起因的猜疑实在让我太痛苦,太受煎熬了。我不知道你现在知道些什么。除了威兰、浦雷尔和我,还有谁能和这件事有联系。"

"别让自己那么痛苦。"他说道,"威兰和浦雷尔能告知的,我都知道了。如果有什么事只有你自己知道,以你目前的状态来说告诉我应该不会很难,我非常想听。也许你提到过卡尔义这个名字,在你感到好奇之前我就要告诉你,自从发生这些不幸后,没有人再见到过他或听说过他,他的身份仍然是个未解之谜。"

我很乐意听从他的要求,便尽可能清楚但概略地叙述了发生在避暑凉亭和我卧室里的那些事情。他听到浦雷尔的过失和疑心时并没有露出明显的惊讶,听我讲述那些警告和无法解释的幻影,还有在桌子上发现的信时,神情却更加严肃起来。我等着看他有什么想法。

他说:"你从这些信息推测,卡尔义是这场悲剧的制造者?"

"不是吗?"我回答道,"这样的推测是顺理成章的。但是,关于这事,你知道什么吗?没有目击者,没有帮手,这样的恶行能得以完成吗?我恳求你告诉我,哈雷特先生是何时、为何被叫到现场的,第一个怀疑或发现尸体的人又是谁?无疑,某个人肯定是要被怀疑的,而且要被一直追查下去。"

舅舅站了起来,在房间里来回踱步,眼睛盯着地面,似乎陷入困惑之中。最后,他停了下来,语重心长地说:"的确,作案手段已经知道了。卡尔文是策划者,执行者是另一个人。这个人已经被找到了,他的情况也调查清楚了。"

"天哪!"我惊呼道,"你说什么?卡尔文不是刺客?除了他谁还会有这样险恶的目的?"

"难道我没说过,行凶者是另一个人?"他接着说,"是卡尔文,也许是上帝,又或许是疯狂的头脑,让那个杀人犯下手的,但是卡尔文是不知道的。真凶自从那以后就被审判并定罪了,此时正戴着手铐、脚镣关在地牢里。"

我举起手,抬起眼睛:"这个刺客到底是谁?在哪里用什么手段追踪到了他?有什么证据证明他是罪人?"

"他自己的仆人出来作证,这个女仆在他杀害孩子们的时候躲在了储藏室里。治安法官从你家出来后,来到你哥哥家,审问并记录这个唯一的目击者的证词,这时我们也没有料到,罪犯竟在无人劝说的情况下,自己上门自首,承认了自己的罪行,接受司法审判。

"他被带到了警局。成千上万的人听到这个悲剧,从很远的地方过来观看。审问进行了很久,很公正,也允许他进行自我辩护。自我辩护时,他详细陈述了自己的作案动机和作案手段。"讲到这里,他不说话了。

我恳求舅舅告诉我这个罪犯是谁,是什么使得他不得不这样做。

舅舅沉默不语，我又再次极力恳求他告诉我。我重新回想自己知道的事，在此基础上对杀人犯是谁进行推测。我回想着和我认识的所有人的对话，可我想不出是谁会有这样的歹毒心肠。我只能再次强硬要求舅舅告诉我。我见过这个罪犯吗？是不是仅仅是出于残酷或残忍的报复，才做下这起血案？

他审视我良久，静静地听着我提问。最终他说道："克拉拉，我听过一些关于你的事，自己也看到一些。你不是一个粗俗的人，因此你的朋友们至今像看待孩子一样看待你，他们是出于善意，也许他们并不知道你的坚强。我敢肯定，没什么能超过你的坚韧刚强。

"你非常渴望知道是谁毁了你的家，他的行为动机又是什么。我能把他叫到你面前，让他自己向你坦白吗？我要让他自己来讲述他的所作所为吗？"

我惊恐地站起来，惶恐地看着四周，好像杀人犯就在我旁边。"你什么意思？"我说，"求你了，快点告诉我吧。"

"不要惊慌，你将再也看不到罪犯的脸了，除非他有超自然的力量，像扯断细线那样扯断铁链和镣铐逃出去。我刚才说了，罪犯在监狱里被提审，审判最后，法官允许他坦白陈述或自我辩护，最后神圣的法官威严地挥了挥手，现场顷刻安静了下来。陪审团成员、公诉人以及旁听者惊惶地屏住呼吸等着宣判结果，其中一个听者忠实地记录下了宣判结果。这就是。"他继续说着，把一卷纸递给我，"你有空看看吧。"

说完这些，舅舅离开了，剩下我一个人。好奇心使我一刻也不愿耽搁，我打开这卷纸，读了起来，内容如下。

# 第十九章


现在,法官要求刑事犯西奥多·威兰为自己辩护。

威兰带着温和的表情静静地看了看四周,最后说道:

"让人难以相信,在座的陪审团成员和旁听者都认识我。现在以威兰的面貌出现的陌生人是谁?谁不知道这个人是个好丈夫、好爸爸、好朋友?然而,今天我却作为一个罪犯在这里遭到公诉,我罪大恶极,我因杀死自己的妻子和孩子们而受到控告!

"这的确是事实,他们是我杀的,他们所有人都死在我的手里。我的辩护是可耻的。我出来辩护什么,在谁面前辩护?

"你们知道他们已经死了,是我杀的。你们还想知道什么?你们想逼我说出我的动机?你们不是已经发现了吗?你们控告我谋害,你们的眼睛又不是看不见,你们的理由那么有力,记忆力那么好。你们知道你们控告的是谁,你们熟知我的生活习惯、我对待妻儿的态度、我的正直诚实和我一贯的原则,可是你们还是坚持控告我!你们像对待重犯一样让我戴着手铐,把我带到这里,你们认为我只能像个卑鄙小人痛苦地死去!

"值得我去送死的人是谁?我的妻子在我心目中非常优秀,甚至超过了和我有血缘关系的孩子们。她非常爱我,比我至亲的亲人还要爱我。你们想想吧，我对他们做这样的事是出于恶意吗？请在上帝的审视面前收起你们的鲁莽，躲到人类眼睛看不到的山洞里。你们可能悲叹你们的邪恶和愚蠢，但是你们却无法赎回自己的罪恶。

"不要以为我是代表你们在说话，不要自作多情。相信我仍然是个杀人犯，把我拖出去斩了吧。我不会做出任何努力来消除你们的错觉，也不会说一个字来矫正你们残暴的愚蠢。但是在这个场合下，为了那些远道而来的不了解我的人，我将道出我做了什么，和为什么这样做。

"毫无疑问，我是个忠诚的教徒。上帝为证，我有一颗善良、单纯、正直的心，我也很珍惜这点。我渴望得到上帝的指点，全身心地投入对上帝的忠心和服从中。

"我每天都在为怎样得到上帝的启示而苦苦思索，这样的日子很痛苦，因为我最终没能得到上帝的指示。我请求上帝的指引，辗转反复地寻找上帝的光芒，我也不是完全没有得到启示，但我不能痛下决定，我在内心深处对自己不满意。我的目的很单纯，愿望很执着，但直到最近这些目的达到了，我的愿望才得以满足。

"谢谢你的馈赠，我的上帝，你索要最低限度的牺牲来考验我对你的忠诚，还有什么比这更让我开心的？现在我可以站在这里大胆地提出我的要求，因为我向你付出了我灵魂里最宝贵的东西。

"我当时在自己的房间，已经很晚了，妹妹去了城里，但是打算回来。正是因为等她回来，我和妻子就寝比平常都晚些。这时候，全家人已经歇息了。

"我静静地沉思着，一边担心着妹妹的安全。最近的事，很难解释清楚，总感觉存在某种危险，但这种感觉不是很清晰，几乎不会扰乱我们的宁静。

"时间一点点过去，妹妹还没回来。她家离我家有点距离，尽管她已经安排好回来后跟我们一起住，可是她仍有可能忘记了，或者发生某种意想不到的紧急情况，因而回到了自己的住处。

"因此，我想最好到她那里看看，去证实一下。就这样，我动身了。在去的路上，我满脑子胡思乱想。就在这不断激烈的狂想下，我忘记了自己的目的。一会儿停了下来，一会儿偏离正道，很难再重新思考。

"我对这一连串的想法记忆犹新，最开始想到自己是个父爱无边、夫爱无边的人，激动不已。这种欲望渐渐变大，渐渐得到满足。我不知道对上帝虔诚的感情为什么要以不同寻常的力量来重现，我一开始感知快乐，后来觉悟到应该感谢上帝，这种转变不是第一次出现。上帝把天赋赐予人类，使人类得以美化，受恩惠者有权得到这种恩赐。我的道德情操得益于他们对这种天赋价值的热爱。如果不是来源于此，所有的情感都是卑鄙的，所有的快乐都是卑微的，所有的精力都是害人的。

"有一段时期，我的沉思冥想超越了大地，超越了大地上居住的人类。我仰望上苍，伸开双臂，抬起眼睛大喊道：噢！我也许应该承认你的存在，我最至高无上的信仰就是去获知你的启示，并去实施它！去体会跟你直接对话的快感，去聆听你那悦耳的声音！

"为了证明我对你的热爱，还有什么是我不能做的？还有什么困难我不能欣然接受？哎呀！你在我的视线范围之外，我看不见你，只看见你赋予我的卓越和完美。你的惠顾在我这里只做短暂的停留！我十分确信你的确曾出现过！

"在这样的心境下，我走进了妹妹的房子。房子是空的。我差一点就忘记了去那里的目的。各种各样的想法已经完全占据了我的大脑，我已经不能把时空关系联想到一起，我上楼进了妹妹的卧室。

"我没带灯，从外面看看就知道房间里没有人。但我还是不甘心,于是就走进了妹妹的房间,结果也没有发现妹妹的踪迹,于是我准备返回。

"黑暗的房间使我下楼时更要小心翼翼。我伸出手抓住扶手下楼,这样脚步会更稳些。突然有道光射入我的眼帘,我不知道该怎样形容那道光!

"我被晃得头晕目眩,眼睛完全看不见了。我半睁着眼睛,松开了扶手。一股难以名状的恐惧袭遍全身,我一动不动。这光一点儿都没减弱,就好像一张网把我覆盖了。

"我睁开眼睛,发现自己被光包围,熠熠生辉,像是上帝在给我启示。随后,我身后传来一个声音,吸引了我的注意。

"我转过身,不该告诉你们我看到了什么。他的面纱已被揭起,他的脸直对着我的视线。

"他说话时,我的心怦怦直跳。'我听到了你的祷告,为了证明你的忠心,把你的妻子贡献给我,这是我选择的祭品,把她叫到这里杀掉。'——随着话音落地,虚幻的面容、神奇的光芒一下子都消失了。

"这是什么要求啊?要让凯瑟琳流血!我的妻子将死在我的手里!我寻求机会证实我的美德,但我从未想过要用这样的方式来证明我的忠心啊。

"我的妻子!我呼喊道!天哪,上帝!请换成别人吧!不要让我成为屠杀我妻子的屠夫!尽管我自己的血液是卑贱的,但我可以在您面前流血以表忠心!但是,我恳求您,请您饶了我妻子宝贵的生命!或者不要让她的丈夫来执行这血淋淋的使命!

"一切都是徒劳。命令已经发布完毕,这是命中注定。除了去执行命令,别无选择。我冲出房间,穿过田地,直到进了自家的客厅才停下脚步。在我离开的时间里,妻子一直在那里焦急地等着我,希望我带回妹妹的消息。我没有说话,一度因为自己脚步太快而气喘吁吁,再加上我颤抖的身体,狂野的眼神,使她很惊慌。她立刻怀疑妹妹发生了什么不幸,像我一样,她也情绪激动得说不出话来。

"她没有说话,但是她的表情告诉我,她迫不及待地希望我说些什么。我说话了,但同时用胳膊挟住她,用力地把她从座位上拉了起来,我的动作非常粗鲁,令人难以置信。

"'跟我走,快走,一刻也不能耽搁,否则就没时间了,事情做不了啦。别等,别问,就跟我跑!'

"这个举动让她更震惊了。她看着我的眼睛说道:'发生什么事了? 到底发生什么了? 你要我去哪里?'

"她说话的时候,我紧紧盯着她的脸,想着她的好,想着她是我的孩子们的妈,是我的妻子。我回想起叫她到那里的目的,心在颤抖,可我必须全力以赴去做这件事。一点点的耽误都会使危险迫在眉睫。

"我不再看她,鼓起勇气,拉起她往门口走,说,'你必须跟我走,必须!'

"由于害怕,她抗拒着再次呼喊道:'上帝! 你要干什么? 去哪?发生什么事了? 你找到克拉拉了吗?'

"'跟我来,你会看到的,'我说,她仍然不愿意跟我走,我便拉着她往前走。

"'你怎么变得这么狂暴? 一定是发生什么事了。她病了吗? 你找到她了?'

"'去看看。跟我走,你自己看。'

"她仍然恳求我解释这不可思议的行为。我不敢告诉她,也不敢看着她,只能抓着她的胳膊,拉着她跟我走。她犹豫不决,显然在还没弄明白是怎么回事的情况下,她不愿跟我走。在我的强拉硬扯下,她的脚步迟疑不决,而且她一直惊恐地喊叫。她不停地、激动地问:

'到底发生什么事了？这是要去哪里？'

"我努力不去思考，不让脑子里产生矛盾和骚动。为了逃避她的声音所带来的感情刺激，我沉默不语，加快速度，把所有的注意力都放在这暴怒的举止上。

"就这样我们到了妹妹的住所。她看着窗子，看到屋子周围的荒凉，继续问我：'我们为什么来这里？这里没有人，我不会进去。'

"我仍然不作声，打开了门，把她拖了进去。我是故意这样做的，接着她摔倒了，我便放开了她的手，用手掌拍打着脑门，努力让自己冷静镇定。

"可是一点用也没有，我还是没有勇气，我的胳膊动不了。我小声祷告了几句，希望上帝给我力量。但这么做也没用。

"恐惧在我全身蔓延开来，怯懦、反抗牢牢地盘踞在我心里。我踟蹰不前，站在那里像大理石一样僵硬、冰冷。妻子的声音在一定程度上缓解了这种状态，她又开始不停地问我们为什么来这里，我妹妹现在怎么样了。

"能怎么回答呢？我发出了声音，但口齿不清。她看着我这样异常的行为自然越发害怕了，但她的恐惧是因为会错意了，她从我的行为得出的唯一推测是克拉拉发生了什么不幸。

"她紧握着自己的手，向我痛苦地怒吼着：'天哪，告诉我，她在哪儿？她怎么样了？她病了？死了？她在卧室吗？让我上去看看，哪怕知道最坏的消息！'

"这样的提议让我的想法又得以付诸行动。也许我反抗的心拒绝在这里执行命令，换个地方就可能足够强大，能使我下得了决心。

"'好吧，'我说，'那我们上楼。'

"'我不想摸黑上去，我们必须先弄盏灯来。'

"'快去快回，但是我警告你，不要逗留，我在这等你回来。'

"她去取灯的时候,我大踏步向门口走去。飓风的凶猛远不及我现在脑子的混乱。这次献祭势在必行,尽管我的内心拒绝这样做,但别无选择,反抗命令是不可能的,但是若服从命令,我将是杀死妻子的刽子手。尽管我的意志很坚定,但是四肢瘫软无力。

"她拿着灯回来,随着我向卧室走去。她环顾着四周,拉起床帘,什么也没看见。

"最后,她用疑问的眼神看着我。她手里的灯刚好能让她看见一直隐藏在黑暗中的我的脸。她起初担心我妹妹,现在转而担心我。她用颤抖的声音说道:'威兰,你不舒服,你生病了? 我帮不了你吗?'

"如此温柔的声音和表情本应打消我的念头。我的思想又开始激烈斗争。为了不看她,我用手遮住了眼睛,哼哼唧唧算是回答她。她两只手紧紧握着我的另一只手,把它放在胸口。她的声音再次动摇了我的想法,带走了我的悲痛。

"'我的朋友! 我的灵魂伴侣! 告诉我是什么让你这么悲伤。难道我不配关心你、分担你的悲伤? 难道我不是你的妻子?'

"这太过分了,我受不了。我挣脱她的拥抱,退到屋子里的一个角落。这时,我又重新鼓起了勇气,决定履行我的职责。她跟到我面前,又开始了她饱含柔情的恳求,恳求我告诉她如此忧伤的原因。

"我抬起了头,定定地看着她,说了一些关于死亡的话题和我不得不遵从的命令。听了这些,她退了回去,脸上浮现痛苦的表情。停了一会儿,她紧扣双手,惊叫道:

"'噢,威兰! 威兰! 上帝认为我该是牺牲者,肯定是哪里弄错了,我知道的,这最清楚不过的了。你会毁了你自己——你不仅会失去我,也会失去你自己。'她一边说,一边非常焦急地盯着我的脸,期待情况的改变。这激起了我的愤怒,我回答道:

"'毁了我自己! 不,我的责任已经明确,感谢上帝,我已经战胜了懦弱,我现在有能力实施它。凯瑟琳! 我同情你那软弱的本性! 我怜悯你! 但是不能饶恕你。你的生命注定结束在我手里:你必须死!'

"除了恐惧,她更是悲痛欲绝。'你说什么? 为什么谈到死亡? 威兰,你再好好想想,想想你自己。这是一时的冲动,马上就过去了。天哪! 我为什么要来这里! 你为什么把我拖到这里!'

"'我把你带到这里是为了完成上帝的使命。我被上帝指定为毁灭者,我必须杀死你。'说毕,我抓住了她的手腕,她高声尖叫,竭尽全力要挣脱我的控制,但终究没有挣脱。

"'当然,当然,威兰,这并非是你本意! 难道我不是你的妻子吗? 你会杀了我吗? 你不会的! ——但我知道,你再也不是原来的威兰了! 你一定是着了魔,无法抗拒,又极其可怕! 放开我——放开我——救命啊! 救命——'

"她一直尖叫着喊救命,直到断气。当她不再说话时,她的姿势、她的表情又引起了我的同情。我罪恶的双手无所适从,开始颤抖。我的意思是,你的死是突然的,你的挣扎也将是短暂的。天哪! 我的心变得软弱,我的决心又开始动摇。我再次放开我的手,这手掌握着生命,虽然这生命在痛苦中煎熬。她突出的眼球,原先让我狂喜,但现在让我感到狰狞和扭曲。

"我自我安慰道:我是上帝派来杀你的,但是并不打算折磨你,我不想增加你的恐惧,延长你的痛苦。你憔悴失色、了无生气,最后停止和命运抗争,就这样香消玉殒了。

"这是胜利的时刻。我成功地征服了人类情感的顽固性,我已经奉上了上帝要求的祭品。事情已成定局,无须反悔。

"我双手抱起尸体把她放到床上,开心地注视着她,欢欣鼓舞,差点笑出了声。我拍着手高兴地叫到:'完成了,我的神圣任务终于圆

满完成了！献给你，我神圣的上帝，你的最后、最好的礼物，我的妻子！'

"我不再那么脆弱。我幻想着自己早已永远超越自私，但是我的幻想是个谬误，这种狂喜很快就退去。当再次看向妻子时，我欢快的情绪消失了。我问自己看到的人是谁。我想，那不可能是凯瑟琳，不可能是那个我心中珍爱多年、每晚在我怀里安详入睡的那个人，不可能是那个用乳汁哺育了叫我爸爸的孩子们的女人，不可能是那个我百看不厌、珍爱有加的女人，不可能是那个让我对她爱意常新、爱情常增直到永远的女人。不，那不是原来的凯瑟琳。

"活生生的凯瑟琳哪里去了？这死人的血在周围流淌，和她眼神里清澈的温柔形成鲜明的对比。透明的血迂回地流过她的胸脯，她的脸颊上散发着爱的光芒，这与她乌青的斑点和可怕的扭曲完全不相称。上帝啊！这些是临死前奋力挣扎而露出的极度痛苦的表情，是表明暗杀曾在这里发生的表情！

"我不会沉溺于绝望和无法忍受的悲伤。上帝的气息在我身上已经消失，我现在又变成纯粹的凡人。我从地板上跳起来，将头猛力撞向墙壁。我发出凄厉的喊叫声，渴望折磨和痛苦。地狱里那不灭的烈火和永无休止的吵闹与我的痛苦比起来，简直就是称心如意的安乐窝和美妙的音乐。

"感谢上帝，这种堕落是暂时的；感谢上帝，他再次给我带来慰藉。一想到我所做的牺牲是一种责任，我就异常平静了。妻子已经死了，但我想，虽然这股慰藉的源泉干涸了，但其他的慰藉之源仍然还在。尽管我没有了作为丈夫的喜悦，却还会有作为父亲的安慰。一旦想起他们的母亲，他们就会痛不欲生，而我会照看他们，因此会得到安慰。

"在反复思考这些的时候，我心情激动，但我错了。我没有意识到这些感受是私欲膨胀的结果。我也没有意识到，为了消除使我思想模糊的迷雾，新的光荣、新的使命是必需的。

"射进房间里的一道光打断了我的思绪，那个熟悉的声音又说：'你做得很好，但没有做完——你的献祭还不完整——你必须把你的孩子也祭献出来——他们必须和他们的母亲一起死去！'"

# 第二十章

　　你是否想知道我有没有接着读下去？你是否会因为我能读到这里而感到惊讶？我不知道是什么力量支撑着我继续读下去，也许是来自我不能释怀的疑问，或是我觉得卷宗里所描述的仅仅是个梦。刚开始舅舅那些认真严肃的介绍和那些使我坚强的安慰，抑或他间接提到的那些变态的事件都失去了效果。当回忆起这些苦难重重的混乱，诡秘的安静和仆人们含糊其辞的回答，尤其是围绕哥哥进行的询问时，这一切都是白费力气的。我回想起在卧室与威兰的见面，他那异乎寻常的平静，继之而来的爆发和险恶行为，这些都和纸上所记内容相吻合。

　　凯瑟琳和她的孩子们，还有路易莎都死了。这穷凶极恶的暴行简直惨绝人寰！

　　是谁干的？威兰！我的哥哥。是死者的丈夫，死者的父亲！这个人无比的善良、仁慈！这个人心胸宽大、性情温和，是和平使者！这一定是个梦，我自言自语。这些天来我都因极度狂躁而痛苦不堪，而现在使我如此痛苦的事情却换了新形式，让我肝肠寸断。

　　记录纸从手中脱落，我的目光追随着它，而身子却退后了一步，似乎想避开某件正在向我逼近的可怕事情。我说不出话来，仿佛所有的器官失去了功能。我一下子瘫倒在地板上，晕了过去。我后来才知道，是我倒地的声音惊动了我舅舅。他当时在楼下房间里，他也是痛心疾首。舅舅很快跑到我的卧室，叫仆人过来看护我。当我睁开眼睛时，我看见他站在我面前。舅舅医术精湛，他的劝说能力也不逊于他的医术。他尽力劝说，竭力减少这次坦诚相告带来的伤害，但是他高估了我身心的承受能力，一次次的打击几乎把我推到了死亡的边缘，我的病比前一次更严重，更难控制。

我不再纠结于一连串可怕的感受和混乱所带来的后果，而是选择将其置之脑后。时间慢慢地让我恢复了健康，我的头脑也不再困惑。这些致命的记录在我脑海里留下的印象，某种程度上因我的病淡去了。它们好像是梦的一部分，朦胧晦涩，支离破碎。我渴望自己不再妄想，结束这种混沌状态，为此，我问舅舅谁是我最忠诚的伙伴。他初次尝试让我坚强，但出现刚才这种状况，他吓怕了，于是煞费苦心地回避我的问题或阻止我提问。有时，我会冲动地强迫他告诉我那不是真的，是诽谤，是谣言。

时间是医治创伤最有效的良药。经过反复思考，我对过去的回忆慢慢变得更加清晰。我反反复复地默想着这些事，不再惊讶，不再惶恐，往事不再具有致命的威力。那份庭审记录，我上次只读了一半，就把它扔到一边去了，但是我想，也许我所读到的内容，会同从其他地方得到的消息一起，让我弄清楚这些可憎的事实。然而我的好奇心并没有就此打住，我依然想去细读剩下的内容。

我既渴望了解这件事的来龙去脉，又憎恶即将要揭开的事实，也许憎恶略多于渴望。因此，我不再利用任何其他途径达到目的。我渴望了解事实，同时，不再接受嗟来之食。

一天早上，独自一人在家时，我从床上起来，去打开那个平常存放较为贵重衣服的衣橱。拉开抽屉，那份致命的记录一下子跳入我的眼帘,我不自觉地一把把它抓起来,坐到椅子上。要不要看这封信,我心里斗争了好一会儿。我的毅力受到了考验,我觉得自己无法刻意阅读这么恐怖的情景,我想把它放回原处,但最后还是屈服了。我毅然决然打开信,开始细读信中的部分内容。我一页页地翻着,直到翻到最后:罪犯的陈述结束,法官不情愿地宣判被告有罪。被告质问,为什么要被判死刑,而得到的回答简单、庄严、断然。

"是的,我没有什么好说的了。我的故事讲完了,我也真实地陈述了悲剧的缘由。如果陪审团成员不能理解我纯洁的意图,或者不相信我陈述的事实,如果他们不能理解这是上帝的安排,不能理解是否服从上帝是对一个人是否具有完美德行的检验,是辨别自私和罪恶两者之间区别的检验,那么他们肯定会宣判我是个杀人犯。

"他们拒绝相信我的故事,把我的行为归罪于恶魔的支配。他们认为我是人类本性最邪恶的代表,坚持要我死,认定我十恶不赦。我有能力逃脱这指控吗? 如果我有,我一定使出来。如果认为我还是个好人,我将不会伏罪,我只会在无法逃避遭受苦难时接受苦难。

"你们说我是个罪人,真是一群没有信仰的、鲁莽的乌合之众!你们篡夺了上帝的特权,蒙蔽了自己的双眼,用自己的不理智来判断事实!

"你,全能的、神圣的上帝!你知道我的所作所为是为迎合你的意愿。我不知道什么是犯罪,不知道什么是善良,不知道为什么他们认为这些行为是犯罪。正如你是无所不能的,你的知识也是无限的,我把你当作引导者,毫无半点差池地跟着你,把生命托付给你,请你张开双臂,来保护我吧。你判断公正,作为报答,我坦白了事情的真相。

"死亡,该来就来吧,我不怕。让诽谤、憎恨都来吧,我不会放弃应该有的权利。安宁的美德,服从的荣光,将是我今后生活的主要追求。"

记录到这里戛然而止。我刚把眼光移往别处,还没来得及回想我所读的内容,舅舅就走进了房间。他立刻意识到我在做什么,脸上流露出对我精神状态的担忧。

然而,他的担忧是多余的。读完记录后,我很难表达我的感受,不管怎样,我没有痛苦亦没有愤怒,却深深地陷入惊奇与敬畏之中。此时此刻,我根本讲不出话来,只能用探询的眼光看着舅舅,指了指这卷记录纸。他立刻懂我的意思,用阴郁的眼神向我默认。

过了一段时间,我终于可以开口说话了:"这是哥哥所做的,是哥哥所说的,就是因为这个他被判了死刑:处以绞刑! 这就是他的命,残酷,毫无人性!"

"是这样的吗?"我艰难地问道,"他——已经死了?"

"不,他还活着。他过激行为的缘由是肯定的,都是由于他突然精神错乱造成的,而且他现在精神还错乱着,他被判了无期徒刑。"

"你说什么,精神错乱? 你确定? 难道他亲眼所见、亲耳所听的都不是真实的?"

舅舅惊讶于我的问题,他看着我,很显然非常焦虑。他说:"你怀疑这些都不是幻觉? 难道你真的认为是上帝介入此事?"

"噢,不,我不这么想,上帝不会促使这样闻所未闻的骇人事件发生。那使者不是天使,而是恶魔。"

"别,亲爱的姑娘,"舅舅说,"把这些幻想放到一边去吧,这件事既没有天使也没有魔鬼参与。"

"你没明白我的意思,"我回答,"我相信这种使者是存在的、真实的,但是并非超自然力量。"

"确实是这样的!"他说道,口气非常惊讶,"你觉得谁会是这个人?"

"我不知道，都是我的胡乱推断。我不能忘记卡尔文，我还是怀疑他是这个圈套的设计者。但是我们怎么确定这是因为精神错乱导致的行为？精神错乱都是以这种形式出现的吗？"

"往往是这样的。本案中的幻觉比我所知的任何幻觉导致的后果更加可怕，但是我还是认为相似的幻觉并不罕见。你没听说过你母亲家发生过类似的事情吗？"

"没有，请您详细说来听听。我知道我外祖父的死很不寻常，但是我不知道为什么。他非常喜欢的哥哥在他很小的时候就死了，听说这很大程度上影响了我外祖父的命运，其他的细节我就不知道了。"

"对于他哥哥的死，"我舅舅继续说道，"我父亲一直以来非常沮丧，主要有两个原因：他不仅是因为失去这样一个好友而悲伤，更坚信自己也必然遭受他哥哥同样的下场。他就这样一天一天地等着，等着他预言的这一天快点到来。渐渐地，他又恢复了笑颜，恢复了自信。他结婚了，在精神生活和现实生活中履行着自己的职责。二十一岁那年岁末，他和家人在康沃尔郡①那所海岸边的房子里避暑。在离房子不远处的海岸边有个悬崖，高耸入云。崖顶平坦而且安全，从陆地这一侧很容易上去。天气晴朗时，伙伴们经常上那儿去，陶醉在这纯净的空气和广阔的视野中。一个六月的晚上，我父亲和母亲还有一些朋友碰巧来到这里，大家都很开心，父亲看着这绚丽的景色，想象力异常活跃。

"突然，他四肢发抖，表情惊恐，在那里凝神静听，眼睛认真地直盯着一个方向，而他的朋友们顺着那个方向什么也没看到。就这样持续了一分钟，然后他转向朋友们，告诉他们，他哥哥刚才来召唤他，

---

① 英格兰西南部一郡。（译者）

他必须马上遵从。他仓促而严肃地与每个人道别,大家惊讶之余,还来不及反应,他就已经以迅雷不及掩耳之势冲到悬崖边缘,用力跳了下去,再也看不到了。

"我在德国服役期间,也看到了很多类似的不同寻常的事情。毫无疑问,这些幻想都是癫狂的,尽管老百姓不这样认为。这些都可归为同一类情况,解释和治疗都不难,但要让人们接受就难了。"

这就是舅舅想方设法让我接受的意见,我默默地听着他的推理和解释。原以为这样的事史无前例,当发现有证据证明类似的事情,我非常诧异,无法对舅舅所讲的现象做出解释。各种想法涌进了我的大脑,我毫无头绪。我觉得这种癫狂——如果它是癫狂的话——影响了哥哥,也影响了浦雷尔和我自己。浦雷尔听到了神秘的声音,而我既听到也看到了。我看见了那人的身影,哥哥也看见了,而且身影是在同一地点出现的。我和哥哥的所见所闻一模一样,我会不会像哥哥那样发狂?面对同样可怕的、同样不可抵挡的癫狂,我又为什么是安全的?

我无法描述产生这种念头时大脑的状态,我对片刻的变化影响了哥哥的状态感到吃惊。现在,我审视自己时倍感惊讶,精神恍惚。我岂不是也会从理性的人类变成不可名状的可怕怪物?我岂不是也会被送到地狱的边缘?在新的一天应该到来之前,我的双手可能沾满鲜血,我的余生也有可能在地牢里戴着铁链度过。

这新滋生的恐惧比我最近所遭受的痛苦更难以让人忍受,对像我这样在道德上敏感的人,这也并不稀奇。悲伤本身容易恢复。当思想仅仅是痛苦的媒介时,思想就不再继续了。我感到沮丧,又渴望用死亡寻找解脱和满足。

我的安静没能掩盖我在思考,舅舅看出来了。他坚持不懈地努力转移我的注意力,把我从充满危险的思想中拽回来。他长时间的努力终于奏效了。我又相信决心的力量，开始振作起来，病情也有好转。我能专心地想着哥哥的事，想着这不幸发生的原因。

我的判断总是在不断变化。有时候我觉得幽灵比人类还多，对此我没有理由去怀疑。我不否认我的宗教信仰，人们的证词也是响当当的，是坚不可摧的。这些都在说服我邪恶的精灵是存在的，而且他们的能量经常影响我们人类世界。

这些想法总跟卡尔文的形象紧紧相连。证据呢，我问，守护神不见得一直遵从人类的控制？在愚笨的人那里，真相可能被歪曲、被掺假。老百姓的信条在这种情况下是相当荒谬的，但是，聪明人也可能恰当地忽视这些，我们几乎没有正当理由完全否认神灵保护人类的可能性。

迷信的想法不值得提倡。巫术的手段、含有硫黄味道的器具和雷鸣般的爆炸声，都是邪恶的、荒唐的。卡尔文没有这本事。这有意识的超自然力量和人类不同，却和我们一样是有道德的、自愿成为执行者的，我们不能否认在某些地方它们还是存在的，但是无法判断它们的帮助是善意的还是恶意的。

这个人还在暗处，不知道他到底有多大的能耐，但是现在有没有证据证明他正在发挥他的能耐呢？

我重新回想自己的经历，卡尔文实际上在这场景中出现过，这次是以人类的形象出现的。我碰到了一个声音和一个人影，其中一个很明显是自己出现的，另一个是被挖出来的，但都来者不善，他是来揭露卡尔文阴谋的。这两者相互充满敌意，而不是结为同盟。卡尔文这个歹徒的计划被上帝派来的使者给制止了。这怎么能解释那毁了哥哥的阴谋？这个人是超自然的，是恶毒的。

通过对这些事实的回忆，我又有了新的想法。迄今为止，哥哥受制于次恶性事件的影响是毫无疑问的。他的妻子和孩子被杀死了,他们是在惊恐和害怕的状态下死去的,然而这就能无可置辩地认为凶手就是有罪的吗？凭良心裁决,应宣判他无罪,他在法庭上以及后来的行为都如实地告诉了我,显然前后毫无不同。他从来没有把美德放在一边,他通过向上帝求助、观照前世今生的目的来抵制所有的痛骂,这些求助都是正确的。只有上帝才可能动摇他的意志,只有得到一贯正确的上帝的认可,他的思想才能升华。

# 第二十一章

有段时日,我整天都在这样苦思冥想。在大庭广众之下,人们出于惊讶或同情对我指指点点,这让我厌恶,让我无法忍受,因此我不愿意在公共场合露面。我故意躲避那些访客,他们无非是来安慰我的,或者是为了满足自己的好奇心。舅舅是我最重要的伙伴,与他谈话最能给我安慰。

至于浦雷尔,我对他的感情好像经历了一场彻底的革命。近日来的不幸让我伤痕累累,随着伤口的慢慢愈合,我对这个人的爱情也在渐渐消失。

事实上,迄今为止,我还没有绝望的理由。他离开我,并不是我的错。但我坚信,我的清白总有一天会公之于世,他还会敬重我,他对我的爱还会复燃。他认为我应该受谴责,我对此一直反感,但现在我无暇顾及。我期望他不再怀疑我了,不是为了再次得到他的爱,是因为能获得像他这样优秀的男人的敬重使我感到高兴,更因为他会因为确信我是正直的而感到快乐。

舅舅曾告诉我,浦雷尔从欧洲回来后曾经和他见过面。在他们的谈话里,我发现浦雷尔刻意避免谈到那些使我声名扫地的事。我无法解释他在这件事上保持沉默的原因,也许是时间或是一些新发现改变或动摇了他的看法。也许尽管我有错,他也不愿意在我敬爱的亲戚面前提及我的不是,从而对我造成伤害。我听说在我生病期间他经常来看我,在我的床边连续待了几个晚上,为了我忧心忡忡。

我们最后那次见面之后,他原本准备启程离开,却因为当晚发生的悲剧,他不得不推迟了行程。到目前为止,我都完全误会了他旅行的目的。舅舅解释了他的目的,他的解释引起了我的惊讶而不是懊悔。如果是从前,这个故事本应该增加我的痛苦;但现在它没有增加痛苦,反而成了我快乐的源泉。这可能是我在舅舅的陈述里得到的最大收获。它让我不再那么迷惑,也使我明白了,我的冷漠只是暂时的,过去几天内我的感情像一潭死水,没有任何波动,但还是没有最终灭绝。

特丽萨·德·施托尔贝格还活着,她决心在美国找到她的爱人。为了隐藏她的行踪,她对外宣称自己已经死了。她向伯特兰——浦雷尔忠实的仆人——寻求帮助。浦雷尔从仆人那里得到她安全到达波士顿的消息,便决定去那里见她,这正是他去波士顿旅行的目的。

这件事让我重新审视浦雷尔。我把朋友间的英雄气概误认为是爱情的疯狂。他原以为只得到我的尊重,却已经得到我的爱慕,但是这个男人以前轻率的举动使他伟大的感情变得模糊不清。我可以认定,既然这个女人还活着,那么在圣殿里宣称她已经死了的声音要么是蓄意骗人的,要么就是被人骗了。如果是后者,那么说话者是超自然力量的假设就不成立;如果是前者,说话者就非善类。

当我的病情开始好转后,浦雷尔就不再来看我了。不久他就开始了他的行程。这实际上说明他还是怀疑我是有过失的。我为他的误解而感到伤心,但是我坚信迟早会真相大白。

与此同时,听了舅舅的一个提议,我又开始胡思乱想。他说新鲜空气会使我日渐羸弱的身体恢复健康,接连不断的新目标有助于使我受过刺激的大脑恢复平静。为此,他建议我和他一起到法国或意大利暂住一段时间。

放在平时,我可能会欣然接受这个建议。但现在我已经不再期待大自然的美景。人类世界已经被悲惨和杀戮包围,构成了令人憎恶的画面。我更愿意闭上自己的双眼睡觉,遗憾的是这种休息太短暂。我满足于躯体的慢慢衰弱,我同意继续活下去,只盼着老天尽快将我从这些负担中解脱出来。然而舅舅还是坚持自己的计划,我同意了舅舅的计划,一是出于对他的感激,二是因为我怕我的拒绝会让他心痛。

一告诉他我同意了他的计划,他就立刻告诉我,必须准备马上启程,因为他已经预定好三天后就离港的航船。这次远航完全是意料之外的,他在催促我准备离开时显现出的不耐烦让我感到惊讶。但我问他为什么这么着急的时候,他给了我一个理由,不可否认他给的理由在那时貌似可信,但是现在回想起来不够充分。我怀疑他隐瞒了让我离开的真正原因,而且我相信这原因跟哥哥的命运有某种联系。

现在我又想起,当舅舅时不时地、有意无意地透露有关威兰的消息时,我总感觉他还有很多保留,而且显得很神秘。我决定去监狱探视我那不幸的哥哥,来消除我的疑虑。

很早我就有去探视他的念头,但是他住处的恐怖、他那张野蛮却又沉着的脸、他的蓬头垢面以及手脚上的铁链镣铐,说起来真是太可怕了,叫我怎么忍心去看?

但此刻,我正准备永远背井离乡。既然从今以后我们要隔海相望,我怎么忍心不去看他一眼就离开呢?我要亲眼看到他的状况,我想知道别人跟我说的是否都是事实。也许亲眼看见自己深爱的妹妹会对他产生正面的影响,有助于他恢复正常。

决定之后,我打算和舅舅交流一下。我知道,没有他的同意,我是去不成的,但我想他也没有理由拒绝我。因为他如果没有骗我的话,这样做应该不会给他带来任何不便。他如果准许,就证明了他讲的是真话。

于是,我抓住机会,迫不及待地诉说我的期望。我的要求影响了他的态度,让他变得很激动,这应验了我的怀疑。过了一会儿,他的表情泄露了内心的复杂情绪。他问我:"你为什么要探监?这么做有什么目的?"

我回答说:"我们正准备永远离开这个国家。把一个遭受不幸的哥哥留在这里,临走都不去告别,那我成什么人了?请允许我见他三分钟。在见过他、在他面前流过泪之后,我的心就会变得轻松许多。"

"我倒不这样认为。看见他只能让你更痛苦,这对他也一点儿好处也没有。"

"不会的,"我说道,"知道妹妹对他的感情始终如一,就是对他最大的安慰。他现在认为所有的人都是他的敌人,都是中伤他的人。他也许认为妹妹最能跟他感同身受,与他站在一起,为他摇旗呐喊。为了使他醒悟,我会告诉他,他的行为是因为他的错觉所致,我仍然爱他,尊重他行事动机的纯洁,我只想给予他快乐,让他开心起来。当他得知我要离开这个国家却没有正式地去看过他,他会怎么看我呢?也许他宽宏大量,不会抱怨,但是他一定会觉得我冷酷无情。所以,亲爱的舅舅,我必须探视他。我不可能麻烦你而不酬谢你。这也许对我哥哥无益,但在我看来是一种责任。除此之外,"我继续道,"如果他真的是一时精神病发作,我的出现难道不是正好给他带去有益的影响吗?就看我一眼,从而改变他的想法也不是不可能的。"

"啊,"我舅舅急切地说道,"你的出现绝不可能有那种结果,撇开其他原因,我劝你还是不要去了。"

我对舅舅的话表示惊讶。"难道你不期待如此致命的错误得到改正吗？"

"我对你的问题表示怀疑。试想一下这个错误带来的后果，难道不是他杀了自己心爱的妻子，杀了自己深爱的孩子们？是什么让他能一面承受这些回忆，一面还坚信是自己的责任使然？你能轻而易举地让他改变自己的信仰吗？你能让他恢复到原来的他，让他相信是他的变态使他做了这些骇人听闻的事，还是能让他相信是他的幻觉引起了这次惨剧？

"现在他觉得自己是开心的，得意的。他认为他自己得到了美德，他比其他的人都要崇高得多，他牺牲的功德只在上帝的眼里得到提升，在众人的眼里却遭到痛骂，受到责难。他妹妹都会抛弃他，成为他的敌人，这只会使他觉得他对上帝的情感更加崇高。他相信上帝会赞许他，将来一定会回报他。

"如果让他醒悟，他会遭受多么大的失望和恐惧啊！他会失去上帝的高度赞许和宁静的希望，转而憎恨自己、折磨自己。比这更残酷、更具有毁灭性的自我暴虐或狂躁事情都有可能随之发生。因此，我恳求你，打消去看望他的念头吧。如果你冷静地想想，你会发现你更应该小心谨慎地避开他。"

舅舅的推理是我没有想到的，我不得不承认他的话是正确的，但是这又让我从另一角度想到哥哥陷入了不幸的深渊。我沉默了，开始犹豫不决。

不久我又意识到，威兰也许是个疯子，也许是上帝忠实的仆人，也许是这令人憎恶的幻觉的受害者，也许是人类欺骗行为的受害者，这一点我根本无法肯定。在这种心态下，见面时，我将默不作声。这次见面将是短暂的，我只要看他一眼就满足了。不得不承认，我不期望能改变他的想法，但是跟他的见面应该不会有危险，要改变他必须要精心策划。

但舅舅反对这个计划，我无法说服他，然而我还是坚持。他发现，如果想让我自愿放弃这个念头，他就不得不告诉我更多的真相。舅舅拉着我的双手，边说边焦虑地看着我的脸："克拉拉，你不能去看你哥哥，我们必须尽快地远离这个国家，对你隐瞒真相是很不明智的，既然只有告诉你真相，你才能放弃这个计划，那我就告诉你事实的真相。"

"我亲爱的孩子！"他加重语气，说道，"你哥哥的狂暴是丧心病狂的，令人震惊。占据他躯体的灵魂已经消失了，尽管身体还是原来的那副躯体，但是他不再是聪明善良的威兰了。他已经开始嗜血成性，狂怒激发了他的力量，使他的力量超出一般凡人。他把所有的精力都放在毁灭自己的至亲上，他整个人都被狂怒所控制。

"你千万不能去探视他，不能进入他的地牢，他一见到你就会积聚全身的力气向你发起攻击。他会马上摆脱他的手铐、脚镣扑向你。他的速度之快、力量之大，以至于没有人可以救得了你。

"那个刺激他杀了凯瑟琳和他的孩子们的幽灵还没得到满足。你的生命，还有浦雷尔的生命，都在他幻想的目标之中。他非常渴望顺从这个命令，他曾两次越狱。第一次越狱，他跑去了浦雷尔家。当时正是午夜，浦雷尔在睡觉，没有人看见威兰，他轻而易举地进入了卧室，打开床帘。幸运的是，浦雷尔在这个关键时刻醒过来，跳出卧室的窗子，逃到院子里，逃脱了你哥哥狂怒的暗杀。更加幸运的是，他跳到地面没有受伤。报警之后，经过几番仔细的搜查，发现你哥哥躲在你的卧室里。毫无疑问，他在找你。目前，警方给他戴上了双重脚镣、手铐，也增加了双倍狱警。但是，奇怪的是，他又一次逃脱了。他一直在窥探你的住所，如果他越狱了我们却没有及时得到通知，那么你就必死无疑，你的死亡会使他罪加一等。

"现在你知道你的计划有多危险了吧，你不仅必须克制住不去见他，而且如果你不想让他的双手沾满你的鲜血，你就必须离开这个国家。除非他结束生命，否则他的病没有希望治好，也没有什么预防措施能够保证你的安全，除非你们隔海相望。

"我承认我回国的意图是想在你们这里住下，但是这些不幸改变了我的想法。你的安全和我的幸福都需要你陪我一起回去，我恳求你心甘情愿地同意这个计划。"

听了舅舅的陈述后，我不可能再坚持我的想法。我很主动地同意跟威兰隔绝开来。我同样也默许了去欧洲的建议。不是因为我曾想过要去那里，而是因为，既然我的信念不允许我戕害自己的生命，疾病也没有立刻杀死我，那么改变环境也许可以使余生变得不那么难以忍受。

舅舅讲述了怎样的一个事实啊！我在被死神追杀。杀我者不是因为我的行为不检点而被激怒，不是因为心怀不轨，也不是因为企图通过陷害或是偷袭来达到某种目的，而是因为他觉得自己是上帝派来的使臣，必须服从上帝的命令，他把这种恐怖的行为作为自己道德的最后升华。我越敬重他、越爱他，他就越无情，他对惩罚和耻辱无所畏惧！

我试图通过强调我是他妹妹或是他朋友来阻止他，使他住手，但无济于事，他的唯一目的就是毁了我。如果我跟他是没有血缘关系的陌生人，如果我是最卑微的人，我的安全就不会受到威胁。

当然，我的命运没有先例可以借鉴。我哥哥所拥有的狂暴我肯定也会有。我的敌人戴着手铐，并有守卫看管。尽管如此，我还是不能得到任何安全保障。我并非生活在野蛮社会，然而，不论我是坐还是站，抑或走在人群里，或独自躲起来，我的一举一动，都受到野蛮暴力追捕的威胁。我永远处在死亡的威胁中，或是死在自己哥哥的手里!

我回想着命运的各种征兆,记起梦里哥哥引诱我、引导我走向深坑的画面,记得在那次濒临危险的边缘时,我在惊恐中把危险的始作俑者想象成哥哥的模样,因此可以肯定现实中的恐怖已有冥冥预示!

这些想法又不可避免地和卡尔文联系到一起。在这个突发的悲剧中,我一直都认为他是个巨大的骗子,是这个邪恶阴谋的策划者,是他操纵了这次大灾难。

当能发现或是想象到谁是策划者,或是能有个让我们发泄愤怒和怨恨的对象时,痛苦就会稍有减轻。我回忆了一下与他交往以后发生的一连串事情,仔细考虑了鲁德罗先生对他的语音语调的描述,加上存在超自然力量的想法,我更加认定卡尔文是我们的敌人,是他的阴谋毁了我们。

我渴望真相,渴望报仇,所以我非常不愿意离开,因为离开了就意味着再也没办法知道真相,再也没法满足报仇的欲望了。然而,两天之后我就要离开这里。

两天后我就要永远地告别我的祖国。我临别前难道不应该去看一眼发生悲剧的地方?难道我不应该去嫂子和她的孩子们的坟墓前挥洒眼泪?难道我不应该去他们那荒凉的住处看一眼,看一眼那里的墙壁、家具,为我那永久的悲哀带来些许慰藉?

一想到这些,我的心就隐隐颤抖,这幅场景似乎笼罩着某种悲剧色彩!看到这些物品,想起我这些逝去的亲人,我会多么伤心啊!

当我想起在我的手稿中,还留有速写的事务日志时,我几乎忍不住要放弃这个计划。那天晚上,当时我正在写这个日志的时候,浦雷尔出于好奇,漫不经心地从我肩膀后面偷看。当时我正在记录自己在山坳的避暑凉亭里的一次冒险经历,就是那次不合时宜的偷看导致了他那致命的错误。

我对财产做了安排。这份手稿记录着我生活里所有的秘密,我想要毁掉它。为了这个事情,我必须回家一趟,我立刻就动身了。

　　我不想在朋友面前提出自己的想法,怕遭到他们的反对,因此我预先定好了舅舅的轻便马车,假装出去透透气,因为那天天气格外晴朗。

　　哈雷特先生很高兴地答应了这个要求,我叫仆人把我带到麦丁根。在门口的时候我请仆人先回去,打算回去的时候用那辆属于哥哥的四轮马车。

# 第二十二章

　　小木屋这里的居民见到我后又激动又惊讶。他们质朴的欢迎和朴素的同情，令我非常感激。他们亲切地问这问那，询问我的健康，但对我的病因一概未提。他们真是善良诚实的好人，我爱他们。我告诉他们我很快要去欧洲的时候，他们都流泪了，我也流下了伤心的泪水，答应他们离开后会向他们报平安的。

　　当我告诉他们我要去看看我居住过的房子后，他们都很惊讶。惊恐和不祥的预感浮现在他们的脸上，他们试图劝说我不要过去，因为他们坚信我的房子里有很多可怕的幽灵，经常闹鬼。

　　然而，这些劝说都不会动摇我的行动。沿着凹凸不平的小路，我往自己的住处走去。在路的前面有一小块圈起来的地，是家族墓地，家里人都埋在那里。我想过去看看舅舅在凯瑟琳和孩子们的墓碑上写的碑文，但我却强迫自己视而不见。我越是接近心越颤抖，便快步地走着，渐行渐远，不久墓地就在视野中消失了。接近山坳里建有避暑凉亭的休息处时，我的心又沉了下来。我立刻转移了视线，把它尽快甩在身后。终于来到我自己的屋前，整个房子都静悄悄的，到处空空荡荡，显得荒凉孤独。大门关着，百叶窗也拉上了，屋子里很黑。每一个物件都与我和哥哥的过去有关。我走过门廊，爬上楼梯，打开卧室的门。我难以克制自己的想象，难以控制内心的恐惧，这种感受令人窒息。轻轻移动的脚步和偶尔发出的声音都会变成让人害怕的幻影或是会叫的幽灵。

我走到暗室门口，惶恐地打开门向里面看着。一切安然无恙，整整齐齐。我找到了藏手稿的地方。这手稿还在那里，没有什么可以阻挡我拿到它。我站在那里凝视了一会儿卧室里的家具和墙。我记得不久以前这里是很温馨、安静的住所，我把这房子先前的模样和现在的凄凉做了一个比较，告诉自己，这是最后一次看它了。

正是在这里我见证了卡尔文让人不可思议的行为，正是在这里人类的敌人有那么一会儿露出庐山真面目，正是在这里杀人犯趴在我耳边恐吓我，也正是在这里杀人犯实施了他的罪孽。

这些想法让我无法自控，虚弱的四肢失去了知觉，我一下子瘫坐在椅子上。我喃喃地念着卡尔文的名字，他是我永远的敌人，所有罪恶的根源，他的罪恶却让我们来承受。我祈求明察秋毫的上帝睁开眼睛来惩罚这个叛徒，指责老天怎么久久不给这个罪孽深重的人以报应。

我曾说过，窗户的百叶窗是关着的，但一道微弱的光透过缝隙射了进来。一扇小窗照亮了暗室，门是关着的，一道昏暗的光通过钥匙孔射了进来，暗室看起来就跟黄昏一样，足以让人看见物件，同时把所有细小些的物体笼罩在朦胧中。

这黑暗如我思想的颜色一般阴沉。我痛恨记得过去，也憎恨将来。我低声地嘟囔着，为什么还要活下去？为什么要这么痛苦地活着？值得我为他们活着的人都死去了，难道我不应该被杀死吗？

就在这个时刻，我的绝望变得一发不可收拾，我的神经紧绷，突然间，我的心里充满能量，一度已经失去的活力又复活了，死亡这个念头直入我的脑海，立刻结束我的痛苦是可行而明智的选择。

我知道用什么方法去结束生命。我可以熟练地使用一把小刀，我也能区分静脉和动脉。把刀深深地刺进动脉，我就能避开等着我的恶魔，用宁静的死亡来躲避敌人。

我站起来了，这时双腿不再虚弱。我匆忙走向暗室，一把小刀和一些小器具放在我以前藏在此处的盒子里。我对其他事已漠不关心，但仍然竖起耳朵，警惕地听着任何神秘的声音。我以为听到脚步声从门口进来，便停止拿刀，急切地看了一眼卧室的门口。门是开着的，没人进来，但我看到了地板上的影子，是一个人的影子。如果是人的话，我肯定他曾待在门口附近，可能偶尔听到了我的叹息才来到这里。

我吓得浑身发抖，连牙齿都打战了，极度恐慌又替代了暂时的冷静。以前有个晚上，那个可怕的面孔出现在我面前的时候，我也是这样；那主宰威兰悲惨命运的人面恶魔出现的时候，我也是这样。什么样的恐怖幽灵将要突然出现在我眼前？

我静静地倾听着、注视着。不久，那影子开始移动，先是一只丑陋的大脚迅猛地往前迈开，接着一个身形从隐蔽处一闪而出，闯进房间。是卡尔文！我瞬间尖叫起来。然而当我能控制自己身体肌肉时，我动了动手，示意让他消失。可我坚持不了多久，就晕过去了。

啊！让这令人感激的昏迷永远持续下去吧！可惜我很快又恢复了知觉。视觉一恢复，这该死的影子又马上出现在我面前，我又一次失去了知觉。

第二次，倔强的天性把我从死亡边缘拉了回来。我醒来的时候已经仰面躺在床上。当我能看清周围事物的时候，只能记起当时为何害怕。我心烦意乱，疲惫地看了看周围，再次看到的居然还是卡尔文。

他背靠着墙坐在地板上，曲起膝盖，用手捂着脸。他的位置离我有点远,他的姿势没有任何危险性,我看不到他那张邪恶的脸,所以我没有像原来那样震惊、暴躁。我收回目光,没有再晕过去。

一察觉到我恢复了意识,他立刻抬起了头。这个动作吸引了我的注意,他的面容很柔和,表情悲伤、吃惊。我转移眼睛,无力地喊道:"啊,快点离开这里,永远地离开这里!看到你我就活不下去!"

他没有抬起脚,而是双手紧扣,勉强地说:"我会很快离开。我现在是一个恶魔了,谁看见我谁就要遭殃。告诉我,我哪里冒犯了你!你这样诅咒我,你把我看作是一个怪异、可憎的恶魔!你一见到我就昏厥过去!内心的恐惧告诉我发生了什么可怕的事情,而我却是这可怕事情的直接原因。"

这是什么话?难道他不承认自己是个凶手?难道这卧室没有见证他的罪恶?我再次强烈地请求他离开。

他抬起双眼说:"上帝啊!我做了什么?我想我知道哪里冒犯你了。我确实做了一些事,但是我的行为造成的影响可能比我预想更大。这种恐惧让我再次回来,来弥补我的鲁莽所导致的罪恶,让事情不再更糟糕下去。我是来向你忏悔的。"

"混蛋!"我用仅有的一点力气喊道,"我嫂子和她孩子们的鬼魂,他们没出来指责你?是谁诅咒了威兰,使他发疯?是谁迫他暴怒,指引他杀人?除了你和你的魔鬼,你和你的同谋,还会有谁?"

听了这些话,他的脸上又浮现了新的光彩。他的双眼向上天请求着:"如果我还有记忆的话,如果我还是人的话,我是无辜的。我没打算做任何坏事,但是我的愚蠢间接地引起了这个事情。但你在说些什么呢?你的哥哥疯了,他的孩子们死了?"

从他这番言谈中我能得出什么推论?他暗示自己一无所知,这又是真是假?——然而,我想不到导致这些事件的竟然只是一个人。但是,如果他对哥哥的影响是异常的或超自然的,那么对我的影响也应该如此。我记得我听到的那个声音，那是为了把我从卡尔文的企图中救出来。这些想法减轻了我对这个人的憎恨，并使我发现自己的指责有些荒谬。

"天啊！"我说道，"我无权指责任何人，让我顺从命运的安排吧，远离这残酷的现场，令人绝望的现场。"

卡尔文站在那里沉默着，陷入沉思和悲哀。最后他说："发生了什么事？我是来赎罪的。让我详细知道事情的原委，我有一种很可怕的不祥预感！发生了什么事？"

我沉默了，但是想起我在暗室里发现这个人的时候他给我的警告，我想知道是什么阻止了我，我急切地问道："当我试图打开暗室门的时候，是什么声音叫住了我？我看到的楼下的那张脸是谁？如实回答我。"

"我是来告诉你真相的。你言里言外的意思可怕而且奇怪。也许我对我痴心所带来的罪恶不太清楚，但是我会承担我的责任。你听到的是我的声音，你看到的是我的脸！"

有那么一会儿我怀疑我的记忆是否已经混乱。怎么可能他被关在暗室里，又立刻站在我的旁边说话？他怎么可能靠近我站着而不被我发现？如果我听到的是卡尔文令人毛骨悚然的声音，看到的是卡尔文暴躁的脸庞，那么他就是哥哥的怂恿者，是悲剧的策划者。

我的目光再一次避开他，我挣扎着说："滚！你这个祸根！你这个冷酷的、不可原谅的恶棍！滚！"

"我会的，"他惆怅地说道，"然而，就算是我这样的坏人，难道就没有资格弥补自己犯下的罪行吗？我是带着忏悔的心来的，是我伤害了你，也愿意在这里接受你的惩罚，我向你悔过，弥补罪行。我欺骗了你，我没把你的恐惧当回事，是我策划毁掉你的声誉。我来是为了还你清白，让你远离类似的恐惧，尽我所能地恢复你的名誉。

"这就是我犯下的罪行，也是我懊悔的原因。你没听见我说吗？听完我的忏悔再对我下定论吧。我只是需要你耐心听完我所说的话。"

"什么？"我回答，"难道不是你的声音让哥哥双手沾满自己孩子的血，害死他那天使般可爱的妻子？难道不是你命令他杀死我、杀死浦雷尔？难道不是你让他成为杀死他家人的刽子手？不是你把一个德高望重的人变成一个残暴的恶徒？难道不是你剥夺了他的理智，让他戴着脚镣、穿着囚服在监狱里度过余生？"

听到这个后他两眼发直，四肢僵硬，不需要更多的言语就足以证明他是无辜的。但在那个时候，我几乎对他的无罪辩解麻木不仁。他走到房间的尽头，慢慢恢复了镇静，说：

"我不是你说的这个恶魔，我没有杀任何人，也没有让别人去杀戮。我拥有一种特异功能，我使用它毫无恶意，只是有些无所顾忌，如果说我的行为导致了这悲剧，那么你可以有很多办法来惩罚我。"他不说了。

我同样地保持沉默。到现在为止，我都强迫自己去听他所说的事情，这点他察觉到了，继续说道：

"你不了解我所拥有的能力，我也不知道该怎么叫它。它能让我模仿别人的声音，惟妙惟肖，而且我可以随心所欲地调整，想让它听起来从什么地方、什么距离发出来，就可以让它从什么地方、什么距离发出。

"我知道不是每个人都有这个能力。也许，我小时候通过某个偶然的机会发现自己拥有这个能力。尽管如此，这也是一种可以教给所有人的技能。我向天发誓我绝对不知道这是怎么回事！它只给我带来了堕落和灾难！

"我一度为自己拥有这样超人的能力而兴高采烈，得意扬扬，因为没有任何原则约束。由于生活贫穷，情感轻率，我用这超能力顺应自己的需要，满足自己的虚荣心。我不想说，我曾多么勤奋地练习这个技能，使它得到无限提高；我也不想告诉你，我是怎么让它发挥得淋漓尽致。

"我年纪轻轻就离开了我的故土——美国。我有着各种各样的生活经历，正是这些经历让我的特异功能或多或少得以成功。最后我被一个自称是我朋友的人欺骗，做了些不正当的事情，尽管那些事情有可原。

"这个人的背信弃义迫使我离开欧洲，我回到了我的祖国，但我并不确定我的消失和默默无闻是否会使我逃脱他的迫害。我住在郊区，言行举止、穿衣打扮都模仿乡下人。

"我最大的消遣就是散步，常去的地方就是麦丁根的草坪和花园。在这个迷人的地方，华美的大自然犹如高雅的艺术作品，在这里的每次观赏都带给我新的愉悦。

"我故意与世隔绝。我喜欢人际交往，但出于谨慎，不能跟别人交往。基于这些原因，长期以来，我避免被你们家人看到，大多时间是晚上出入这些地方。

"我一直很喜欢这圣殿的位置和装饰，多少个晚上我在这圣殿的屋檐下走过，反反复复开心地思考着。平日散步时，我一发现这房间有人在，就朝不同的方向走。有一天晚上，雨过天晴，周围一片寂静，房间里没人，我便上去了。粗略环顾了一下四周，我看到圣殿的底座上放着一封已打开的信。读这封信，无疑是对别人的冒犯，是不礼貌的。做这种事情，我是要内疚的。

"我刚读到一半，就听到你哥哥走近的脚步声。从对面的悬崖攀下去是行不通的。可我还没做好跟陌生人碰面的准备，何况在这种情况下见陌生人非常尴尬，躲藏起来也是对自己的一种保护。尽管有千百次我发誓再也不用我所拥有的特异功能,但是习惯的力量和当下的情况迫使我用这种方法使你哥哥停下脚步,让他带着未完成的任务,回到他自己的屋子里去。以前在下面待着的时候,我听到你们谈话的部分内容,也熟悉你嫂子的声音。

"在这件事过去的几个星期里,我再次静静地坐在这个山坳的避暑凉亭里。夜已经深了,我想,在这里应该没有人打扰。然而,我想错了。从声音判断,威兰和浦雷尔一边认真地争执着什么,一边往山上走来。

"我并未想到前次使用特异功能会带来麻烦,然而事后我真是懊悔万分,因为这已经与我自己设定的标准产生偏离。我现在很讨厌躲藏起来逃避碰面,但因为对不该好奇的事而好奇,我又使用了这种办法。我知道在山的边缘有一处山洞被浓密的灌木丛覆盖,躲在那里就可以不被发现,我就毅然决然地挤进了这个山洞。

"他俩热烈讨论着是否应该举家前往欧洲。浦雷尔解释说,特丽萨·德·施托尔贝格的杳无音信让他更焦急地想去欧洲。我尽力克制不去干涉他们的讨论,但我无法抵御干涉他们谈话的诱惑,终究恶习复发,做了自己不应该做的事。但我认为自己能给他们带来好处。浦雷尔的提议是不明智的,但是他花言巧语,不屈不挠,而且热情丝毫不减。你哥哥感到很困惑、很疲倦,但是无法被说服。我觉得帮你哥哥结束这场争辩对双方都是有好处的。为了达到这个目的,在对话的开始我使他们确信,凯瑟琳坚决反对这个计划,也使他们确信萨克森的那位女男爵死了。当然后者只是个推测,但是根据浦雷尔的描述,这极有可能是个事实。不用说你也知道我的目的达到了。

"我对于神秘事物的酷爱,和我自认为无恶意的骗人的冲动,又再次复燃。第二次的错误行为让我很难恢复到原来的状态,我无法向你表达我从中得到的这种满足感,但是我没有任何企图,我只考虑刚刚过去的那一刻,想着随时可能发生的危急状况。

"我不隐瞒任何事情。你的原则告诉我你讨厌骄奢淫逸,但是,不管有多么不愿意承认,我承认我就是这样的。你认为你的仆人朱迪思很单纯、很漂亮,但是你是从一个虚伪放荡的人家把她带来的,这就是事件的缘由。我就是被她的魅力迷惑了,很显然,她是个没有原则的人。

"我很容易地引诱了她。你的仆人很有女人味,富有女性的善良,但是她能充分利用自己的魅力,并以此换取金钱。我夜间到麦丁根探访的次数很快成倍增加。我跟你仆人的交往让我一直都有机会进入你的房子。

"我们见面后的次日晚上,我们俩做梦都没想到我会被恶魔控制。根据你仆人的陈述,你就像女神一样完美。虽然她表述水平有限,但她大讲特讲,可见她很崇拜你。她很钦佩你的勇气,因为她自己很胆小。你藐视幽灵鬼怪,你不怕强盗。你独自住在这么荒凉的地方也感到很平静、很安全,就好像自己住在闹市区一样。我突然想到了一个荒诞的计划,那就是试探你的勇气。一个女人如能在危险中当机立断,镇定自若,眼光敏锐,明辨是非,才真是个奇才。我渴望弄明白你是否是这样一个人。

"我的计策明显而简单,我伪造了一个关于谋杀的对话,但是这是针对另一个人的,而不是把你作为谋杀的对象,我没想到你会以为这个威胁是针对你的。如果你在那里静静地听的话,你会听到受害者的挣扎和祷告,这个人会被关进暗室,而你听到的这个声音将会是朱迪思的声音。我们制造这场景想引起你的同情,想证明你是我们想象的那样勇敢,还是懦弱;看你是被吓得在床上一动不动,还是进入暗室帮助受害人。因为朱迪思向我讲过那么多你勇敢无畏的例子,这让我立刻满怀信心地认为你是勇敢的。

"在朱迪思的带领下我找到了一把梯子，用它爬到了你暗室的窗子上。这个窗子仅仅容得下我的头，但是我还是很容易地达到了目的。

　　"结果，看到你仓皇逃跑我感到很不解、很惊讶，我急急忙忙把梯子移开。停了一会儿，出于好奇心和对你安全的顾虑，我跟着你。我发现你躺在你哥哥门前的草坪上，一动不动。出现这样的状况是我始料未及的，我感到十分懊悔。我不知道怎么做才能让你得到解救，便很自然想到了去叫醒你的家人。这个情况这么紧急，容不得我多考虑，我把嘴唇对准了钥匙孔，发出警报声，成功地叫醒了梦中人。

　　"一直以来我对这个计划都万分懊悔。但想到自己的初衷是没有恶意的，才觉得有了些许安慰。我再次下定决心要遵守诺言，再也不去做这么危险的事了。这件事过后，我确实强忍了一段时间，坚持了自己的原则。

　　"我的生活里充满了荆棘和无奈。夏天，我更宁愿睡在光滑的草坪上，或者一个避暑的小棚就能满足我的需求。在这么多游荡过的地方中，我从未遇到过像麦丁根这样如画般美丽的乡村景色。你小小领地的每个角落都弥漫着芳香，又充满神秘，河岸边凹窝里的避暑凉亭体现了两者的完美结合。树叶的芳香，树荫下的凉快，瀑布如音乐般的潺潺流水声早就吸引了我的注意力。在这里我的悲伤转化为宁静的哀情愁思，在这里我睡眠充足，感到身心比较愉快。

　　"因为这里最不会被打扰，我便选择在这里和朱迪思午夜见面。一天晚上，太阳已经下山，像往常一样，在那个时间点，我回到你的住处，朱迪思告诉我你不在，这很不同寻常。我有点怀疑真正的原因，感觉不安，我有可能失去我休息的地方，或至少我在这里时会受到打扰。这个女孩还告诉我你有很多奇怪的行为，其中之一就是会在午夜到这里来呼吸夜晚的空气，在星光下沉思，这对于你来说再正常不过了。

"我希望避免这样的不便。我发现你很容易受恐惧摆布。在方式选择上,我受我独有的超能力影响。我所能预测到的只是将来你会小心翼翼地避开这地方。

"我十分小心谨慎地走到山间凹窝的避暑凉亭,发现你在那里睡着了。基于你对我之前所做事情出乎意料的反应,我采取的行为只是迫于当前的情况。就像诗人所说的天堂一样,在阻止犯罪之前一定要进行干预,这跟我目前的状况大致相同,几年来这种行为方式从未失手过。我必须改变你似睡非睡的状态,为了达到目的,我发出了这样强有力的声音:'停住!停住!'我并不是出于责任这样做的,当然它更不是歹毒的、不可饶恕的。为了产生效果,我故意使声音听起来不那么清晰,但是它刚好达到我的目的,我从来没想过要伤害你。唉,我之前行为所导致的罪恶,只要能确保你安全,就显得没那么深恶痛绝了。"

# 第二十三章

　　"尽管在你眼中我品行不端，做出了不可原谅的举动，但我觉得你不应该怀疑我的行为，你也不应该把我看作是一个胆大妄为、穷凶极恶的罪犯。

　　"由于你经常不住在你的屋子里，这很容易勾起我的好奇心。我和浦雷尔的那次见面是使我能直接跟你沟通的最好契机。我见过不少世面，但是你的性格在全人类里都是少有的，对我来说更是全新的。我和你仆人的交往让我对你的生活起居更充满了好奇。我跟你性别不同，虽然我既不是你的丈夫，甚至连朋友都不算，但对你的了解却胜过所有人，甚至在某些方面比你未来的丈夫更了解你。我是通过观察你的日常生活对你如此了解的。

　　"你不必感到惊讶，有时候我会趁你不在，冒险去你的卧室窥探。你很正直，也很真诚，一点警惕性也没有，没有任何防备措施。我仔细看过每一件东西，探查过每一寸地方。你的暗室通常都是上锁的，但是一次偶然的机会我在衣柜里找到了钥匙。我打开了暗室，在你的书里我找到了让人更加好奇的东西。其中有一份手稿，很明显是速记法写的，我从一个耶稣会传教者那里学过速记法。

　　"我不能对我的行为做出辩解，我最大的错误就是我的好奇心。

我带着迫切的心情认真地读完了这份手稿。这份手稿所展示的智慧远远超过我的承受能力。你对我的行为举止的看法让我感到很好奇，也对最近发生的事好奇。

"你知道自己都写了什么。你知道这里有一把通往你内心最深处的钥匙。如果我是个老谋深算的骗子，获得了这么多详细材料，我会策划更缜密的阴谋！

"在避暑凉亭里你的梦刚巧和我的叫喊重合在一起，这真是太神奇了！警告你、叫你停止的声音无疑是我的声音，但是竟然以幻觉的形式出现。

"我比以往更清楚地看到我使用特异功能的危害性，这让我再次下定决心将来再也不用了。但是，好像命中注定一样，我永远违背自己的决定。可能是惯性使然吧，我会情不自禁地使用这功能，这是唯一也是最好的逃脱办法。

"我们最后一次见面令我难忘。那天晚上，我像平常一样来到麦丁根。得知你去了你哥哥家，到很晚才会回来，因此鬼使神差，我去了一趟你的卧室。可能你的某本我没看过的书能告诉我你的性格，或者你的家族史，或许有关于你父亲人生最大转折的提示，但在你的叙述中这事被忽略了。

"我渴望能找到这样的一本书。我一贯对神秘的事情感兴趣。而且我喜欢在不被别人知晓的情况下揭晓秘密的真相。这些动机促使我去了你的卧室。朱迪思也已经离开了，发现房间没人，我便自己拿了一盏灯，向你的卧室走去。

"凭借经验，不用钥匙也能很容易打开或锁上你暗室的门。当我听到楼下有人进来时，我正把自己关在这个隐蔽处，忙着搜寻你的书架。我不知道是你还是你的仆人。谨慎起见，便把灯熄灭了。我刚灭了灯就有人进来，从来人的脚步声很容易判断是你进来了。

"我的处境非常危险，这让我思维混乱。我一度希望你能离开房间，给我逃离的机会。几个小时过去了，我的希望破灭了。显然，你要休息了。

"我不知道多久你会进入暗室。我在那里一直担心被发现，我反复考量着，一旦被发现，怎么做才合适。我找不到自己为何被禁闭在暗室里的正当理由。

"我突然想起我可以伪造来自室外的声音，让你离开卧室几分钟。或许可以告诉你关于你哥哥的某些信息，把你引到他家去。我对这个想法犹豫不决，担心可能带来不好的后果。此外，你也可能很快上床休息，到时，我就能非常小心翼翼地溜出去而不被你发现。

"同时，我非常焦虑地听着外面的一举一动，但没发现你有一点儿准备睡觉的意思，而是听到你发出长长的叹息，偶尔还会突然抱怨几句，但不太清晰。我推断出你不开心。从你的日志里看得出来，你的不开心跟浦雷尔有关，但是我觉得虽然这忧伤会在短时间里影响你，但应该不会长久，不会'伤筋动骨'。我开始对你的忧伤表示同情，而把自己的安全暂时放在一边了。

"谈到你的忧伤，我很快回想起我还不知道你为何叹息。我一次次告诉自己你就要上床睡觉，而你却慢慢地走近暗室，被你发现已经是不可避免的了。你把手放到了锁头上，我逃脱不了，你一开门就能看到我的困境。我意识到我不可避免地会被发现。在这种情况下，我不由自主地抓住门，让你无法打开。

"突然，你从门口往后退去。这种行为是难以解释的，我松了一口气。很快你又返回来，我便又陷入了困境。我运用腹语叫你"停住"，这种应急手段是突如其来的，也是下意识的。

"我很惊讶你听到这个声音后还继续往前走，我想再次制止你。第一次的应急办法失败了，我不知道还有其他什么办法。就在这种情况下我听到了你的呼喊,我惊愕得无法言语了!

"很明显,你知道我在里面了。再多的抵抗也无济于事。门开了,我退了出去。我从没这样羞愧过,从未这样痛苦困惑过。我从未想过坦白事实和撒谎会给你带来同样的伤害。虽然我也深感羞愧,但我还是认为你会对我产生怀疑,这最令我讨厌。事实令人堪忧,除非我去解释清楚那神秘的警告,但是这个时候非常不合时宜,而且这样做可能会带来一些意想不到的后果。

"我知道在你心里,你会把这次的发现和原来在暗室里听到的谈话联系在一起。从那时起,你的疑心越来越重,而我很难脱离嫌疑。仅仅这事就足够让你愤怒,你对我将永远没好印象。

"当时,我真是手足无措,我立刻想到了前面用过的办法。你的智慧可能会使人免遭伤害。我想既然我已经被你认定是这样的了,为什么不能顺着这个想法做下去?为什么不伪装成敌人,假装是上帝的干涉破坏了我的计划?我必须逃走,把好奇和恐惧抛在脑后。把神秘的事件解释清楚是可以的,但我不能伤害别人,只能说我曾经想做令人不愉快的事,现在这一切都过去了。

"我就这样为自己的所作所为寻找着借口。但是对接下来所发生的事情的解释我并不期望你能满意。你并没有机会知道我多年养成的那些习惯,我根深蒂固的嗜好令我能在自己周围布满惊奇和恐惧。一个人无缘无故地把错误归结于我穷凶极恶的预谋,这是不可取的,尽管你认为我声名狼藉,我的声誉已经让自己的愚蠢毁掉了,无法挽回,但是我总能澄清事实,弥补我的错误。

"我让你单独一个人面对这场景思考。我的脑子在快速地转动,但出现的都是一些自相矛盾的想法。后悔、自责、无望,以及我的新计划带来的满足、忧虑,这些感受无休止地在心里争斗。

"我已经做得太过分,无法挽回。作为一个刺客、一个强盗出现在你面前，只有上天知道我内心的罪恶感。就这样我走上了犯错的路，越走越远，似乎无法改变。我告诉自己必须永远地离开这个地方。在威兰家人眼里，我的行为使我声誉扫地。为了制造神秘的可怕事件，我使自己成了罪犯。我可能用新的欺骗行为完成这次神秘的计划，但是结果必须在我的掌控之内，不能增加我所谓的罪行。

"就这样做了决定，然后我脑子飞快转动，思考着怎么执行这个计划，就在这时浦雷尔出现在眼前，我有办法了。毫无疑问，浦雷尔是一个忠诚的爱人，但同时也是个冷静果断、心细睿智的人，成功地欺骗他将是我的得意之作。这个骗局将是短暂的也是完整的，因为很快就会被他澄清，这也是我计划中最重要的一部分。因为我很尊敬他，所以不希望他长时间痛苦下去。

"我没时间想得更多，因为他已经快步向这幢房子走来。我不由自主地、机械地跟着他，跟着他穿过了河边的隐蔽处，把自己藏了起来，我假冒他人，发出了一些声音，我知道这声音能让他停住脚步。

"他停下来，转过身，听听走走，听到一个对话，一个能摧毁他信仰的对话。他的这个信仰最难摧毁，我就在这一点上击败他。我使尽全身力气模仿你的声音、你的情绪、你的语言。因为这个能力我已经很熟练了，又因为看过你的日志，了解你的过去，知道你的秘密，我的努力非常成功。现在回想起来，我自己都不敢信，但浦雷尔却被骗了。当我想到你的性格，我觉得简直难以置信，骗局就这么成功了。

"我无法饶恕自己。我称自己是杀人犯、小偷。我对自己无数次的背信弃义和斑斑劣迹感到罪孽深重：在没有其他任何证据的情况下，使如此聪明、如此了解你的浦雷尔信服，这种欺骗罪无可恕。

"他猛地离开原地，开始向自己的房子走去。我以为他不久就会发现自己的错误，因为他没有上床休息，他可能立刻找你见面。起初，我为这事感到懊悔，但是不久，可能出现的结果让我感到很欣慰。

"很快,让我陷入这样境地的热情开始慢慢消退。我重新想起原来是如何推理,又是如何处理的。有多少次我为自己这样的行为感到懊悔。这种行为产生了多少我自己没有预见的恶果,它给多少人带来了痛苦,这些在我脑子里又重新过了一遍。我策划阴谋的黑名单上又增加了新名字,是我拿最恐怖的事情刺激你,在黑暗中给了你信心,在睡梦中给你信任。是我毁了浦雷尔对你的好印象,我在他的面前把你描述成一个任性不讲理、虚伪至极的人。人们对这种捏造的证据无法抵抗,所产生的心理左右了他的判断,何况他对我有嫉妒心理,而且他还过高地估计这个证据的威力。这样的误会怎么能不产生绝望或毁灭性的报复行为呢?

"重新审视我自己,我过激的行为超过我的信仰。我在内心的安宁和外在的名誉之间做思想斗争。我不再那样朝气蓬勃、身心单纯,不再经常沉思冥想。我自我驱逐,告别了无与伦比的美丽慷慨的大自然。

"我被深深的恐惧和极度的懊悔所困扰。那个晚上就在这样的困惑中度过,第二天早上,我在藏身的公寓里看到了一张报纸,上面刊登了悬赏拘捕我的信息,以及对我的描述,说我是从爱尔兰一家监狱跑出来的,是一个有重大而复杂罪行的罪犯。

"这是我敌人的杰作,捏造这样的罪行是他的谎言和诡计。我的确曾经被关在监狱里,但通过自己的努力逃脱了命中注定但不应该遭受的命运。我曾经希望我的敌人不再怨恨我,但是现在我意识到我的防备是很明智的,因为远涉重洋也难保证我的安全。

"不谈这些事情的感受了。我不需要告诉你我是怎么样一步一步找机会与你见面的。我的目的是揭露事情的真相,如有可能,弥补我的过失所带来的后果。这份报纸会不可避免地到你手里,那会加强你对我的错误印象。

"为了这次跟你见面,我在荒野里找栖身的地方,在那里我既得不到你的消息还要面对敌人的恶意。在这种情况下,我发誓从今以后忠实于自己的行为,把它作为是对自己诽谤的辩护,一方面给轻易受骗的人一个教训,另一方面给骗人的人一个教训。

"我给你写了个便条,放在你朋友家里,而我也知道这很快就会到你的手上。至于你能否来跟我见面,我几乎不抱任何希望。我不知道你会利用这个机会做什么,这个建议给你提供抓住我本人的机会,但是我不打算让你得逞,我也坚信我的特异功能和小心谨慎会让你达不到目的。

"我一整天都在潜伏中度过,就在麦丁根附近。我在约定的时间悄悄地走进你的住所,通过暗门走到地下室。这个门本来在里面是用门闩闩住的,但是在以前我和朱迪思交往时,她把门闩拿开了。我上到了一楼,没见到任何人,也没有任何有人的迹象。

"我轻轻地爬上楼,最后看到你卧室的门是开着的,里面有光亮。正是这个时候看清了是谁拿着这个灯。我很清楚地知道任何人看到我在你的卧室门口出现都会引起很大的不便,都会使我处于被动。因此我发出了自己的声音,但是是经过修饰过的,使声音好像是从下面的房间里传上来的。我问:'谁在卧室里?是威兰小姐吗?'

"没人回答,我静静地听着,没听到任何声音。过了一会儿,我又问了一次,还是没有人作答。

"我越来越接近卧室的门,试探地往里面看着。桌子上有灯光,但是没人。我小心翼翼地走进去,一切都是静悄悄的。

"我不知道该下怎样的结论。如果这房子里有人住的话,我的声音应该会被听见,但是我怀疑好像有人故意保持安静,打算吓我。我很小心谨慎,安静使我的喊声有了回音,这样反而使我没有那么害怕。

"最后,我感觉到朱迪思好像回到了她自己的房间,我向她房间走去,却没有找到她。我又走过其他几间,才坚信这个房子里根本没有人。我又回到你的卧室,没有结果的推测和不好的揣测让我感到很不安。约定见面的时间过了,我放弃了希望。

"在这种情况下,我在你的梳妆台上留下几行字,告诉你我去山上了。我写了几行字,又把笔放下了,因为我不知道该怎么称呼你。我便站起来在地板上走来走去。突然一瞥,看见你床上的状况,使我害怕得无法自已。

"在战栗和恐惧中,你在楼下庭院出现的迹象让我回过神来。这件事刚刚发生,我是唯一一个在这房间里的人,可以想象,我的嫌疑有多大。很显然,你并不知道发生了这么深重的灾难。我想你一旦发现发生这么大的事一定会抓狂的。我内心的混乱无法克制,意识到我已经百口莫辩了。

"在这种情况下,权宜之计便是我把自己隐藏起来。我熄了灯,匆匆忙忙走到楼下。让我惊讶得无语的是:你尽管很害怕,可还是点燃蜡烛,向卧室走去。

"我走到一间通往地下室的房子,这个房子的门能挡住来人的视线,即使你经过这里,你也看不见我。我一直想着楼上将要呈现在你面前的场景。在这突如其来、毫无预见的危机面前,我又再次陷入了机械的习惯性冲动。我非常害怕这可怕的场景会直接冲击你毫无准备的感官,担心会给你带来怎样的影响。

"在这想法的驱动下,我快速走到门口,把头往前一探,又一次发出了神秘的声音。就在这时,命运开了个麻烦的玩笑,你回头看了一眼,看见了我。我慌忙逃到了我进来时的那条路上,因为被你看到了我感到羞耻。

"各种难以形容的情绪促使我立刻继续已经计划好的旅行。我有个哥哥,他的农场就在利哈伊源头附近,那是一个沙漠的盆地,土地非常肥沃。我立即就去了那里休整。"

# 第二十四章

　　"我反复思考刚才所说的事情。你要是发现我在密室里会怎么样？当你试着打开门那一瞬间就发现了我，你还能那么大胆、安静地在卧室里待那么久？如果你发现了我，你会怎样坚持把我拖出来，全然不顾情感上的或形式上的禁忌？我很好奇。的确，从来没有什么事情让我感到如此好奇。

　　"但是你嫂子的死是一件令人痛心疾首的事情，也是不祥的预兆。她被极其残酷地谋杀了。像这种情况，谋杀怎么可能呢，真是让人难以置信。

　　"我一直想告诉你我在你家时所承受的心理压力，但我更愿意在完成我给自己设定的任务后再告诉你。这个目的激励着我，使我不断获得勇气。发生在麦丁根的事，我越想越感到不祥，越觉得恐怖得让人无法忍受。无论我睡着还是醒着，凄凉的预感和可怕的暗示让我困扰不已。

　　"凯瑟琳是被暴力杀死的，当然我的不良行为并没有使我成为她死亡的原因。我无法控制此事的进程，恐怖的情况每天都在增加，此事是源头，及时地查出事情真相会阻止无数不幸的发生。

　　"带着这样的想法，我调转方向，来到了这里。我发现你哥哥的房子人走楼空,家具搬走了,墙上潮湿,带有污渍。你的房子还在那里,但你的卧室没人打理,漆黑一片。你的神情极度悲伤。

"我已道出了真相,这就是我所犯的罪行。你告诉我,威兰是受某个神秘的人的驱使毁了自己的妻子和孩子,你认为我就是指使威兰的人,但是我重申一遍:我所有的罪行都已经一五一十地告诉你了。直到现在我也不知道杀害凯瑟琳的人是谁。唉,我仍然不知道。"

就在这个时候,我们清楚地听到厨房的门被关上了。卡尔文惊跳起来,又停了下来。"有人来了,我不能让敌人发现我在这里,这没有必要,因为我的目的已经达到了。"

我全神贯注地听着他的每一句话。我平心静气,没有询问也没有评价去打断他的讲述。直到现在,我都不知道他有腹语的能力,简直是不可思议,让人无法置信。

他承认我听到的那个声音和看到的那张面孔都是他的。他试图给这些错觉一个合理的解释,但是他承认自己就是阴谋的策划者,这就足够了。他说的都是谎言,他的本性是恶毒的。正如欺骗了我一样,他也同样欺骗我哥哥,而现在我正看着这个让我们蒙受灾难的罪魁祸首!

他不说话时,我就这样想着。如果沉默没有被打破,我以为他已经走了。现在我不再害怕,天生的怯懦凝聚成了深仇大恨。要是有人来了,这个上帝和人类的敌人可能就要归案受审。但我没想到他至今为止还在使用的超自然能力会使他脱离困境,哪怕他的双脚被束缚住。同时,我的眼睛里射出憎恶和威胁的怒火。

他并没有离开。是走是留他似乎犹豫不决。他的安全遭到极大的威胁。他越来越迷惘,这时候,我听到有人赤脚上楼。他时而焦虑地望望暗室,时而望望窗子,时而又看看卧室的门,然而莫名其妙的迷恋让他没有及时离开。他站在那里，好像生了根似的。

我满脑子充满了憎恶和报仇的念头。我没有时间猜测或害怕他所面临的一切。毫无疑问，任何一个人都会像朋友那样帮我逮捕这个罪犯。

这个陌生人很快进了房间。我和卡尔文同时看向他。不需要看第二眼就知道这个人是谁。那人蓬头垢面，衣衫褴褛，衬衣敞开到胸部，那曾经质地精良的外套被撕破了，且沾满了污点。他的脚、他的腿、他的胳膊都是赤裸着的。他一副狂野而安详的肃穆神情，眼神里却充满了不安和焦虑。

他坚定地往前走了几步，好像在找什么人。看到我之后他停了下来，然后眼睛看向地板，紧握双拳，似乎突然又开始沉思起来。这正是威兰的行为习惯！在这样崩溃的状态下，他显现出了我哥哥本来的面目！

卡尔文也认出了这个不速之客。他很诧异，无暇顾及自己的安危。他所处的位置很显眼，没法逃脱威兰那环顾四周的眼神，然而威兰好像视他为空气，完全没有意识到他的存在。

看到威兰崩溃的场面，我首先感受到的是悲伤，紧接着是可怕的寂静。最后威兰举起戴着手铐的双手放到胸前，大声呼喊道："上帝，谢谢你！是你指引我到这里，带我到这个地方，我将会执行你的命令，不要让我犯错，让我再一次听从你的差遣吧！"

他在那里站了一会儿，仿佛在倾听，回过神之后又继续说："懦弱的可怜人，没有必要这样不断地质问造物主的命令！你这优柔寡断的人，刚愎自用的人！"

他走向我，停了一会儿后，接着说："可怜的女孩！悲惨的命运就这样降临到你的头上，要求将你的生命作为祭品，准备去死吧，不要做无谓的反抗，你的祷告已经没有任何作用，只有上帝才能阻止我。"

这些话已经足以解释这场面了。就像我舅舅描述的那样，这是他癫狂的本性。本来自己想要寻死的我，现在害怕得发抖，因为死亡就在眼前。死亡以这种形式出现——死在自己哥哥的手里——真是令人难以接受。

在这个接近疯狂的时刻，我看向了卡尔文。他惊讶至极，木讷地站在那里，哑口无言。我的生命处在危险当中，哥哥的双手将沾满我的鲜血。我坚信卡尔文就是幕后的主使者。只要指出谁是幕后主使者，我就能把自己从这悲惨的命运中拯救出来，就可以消除这巨大的幻觉，也可以从这罪恶的深渊中救出哥哥。犹豫不决就意味着死亡。在这个千钧一发的时刻，这些想法给了我全身力量，让我有力气说话。我忽地站起来，向前走了一步："天哪！哥哥！饶了我吧，也饶了你自己！有个背信弃义的人，他为了毁掉你和我，模仿信使的声音和面孔。他刚才就已经在这里都坦白了，但他会说他没有。他和恶魔是一伙的，但是他不会公开承认，他已经承认他是幕后主使者。"

我哥哥慢慢转过眼睛，盯着卡尔文。卡尔文的每个关节都在颤抖，他面色惨白，不敢看威兰的眼睛，眼神游离，从一个地方移向另一个地方。

"伙计，"我哥哥对他说，完全不像之前跟我说话时的那种语气，"你是做什么的？现在对你进行指控，你回答我。午夜十一点——在楼梯下看到的面孔、听到的声音，是谁的？是你的吗？"

卡尔文几次想说，却又没有说出口。我哥哥更加愤怒，说道：

"你这个结巴，支支吾吾是最不祥的预兆。是还是不是，说！一个字就够了。不要说谎。是不是你设计了这个毁我全家的诡计？你是不是那个信使？"

我发现哥哥对我的愤怒转移到了另一个人身上。他跟我说的那些事，和他现在的惶恐，都足以证明他是有罪的，但要是威兰醒悟过来会怎么样？要是他发现他的行为不是上天的安排而是人类的骗局他又会怎么样？他的癫狂会不会加重？他会不会把这个恶棍千刀万剐？

想到这儿，我本能地想到卡尔文也许是无辜的，但是哥哥这么激动，卡尔文的回答也许被误认为是坦白自己的罪行。威兰不知道我曾经听过的那个神秘的声音，看过的那张神秘的面孔。卡尔文也许根本就不知道是什么误导了哥哥。因此，一不留心，他的回答很可能会毁了他自己。

这也许就是我鲁莽的结果，如果可能也有必要的话，是可以避免的。我试图说话，但是威兰突然间转向我，咆哮着，命令我安静。我闭上嘴，但是我的舌头拒绝接受信号，它还在动。

"你是做什么的？"他又开始问卡尔文，"回答我，谁的脸——谁的声音——是你伪装的吗？回答我。"

卡尔文稀里糊涂、含含糊糊地回答说："我没有任何用意——没有恶意——如果我知道——如果我没有误会你——事实是这样的——我出现过——在门口——确实说话了。是我伪装的，但是——"

话音刚落，我哥哥的表情瞬间产生变化。他双目低垂，一动不动。他呼吸变粗，像在痛苦地垂死挣扎。卡尔文似乎再也说不出话来了，他本来可以轻易地逃跑，但是他脑子里想的全是当时可怕的莫名其妙的场面，而不是他自己的安危。

威兰一度表情僵硬，心神不宁，整个人开始颤抖。他打破了沉默。他可怕的说话声音让最胆大的人都感到惊骇。他对卡尔文说："你为什么在那里？是谁让你在那里？去仔细问问。我还会见到你，那一定是上帝要审问你的时候。在那里，我将提供证据控告你。"

意识到卡尔文没有听从他的话，他又说道："你是不是想让我杀死你来结束这个使命？你的命一文不值，不要再引诱我。我只是个凡人，你的出现会激怒我，让我失控。滚！"

卡尔文犹豫不决，想要说话却又说不出来，他面如死灰，双膝战栗着遵从了命令，慢慢退了出去。

# 第二十五章


再写几句，我就永远搁笔。但为什么现在不停笔？因为我所说的一切都是为和哥哥见面这个场景做准备，尽管我的手指和我的心一样冰冷、颤抖，不想再做任何努力，但我不能放弃。安心死去、不留遗憾就是支撑我完成这个任务的终极力量。我已心如死水，心中甚至连友谊也消失了。你对我的爱激励我完成这个任务，但是如果不能狠狠地惩罚敌人，我宁愿不应允你。我的力量已所剩无几。当我放下笔的时候也将是我生命终结的时候，我的生命将随着我的故事的结束而结束。

现在我单独和哥哥在一起，我意识到危险就在眼前。可想而知这种突如其来的事情会以残忍的蹂躏而结束。我的经验告诉我不应该害怕，卡尔文意识到他触怒了威兰，所以逃跑了。虽然我要报仇的理由没有得到威兰认可，虽然我现在将要忍受不幸，可这些跟我哥哥所遭受的不幸相比又算得了什么。我很想让他杀了我，迫切地想死在他手里的念头折磨着我，然而哥哥没有动，这样看起来我是安全的。无疑这个时候他是有人性的，而我失去了人性。

我对哥哥的行为理解正确吗？使哥哥误入歧途的错误就这样轻而易举地得到了纠正？难道那么悲惨的场景就这么轻而易举地被忘

记了？那么坚定的信仰就这么轻而易举地改变了？是不是该怀疑我的洞察力出问题了？哥哥的举止引起了我注意之前,这些想法充斥着我的大脑。

我看到他的唇在动,他的目光投向天空,接着边听边回头看,好像期待着某人的出现。这样的动作,他重复了三次,每次都带着旁人听不到的祈祷声。每一次的祈祷都显示出他对上帝的领悟越来越模糊,也越来越怀疑。我猜测着他做这些动作的意义,是卡尔文的话动摇了他的信仰,他在极力呼喊先前跟他密切联系的信使,去解释这些疑点。然而每一次的召唤都没有效果,他的眼神空洞,也没有任何回应。

他走到床边,直勾勾地盯着曾经使凯瑟琳窒息而死的枕头,然后走到了我坐的地方。我没有力气抬眼看他的脸。我怀疑他的目的就是要取我的性命。

天啊！只有向危险屈服并暴露在引诱面前才能证明我们是谁！我现在试着这样做了,但是这样做是懦弱且鲁莽的！人能从容不迫地解开束缚生命的绳索,而且我也坚信我有这个能力,然而现在我站在生命的边缘,献祭者正把刀抵在我的胸膛,无论多么荒谬可笑,我还是战抖着,并极力寻找着任何逃脱的办法。

我还能继续思考吗？还能忍受心中的暴怒吗？确保自己安全的方法在哪里？抵抗是徒劳的。恐惧会让我们做出惊人的举动,但是那时我并不恐惧,然而我能获救的希望在哪里？

这太不可思议了。我就那样站着,像是个局外人。我估量着自己将要受到的报应:仇恨——遗臭万年、铁面无私的仇恨。我倾听着自己内心的祈求,可发现它们是空洞的、毫无用处的。我承认我的罪过超过所有人类的罪过,我承认对世界的诅咒,对神的背叛,都不足以看作是我的过失。世上是否有一种人值得我们无限制地去憎恨？

那就是我。我还能说什么？我曾认为，我受到死亡威胁，为了逃脱这个不幸，我也要把威胁我的人置于死地。在房间里我做了预防措施来对付卡尔文的阴谋。在一堆衣服里，藏着一把打开了的折叠式小刀。我握住了这把刀，把它抽了出来，这不能让威兰发现。现在我才明白我当时满脑子想的都是，如果威兰举起了手，那个行动就不可避免，就是将这个自我防卫的工具插进他的心脏。

唉！不堪回首的往事！把你暂时隐藏起来，远离我的记忆；把那颗想着要刺杀哥哥的毒心藏起来！哥哥，你是我苦难中如此坚强的依靠，人格上如此高尚的榜样！

他也许没有意识到我的计划，但是之后不久他就后退了一下。这间隔足以让我恢复理智，我那疯狂、邪恶的想法让我自己也甚是不解。好一会儿，我痛苦得喘不过气来。待恢复了力气，我猛地将刀扔到地板上。

这声音把哥哥从想入非非中拉了回来。他不停地看看我，又看看那把刀。他严肃地移动一步，蹲下去，把刀捡了起来。他把刀转个了方向，仔仔细细地察看了一会儿。与此同时，屋子里死一般的寂静。

他再次看向我，不过刚才他脸上愤怒和高深莫测的神情已经消失殆尽。现在只见到他松懈无力的肌肉，满是皱纹的前额，闪着泪水的黯淡双眼和语言无法形容的可怜表情。

他的表情触动了我的同情，我泪如雨下。这种心情很快被恐惧打破，现在我担心的不再是我的安全问题，而是他的安全，他是被追捕的对象。我静静地观察他的举止，最后，他说：

"妹妹，"他悲伤、轻柔地说，"我没有履行好我在这个世界的职责，你怎么看我？来世我会做得更好吗？"

我没有回答。他那温和的语气着实让我惊讶，也鼓舞了我。我仍然满面愁容地、焦虑地望着他。

"我觉得,"他继续说道,"我会尝试着做好事。我的妻子和孩子们都已经没了。这些幸福的可怜人。我已经把他们送到安息之地,我也不能落后太远。"

这些话再明白不过了。我望着他手里已经打开的刀,颤抖着,不知道该怎样阻止这可怕的事情。他很快就看出了我的害怕,他把手伸给我,更加温柔地说道:"握住它,为了你自己,也为了我,不要害怕。心爱的人都已经走了,短暂的陶醉之后便是清醒的真相。

"我一如既往地崇拜你,我的天使!妹妹,最让你害怕的,是取你的性命吗?这曾经是我能力所及的,但是我得到上帝的指引,至少是我相信这是上帝的指引,指引我不要杀你。你的死只会让恶魔更满足。不,我不会再让我的双手沾满鲜血。我相信上帝是我的主宰者!

"你和我都不需要再受伤害了。我已经完成了任务。牺牲一个人心目中最珍贵的东西,是行善得到的功德。如果有魔鬼欺骗了我,那他也是有了天使的习性。如果我错了,那也不是我的判断欺骗了我,是我的感觉欺骗了我。在你的眼里,人就是人!我仍然是清白的。我等着你公正的判断!"

我真的听明白这些话了吗?如果我没听错的话,哥哥已经恢复了正常的认知能力。他知道他是因为被骗而杀了自己的妻子和孩子们,成为该死的阴谋的受害者,然而他却在为自己动机的"正直"寻找安慰。他并不是没有悲伤,这在他的脸上可以看得出来,但是他的内心却很安宁而庄严。

他也许仅仅是从原来的疯癫状态转变到新的疯癫状态,也许还没有从自己制造的可怕回忆中醒悟。我是个昏头昏脑的混蛋,试着为英雄似的模范哥哥找借口!

这就是我的弱点,即使我思维混乱,我也会想到卡尔文这个混账东西,便嘀咕道:"啊,卡尔文! 卡尔文! 你会怎么回答这个问题?"

哥哥马上注意到我情不自禁发出的声音。"克拉拉,"他说,"冷静些。你的言辞一向都是公平的。实际些吧,对一个不幸的人公平些吧。我已经完成了使命,也满足了。

"感谢你,上帝,为我做了最后的指引! 我的敌人也是你的敌人。我把他看作是'人',是一个和我关系密切的人,但是你的善意,让我看清了他的真面目。执行你命令的人,是我的朋友。"

我开始担心我自己。他那悲伤的面容开始变得越来越镇静。好像有新的灵魂注入了他的身体,他的眼睛里发出异常的光芒。在这样的状态下,他又开始说话了:

"克拉拉! 我一定要弄明白。我不知道为何你与那个叫卡尔文的人见面。我曾因你的过失而感到内疚。从他语无伦次的供述中,我推断我是阴谋的受害者。我命他离开,他才离开。我祈祷让我搞清楚事情的来龙去脉,消除我的疑虑。你闭上眼睛,捂住耳朵,没听见也没看见我的祈祷得到回应的场景。

"我确实是被骗了。你刚才看到的我是魔鬼的化身。你看到的面容和听到的声音都是那个魔鬼的,是他要求我牺牲我的家人。现在他又装扮成人的模样,散发着上帝的光芒。"

"克拉拉,"他说,向我走近了一步,"你的死是注定的。这个信使是邪恶的,但是他是从上帝那里得到的命令。你注定要顺从上帝的指令而不能有任何反对或反抗。记一下时间,给你三分钟,用来唤醒你的勇气,为自己注定的厄运做准备。"说到这里,他停了下来。

即使是现在,当这些场面已成为回忆,当我已经变得很麻木不仁时,我还会像当时一样,怒发冲冠,横眉冷对。我心烦意乱,左顾右盼。我是很乐意去死的,但是这即将发生的、充满痛苦的、被逼的死亡对我来说什么也不是。这并不是使我感到畏惧的唯一的或主要的因素。

我的心灵备受折磨，是因为他而不是因为我自己。我可以去死，但不能成为罪犯的牺牲品；我不能被迫去见上帝，而让凶手活下来，审视着他的所作所为——那个凶手就是威兰！

没有翅膀可以承载我逃离他的魔掌，我也不可能在一瞬间消失。门是开着的，要杀我的人就站在门与我之间。如何寻求自我保护，我无能为力。刚刚可以让我杀人的狂暴也消失了。获救是不可能的，我濒临绝望。

我越想心里越承受不了。我的眼睛变得模糊，四肢开始抽搐。我含含糊糊，吐字不清地说：

"饶了我吧，哥哥！上帝啊，你看看人世吧！把我救出去啊！熄灭他的怒火，或者把它转到别的地方去！"

我做着临死前的苦苦挣扎，并没有注意到有人走进我的住所。我目光朝上，祈求着上帝。说完最后一个字，我又看了一眼门口，简直无法相信自己。我看到一个人，我全身颤抖，貌似我呼唤的上帝出现了。是卡尔文，他又挤了进来，直挺挺地站在我面前，定定地看着我。他的眼神唤醒我对往事的回忆，我想起了最近发生的事，他那不可思议的声音变换和声音的神秘力量。无论他是恶魔，还是超自然的灵异，还是人类，我们都没有能力也没有必要去决定。不管这个预谋者是不是会魔咒，他都能解开。他能牵制哥哥的狂怒。他曾声明自己是有目的的，但这目的不是邪恶的，现在考验这话的真实性的机会来了。让他来吧，来撤回这个残忍的指令吧，这个让威兰疯掉的指令，这个威兰以为是上帝派给自己的指令，而永远消灭这种血腥的热情吧！

我一眼就发现这想法安全有效。它带来很多好处，是当时我找到自救的唯一灵感。我没想到它会引起的间接影响和附带的危险，也许片刻的停顿就足以想到这些。如果多看一眼，就能发现：控制威兰行为的力量不可能是来自外在的；支持这个阴谋，或者用更具毁灭性的暴行来代替这个阴谋是如此致命的错误；卡尔文自身肌肉的力量完全可以应付，并可制止威兰的暴行。我的第一想法就是马上付诸行动，我双眼紧盯着卡尔文大喊道：

"你这个混蛋！你怎么又来了？快放弃你的邪恶，放弃阴谋诡计，远离我，远离我哥哥，你这个令人唾弃的暴徒！

"来证明你的无辜、你的悔恨，发挥你的能力，扭转这个结局。你唆使了这些恐怖事件！我做了什么应该去送死？为什么要我遭受这无情的迫害？我恳求你，要么再模仿一次上帝的声音，救我一命！要么你现在就走！别管我！别救我！"

卡尔文一动不动听着我的恳求，然后转过身去。他似乎犹豫了一下，然后溜出去了。愤怒和绝望使我再也说不出话来。片刻的停顿很快结束，我再也不能忍受威兰给我的折磨。我的思维又开始混乱起来。刚开始接过他手里的刀时，我漫不经心、有气无力地拿着，而现在我紧紧地握着。

威兰好像没看到卡尔文进来，也没注意到他出去，也没看到我的动作和我的凶器。他不再沉默，眼睛盯着时钟，好一会儿才把目光撤回来，他的每一个细胞里都充满了愤怒，脸上显现的是幽灵般可怕的表情。我觉得他抓住了我的左手。

即使现在我还犹豫不定，不知道该不该反抗。我想缩回我的手，以免遭到攻击，但只是白费力气。

先到这里吧。为什么我要从遗忘中重新回忆这件事？为什么我要去描写这场可恶的争斗？为何不将这一连串的恐惧就此打住？我已经把自己逼到了悬崖的边缘，让我就此永远远离回忆，放弃希望吧。

我还活着,带着这些负担活着,我走到哪里这些幻影就跟到哪里,就像毒蛇在胸口肆虐,折磨得我快要疯掉了,但我仍然活着!

是的,人终有一死,我很坦然。我藐视懦弱的同情。让我默默地寻求,免受惩罚,或慢慢地遗忘,寻求慰藉。我会振作精神来完成这个任务。我还没有下定决心吗?我将要死去。我的面前是万丈深渊,我将万劫不复。但只有等我的故事结束了,我才会安心死去。

# 第二十六章

我右手拿着刀，但威兰没有看见。我提起一口气，拼尽全身力气，举刀向他胸口刺去。这致命的一击使威兰退了回去，收回了手。我惶恐地站在那里，大口大口地喘气，绝望至极，但我终于挣脱了他的手，他没有攻击我，甚至没有触碰我。

有一种力量，一直压制着不让这样的事情发生，但现在再也不能了。此时此刻，威兰放弃了他所有的目的。这时，一个响亮的、刺耳的声音突然从上面传来。任何人类都难以发出如此响亮的声音，也难以用语言形容它的刺耳。这声音命令他——停止！

困惑和惊慌代替了威兰笃定的眼神。他的目光带着疑虑，从一处游走到另一处。他看起来好像在等着再次的命令。

卡尔文的目的这个时候就一目了然了。在自我防卫时，我曾经恳求过他帮我一把，他却逃走了。我曾猜测他对我的祈祷视而不见，下决心要看到我死亡，但他的消失只是为了想方设法让我解脱。

他为什么不能容忍这样的结局？为何他对错误的执着和那该死的声音凌驾于这个结果之上？或者他想让那扑朔迷离的行为最终来个完美收场？

这些是我后来的想法。而此时此刻正孕育着死亡的气息，我没有力气去推理。我脑子越来越混乱,我越想越害怕。我们看不见卡尔文,也不怀疑卡尔文。我感受到威兰的轻信,我因他的惊愕而发抖,因他的敬畏而心悸。

沉默了一会儿,就是这一刻的沉默足够让一切归位。接着上面又传来了新的声音。

"是人类的错误!不要再相信你的错觉。没有天堂也没有地狱。是你的错觉误导你犯罪。摆脱狂怒,恢复理性,恢复人性。别再癫狂了!"

哥哥张开双唇开始说话。他的声音极其可怕、极其羸弱。他在向上帝恳求。很难理解他质疑什么,但主要是对迄今为止指引他做了那么多事的声音的动因表示怀疑,对他是否因精神错乱做了很多错事表示质疑。

这些疑问都得到肯定的答复,回答他的声音好像就在他的头顶徘徊,铿锵有力。接着又是一阵沉默。

威兰放下自己高高在上英雄一样的身份,最终开始意识到事实的真相,回忆起自己的所作所为,不再因为自己的正直而得到安慰,他失去了孩子和妻子,他们的死去是因为自己被迷惑了。威兰这个时候立刻变得痛不欲生!

他想到的不是自己的声誉最终被毁掉,就像先前已经说过的那样,一个人就算犯错了也像其他神智不健全的人那样,可以得到公正的对待。他没意识到这个事实时一点儿也不影响他行为的公正性,他的动机使他失去了作为善良人的本性。善良是至高无上的,责任是无穷无尽的,这个永远是他心中做人的准则。

我并不想继续描写他那可怕的变幻不定的面部表情。他不说一句话,坐在地板上一动也不动,他的眼睛呆滞地凝视着一个地方,活脱脱是一座悲伤的石碑。

不久他亢奋起来,站起来在地板上胡乱走着,摇摇晃晃。他的眼里没有一丝润泽,闪着火光,好像要把他的眼睛燃尽一样。他脸部的肌肉由于不安而抽搐着。他的唇动了动,但最终没能发出任何声音。

哥哥内心挣扎了那么久,真是令人难以相信。我的状态跟他不相上下。我好像走进了他的内心世界。我的心因为他的痛苦而破碎。天哪,你的疯癫不曾被治愈!你那些充满极乐幻想的疯狂还会卷土重来!否则,你的生命将很快了结!只有死亡才能将你湮没,让你得到解脱!

我还能希望你怎么样?堪比福音传播者的你,坚信自己的动机是神圣的,是超越世俗的,是大公无私的!你的命运已经转变,杀了自己的亲人,多么残忍!我还希望你活下去?不!

就这样他似乎漫无目的地走来走去。如果他走动,如果他转身,如果他的手指缠绕在一起,如果他用手使劲地按压脑袋两侧,力气足以把自己脑袋捏碎,那么这不是在自我反省,而是他在白费心思地寻找其他的原因。

这个局面很快被打破了。他的脑子开始清醒,他的努力没有白费。现在逃跑的机会来了,他焦急地环视了一下四周。我的思维完全沉浸在揣测他的举措中,我的手指不知怎么松开了,那把刀再也用不到了,从我的手中滑落,掉到了地板上。看到刀,他的眼睛一亮,立刻把刀捡了起来。

我大声地尖叫着,但为时已晚。他把整把刀都插进了脖子,他的生命立刻随着伤口里涌出来的鲜血结束了。他就这样倒在我的脚下,在他倒下的那一刹那,我的手沾满了他的鲜血。

这便是你最后的行动,我的哥哥!我命中注定要经历这样的场面!你双目紧闭,脸色惨白离我而去,你的胳膊,淹没在你的血泊里;你躺下的地方,流淌着你的鲜血。这些景象一刻也没离开过我的脑海。直到我停止呼吸，浑身冰冷，它们仍将继续在我眼前徘徊。

我说过卡尔文已经离开了房间，但仍在房子周围。我呼唤他来帮我，但是我几乎没有注意到他再次进来。他当时受惊吓的表情，他那断断续续的陈述，他急切地声明自己的无辜，他对我流露出的怜悯和他怎样主动来帮助我，这一切的一切，现在回想起来也很模糊。

我不想听，因为我不想回答，我不再指责他或控告他。我对他的罪过漠不关心。至于他是暴徒还是魔鬼，如地狱般黑暗或如天使般明亮，从今往后和我毫无瓜葛。对于躺在我脚边的尸体，我也不会再去看一眼，或再去关心一下。

当他离开我后，便去告诉周围的人们这里发生的事情，他们立刻飞奔而来。他不顾自己的安危，迅速跑到城里告诉我的朋友们我现在的状况。

舅舅迅速赶了过来。他们移走了威兰的尸体，本以为我会跟着去，但是我没有。我要把房子收拾干净，在这里休息。像威兰一样，从出生到死，我就待在这里，哪儿都不去。

他们强迫我离开，但是没有用。他们威胁我要使用武力让我离开——唉，他们都用武力了，但是我的意志很坚定，我要在这里承受失去亲人之痛。强迫没有用，舅舅那灰白的头发和恳求的泪水也没用。当他们强迫我离开的时候，我非常厌恶，甚至很狂躁，他们不得不同意我返回。

他们恳求我，他们告诫我，他们跟我说威兰给我带来的每一个伤害，给我的朋友带来的伤害，但是都是枉费心机。只要我活着我就不会离开这里。难道我的命运还没有完结？

为什么你们用你们的理解和非难来折磨我？你们还能让我重新点燃希望，希望以后的日子更好？你们能还给我凯瑟琳和她的孩子们吗？你们能让哥哥重生吗？

在你们的要求下，我会吃、会喝、会睡觉、会起床，我唯一的要求仅仅是让我自己选择我的住处。这个要求有什么不合理的吗？答应我这个，我马上就会安静下来。我要待在这地方，直到我死。不要再拒绝我，我恳求你们，给我这个小小的恩惠。

啊，我尊敬的朋友，不要跟我谈论卡尔文！他已经把他的故事告诉过你们啦，你们为他开脱，认为威兰的死跟他没有直接关系。这个毁灭性的灾难是由感官幻觉导致的。就这样吧。我不关心这些灾难的根源究竟是什么，它已经完全湮灭我们的希望和我们的存在。

不管他的诡计是怎么开始的，这个计谋已经走到了尽头。他打算用他最后的努力来解救我，消除我哥哥的幻觉。这就是他的故事，是有关事实真相的故事，但我并不在乎。从今以后我只有一个愿望——我只希望尽快脱离这种生活，脱离这种充满不幸的生活。

离开这里，你这个不幸的可怜人！不要总出现在我的周围来让我难受，不要用你的祈祷来折磨我。原谅你？在你生命的最后时刻，原谅你对你有好处吗？不做亏心事，不怕鬼敲门。如果你良心未泯，那你就不应该公然反对我住在自己的寓所里。如果你不想看见我死，就远离我的视线！

你走了！喃喃自语，很不情愿地走了。我该休息了，我的任务完成了！

# 第二十七章

（三年之后，蒙彼利埃[①]）

我以为我已经永远搁笔了，我以为我安居在世界的这一端是最不可能的事情。我曾坚信自己已经走到了命运的尽头，我曾满怀期待，希望生命快点结束。

当然我厌倦活着是有原因的，只因为诸事纷繁，无法就此死去，我已经失去了耐心。我曾经一门心思地想死，而且那时从我的身体状况来看，死亡已经不可避免，即使我曾经多么渴望有个健康的身体。但是现在的我，远离故土，健康而充满活力，没有理由被剥夺幸福。

这就是人类。时间是治疗创伤最好的良药，最强烈的悲伤和无望也会随着时间慢慢淡却。对于这点，没有什么可争辩的。用道德的准则来消除悲伤是徒劳的。无论多么令人信服、令人同情的规劝，都没有能力转移注意力，都是枉费心机。然而，随着时间一天天流逝，情绪上的骚动会慢慢平息，波动起伏的心绪最终会慢慢平静下来。

---

① 法国南部城市。（译者）

也许，我能征服绝望，是因为我不可能继续留在我的住所这件事。在给你最后那封长信的结尾中提到，我已经下定决心，要在我遭遇这些不幸的地方等待死神的到来。因为这样的决定，我的朋友们使出浑身解数，极力劝我离开这个地方。他们觉得这个地方到处充满对家人的回忆，会加重我的病情。尽快远离这个每一件东西都能引起我悲伤的地方，是唯一的治愈方法。

我拒绝听从他们的劝告。让我离开这个避难所在我看来会让我病情加重。这种执拗的想法让我觉得，谁要把我从这个能安慰我的悲伤的地方带离，让我的绝望日趋加重，谁就是我最大的敌人。

回忆这些不幸的事情，我得到了某种类似的满足。舅舅诚挚地劝说我远离写作这苦差事，但是他对这件事的规劝和其他事情一样，徒劳无功。他们把我的写作工具拿走，但是他们很快就发现反对我不如顺着我，否则对我的伤害更大。在完成这个故事之后，好像所有的一切都已落幕。我开始发烧，手无缚鸡之力。哪怕用一点点力，都要费很大的劲儿。最后，我病倒了。

现在我回想起那段时间的感受和思考，既觉得好奇也觉得愧疚。我对朋友的眼泪和劝说无动于衷，无视他们提出的建议：远离那个地方，对我、对他人都是有益的。那些社交生活、慈善活动、对大自然的欣赏、智慧的赋予，诸如此类我还能够做到的事情，都不应该不被看作是获得幸福的手段。现在看来，真是难以置信的。

的确，我发生了改变，但是我若认为我的改变源于我的勇气、我的才能，这不能让我得到安慰。不知不觉，我萌生了更好的想法。我不禁对自己的改变欢呼雀跃，也许这只是性情的变化无常，也许只是情感的缺失。

当时，我讲完故事后，待在床上，坚信自己的生命已经走到了尽头。舅舅和我一起住在他的寓所里，以护士、医生兼朋友的身份照顾我。一天晚上,熬过了几个小时的坐立不安和痛苦后,我沉睡了过去。但是,我的心态根本不能长时间保持稳定。突然间,我又心烦意乱,骚动不安,困惑不解。很难形容这种疯狂的捕风捉影的幻想是怎么折磨我的。舅舅、威兰、浦雷尔、卡尔文,走马灯似的出现在我的头脑风暴中。我要么被旋涡吞没,要么淹没在朦胧的巨大的气泡里,要么被摔在尖利的岩石上,要么被抛向巨浪中。有时候有那么一点点光照进漆黑的深渊,而我就站在这深渊的边缘,好使我看见这深渊有多深,这悬崖有多可怕。不久以后,我被带到意大利埃特纳火山的某个山脊上,去看那火红的激流,还有那弥漫的硝烟,这使我惊恐万分。

梦魇是如此的怪诞离奇,可是又那么的清晰真实,以至于我在梦中通过肌肉用力,挣扎着去打破这魔咒,但是没有用,我继续受着这些不成形事物的折磨,直到有人在我床边大喊大叫,用力地推醒我,这可怕的幻觉才结束。我睁开眼睛,从床上惊坐起来。

我的卧室里充满了烟雾,尽管有那么一点点亮光,我还是什么也看不见,这烟弄得我快要窒息了。卧室里火苗的噼啪声,卧室外震耳欲聋的喧哗声涌进了我的耳朵。我被嘈杂的声音弄得不知所措,炙热的火烤着我,越来越多的烟雾弄得我快要窒息,我无所适从。事实上,我不知道我处在什么样的危险中。

很快一双有力的胳膊抱起我,把我抱到窗前,爬下已经放在那里的梯子。舅舅站在梯子脚下接应我。我根本不知道自己是什么情况,直到被放在了小木屋里,周围围满了邻居,才对事情有所了解。

原来是由于仆人的疏忽,把未熄灭的余烬放进了地窖的木桶里。木桶着火了,这火光照到了地板上,映到了墙壁上。这火光最初被远处的人看到了,立刻跑过来,慌张地告诉我舅舅和仆人。火势蔓延得很快,直到我几乎跑不出去了,才有人想起我。我的危险就在眼前,很快有人拿来梯子,爬到我的卧室里,没跟我讲话,就把我救了出去。

这次事故，初看起来好像损失惨重，实际上对我情感的恢复起到了很大的帮助。我从恍惚中振奋起来，慢慢恢复了体能。那一连串枯燥无味、阴森可怕的想法开始中断。我的起居挪到了一楼，我开始寻找新的生活起点。跟我的家人命运毫无关联的新影像涌进了我的脑子，信念不知不觉又产生了。我坚信，即使幸福还遥不可及，那起码心境平静对我来说唾手可得。尽管我的身体遭受了许多打击，但是精神上的痛苦得到缓解，我的健康就会好转。

我现在很乐意听舅舅的建议，跟他一起去航海。很快准备就绪，在经过单调乏味的旅程后，我们踏上了一片古老的海岸。我并没有忘记过去，但是过去给我带来的悲哀和眼泪现在已经没有任何意义了。我的好奇心又得以复活，我又充满热情，开始回忆过去岁月的痕迹，思考活在当下的生活态度。

我的心在某种程度上恢复了原来的宁静，对于浦雷尔的感情死灰复燃。他跟那个萨克森女人在波士顿附近住了一段时间。我感到欣慰的是，我们没有条件见面。我不希望他们有任何不幸，但是想到他们的幸福我也没有任何开心可言。时间和我自己刚毅的性格救了我。我还爱着他，只是我自己掩盖起来，不愿承认。我把这种感情看作是一种微妙的友谊之情，无怨无悔地珍惜它。

在舅舅的极力劝说下，卡尔文和浦雷尔见了一面，卡尔文向浦雷尔做出解释，这让浦雷尔立刻恢复了对我的好感。尽管相隔遥远，我和浦雷尔之间信件来往很频繁，我们会准时收到对方的来信，我们会一直联系，直到天人相隔。

在我写给他的信中，我向他敞开心扉，毫无保留地述说了我之前的所有情感。尽管情绪上不是毫无波动，但是我跟他讲的时候我毫不痛苦。我知道这些事不应该跟爱人说，但跟朋友讲，我没有一点顾虑。

特丽萨突然亡故到现在已经过去一年半了。死前,她爱上了别人。他用他那惯有的高尚节操承受此事。然而这让浦雷尔改变了计划,他处理掉在美国的财产,来找我和舅舅,我们结束了两年居无定所的生活,在蒙彼利埃安顿下来。我相信从今以后这里将是我们永久的住所。

如果你考虑到我和浦雷尔从小就是知心朋友,考虑到我已经可以签订婚约的那份感情——只是这感情曾经一度被抑制着,考虑到我们之间是互敬互爱、互相尊重的话,当你得知我们一直交往,并且今日重聚时也许就不会感到惊讶。随着时间的推移,特丽萨慢慢淡出了他的记忆。对于她,他更多的是敬意,而不是爱情。这时,他向我表达了对我的爱意,不消说,我很乐意接受他的告白。

也许你也想知道卡尔文的命运。当他意识到欺诈的危险性时,已为时太晚了。当他目睹了这些悲惨的事情之后,受到了很大震动。他完全不顾自己的安危,找到舅舅,把他之前讲给我听的一切,又向舅舅讲述了一遍。他找到了一个格外公正、格外宽容的审判员——我的舅舅剑桥先生。他把威兰的行为归咎于癫狂的幻想,但他仍认为卡尔文是先前那个躲在幕后的阴谋策划者,间接但强烈地导致了威兰的癫狂。

对于卡尔文来说,躲避鲁德罗先生的迫害很容易。他只需要把自己藏到宾夕法尼亚的边远地区即可。这是他在离开我们之后下定决心要去的地方。他现在可能从事没有任何污染的农业,对那些因为他所拥有的致命的才能所造成的罪恶懊悔不已,这也是不可避免的。他那清清白白、富有意义的未来生活在某种程度上弥补了鲁莽、轻率带来的不幸。

在那段时间,我更多考虑到自己的悲痛,无暇提及路易莎·康威的父亲的不幸。他命运多舛,结束了在南方的旅程后又回到费城,在他到费城之前特地拐到我哥哥家。完全出乎他的意料，没有人出来迎接他，也没有人来跟他打招呼。他试图走进屋去，但是大门是锁着的，窗子装上了铁条，他大声呼喊，也没有人应答他，这些让他感到这个宅子被遗弃了。

他又从那里走到我的住所，发现我的房子阴沉沉的，同样没有人居住。可以想象当时他脸上诧异的表情。住在小木屋里的村民大概地告诉他发生的事情，他难以置信。他急匆匆赶到城里，找到贝恩顿夫人，她才把事情完完整整地告诉了他。

他已经习惯了多舛的命运，没过多久便从沮丧中恢复过来。他离开美国之后我们还有联系，之后我们在法国跟他见过面。上文我提到过他妻子携女突然离开的原因，现在有了一些眉目。

我仔细研究过他们夫妻之间那么热烈的爱恋，而且也提到过从未怀疑过他妻子的清白。尽管我一直这么认为，可是最近的发现却表明这个观点是不可靠的。

原来在德国的时候，斯图亚特少校曾和对手格兰贝侯爵的副官——马克斯韦尔因荣誉发生过决斗。马克斯韦尔大肆散布谣言来中伤斯图亚特少校的人格。斯图亚特刺伤了马克斯韦尔并缴了他的武器。鉴于马克斯韦尔幡然悔悟，斯图亚特少校宽宏大量，没有取走他的性命。

不久，马克斯韦尔继承了一大笔财产，便卖了他的军衔，回到了伦敦。他的财产很快因为婚姻而激增，利益是他结婚的唯一诱因。很快，那不幸的女士就看穿了他的本质，在双方都同意的情况下，两个人分手了。那位女士带着财产去了偏远地区，而马克斯韦尔继续在花天酒地中消耗自己的生命和金钱。

马克斯韦尔虚伪、世俗，华而不实但头脑灵活。他利用斯图亚特的宽宏大量，把已经丢掉的尊重重新捡起来。斯图亚特不仅把马克斯韦尔介绍给了自己的妻子，而且他的妻子也对马克斯韦尔充分地信任。马克斯韦尔却以怨报德。

斯图亚特夫人对爱情的忠贞不渝，再加上她的身心成熟和对外界的了解，使得马克斯韦尔无功而返。可是马克斯韦尔不轻易放弃。他相信即便是最完美的人也难以抵抗诱惑，因为爱的冲动如此微妙，充满激情表达出来的谬论所产生的效果是无限的，它足以使人的本性得以堕落。一切办法都试过了，各种诱惑都用过了，他的虚伪表现得完美至极，最后他差一点就达到了目的。那位女士把对丈夫的爱转移到了他的身上。至今，我们都还不能认为她做了件丢脸的事，因为所有引诱她跟他私奔的努力都没派上用场。她是允许自己去爱的，也坦承自己对爱的选择，但是她只到此为止。

因为感情上的转移，很多人对她感到失望。她端正的行为准则使她没有犯行为上的错误，但是却不能恢复对丈夫的爱，即使这样，她也难免悔恨，难免有不切实际的想法。她丈夫的不在使她焦虑。过了一段时间之后，她得到消息，说是他打算回来了。马克斯韦尔也同样知道这件事，便做了最后的努力，劝说她跟他去意大利旅行，但她不愿意，因此没有成功。无论马克斯韦尔摆出一个什么样非去不可的理由，都让她感到非常绝望。同时她也收到了马克斯韦尔妻子的来信，了解了一些事情，以及他为了引诱她而隐瞒的一些诡计，这使她认清了他的真面目。马克斯韦尔夫人通过对丈夫的了解来揭发了他的丑行，而且他的焦急也让斯图亚特夫人更加认清了事实的真相。

事实的真相、心理的顾虑和痛苦的悔恨让她决定逃跑。计划非常匆忙，实施得却很精细圆满。在她丈夫回来的前夜，她装扮成一个男孩子，带着一大笔钱在法尔茅斯上了船，逃往美国。

她把和马克斯韦尔可怕的交往历史，还有诱使她离开自己故土的动机，以及这个计划的实施都写信告诉了马克斯韦尔的妻子。双方约定,这次的揭发要严格保密。在很长一段时间内,双方都严格遵守。

马克斯韦尔妻子的住所坐落在维河河畔。她是斯图亚特的亲戚,他们小的时候在一起玩耍。而马克斯韦尔和这个不幸女人的婚姻,在某种程度上要感谢这个被马克斯韦尔出卖的男人——斯图亚特。她对斯图亚特家族的尊重从未减少。斯图亚特从美国回来后到威尔士和其他西部郡县旅游的时候偶然和这个女人相遇。这次见面给彼此既带来了喜悦也带来了悔恨。自然,他们谈话的主要内容是分开后各自的情况,以及他妻子和女儿的过早亡故。

马克斯韦尔夫人尊重她朋友斯图亚特夫人,也关心朋友丈夫的安全,这种关心和尊重使她不能把此事公开。但是她的朋友已经死了,而且朋友的丈夫也不在英国,所以她敢拿出斯图亚特夫人的来信,揭发马克思韦尔的背叛行为。她也曾经被强烈要求,要求她答应不报复,但是承诺时,她对马克斯韦尔的堕落一无所知,也不知道马克斯韦尔不再爱她了。

这个时候我和舅舅住在阿维尼翁。在那里的所有英国居民中,与我们来往的只有马克斯韦尔。我和舅舅都很欣赏他的天资和谈吐。他曾经向我求婚,但我没答应。此后他请求作为朋友继续与我们交往。无疑他的出发点是卑鄙无耻的。他是否放弃了这些想法我无法判断。

在郊区别墅里,有一个很大的社交场合,马克斯韦尔出现在那里,我当时也被邀请过去了,这时斯图亚特突然闯了进来。他看到我时表露出真心的喜悦,而看到马克斯韦尔时则是虚与委蛇。过了一会儿,因为争辩某事,他们立刻同时离开单独见面了。斯图亚特和我的舅舅在德国军队服役时就认识,然而斯图亚特为什么这么急匆匆地长途跋涉赶着回来,却没有告诉他的老朋友。

挑战书发出去了,也得到了回复。会面地点就在离城大约三英里的小河边。舅舅竭尽全力阻止这场充满敌意的见面却未能如愿，但被准许作为一个外科医生参加。时间就定在第二天早上太阳刚升起的时候。

晚上我很早就回到了自己的住处。两个决斗者已经做好初步的准备，斯图亚特同意当晚到我们家拜访，直到很晚才离开。在他回旅馆的路上他并没有遭到骚扰，但是就在他走进门廊的那一刹那，一个皮肤漆黑的恶棍从门柱后跳了出来，一剑捅进了他的身体。

这起阴谋的策划者没有被查到，但是由于斯图亚特说过的一些跟马克斯韦尔过去有关的细节，很自然地，马克斯韦尔被看作是怀疑对象。对这事没有人比他表现得更关心，他异常强烈地为自己遭到的诽谤而辩护。从那以后，我拒绝与他见面。不久他就离开了这个地方。

很少有人比路易莎·康威的父母拥有更多的值得别人尊敬的品质，很少有人在漫长的岁月里比他们拥有更多的幸福和宁静。然而他们在自己最幸福的时刻分开了，而且他们的命运结束在同一个人手里。马克斯韦尔就是他们不幸的制造者。

还是你来评价这个故事吧。美德也会变成背叛的受害者，毫无疑问，这很让人伤心。但是你不会忽视这一点，尽管卡尔文和马克斯韦尔的邪恶才是真正的罪魁祸首，但受难者的过失也难逃干系。如果他们自己薄弱的意志不给这些企图火上加油的话，一切想要破坏斯图亚特的家庭的幸福的努力都是没有结果的。如果那位女士把导致这场灾难的感情杀死在萌芽状态，在骗子的诡计露出端倪的时候就让他远离自己，如果斯图亚特不进行这荒谬的报复，我们将不会为这次灾难而感到悲哀。如果威兰对道德责任有更正直的看法，能认清宗教特性的话，或者如果我具有普通人那样的镇定沉着或者具有能预测未来的天赋的话，欺骗者就不会得逞。

# 瓦塞克

威廉·贝克福德 著

王丹红 译

# 引　言

　　威廉·贝克福德出生于 1759 年，即英王乔治三世即位的前一年。其父是高级市政官，曾两度出任伦敦市长。其家族源自格洛斯特郡，靠在牙买加经营种植园发家。老威廉·贝克福德曾往英格兰求学，在威斯敏斯特时与曼斯菲尔德勋爵①有同窗之谊。继承了家族在西印度的巨大财富后，老威廉最初在英国经商，后任执法官、议会议员和高级市政官。威廉·贝克福德出生前四年，他成为伦敦的一名行政司法长官，儿子出生后的第三年，他当选伦敦市长。任职期间，他经常举办奢华的晚宴，屡屡开创人类宴客史上的新纪元。其子的名篇《瓦塞克》，看起来像是一位高级市政官在伦敦市长官邸用完丰盛晚餐后所做的一个梦。文中提到了对感官享受尤其是饕餮盛宴的痴迷。瓦塞克以世界上最大的食客而自居，而当那印度人与他一起用餐时，虽然已经上了三十桌菜了，那食量惊人的客人还是没有吃饱。还有对渴的描述：梦中有个片段，瓦塞克的母亲，他的妻妾，还有一些太监"不遗余力地往一个个水晶大碗里盛水，争先恐后地送到他面前，但通常是他们的殷勤赶不上他迫切的需要，于是，他就自己趴

――――――――――

　　① 本名威廉·默里(1705—1793)，英国王室法庭首席大法官。(译者)

到地上去捧水喝,喝个不停"。这个噩梦般的阿拉伯童话,以一幕至为恐怖的"焚心"场面而结束。小威廉·贝克福德是否在某次市长官邸的盛宴后,有了"瓦塞克"的最初构想?

老贝克福德是个极为好客的主人,但并不贪图名利。1763年,第一次就任市长的那一年,老贝克福德曾公开支持议员威尔克斯[①],后者因其第45期的《北不列颠人》而受到打压。再次当选市长后,作为这一公众事业的拥护者,他于1770年5月23日领着市政议员和同业公会,觐见英王乔治三世,向他请愿。乔治三世草草敷衍了几句,贝克福德请求国王做出答复,可未等国王陛下从惊诧中缓过神来,他又继续慷慨陈词——后来,这番陈词成了如今刻在伦敦市政厅贝克福德纪念碑上的金字。《瓦塞克》的作者贝克福德那时还是个不满11岁的孩子,是家中的独子;三年后,他的父亲辞世,留给他每年10万英镑的收入,还有100万英镑的现金。

成年之前,他的母亲——第六代阿伯肯伯爵的孙女请了一位家庭教师教他。另由莫扎特教他音乐。他父亲生前的朋友查塔姆伯爵觉得他太爱幻想了——"满脑子胡思乱想",建议他的母亲别再让他接触《一千零一夜》。幸运的是,他的母亲没有这样做,这才使他有机会给《一千零一夜》续上了第一千零二个故事。不同的是,他在东方式的奇思妙想里融入了顽皮的夸张手法,这是一个英国幽默作家特有的创作手法。他有时会对着自己的故事大笑,也不介意将其滑稽的一面展示给读者。贝克福德出生在父亲位于威尔特郡[②]的乡间邸

---

① 约翰·威尔克斯(1725—1797),《北不列颠人》的创办者,曾因著文攻击国王和政府遭贬,对扩大英国新闻出版自由起过积极作用。(译者)
② 英国英格兰西南区域的名誉郡。(译者)

宅,即后来的芳特希尔大教堂①,17 岁便创作漫画《绘画名家史》自娱自乐,并让芳特希尔的管家以她惯有的教训人的口吻,将其作为巴商②王敖格和其他伟人的作品,展示给来访者。

接着,贝克福德在日内瓦接受了一年半的教育。之后,去了意大利和低地国家(荷兰、比利时和卢森堡)旅游,正是在那个时候,他对写作产生了兴趣。22 岁那年,法文版《瓦塞克》一气呵成。他写得非常投入,一连写了三天两夜。1784 年,在未经作者许可的情况下,一个无名氏翻译出版了《瓦塞克》的英文版。1787 年,贝克福德自己在巴黎和洛桑③出版了他的故事。那时,与他结婚三年的妻子刚刚去世一年,给他留下了两个女儿。

贝克福德去了葡萄牙和西班牙,之后回到法国,亲身经历了法国的巴士底狱革命风暴。他经常旅居国外,买下了洛桑的吉本④图书馆,一度将自己关在里面,想读遍馆内藏书。他偶尔会出现在国会里,但他并不喜欢那样的消遣方式。他还写过几部作品,其中包括两部根据当时的煽情小说改编的滑稽喜剧,但都不如《瓦塞克》经久不衰。1796 年,他在芳特希尔定居下来,开始了声势浩大的修建和重建工作。或许是想到了瓦塞克的高楼,他雇用工匠夜以继日地为他搭建一座 300 英尺高的塔楼,倒了又建,锲而不舍。据说他在芳特希尔花费了 25 万英镑。他在那里与世隔绝地度过了生命的最后 20年,于 1844 年辞世。

---

① 1795 年由作者出资建造的哥特式大教堂,前身是其父建造的帕拉第奥建筑。(译者)

② 位于波美拉尼亚(中北欧波罗的海沿岸地区,现分属波兰和德国)。(译者)

③ 瑞士西南部城市,位于日内瓦湖北岸。(译者)

④ 吉本(1737—1794),英国历史学家。(译者)

《瓦塞克》是威廉·贝克福德生命中的快乐主题。故事描绘的不是人或外部世界的真实面目,而是以轻快活泼的笔触再现了一个意象丰富、情节离奇的阿拉伯神话。这是一个沉湎酒色的哈里发一步步走向堕落的故事,他最终堕入易卜劣斯[①]殿堂的结局赋予了故事一丝寓意。但本书带给读者的乐趣真实地反映了作者创作时的快感,这种快感足以使他自始至终饱含热忱,一举成就此书。他年轻而富有活力,纵情驰骋在自己想象的世界里。对教子无方的邪恶母后,他如痴如醉地历数她的累累罪行。当然,写这个梦魇神话的部分章节时,他也有如设计舞台剧般兴奋。

　　任何一个一本正经地来读《瓦塞克》的人都违背了作者的本意。我们要留意那些时不时流露出来的讽刺意味,并付之一笑,同时感受一心专注于对众多事件和细节精雕细琢的东方式铺陈。严格来讲,本书在结构上有瑕疵。但若我们读懂了作者眼中那一抹狡黠,缺陷也正是美丽之所在。

------------

　　①　伊斯兰神话中的魔王。(译者)

瓦塞克，阿拔斯王朝①的第九任哈里发，是穆塔希姆的儿子，哈伦·拉希德的孙子。他幼年即位，天资聪颖，使臣民们相信他的天下必将长治久安。他身材匀称而威武，但他发怒的时候，一只眼睛会变得异常恐怖，没有人敢正视它。有谁不幸被它盯上，便会立刻倒地，有的就这样死过去了。不过，为了防止领地人口减少而使他的皇宫孤独凄凉，他很少发怒。

　　因为酷爱美女和佳肴，他友善待人，借以结交志趣相投的朋友。他毫无顾忌，也不认同欧麦尔·本·阿卜杜勒·阿齐兹的"今世苦修换取来生快乐"的说法。他慷慨无私，放纵无度，因而他的王国比父辈治理得更好，追随者也更多。

　　他的宫殿前所未有的富丽堂皇。他父亲穆塔希姆兴建的阿尔科拉米宫位于斑马山上，可以俯瞰整座萨迈拉城②，可是，在他看来实在过于寒碜。于是，他增建了五座偏殿，更确切地说，是另外盖了五座

---

①　阿拉伯帝国的一个世袭王朝(750—1258)。（译者）

②　伊拉克中部的一座城市，位于底格里斯河东岸，巴格达以北约160公里处。（译者）

宫殿，专门用来满足五官的不同需要。

　　第一座宫殿里，桌子上总是摆着最最精致的美食，并根据食物通常的消耗速度，昼夜不停地供给。最美味的葡萄酒和最上乘的露酒从一百个泉眼中喷涌而出，取之不竭。这座宫殿叫作"永恒的或永不落幕的盛宴"。

　　第二座取名"音乐的殿堂，或灵魂的佳酿"，供当时技艺最娴熟的乐师和最负盛名的诗人居住。他们不仅在宫里展示才华，还成群结队地外出表演，万籁和声，余音缭绕。乐曲一首接一首欢快地延续着，从不重复。

　　"娱目宫"，或称"常忆宫"，简直是一座魔幻之宫。里面堆满了从世界各地搜罗来的奇珍异宝，若不是按序摆放，定会让人眼花缭乱，晕头转向。其中一个展馆陈列着举世闻名的摩尼[①]的画作和栩栩如生的雕塑。这边匠心独具的一角吸引人的眼球；那边光学魔幻令人心醉神迷；而博物学家则分门别类地展出上天赋予这个世界的各种礼物。总而言之，瓦塞克没有遗漏任何东西，那些想借他的宫殿满足自己好奇心的人都能得偿所愿，尽管他自己还无法满足，因为他的好奇心比任何人都要强。

　　"芬芳殿"，亦称"快乐之源"，由多个厅堂组成，产自世界各国的香料在金炉里不停地焚烧。大白天也点着烛台和香灯。不过，若是香气太浓郁了，令人头脑不清的话，可以去大花园，在那儿，各种花朵齐聚一堂，空气中散发着阵阵清香。

　　第五座宫殿名叫"隐秘的快乐，或危险之地"，常有成群的年轻女子出入。她们个个美若天仙，魅力无限，对哈里发恩准的人，向来是来者不拒，极尽爱抚。而他毫无嫉妒之意，因为他自己的女人都雪藏

---

　　① 摩尼(216—约274)，摩尼教创始人，也是画家和雕塑家。(译者)

在后宫里。

尽管瓦塞克沉迷酒色，臣民对他的爱戴却依然如故。他们觉得一个寻欢作乐的君主总不至于不如一个凶残暴戾的君主吧。但是，狂妄不羁的本性决定了哈里发不会就此打住。他父亲在世的时候，他出于兴趣就做过大量研究，且掌握了许多知识，但他并不满足。因为他想了解天地万物，甚至包括不存在的科学。他喜欢与饱学之士辩论，但不喜欢他们言辞激烈地反驳。他用赏赐堵住可堵之口，但当慷慨解囊无法慑服的时候，他就把那些人送进监狱去"醒脑"：通常这个办法都能奏效。

瓦塞克还偏爱神学辩论，但他很少支持正统学说。通过这种方式，他诱使狂热分子反对自己，然后借此迫害他们；因为他下定决心，无论如何都要让道理站在自己这边。

哈里发所代表的伟大先知，穆罕默德[①]，在他七重天[②]的住所里愤怒地注视着这个代理人亵渎神明的行为。"由他去，"他对随时候命的精灵说，"看他能荒唐、忤逆到什么时候。要是过了头，我们就惩罚他。且帮他完成已经动工的高塔。此塔模仿宁录[③]的巴别塔而建，那位伟大的勇士是为逃脱溺亡的命运，而他是怀着傲慢无礼的好奇，想窥探天国的秘密。他是无法预见自己的命运的。"

精灵领命而去，白天工匠筑起一肘尺[④]，夜间就给增高两肘尺。塔楼的迅速崛起大大地满足了瓦塞克的虚荣心。他猜想连神灵都乐于助他实现梦想，却没料到这种愚蠢而邪恶的想法是惩罚他的第

—————————————

① 穆斯林认可的伊斯兰先知，广大穆斯林认为他是安拉派遣人类的最后一位使者。（译者）

② 伊斯兰教中先知居住的地方。（译者）

③ 英勇的猎手，传说中巴别塔的建造者。（译者）

④ 一种古代长度单位，自肘至中指端，长约在 18 至 22 英寸之间。（译者）

一步。

当他第一次登上高塔的第一万一千级台阶，向下望去，看着底下小如蚂蚁的人群，龟壳大小的山峰，和蜂巢般的城市，他骄傲到了极点。这样的高度让他产生了一种至高无上的感觉，这种感觉令他着迷。他几乎都要崇拜自己了，可当他举目四望，看见星星还是那么高高在上，和在地面上看到的一样遥不可及。一时间，他感觉自己很渺小。不过，这种感觉一闪而过，他很快就安慰自己，在别人眼里他是伟大的，并且妄想他的意念可以到达目不能及的地方，并传达给星星。

带着这种想法，这个好奇的一国之君，此后的夜晚大多在塔顶度过，直到他成了占星的行家，并且认定命运之星已经向他揭示了一连串令人难以置信的冒险活动，而这一切有赖于一个来自神秘国度的奇人异士。受好奇心的驱使，他对陌生人一直都很尊敬。但从这一刻起，他会加倍注意。他命人用号角传令到萨迈拉城的每一个角落：即日起，所有臣民，不管乐意与否，都不得留宿或接待外地游客，必须马上将来客送到皇宫。

公告发布后不久，他的都城就来了一人，此人奇丑无比，以至于羁押他的卫兵在送他进宫的路上都不得不闭着眼睛。哈里发自己看到这副可怕的尊容，也吓了一跳。但惊恐过后，随之而来的是喜悦。这个异乡人向他展示了一些他从未见过、也不曾听说的珍奇。

事实上，再也没有什么像这个异乡人所带来的东西那样令人称奇的了。这些小玩意大多光彩夺目，令人叹为观止，其制作工艺也毫不逊色。而且，每件物品上都吊着一块羊皮纸，记录了它们的神奇之处。有令双脚不由自主行走的拖鞋，有无须动手就能切物的刀子，有能听从意念指挥、想砍谁就砍谁的弯刀。此外，所有物品都镶有迄今不为人知的宝石。

那些弯刀的刀锋光芒四射，把哈里发牢牢地吸引住了。他决心利用闲暇时间解读刀身两侧的神秘文字。因此，他也不问价格，就命人从国库取来所有金币，令这个商人高兴拿多少就拿多少。这个异乡人默默地照做，适度地拿了一些。

瓦塞克以为这个商人的沉默是出于敬畏，是因为自己在场的缘故，于是，便让他大胆上前，并故作屈尊状问他是什么人，从哪儿来，从哪儿弄到这么漂亮的东西。这人，更确切地说，是这个怪物，他并不作答，而是擦了三下和身体其他部位一样黝黑的前额，拍了四下高高隆起的大肚皮，巨眼圆睁，目光如炬，开始恐怖地大笑起来。笑声中，可以看到他琥珀色的长牙上绿迹斑斑。

哈里发尽管有些吃惊，可还是重复了一遍他的疑问，但依然没能得到解答。他为此恼羞成怒，大声喝道："混蛋，你知道我是谁吗？你在嘲笑谁呢？"然后，转向卫兵问道："你们听到过他说话么？难道他是个哑巴？"

"他说过，"卫兵回答，"不过说得很少。"

"那么让他再开口说话，"瓦塞克说，"告诉我他是谁，从哪儿来，从哪儿弄到这些奇珍异宝。如果他顽固不化，我以巴兰[①]的驴子的名义起誓他会后悔的。"

伴随着恐吓的，是哈里发愤怒而骇人的一瞥。但是，这个异乡人依然如故，虽然他的双眼一直盯着哈里发那只可怕的眼睛，但脸上毫无表情。

看到这个无礼的商人与哈里发对峙，看着他镇定自若的样子，朝

---

① 基督教《圣经》中的先知，被派去诅咒以色列人，在遭到自己所骑驴子的责备后，转而祝福了以色列人。后人用巴兰的驴子比喻一贯沉默寡言而又驯服的人被逼开口抗议。（译者）

臣们惊愕得无法用言语来形容。大家纷纷跪下，以脸杵地，以免有性命之虞。他们就那么可怜巴巴地趴着，直到哈里发愤怒地嚷道："起来，你们这些懦夫！抓住这个混蛋！把他关进大牢，交给我最勇猛的卫兵看守。但是，让他留着我给他的那些钱。我并不想剥夺他的财产，我只想让他开口说话。"

话音刚落，这个异乡人就被团团围住了。戴上脚镣后，被火速送往圣塔的大牢。大牢有七层铁栅栏，四周布满了比叉子还长、还锋利的大钉子。

然而，哈里发还是焦躁不安。他坐下来用餐，像往常一样摆在面前的三百道佳肴却只尝了三十二道。这么不寻常的一顿晚餐本身就足以令他难以成眠了，再加上焦虑时刻折磨着他的神经，他又怎么能睡得着呢？因此，当天边出现第一道曙光的时候，他就匆匆赶往大牢，准备再次盘问这个不好对付的异乡人。可一看，大牢空了，门也碎了，卫兵还死了一地，瓦塞克哈里发再也控制不了自己的怒气了。盛怒之下，他冲着可怜的尸身猛踢起来，直到夜晚降临，也不停歇。他的侍臣们和维齐尔①们竭尽全力想要平息他的怒气，最终发现一切都是枉然。他们齐声高呼："哈里发疯了！哈里发失去理智了。"

呼声很快响彻了萨迈拉城的大街小巷，最后传到了他的母亲卡拉蒂丝的耳朵里。她惊恐万分地飞奔到儿子身旁，试图以母爱唤醒儿子。她的眼泪和抚慰转移了他的注意力。在她的恳求下，他同意回宫。

卡拉蒂丝不放心瓦塞克一人待着，找人将他抬上床之后，自己在一旁坐着和他说话，努力使他心情平复和安静下来。没有人能比她更胜任这项工作了，因为哈里发不仅爱她是母亲，还敬她是一位无上

---

① 特指伊斯兰国家中的高官或大臣。（译者）

的天才。是她，一个希腊人，引导他接受了她那个国家所有的科学和制度，而这些正是虔诚的穆斯林所深恶痛绝的东西。在某几个科学领域里卡拉蒂丝是当之无愧的专家，占星术就是其中之一。因此，她开始提醒儿子命运之星给他的预示，并且隐隐约约地透露了再次征询它们的意图。

"唉！"哈里发一开口就先叹气，"我真是一个傻瓜！这倒不是因为我踢了那些毅然领命赴死的卫兵，而是因为我从未想过，这个不同寻常的人就是命运之星昭示的那个人。不该虐待他的，应该千方百计地说服他。"

"过去的已经无法挽回，"卡拉蒂丝说，"但它告诉我们应着眼未来。可能你还会碰到现在令你后悔不已的那个人。刀身上的铭文或许能提供一些信息。所以，先吃些东西，然后再睡一觉，亲爱的孩子。我们明天再考虑如何行事。"

瓦塞克尽可能按照她的建议行事，第二天一早起来，便感觉轻松多了。他命人立刻取来弯刀，为了使刀身的光芒不那么耀眼，他透过一层绿玻璃仔细端详。他郑重其事地开始解读上面的文字，但是，反复的尝试都以失败而告终。他敲脑袋、咬指甲，结果还是徒劳，连一个字母都没弄明白。要不是卡拉蒂丝碰巧走了进来，他又要陷入绝望了。

"耐心点，孩子！"她说，"毫无疑问，各门重要的科学你样样精通，而语言这类知识不过区区小事，只有迂夫子才擅长。下旨昭告天下，就说，能破解这些你不懂却不屑一学的文字者，将得到诸如'大学士'之类的封号。很快，你的好奇心就会得到满足。"

"也许吧，"哈里发说道，"但与此同时，我会被众多一知半解的人给烦死的。他们来应征，一方面是为了卖弄专业术语，并以此为乐，另一方面则是为了得到封赏。为避免这种麻烦，最好再加上一句：若无法给出令人满意的答案，将被处以极刑。感谢老天！要分辨谁在翻译，谁在胡诌，这点能力我还是有的。"

"对此，我深信不疑。"卡拉蒂丝答道，"不过，将无知之徒处死似乎有些过于严厉了，可能还会带来一些不良后果。下令烧掉他们的胡子算了——没了胡子，照样可以做人。"

哈里发认为母亲分析得有道理，于是传召首辅莫勒克纳不得，对他说："让传令官传旨——不仅在萨迈拉城里，还要到帝国版图内的所有城市去——凡是能到此地破解一些令人费解的文字者，我这个传说中一向慷慨的君主将大大有赏；但破解失败的，我会将他们的胡子烧得一根不剩。另外，让他们再加一条，有谁知道那个异乡人下落的，赏五十个漂亮的奴隶和五十坛产自克尔米思岛的甜杏。"

和他们的君主一样，哈里发的臣民极其喜欢女人和克尔米思杏，因此对这些悬赏无不垂涎三尺，但个个只能望洋兴叹，因为谁也不知道这个异乡人去了哪里。

至于哈里发的另一则招募启事，情形就大不相同了。饱学之士、一知半解之徒，还有一些一无所知却自以为是的人，全都冒着掉胡子的危险前来碰碰运气，结果无一例外地丢了胡子，蒙羞而去。

烧这些人的胡子，可把太监们给忙坏了，还熏得他们浑身都是烧焦的毛发味，让后宫的妃嫔们闻了就想吐。是时候将这项新工作从她们的守卫者手里移交出去了。

不过，最后来了一位老者，他的胡子比之前出现的最长的胡子还要长一肘尺半。宫里的侍卫领他进宫的时候，私下议论："这样的胡子烧了太可惜了。"连哈里发看到他的胡子都深有同感，但是这种担心显然多余了。这个可敬的老人轻而易举地读出了弯刀上的铭文，并将它们逐字逐句译了出来："我们是在一个铸造圣器的地方铸就的，在那个处处充满神奇的地方，到处都是奇珍异宝，值得世界上最伟大的君主观赏，相比之下，我们不值一提。"

"你译得太好了！"瓦塞克惊呼，"我知道这些令人难以置信的文字指的是什么。数一数，他说了几个字，就赏他几件王袍、几千金币。总算从这个扰人的困惑中解脱出来了！"

瓦塞克请这位老者共进晚餐，甚至留他在宫里小住几日。不幸的是，老人接受了邀请。第二天一早，瓦塞克召见他，对他说："再给我读一遍你先前读过的铭文。好不容易才得到给我的预示，对这些话我百听不厌。"

老人立刻戴上绿色的眼镜，但一会儿工夫，眼镜就从鼻梁上掉了下来，因为他发现前一天读过的文字变成了意义截然不同的另外一些字。

"怎么啦？"哈里发问道，"为何大惊小怪？"

"至高无上的陛下，"老人回答，"弯刀上的字，今天的和昨天的不一样，是另外一种文字。"

"怎么会？"瓦塞克不解地问道，"不过不要紧。如果你看得懂，告诉我什么意思。"

"是这样写的，陛下，"老人接着说道，"不自量力的凡夫俗子竟想知道他不该知道的秘密，做他力所不能及的事情，真是祸到临头！"

"是你祸到临头！"哈里发勃然大怒，大声嚷道，"今天，你根本没看懂铭文！马上给我滚！他们会烧掉你一半的胡子，因为昨天你很幸运地猜对了意思。给你的赏赐，我不收回。"

老者很聪明，知道自己幸运地逃过了一劫。想想自己傻乎乎地直译出如此招人恨的事实，马上就退下了，此后再也没有露过面。

不久，瓦塞克便有充分的理由为当初的草率后悔了。虽然他看不懂那些文字，但他时常凝视它们，清楚地看到它们每天都在变化；不幸的是，再没有其他应征者能破译它们。这项令人大伤脑筋的工作使他血脉偾张，头晕目眩，虚弱得不行。不过，尽管身体大不如前，他还是经常让人把他抬到塔顶。他安慰自己，在那儿观测星象或许能得出一些更合他心意的结论，但是，他这么做的希望破灭了。他的双眼因为思绪混沌而模糊不清，结果除了一团厚厚的乌云，他什么也没看到。在他看来，这是最可怕的征兆。

瓦塞克心急如焚，彻底垮了。他开始发烧，胃口也没了。原先的大食客现在是出了名的能喝。他口渴难忍，嘴巴就像一个漏斗，总是张着，接受各种各样倒进来的浆液。凉水最好，最能使他镇静。

就这样，这个闷闷不乐的君主再也无法享受任何乐趣了。他下令关闭了五座安乐宫，自己躲进了后宫最隐秘的房间。无论是为了展示皇家风范还是为了主持公道，他都不愿在公共场合露面。想当初，他是一个成天寻欢作乐的丈夫，看到他现在可怜的样子，他的妻妾无不痛心疾首。她们不停地为他的健康祈祷，不停地喂水给他喝。

与此同时，皇太后卡拉蒂丝痛苦至极，但她并未终日以泪洗面，而是天天与首辅莫勒克纳不得关起门来商议，如何治愈或减轻哈里发的病症。他们认定哈里发是着魔了，于是两人一起，一页页地翻阅所有可能提供破解办法的巫术典籍；同时，下令全国，严加搜捕那个他们称之为巫师的始作俑者，那个可怕的异乡人。

萨迈拉城城外几英里远的地方有座高山，山的两侧布满了百里香和罗勒，山顶是一片开阔的平地，相当讨人喜欢，像是为虔诚的教徒预备的天堂。上面长满了野蔷薇和其他一些气味芬芳的灌木，数不清的玫瑰、茉莉和金银花点缀其间，无数的橘子树、雪松、香橼，与棕榈树、石榴树和葡萄树交织在一起，盘根错节，枝叶相连，让人可以一饱眼福，又可以一饱口福。地面上星星点点的是紫罗兰、风铃草和三色堇，间或冒出一簇簇的长寿花、风信子和康乃馨，花香与其他各种香味在空气中弥漫。四股泉水清澈见底，水源充裕，够十支军队解渴,这一切使这里更像由四条圣河灌溉的伊甸园。在这儿,夜莺用歌声赞美它的挚爱——玫瑰花的盛开,同时也哀悼它短暂的美丽;乌龟为过去实实在在的快乐而悲痛;早起的云雀拥抱初升的曙光,因为是它唤醒了天地万物。只有在这儿,鸟儿们传情达意的歌声才能如此准确使人产生共鸣,就好像随意撷取的精美果实给了它们双倍的活力似的。

瓦塞克有时会被带到山上来呼吸新鲜空气,特别是为了能尽情享用这儿的四股泉水。传说中这儿的泉水是供他专用的,对健康特别有益。陪他来的有他的母亲、他的妻妾和一些太监。他们不遗余力地往一个个水晶大碗里盛水,争先恐后地送到他面前,但通常是他们的殷勤赶不上他迫切的需要,于是,他就自己趴到地上去捧水喝,喝个不停。

有一天,当这个不幸的君主正有损身份地趴在地上喝个不停时,一个嘶哑而有力的声音对他说道:"哈里发啊哈里发,你不是以自己的高贵和权力为荣吗?怎么像狗一样趴着啊?"

听到叫唤,哈里发抬起了头。看着眼前那个令他如此狼狈的异乡人,他不由得怒火中烧,大叫起来:

"该死的异教徒!你来这儿干什么?把一个众人眼里生龙活虎的君主变成了贝都因人①过沙漠时放在驼背上的皮水壶,这难道还不够吗?看到没有,我会喝死的,这比彻底禁食好不了多少。"

"把这喝了,"异乡人说着递给他一瓶红黄相间的药水,"给你的灵魂和身体解渴。告诉你,我是一个印度人,来自印度一个不为人知的地方。"

哈里发很高兴地看到他的愿望实现了一部分,他还告诉自己所

---

① 在阿拉伯半岛叙利亚和北非沙漠中游牧的阿拉伯人。(译者)

有这些愿望一定能全部实现。抱着这样的希望,他毫不犹豫地将药水一饮而尽。瞬间,他感觉自己恢复健康了,也不口渴了,而且四肢显得从未有过的灵活。

惊喜之余,他跳起来抱住这个面目可憎的印度人的脖子,亲吻他可怕的嘴唇和深陷的两颊,就像亲吻他最漂亮的妻子那红嘟嘟的双唇和如花似玉的脸蛋一样。而他的妻妾,看到这种情形,与其说是害怕,不如说是嫉妒,她们纷纷放下面纱,遮住羞得通红的脸颊。

要不是卡拉蒂丝,这一幕还不会就此结束。在她千方百计的暗示下,她的儿子终于有所收敛。哈里发同意回萨迈拉城后,她马上派一个传令官先行,命令他一路放声大喊:"神秘的异乡人又出现了,他治好了哈里发。他说话了!他说话了!"

很快,偌大的城市里,所有的居民都涌到了屋外,成群结队地跑来观看瓦塞克和这个印度人回城的队伍。如今的祝福声绝不亚于当初的诅咒声,大家不停地高呼:"他治好了我们的国王。他说话了!他说话了!"当晚的公众庆典上,人们也没忘用这几句话来证明大家的喜悦,因为诗人们无一例外地将其编入了所谱歌曲的副歌部分。

同时,哈里发下令重开五座安乐宫。当他发现自己最想造访的是那座美食宫时,便马上安排了一场盛宴。所有高官和宠臣都在受邀之列。印度人奉命紧挨着陛下而坐,为适度答谢此等殊荣,他觉得自己只能少吃点,少喝点,少说点。令瓦塞克尴尬不已的是,他本就以世界上最大的食客而自居,此时,胃口更是好得出奇,各种美味一上来就被一扫而光了。

其他宾客环顾四周,面面相觑,而那个印度人好像什么也没看到,只顾与在座的一一痛饮,为他们的健康干杯。他又是引吭高歌,又是讲笑话,讲完笑话自己先肆无忌惮地大笑。他还即席赋诗,要不是吟的时候频频搞怪,听起来应该还不错。总而言之,他话多得顶得上一百个占卜师,吃喝不亚于一百个搬运工。

已经上了三十桌菜了,这个客人还是狼吞虎咽,这让瓦塞克心里很不舒服。自此,他在陛下心目中的地位也一落千丈。不过,瓦塞克不愿让人看出他的懊恼之情,尽管他已经快按捺不住了。他小声对他的太监总管巴巴巴洛克说:"你也看到了,他总是出手不凡。要是让他看到我的妻妾,不知会做些什么呢?快去!提高警惕,务必看好我的切尔克斯①美女,她们可能比其他人更合他的口味。"

此时,晨鸟已唱了三遍,开国务会议的时候到了。瓦塞克为感谢臣民,曾答应去参加会议。他马上从桌旁起身,斜靠在体力不支的首辅身上,赶往那儿。这个可怜的君主昨晚喝多了,头昏脑涨的,不过更多的是让那个吵吵嚷嚷、放肆乖张的客人给闹的。

维齐尔、近侍和法官们,自觉地排成一个半圆,围坐在他们的君主身边,个个屏气凝神,毕恭毕敬,唯独这个印度人,像刚过斋月似的无所顾忌,不拘礼节地坐到了御座前面的台阶上,以袖掩面,嘲笑那些被他的莽撞无礼激得义愤填膺的人。

而哈里发,脑子里乱作一团,无法思考,只能胡乱地断着案子。最后,首辅看出了他的窘境,灵机一动,打断了听众,挽回了主人的面子。他在哈里发耳边小声说道:"陛下,卡拉蒂丝殿下昨晚观测星象,说是凶兆,说您危难在即。您要提防这个异乡人,您已经慷慨地报答过他的小戏法了,小心他对您图谋不轨。他的药水,表面看来是治好了您的病,可能是一剂会突然发作的毒药。相当值得怀疑。您至少该问问它的配方,问问他是从哪里得来的;还有,别忘了弯刀的事。"

此刻,异乡人的傲慢让瓦塞克觉得越来越难以忍受。他给首辅使眼色,同意采纳他的建议,随后马上转向印度人,对他说道:"起来,

---

① 大致涵盖高加索西北部地区。(译者)

趁着国务会议，大家都在，说一下你给我喝的什么药，有人怀疑是毒药。另外，我很想知道你卖给我的那批弯刀是怎么回事，你也解释一下，就当感谢我对你的百般恩宠。"

瓦塞克尽量克制自己作为一国之君的语气，说完上述一席话后，静静地等着他回话。但是印度人依然坐着，一言不发，还放声大笑，做出种种令人厌恶的搞怪表情，和上回如出一辙。瓦塞克再也无法忍受他的傲慢无礼了，立马一脚把他踹下台阶，跟着自己一边下来，一边继续踢他，不停地踢。在场的人见他如此卖力，也都加入他的行列。所有脚都对准了印度人，印度人立刻就感到身上遭到了雨点般密集的攻击。

这个异乡人给大家带来了不少乐趣。他又矮又胖，身子蜷成一团，在攻击者的攻击下，像球一样四处滚动。但是无论他慌不择路地滚到哪里，人们总是在后面紧追不舍，同时人越聚越多了。事实上，当这个球滚过一个房间又一个房间时，总会把沿途的人吸引过去，整座皇宫就这样陷入了混乱，处处人声鼎沸。后宫的嫔妃们听到骚乱声很是好奇，飞奔到窗前一探究竟。她们看见这个球，就抑制不住冲动，从紧紧抓住她们的太监手中逃脱了——太监们为了不让她们挣脱，竟把她们的手都掐出血了，可这也无济于事。而太监们自己，一边因为主人的逃跑而吓得发抖，一边同样抵挡不住这个诱惑。

印度人穿过宫里的大厅、走廊、房间、厨房、花园、马厩，最后径直穿过法庭。哈里发在后面贴得最紧，尽他所能多踢几脚。然而，时不时地，他也会挨上一脚，那是他的追随者们迫不及待地为这个球准备的。

卡拉蒂丝、莫勒克纳不得和另外两三个英明的老臣子，一直保持着清醒的头脑。他们想阻止瓦塞克以这样的方式暴露在国民面前，于是跪下来，挡住他的去路。但瓦塞克根本不顾他们的阻拦，越过他们的头顶,继续追赶。一计不成,又生一计,他们吩咐穆安津①召集众人祷告,这样,一方面可以疏散路上的人群,另一方面他们的诚心祈祷也可消灾解难。但是,这些计策丝毫没有起效。这个不祥的肉球,只要让人看上一眼,便会不由自主地跟着它跑。穆安津们自己尽管只是远远地看到了,也急忙从尖塔上下来,加入奔跑的人群。队伍以惊人的速度不断地壮大,萨迈拉城几乎倾城出动了,只剩下一些年老体弱或卧床不起的人,还有嗷嗷待哺的婴儿——他们的母亲不带他们可以跑得快些。甚至连卡拉蒂丝、莫勒克纳不得和其他几个人都融入这滚滚人流了。

冲出家门的女人们被人群挤得尖叫连连;唯恐丢失主子的太监们在后面推推搡搡,尖着嗓子喊;气势汹汹的男人们一边奋力前行,一边大声咒骂;每前进一步,踢人的、被踢的,绊倒的、挤翻的,无所不有。总而言之,萨迈拉城一片混乱,就像被暴风雨洗劫了一般。

那个该死的印度人一路穿过全城的街道和公共场所,所到之处,人们无不倾巢而出。他的身子始终保持球状,向卡托尔平原滚去,最后穿过了位于四泉山下的山谷。

水流自上而下、长年累月的冲刷在谷底冲出了一条鸿沟,谷的另一侧有陡峭的悬崖作为天然的屏障。哈里发和他的随从担心这个肉球掉下去,不惜加倍努力,加以阻止,可是没有用,这个印度人始终保持前进的方向,然后,正如他们所想的那样,在悬崖边身形一闪,消失在下面的鸿沟里了。

要不是一股无形的力量阻止了他,瓦塞克早跟着这个忘恩负义的异教徒跳下去了。他身后的众人同样立刻停住脚步,瞬间冷静下来。他们看到彼此的样子,全都一脸愕然。男男女女各自丢了面纱

---

① 宣礼员,伊斯兰教清真寺塔顶上按时呼唤信徒做礼拜的人。(译者)

和头巾，衣衫不整、灰头土脸、汗流浃背，一个个洋相百出，却不见一个人笑。相反，他们个个神情迷惘而沮丧，默默地回到萨迈拉城，躲进各自的住所。大家为自己荒唐的行为深深地自责，根本没有意识到自己是受了某种无形的力量的驱使。有些人经常会把好事归功于自己，却不想想他们只是起了些许作用，正是这些人，认为自己无法规避的蠢事是自己造成的。

哈里发是唯一一个不愿离开山谷的人，尽管卡拉蒂丝和莫勒克纳不得一再劝说，告诫他悬崖边可能会塌方，而且让他一再遭罪的巫师近在咫尺，他还是下令支起帐篷，就地住下来。他嘲笑他们的各种劝说，吩咐点上一千个大烛台后，又让他的随从们接着点更多。他趴在滑溜溜的悬崖边上，试图借助这人为的光亮，看清这最高天的圣火都无法照亮的黑暗深处。有一阵子，他幻想自己听到了山谷深处传来的声音，又有一阵子，他仿佛听出了印度人的口音，但是，所有的一切不过是水流在山谷中空洞的回响，是瀑布从一个峭壁冲泄到另一个峭壁，沿着山壁轰然而下的喧嚣。

哈里发就在如此这般的焦灼不安中痛苦地过了一晚。天亮的时候，哈里发回到帐篷，什么也没吃，倒头便睡，直到夜幕重新降临。晚上，他又像昨天一样继续守夜。就这样，他一连观察了好多个晚上，最后，他厌倦了这项毫无进展的工作，决定换个法子试试。他有时会迈着大步，在平原上大步流星地走路，有时会疯狂地注视星星，指责它们欺骗了自己。但是，看哪！湛蓝的天空突然出现了一道道血光，从山谷一直延伸到萨迈拉城。这种恐怖的景象看着好像离塔顶不远，瓦塞克本想过去看得清楚些，却发觉自己迈不开腿了。万分恐惧之下，他把头埋进了长袍。

尽管这些怪事令人毛骨悚然，可对瓦塞克的影响只是一时的，结果只会使他更加热衷于那些不可思议的事情。因此，他执意留在印度人消失的地方,没有回宫。然而,有一天晚上,当他像往常一样在平原上踱步的时候,月亮和星辰突然黯然失色,接着是漆黑一片,大地在他脚下颤动,一个声音传来,是异教徒的声音,如雷轰顶,这样对他说道:"你愿意效忠于我吗?那么背弃穆罕默德,崇拜地下的力量吧。只要你能做到,我就带你去地火之宫。在那儿,你会看到星星预示过的巨大宝藏。诸神若看你合适,会将它们赏赐于你。我就是在那儿拿的弯刀。那儿也是苏莱曼·本·达沃德<sup>①</sup>安息的地方,他的身边堆满了掌控世界的法宝。"

吃惊的哈里发声音有些发颤,但出言老练,看得出他对灵异事件并不陌生,他说:"你在哪儿?出来现身吧,出来解开你留在我心中的疑团。为了找你,我点了那么多根蜡烛,你至少得让我看一眼你那张丑恶的嘴脸吧。"

"那么,放弃对穆罕默德的信仰,"印度人答道,"发誓效忠于我,否则,你休想再见到我。"

不幸的哈里发,禁不住好奇的诱惑,信口开河,肆意承诺。天空顿时亮了起来,借着仿佛要熊熊燃烧的星光,瓦塞克看到地面裂开了一条缝。在幽暗的地缝尽头是一道乌木门,门前站着印度人,看上去越发黑了。印度人手里拿着一把金钥匙,弄得门上的锁叮当作响。

"我怎样才能下去,而不至于摔断我的脖子呢?"哈里发大声喊道,"快来,带我下去,快点开门!"

"别急啊,哈里发!"印度人答道,"我现在渴得要命,在我的干渴没有完全消解之前,我是不会开门的。在你的大臣或显贵的儿子中,

---

① 即所罗门王(公元前 960—前 930),以色列王国的国王,是犹太民族历史上最伟大的君主,也是世界上最传奇的君王之一,有"所罗门王的宝藏"一说。(译者)

挑出最漂亮的五十个,我要饮用他们的鲜血,否则,我没法解渴,你的好奇心也得不到满足。所以,先回萨迈拉城给我拿这必不可少的祭礼,再回来,亲手把他们扔下来,到那时,你就什么都能看见了!"

说完,印度人便不再理会哈里发。哈里发受了魔鬼的蛊惑,决心拿到这可怕的祭品。他现在故作镇静,在臣民的欢呼声中启程返回萨迈拉城。他的臣民依然爱他,相信他已经恢复了理性。哈里发为此而高兴,但他克制着不表现出来。他是如此成功地隐藏了自己内心的情感,以至于卡拉蒂丝和莫勒克纳不得也和其他人一样,上了他的当。举国上下,除了喜庆还是喜庆。迄今无人敢提的狂欢也重新上演,到处都是欢声笑语,尽管许多人在上次难忘的经历中受伤,还在忍痛接受治疗,没什么值得高兴的。

这种轻松诙谐的氛围让瓦塞克很是高兴,他意识到这对他的计划相当有利。他对谁都装出一副友善的面孔,尤其是他的大臣和宫中的显贵。他不失时机地设下丰盛的筵席款待他们,席间不动声色地将话题转移到了他们的孩子身上。他亲切地问是谁家有福,拥有最漂亮的小伙子,结果每个做父亲的都立即骄傲地宣称是自己。争论不知不觉中升级,若不是出于对哈里发深深的敬畏,早已发展到拳脚相向了。借此机会,瓦塞克假装从中调解,毅然出面仲裁,以此为借口,他下令将孩子们带过来。

很快这群可怜的孩子就出现了。慈爱的母亲们精心装扮自家的孩子,或最大限度地凸显他们的美丽,或最好地展现他们年轻的风采。这队活泼靓丽的小人吸引了所有人的目光,也赢得了所有人的心。然而此时,哈利发却睁着一双贪婪的眼睛,不怀好意地一一打量上前觐见的每一个孩子,从中选出了五十名他认为异教徒会喜欢的。

秉承一贯伪善的作风,哈里发提议在卡托尔平原上举办一个庆祝活动,供他喜爱的孩子们玩乐。他说,凭他对他们的特别宠爱,他们应该再度狂欢，庆贺他康复。

听了哈里发的提议，大家都欢天喜地。很快，消息便在萨迈拉城传开了。轿子、骆驼、马匹业已准备停当，妇女、儿童、老人、年轻人，人人就位以待。队伍出发了，萨迈拉城内及周边的糖果师傅悉数加入，步行的平民排起了壮观的长龙，一时间动静不小。所有人都兴高采烈，没有人记得上次走这条路时大多数人受的罪。

这是一个宁静的傍晚，空气清新怡人，天空万里无云，花儿吐露着芬芳。夕阳西下，柔和的光辉洒落山顶，红通通的光芒俯照青青的山坡，洁白的羊群在坡上嬉戏。万籁俱寂，只听见四泉山潺潺的水声，远处传来牧羊人的笛声和他们彼此应和的喊声。

这群一步步走向祭坛的天真烂漫的小可爱给静谧的夜晚平添了不少喧闹。他们嬉闹着跑上大平原，有的抓蝴蝶，有的摘野花，还有的，被光溜溜的小石头吸引住了，在捡小石头。时不时地，他们会调皮地从伙伴身边跑开，让对方来抓自己，然后你打我，我打你，闹个没完。

远处，底部装有乌木门的那个可怕的峡谷隐约可见，它像一道黑色的条痕将平原一分为二。莫勒克纳不得和他的同僚以为是哈里发从前令人造的什么工程。可怜的人啊！他们怎么也想不到事情的结果会是那样。

瓦塞克不愿让人靠得太近看个仔细，便令队伍停止行进，就在这边围成一个大圈。这儿离那该死的峡谷还有一定的距离。他派贴身宦官按名单去找参赛的孩子，另外准备一些绳子将人群隔离在赛场外。五十名小选手很快就被带出来，并脱光衣服，向来宾展示柔嫩而优雅的四肢，引得人们啧啧称赞。和他们慈爱的父母一样，他们眼里闪烁着喜悦的光芒。每个人都给自己最亲近的小选手送上了祝福，并且坚信他会最终取得胜利。但是，等着这群天真可爱的牺牲品的是一个骇人听闻的结局。

哈里发一有机会，便离开人群，朝峡谷走去。听到印度人的声音，他不由得浑身战栗。印度人龇牙咧嘴，急不可耐地问道："人呢？人在哪儿？你没看见我都流口水了吗？"

"残忍的异教徒！"瓦塞克愤怒地答道，"难道只有屠杀这群可爱的孩子才能满足你？啊！难道你没看到他们有多美丽？那一定会让你大发善心的。"

"死了你那条心吧，别唠叨个没完！"印度人嚷道，"把他们给我，快点，否则我的大门将永远对你关闭了。"

"小声点。"哈里发满脸通红地答道。

"我明白你的意思。"异教徒一脸邪笑，"你需要打起精神来，我可以再等会儿。"

在他们你一言我一语较量的当儿，比赛继续欢快地进行。暮色开始笼罩群山的时候，比赛终于结束了。此时的瓦塞克依然站在深渊边上，他使出浑身力气大声呼唤："让那五十个小可爱一个一个地过来，让他们按照获胜的名次依次到这边来。第一名我会赏赐他钻石手镯，第二名翡翠领饰，第三名红宝石帽饰，第四名黄宝石腰带，其余的，每人一件我的衣物，直至我把全身衣物赏完为止。"

这番宣告引来臣民的阵阵欢呼，所有人都在赞美国君的大度——他居然会宽衣解带取悦于民，鼓励后辈。

欢呼声中，哈里发一件件地卸下装束。他高高地举起胳膊，让每一件奖品在空中熠熠生辉。他用一只手将奖品递给蹦蹦跳跳地过来领奖的孩子，与此同时，却用另一只手将可怜的无辜的孩子推下深渊。底下，异教徒在愠怒地咕哝，不停地重复着："再来一个！再来一个！"

这个可怕的阴谋实施得如此巧妙，以至于每个上前领奖的孩子都对他前面那个小伙伴的命运毫无察觉。至于围观的人群，由于夜色的掩护，加之距离较远，根本无法看清他们。瓦塞克就这样把五十个孩子都扔了下去。他期待着异教徒收到孩子后马上给他钥匙，甚至幻想自己变得和所罗门王一样伟大，从而不用对他的所作所为负责。但是，令他吃惊的是，峡谷合上了，周边与平原连成了一体。

哈里发的愤怒和绝望无法用言语来表达。他痛恨印度人背信弃义，用最恶毒的语言咒骂他，一边还拼命跺脚，故意让人听见。他不停地咒骂，不停地跺脚，直到筋疲力尽，像是失去知觉般一头栽倒在地。大臣和王公们要比其他人离得近些，他们起初以为哈里发坐在草地上和可爱的孩子们在玩耍；但到最后，他们起了疑心，于是走过去，却发现只有哈里发一人。他们疯了似的索要自己的孩子。

"我们的孩子！我们的孩子！"他们哭喊着。

"我还能在此给你们解释，实属不易，"他说，"你们的孩子玩耍时从这边的悬崖上掉下去了，要不是我猛地抽身，也和他们一样了。"

听到这里，五十个孩子的父亲放声大哭，母亲们不停地尖叫，不明缘由的人群也跟着大声哀号，声音迅速淹没了前两者的哀恸。

"我们的哈里发，"他们说——消息很快就传开了，"我们的哈里发愚弄我们来讨好那个该死的异教徒。他背信弃义，让我们惩罚他吧！报仇啊！让他血债血偿！让我们把这个残暴的君主扔到附近的峡谷，让他的名字从此销声匿迹！"

听到这些传言和恐吓，卡拉蒂丝惊慌失措，赶忙找到莫勒克纳不得，对他说："维齐尔，你失去了两个漂亮的儿子，肯定比其他父亲还要痛苦，但你一向德高望重。救救你的主子。"

"我会拼上老命，"首辅回答，"将陛下从目前的危难中解救出来，但此后就看他的造化了。"他接着说："巴巴巴洛克，你负责带领宦官疏散人群，可能的话，将不幸的君主带回宫里。"巴巴巴洛克和他的弟兄们正窃窃私语,为自己不能为人之父感到庆幸。接到首辅的命令,他们马上就行动起来了。首辅极力配合他们的工作,圆满完成这项以德报怨的使命后,便执意隐退,空下心来悲伤。

哈里发一回宫,卡拉蒂丝便下令关闭所有宫门。眼看局势依然紧张,从四面八方传来的咒骂声不绝于耳,她对儿子说:"不管民众是对是错,你都该为自己的安全着想。我们去你房间吧,从那儿穿过只有你我知道的地下通道,进入你的高塔。在那儿,有了哑巴们的协助——她们从未离开过那儿——我们或许还能做些抵抗。巴巴巴洛克以为我们还在宫里,会尽职尽责守住各个入口。而我们,用不着跟哭哭啼啼的莫勒克纳不得提什么建议,很快就能找到解围的最好办法。"

瓦塞克没有回答,默许了母亲的建议。他边走边念叨:"可恶的异教徒!你在哪儿!你还没吃掉那些可怜的孩子吧?你的弯刀在哪里?金钥匙呢?法宝呢?"

卡拉蒂丝从这些问话中猜出了部分真相。她对了解整件事情的来龙去脉胸有成竹,只待哈里发在塔里稍稍冷静一下。这个太妃毫无良知,都说女人心如蛇蝎,这可不是说说的,因为女人无论在哪方面脱颖而出都会引以为傲。因此,哈里发的叙述并未使他的母亲恐惧或是惊讶,除了异教徒的承诺,她对一切都无动于衷。她对儿子说:"异教徒有些残暴,这一点毋庸置疑,但地宫的鬼神总是令人生畏的。不过,这人承诺的东西和其他人会献上的东西将是一个充分的补偿,相对于这样的回报,任何罪行都不为过!先别忙着咒骂印度人吧,你还没满足他为你效劳的条件。比方说,地下的精灵不用献祭吗?难道我们不用做些准备,等骚乱一平息就双手奉上?这事我会亲自处理,凭你的财富,我们一定会成功。目前你还有很多储备资源,不必担心会用完。"

于是，这位能言善辩的太妃即刻从地道返回宫里，隔着宫里的一扇窗户，出现在民众面前。她拿出看家的本领，对他们慷慨陈词。与此同时，巴巴巴洛克两只手左右开弓，将大把大把的金币撒向人群。两人双管齐下，事态很快就平息下来了。大家各自回家，卡拉蒂丝也回到了塔里。

晨祷开始的时候，卡拉蒂丝和瓦塞克拾级而上，登上塔顶，尽管天气阴暗潮湿，他们还是在上面逗留了一会儿。阴沉的天空比较符合他们邪恶的性情，当太阳从云层中探出脑袋的时候，他们下令支起帐篷来遮挡阳光。哈里发疲劳过度，躺下来休息，同时希望睡着的时候从梦里得到一些启示。不知疲倦的卡拉蒂丝领着一队哑女，下去为晚间准备合适的祭品去了。

通过一段只有她们母子知道的秘密楼梯，她首先来到一个神秘的内室，里面堆满了从古埃及法老的陵墓中取来的木乃伊。她下令带走几具后，转而进入一个由五十名瞎了右眼的哑巴女黑人守卫的陈列室，这里保存着剧毒蟒蛇的毒液、犀牛角以及印度群岛腹地所特有的稍带刺鼻气味的木头，还有数不清的可怕的稀奇之物。卡拉蒂丝搜集这些东西的目的就像她现在所想的那样：有一天她会与自己深深迷恋的阴间精灵亲密接触，她对他们的喜好一清二楚。

为了更好地熟悉眼前这些可怕的东西，太妃一直把她的黑人女仆带在身边。她们斜着唯一可用的一只眼睛兴致勃勃地窥看，兴奋地扫视着卡拉蒂丝从柜子里取出的头骨和骨架——柜子的钥匙，她谁也没给。女黑奴们全都一脸怪相，嘴里叽叽歪歪地不知道说些什么，令人毛骨悚然，而太妃听来却很有趣。最后，女奴们的"叽里咕噜"声令她昏头昏脑，呼出的气息令她无法呼吸，她才不得不离开陈列室，临走的时候带走了部分珍藏。

在太妃忙得不可开交的时候，哈里发并没有梦到期待中的画面，倒是从梦中获得了饕餮的大胃口。他正跟黑人女仆大发脾气呢。因为完全没有意识到她们是聋子,他一遍又一遍地催她们拿食物,看到她们对他的命令"充耳不闻",他开始打她们,掐她们,推她们,直到卡拉蒂丝过来结束了如此不体面的一幕。这群可怜虫很是高兴,她们是太妃一手抚养长大的,明白她手势的含义,也用同样的方式向她报告她们的想法。

"儿子! 这是干什么?"她气喘吁吁地说,"我过来的时候,还以为听到了上千只蝙蝠尖叫着飞出岩缝中的巢穴呢,原来只是这群可怜的哑巴在哭喊。你对她们也太凶了,实在不值得我给你带来这么些好东西。"

"快给我,"哈里发大叫道,"我快饿死了!"

"说到吃,"她回答,"如果你能吃下我给你准备的东西,你的胃口可不是一般的好。"

"快点,"哈里发答道,"哦,老天! 太恶心了! 你想干什么?"

"过来,过来,"卡拉蒂丝说,"别那么神经兮兮的,帮我把事情安排妥当,你会发现这些让你唯恐避之不及的东西很快会给你带来好运。我们先准备晚上进献的柴堆吧,在此之前,别老想着吃,你难道不知道所有圣事之前都要斋戒吗?"

哈里发不敢有异议,只顾伤心地任凭肚子饿得咕咕响,而他的母亲继续做一些必要的准备工作。蛇油瓶、干尸和骨架很快便按序摆到了塔楼的护栏上,而且越堆越高,三小时下来,就有几肘尺高了。天色终于暗了下来,卡拉蒂丝脱下衣衫,只剩贴身长袍,狂喜之下拍起手来,使劲点火,哑女们也都学她的样;但是瓦塞克饥饿、烦躁,身子虚得站不住,一下子晕倒了。火花点燃了干柴,毒油迸发出上千条蓝色的火苗,干尸慢慢熔化,冒着暗褐色的浓烟,犀牛角也烧着了。这些东西混在一起,散发出阵阵恶臭,以至于哈里发都从昏睡中惊醒了，仓皇地看着四周一片火海。蛇油源源不断地注入，黑人女奴不停地补给，她们的尖叫声与太妃的尖叫声响成一片。最后，火越烧越旺，锃亮的大理石折射出耀眼的火光，哈里发受不了这样的光和热，逃跑了，他爬上了王国的旗座。

这时，萨迈拉城的居民惊恐地发现了照亮全城的火光，他们匆忙起身，登上房顶，看到高塔起火，来不及穿戴整齐就匆忙奔向广场。他们对国王的爱瞬间被唤醒了，想到他在塔中危在旦夕，人们思考的都是怎样将他解救出来。莫勒克纳不得从家中飞奔而出，擦干眼泪，像其他人一样大呼要水。巴巴巴洛克的鼻子闻惯了不可思议的气味，很快就想到是卡拉蒂丝在捣鬼，于是，苦口婆心地劝大家不要惊慌。但是，人们当他是人老胆小，忍不住称他为"无耻的叛徒"。双峰驼和单峰驼载着水纷至沓来，但谁也不知道该怎样进入塔楼。正当人们执意要破门而入的时候，一股强劲的东风裹着一团巨大的火焰迎面扑来，开始的时候逼得大家不得不后退，但后来重新点燃了大家的热情。与此同时，犀牛角和干尸的臭味越来越浓烈，大部分人因为窒息而晕倒，那些没有倒下的都在好奇这气味是从哪里来的，都在劝同伴回去。莫勒克纳不得呕吐得比其他人还厉害。只见他可怜兮兮的，一手捂着鼻子，却拼尽全力想和其他人一起撞开大门进去。一百四十个意志最坚定的精壮之士最后终于撞破大门，他们奋力冲上楼梯，一刻钟的时间便爬到很高的地方了。

卡拉蒂丝看到哑巴们示意，慌忙向楼梯走去，才下了几级台阶后，就听到底下传来几声叫唤："你们很快就有水了！"她虽然年纪不轻了，但身手依然相当敏捷。她即刻返身回到塔顶，吩咐儿子推迟几分钟进献祭品，并且补充道："我们很快能使这场祭祀变得更加诚心。你的一些愚民，肯定以为这里着火了，为了送水上来着急撞门进来，现在还没撞开。你得承认，他们很善良，那么快就忘了你对他们犯下的罪行，但这点并不重要。我们把他们送给异教徒吧。让他们上来，我们的哑女既不需要力气也不需要经验，很快就能结果了他们，因为他们上来的时候已经筋疲力尽了。"

"就这样吧，"哈里发答道，"只要事成之后我能进餐。"

事实上，慌里慌张地爬上一万一千级台阶后，好心的人们早已上气不接下气，一边还为路上洒了水而懊恼。他们一到塔顶，就被炙热的火焰和干尸的恶臭熏得失去了知觉。可惜啊，他们没有看到哑巴和女黑人往他们脖子上套绳索时快乐的笑容。不过，这群可爱的人也同样高兴，从来没有哪次绞刑进行得如此顺利，他们不做任何反抗和挣扎就被绞死了。顷刻之间，瓦塞克就发现身边布满了忠臣良民的尸体，所有尸体都被扔到了火堆上面。

卡拉蒂丝始终保持冷静的头脑，看到祭献的尸体够了，就下令用铁链拴住楼梯，关闭铁门，不允许更多的人上来。

命令一执行，塔楼就开始颤动，死尸在火中消失了，火光瞬间由暗红变成了亮粉，周边的水汽散发出奇妙的幽香，大理石的柱子发出悦耳的响声，还有熔化了的犀牛角释放出怡人的芳香。卡拉蒂丝心中激动不已，期待着她的一番苦心得到回报。而她的哑巴和女黑奴们，闻了这些香味后肚子痛，哼哼唧唧地回房了。

她们刚走，火堆、犀牛角、干尸、灰烬就不见了，取而代之的是一桌丰盛的筵席，看得见、摸得着，令哈里发感到无法言喻的喜悦。桌子上大壶大壶的美酒，还有一瓶瓶上等的果子露浮在冰雪上。他毫不犹豫地开始享受盛宴，双手早已抓起一只填满阿月浑子果的羔羊。此时，卡拉蒂丝暗暗地从一个金丝瓮中取出了一张环状的羊皮纸，她的儿子对此浑然不觉。他只顾狼吞虎咽，这使得他的母亲可以安安静静地细细品读上面的文字。读完之后，她用一种命令的口吻对他说道："别再大吃大喝了，听听这些诱人的承诺吧，都是给你的！"接着她念道:"瓦塞克,我亲爱的,你超出了我的期望。我的鼻子很享受你送来的干尸和犀牛角的味道,尤其是那些供奉到火堆上的生命。月圆之夜,让你的乐师奏乐击鼓,从你庄严辉煌的皇宫出发,带上你最忠诚的奴仆、最心爱的妻子、最华丽的圣辇、最承重的骆驼,一路向伊斯塔卡①进发。我在那儿等着你的到来。那是一个神奇的地方,在那儿,你将接过吉恩·本·吉恩的王冠、苏莱曼的法器,还有史前苏丹所有的财宝。在那儿,你将会高兴地看到各种美妙的东西。但是,谨记路上不要进入他人的住处,否则,你会领教我生气的后果。"

哈里发虽然一贯奢侈,却从未吃得如此满足。听了这些好消息,他兴致高涨,开始继续豪饮。卡拉蒂丝这个生性不爱喝酒的人也一反常态,频频举杯祝酒,他们还不怀好意地为穆罕默德的健康干杯。这种魔鬼般的液体使他们变得狂妄而放肆,说了很多亵渎神明的话。他们还信口拿巴兰的驴子、艾菲斯长眠七圣童的狗②和其他一些获准进入穆罕默德的天堂的动物开玩笑。他们就这样兴高采烈地走下了一万一千级台阶。下楼时,透过塔楼的视孔,他们看到广场上一张张焦急的面孔,反而以此为乐。最后,他们通过地下通道回到了皇宫。巴巴巴洛克正大摇大摆地走来走去,大声地向正在剪烛花和为切尔克斯美女描眉的太监们发号施令。一看见哈里发和他母亲,他就大叫起来:"啊!你们逃离火海啦。真让人难以置信。"

"你以为我们怎么了?"卡拉蒂丝嚷道,"去,快去,告诉莫勒克纳不得我们马上要见他。注意路上别再胡思乱想了。"

---

① 即波斯波利斯以北的一座古城,兴建于大流士在位时的公元前518年,历经三代才建成,为波斯帝国的圣城,但于公元前331年为亚历山大大帝所毁。本书作者和专家们认为是所罗门王在位时所建,大流士是在其遗址上重建。(译者)

② 《圣经·旧约》中的人物和动物。(译者)

莫勒克纳不得毫不迟疑，马上前来见驾，瓦塞克和他母亲极其郑重地接见了他。他们故作镇静和怜悯地对他说塔顶的火已经被扑灭了，但前去营救他们的臣民英勇献身了。"

"真是太不幸了，"莫勒克纳不得流着泪，叹息道，"唉，大主教，我们神圣的先知肯定怪罪我们了！你应该平息他的怒气。"

"以后我们会让他息怒的！"哈里发不怀好意地笑着答道，"我不在的时候，你会有足够的时间恳请上苍的宽恕。这里让我感到不适，我已经厌倦了四泉山，我决定去洛克那贝德河①，去饮用那里的水。我很想到它流经的那些可爱的山谷中去提提神。你要遵照母后的意见代为管理国家，务必给她提供实验所需的一切东西。你很清楚我们的塔楼多的是研究所需的原材料。"

塔楼令莫勒克纳不得很倒胃口。在它身上花费了大量的钱财，除了女黑奴、哑巴和一些令人恶心的药品，从未见过其他东西运往那儿。他也不知道该怎样评价卡拉蒂丝，她就像一条变色龙，能变幻出无数种颜色。她那该死的三寸不烂之舌，总能逼得可怜的穆斯林走投无路。不过他想，如果她品质恶劣的话，她的儿子就更糟糕了，她总归不希望这样吧。想到这里，他就觉得得到安慰了，于是，抖擞起精神去安慰民众，并为主人的远行做些必要的准备。

为了取悦地宫的神灵，瓦塞克决意打造一支奢华盖世的队伍。带着这样的想法，他到处搜刮民脂民膏，与此同时，他可敬的母亲强行征用了后宫的所有珠宝。她将萨迈拉城和方圆六十里格②以内其他城市的所有裁缝和绣工召集在一起，为国王的远征队赶制营帐、轿

---

① 现在位于伊朗西南部城市设拉子境内的一条河。（译者）
② 长度单位，相当于三里。（译者）

子、长椅、华盖和轿辇。马苏利帕特南①的印花布被买得一条不剩,另外还大量买进棉布来装扮巴巴巴洛克和其他黑人太监,最后,整个巴比伦的伊拉克地区都找不到一厄尔②棉布了。

准备工作进行过程中,卡拉蒂丝从未忘记她的远大目标,那就是向黑暗势力邀宠。她专门为城中最美丽最优雅的女子举办聚会,却在她们兴高采烈的时候将毒蛇放进人群,还故意打破桌子底下装满蝎子的陶罐。蛇蝎疯狂地咬人,卡拉蒂丝本可以由着它们去咬死人的,但为了打发时间,她不时地用自制的上好药剂为伤者疗伤取乐。要知道,这位"善良"的太妃可不喜欢无所事事。

瓦塞克可没他母亲那么忙碌,而是成天待在专门供他享乐的宫殿里,纵情声色,再没有哪里比枢密院和清真寺更令他讨厌的了。有一半的萨迈拉城市民学他的样花天酒地,另一半则为世风日下感到痛心。

这期间,在朝圣期间派往圣地麦加朝圣的使团回来了。这其中有德高望重的毛拉③,他们完成了使命,带回了一把打扫过麦加的卡巴圣堂的珍贵扫把。这确实是一件世界上最伟大的君主才配拥有的礼物!

此刻,哈里发正待在一间绝不适合接待使团的内室。这个房间装修得还算华丽——是为了美观,也因为他经常到这儿来,而且一待就是很长时间。正休息时,他听到巴巴巴洛克在门前的挂毯后大声通传:"穆罕默德忠实的信徒,伊本·艾德瑞斯·艾尔·夏菲和圣洁

---

① 印度安得拉邦克里希纳河三角洲东部的一小海港城市,过去因产印花布而驰名。(译者)

② 长度单位。(译者)

③ 对伊斯兰教学者的尊称。

的艾尔·马哈德辛恩，从麦加带来了长把帚，现在他们满含喜悦的泪水，恳请将它亲手交给陛下。”

“让他们拿到这儿来，或许有用。”瓦塞克一边说，一边还在滗酒。

“这样啊！”巴巴巴洛克悠着嗓子，吃惊地说道。

“照办就是了，”哈里发答道，“这是君主的旨意。快去，马上！我就在这儿接见那几个令你如此高兴的伟大人士。”

太监巴巴巴洛克咕哝着走了，下去领这支可敬的队伍过来。这群可敬的老人感到神圣无比，心中满是欢喜。尽管长途跋涉使他们疲惫不堪，但他们跟在巴巴巴洛克后面还是敏捷得出奇。经过宏伟的门廊时，他们感到无上的荣幸，因为哈里发不像接见普通使节那样在待客大厅接见他们。很快就到后宫了，透过波斯式的百叶窗，他们看到了一双双温柔的大眼睛，又黑又蓝，在那儿顾盼流连。带着满腔的敬意和惊异，还有满脑子神圣的使命，他们排成一队穿过一条条狭窄的走廊。走廊看似没有尽头，却最终将他们带到哈里发所在的房间。哈里发在那儿等着他们。

“怎么，陛下身体欠安么？”伊本·艾德瑞斯·艾尔·夏菲小声对他同伴说道。

“我想他是在祈祷，”艾尔·马哈德辛恩回答。

听到两人的对话，瓦塞克嚷道：“我在干什么和你们有何相关？赶紧过来。”

大家近前，巴巴巴洛克窘得都快晕了，而哈里发并未露面，只从门前的挂毯后伸出手来，向他们要那把长把帚。他们在走廊里屈身跪下，走廊太小，他们的身子都拱成半圆了。年高德勋的艾尔·夏菲从香气宜人的绣花丝巾中抽出长把帚——这丝巾用来防护圣物不被凡夫俗子的目光所亵渎，他从同伴中起身，郑重其事地朝所谓的祈祷室走去。但是，眼前的景象令他大吃了一惊！吓得他魂飞魄散！瓦塞克突然狰狞地大笑起来,一把从他战抖的手里夺过长把帚,开始打扫房顶上下垂的蜘蛛网,认认真真地将其扫得一丝不剩。老人们惊呆了,趴在地上半天抬不起头,因为哈里发无意中掀起了挂毯的一角,让他们看到了整个事情的经过,大家禁不住泪如泉涌。艾尔·马哈德辛恩又气又累,一下子晕过去了。而哈里发一屁股坐到自己的位置上,一边大叫一边没心没肺地拍手称快。最后,他对巴巴巴洛克说道:"我亲爱的黑鬼,去,用设拉子①的美酒好好款待这些虔诚而可怜的灵魂。为了让他们可以对外夸口说自己比其他人熟悉皇宫,再带他们去我的正殿转转。然后,领他们从后面通往马厩的楼梯出去。"说完之后,把长把帚扔到他们面前,去和卡拉蒂丝说笑了。巴巴巴洛克尽其所能安慰这些使者,但其中两个身体最虚弱的老者当场就咽气了,其余人痛心疾首,羞愧难当,都心碎得一病不起了。

第二天晚上,瓦塞克在母亲的陪同下,登上塔顶查看他的远征是否万事俱备,因为他十分迷信星相。结果,吉星高照。于是,哈里发乘兴在塔顶用餐,以欣赏此番大好景象。席间,也仿佛听到了空中传来的阵阵笑声。这使他信心倍增。

宫中一派繁忙景象,灯火彻夜通明,行将完工的工匠们的锯斧声,刺绣女工的说话声和卫兵对绣品的赞美声,交织在一起,打破了夜晚的宁静,却令瓦塞克兴奋不已,他似乎看到了自己胜利地坐上了苏莱曼的宝座。

广大臣民也和他一样满足。如此挥霍无度的一个主人,还刚愎自用、反复无常,为尽早摆脱他的魔爪,大家都来帮忙。

临行前一天,这位头脑发昏的国王被卡拉蒂丝拖住,听她反复念叨那张神秘的羊皮纸上的律令。这些律令,卡拉蒂丝早已烂熟于胸,

---

① 伊朗城市名。(译者)

她叮嘱儿子中途不要踏进任何人的家门。"你很清楚，"她补充道，"吃了那么多的山珍海味、玩了那么多的年轻女郎之后，你的口味有多讲究。所以，我告诉你，要对自己的老厨子知足，他们是世界上最好的厨师。也别忘了随行出征的后宫嫔妃，还有三打漂亮脸蛋，巴巴巴洛克至今连她们的面纱都没摘下过。我很想一路监督你的行为，也想参观一下地宫。可以肯定，那儿有你我这样的人感兴趣的一切。没有比待在地洞更让人高兴的了，我对死尸和干尸一类东西的喜好是毋庸置疑的。我确信你能见到它们当中的精品。到时别忘了我。一旦拿到那些能帮你打开矿石王国和地宫的法宝，别忘了派几个亲信来接我和我的箱子，因为我拼命挤出的毒蛇油给异教徒当礼物最好，看到这样的美味他准保开心。"

卡拉蒂丝刚训完话，太阳就从四泉山后落下，给初升的月亮腾出了地方。那一晚，月亮圆圆的，在急于出发的女人、太监和侍从看来，分外美丽和亮泽。城市上空回响着欢呼声和喧闹的号角声，柔和的月光下，只见轿辇上羽毛攒动，鸳鸯的帽饰闪闪发光。空旷的广场俨然一个巨型的花圃，其间斑驳地点缀着东方最华贵的郁金香。

哈里发一副出席重要仪式才有的装扮，他在维齐尔和巴巴巴洛克的簇拥下，在全体臣民的注视下，走下塔楼的主楼梯。他忍不住不时地停下脚步欣赏这处处为他而设的宏伟场景。人群在他面前跪下了，连负重累累的骆驼也不例外。有段时间，广场上鸦雀无声，唯有几个太监在后面尖着嗓子喊。这些警觉的卫兵发现某些女士的轿子歪向一边，原来是几个胆大的年轻人偷偷爬进了轿子，但这些色胆包天的家伙很快被驱散了。不管怎样，如此盛大而庄严的场面并未因诸如此类的小事而受到影响。与此同时，瓦塞克狂热地向月亮致敬，这令莫勒克纳不得和像朝中其他的维齐尔和显贵一样的律法学家们感到不悦——他们是被召集来最后一睹君王风采的。

终于，塔顶的号角和喇叭奏响了临行的序曲。尽管这些乐器配合自然，其间却掺杂着一种异样的不协调的声音。这是卡拉蒂丝在为异教徒吟唱可怕的祈祷文，女黑奴和哑巴们为她和着没有歌词的背景音。善良的穆斯林以为是夜间出没的昆虫在闷声哼唱，预示不祥，再三恳请瓦塞克不要拿他神圣的性命冒险。

指定的信号发出后，巨大的王旗迎风扬起，在它周围聚集了两万柄闪着寒光的长矛。哈里发脚踩为他而设的金丝地毯郑重前行，在众人恐惧的目光中登上了轿辇。

远征开始了，秩序井然，全场肃静，静得连卡托尔平原上蚱蜢的叫声都听得见。在轻松欢快的气氛中，队伍不到天亮就行进了整整六里格。启明星还在空中闪耀，这支庞大的队伍在底格里斯河畔停下来，安营扎寨，准备结束当天的行程进行修整。

就这样又走了三天。到了第四天，老天好像发怒了，电光闪闪，雷声隆隆，吓得发抖的切尔克斯美女使劲抓住身边丑陋的护卫。哈里发自己很想在加尔奇萨停下来避避雨。这是一个大镇，该镇的镇长亲自出城迎接，并为他奉上当地所能提供的各类点心，但仔细分析羊皮纸上的律令后，他不顾宠臣的一再劝阻，冒雨前行，浑身上下都湿透了。尽管他开始怀念"五官之宫"，但从没忘记自己的使命，对未来的憧憬坚定了他的决心。他把地理学家们召来见他，因为天气恶劣，这群可怜的家伙到的时候简直不成样子。再加上自哈伦·拉希德的时代以来从未有过远征，因此他们手里的各国地图都破烂得比他们还不堪入目。没有人知道该往哪儿走，瓦塞克虽然精通天文，但对目前地面上的情况也是不知所措。他怒吼着，声音甚至盖过了雷声，有时也低声咒骂几句，听着有些不入耳。

旅途的艰辛令他反胃，他决定翻过崇山峻岭，跟随一个农民的指引，那人承诺四天之内将他带到洛克纳贝德。谁劝都没有用，他决心已定。于是,一场侵略便在牧羊区上演了,成群的山羊在他们面前作鸟兽散。半石灰岩上,从来只有了无生气的蒯蕨,突然来了一群衣着华丽的骆驼和镶金绣银的轿子,逶迤前行,那场景着实令人奇怪。

女人和太监看到脚下深不见底的悬崖和深山峡谷中的荒凉景象,不禁号啕大哭。还没来得及上主峰,天就黑了,狂风乍起,暴雨大作,卷走了轿子和马车的顶棚,将里面的女人完全暴露在阴冷的风雨中,这些可怜的小姐可从未经历过如此刺骨的寒冷。黑压压的乌云笼罩着天空,使这个不祥的夜晚愈发骇人,只有仆人的呜咽和女眷的恸哭依稀可辨。

但噩梦并未就此结束,远处野兽的叫声此起彼伏,令人毛骨悚然。不久,便在林子里发现了它们逡巡的身影,看那一双双闪着幽光的眼睛,不是恶狼就是老虎。先遣队尽其所能开出了一条道,可队员中有几个丝毫没有意识到危险就被吞噬了。现场混乱到了极点,狼、老虎和其他一些食肉动物听到同伴的叫声,从四面八方聚集到这里,到处都是啃骨头的声音,突然,头上响起一阵可怕的振翅声,原来是秃鹫也来凑热闹了。

恐惧最后蔓延到了国王和女眷身边的主力部队,当时他们尚在两里格之外。瓦塞克(舒舒服服地躺在大轿子里的丝绸软垫上休息,两个白净的小厮在边上不停地帮他赶虫子)睡得正香,梦里正盘算着苏莱曼的宝藏,妻妾的叫嚷一下把他惊醒了,他这才发现站在眼前的不是拿着金钥匙的异教徒,而是惊慌失措的巴巴巴洛克。

"陛下,"这个忠实的仆人大声呼叫这个世上最强有力的君主,"不幸之极,野兽们冒犯天威,包围了您的骆驼和驭手,三十头满载辎重的骆驼已成了它们的口中之食,糕点师、厨子和军需官也不幸遇难。除非伟大的先知保佑我们,否则我们就要断粮了。"

一提到吃,哈里发便失去了耐性,他开始大吼,甚至打自己(反正天黑看不见）。流言每分每秒都在增加，巴巴巴洛克觉得也帮不上主子什么忙，转而不顾后宫的吵吵嚷嚷，大声叫唤起来："听着，女士们，兄弟们，大家都动手！马上点火把！不得再散播谣言，说大主教已经葬身这些离经叛道的畜生之口。"

尽管这群美女中不乏乖张任性的，但到了这个时候都很听话，转眼间，所有轿子都映出了火光。一万支火把很快点起来了。哈里发自己拿了一支大蜡炬，其他人都学他的样，将顶端浸过油的绳子绑在木棍上点着，星星点点的火把聚集在一起，散发出惊人的光芒。群山亮如白昼，火花随风四溅，引燃了漫山遍野干枯的山蕨。可以看到受惊的毒蛇吐着信子，"嘶嘶嘶"地从洞里爬出来，而马儿打着响鼻，以蹄刨地，鼻子朝天，狂暴地四下乱窜。

路旁的一处雪松林也着火了，火苗顺着悬在路中间的枝条蔓延到了女士轿顶的薄纱和棉布上，使她们不得不冒着生命危险，跳出轿子。瓦塞克此时在一遍遍地骂神，因为连他自己也不得不高抬贵脚，徒步而行。

这样的事以前从未发生过。带着一肚子的委屈、羞辱和沮丧，生平不懂怎么走路的女士们纷纷跌入了泥泞。"非得步行么？"一个说。"非得湿了我的脚吗？"另一个大叫。"一定要弄脏我的衣服吗？"又一个问道。"该死的巴巴巴洛克！"众人破口大骂："这个从地狱里放出来的家伙！你点火把干什么？早知这样，还不如让老虎吃了！我们完了！队伍里一个搬东西的也没有，也没个刷骆驼的，我们衣不蔽体的，更糟的是，我们的脸蛋！"说着，最害羞的那几个将头深深地埋了下去，好像这样才有勇气抨击巴巴巴洛克。而巴巴巴洛克，他很了解她们的脾气，也不想跟她们斤斤计较，便和同伴一起扔掉火把，敲着纳嘎拉鼓走了。

火光照得天空和三伏天最耀眼的日子一样明亮，气温也同样的高。哈里发满身污泥,脏得像个平民百姓,真是惨不忍睹! 就在他精疲力竭的时候,他的一个埃塞俄比亚妻子(他口味多样),张开双臂抱起他,像扔一袋椰枣一样扔到了肩上。眼看火从四面八方合围过来了,她抬腿就跑。考虑到身上的分量,她的动作算是相当敏捷的了。刚刚学会用脚走路的其他女人尾随着她,她们的侍卫快步跟在后面。驼夫们殿后,竭尽所能地赶着骆驼跟上。

他们很快到了野兽肆虐的地方,这群畜生不顾即将引发的混乱和尚未用完的饕餮大餐,志得意满地扬长而去。巴巴巴洛克逮住几只吃得圆鼓鼓、迈不开腿的鹿,娴熟地剥起了皮。一行人马离大火远远的,以至于完全没了热浪逼人的感觉,相反还很舒服。于是,马上决定就地休息。大家搜集整理地上的碎布片,掩埋虎狼留下的残肢遗骸,并对数十只吃得太饱、飞不起来的秃鹫展开了报复行动。他们把幸存下来的骆驼清点了一遍——这群牲口正在不受打扰地制造阿摩神之盐①呢。女人们坐回她们的轿子,国王的帐篷也在他们所能找到的最平坦的地面上支起来了。

瓦塞克靠在绒毛垫子上,慢慢地从埃塞俄比亚女人的颠簸中缓过神来——他觉得这个女人是他迄今为止骑过的性子最烈的一匹马——并开口要吃的。但是,天哪! 那些在银炉中为他特别烘制的

---

① 古希腊的亚历山大大帝征服了近东和中东后,在被征服者的一切方面都打上了自己的烙印。当时,在北非沙漠中的一块绿洲上建立了一座新的庙宇,被命名为宙斯-阿摩庙宇。宙斯是希腊诸神中的主神,阿摩(Ammon)则是古埃及诸神中的佼佼者。把宙斯与阿摩对应起来,并将宙斯放在阿摩之前,在这里,征服者的烙印清晰可见。骆驼粪是沙漠中普遍使用的燃料,连神圣的宙斯也只好屈尊俯就。由于长期烧骆驼粪,使宙斯-阿摩庙宇的墙和天花板蒙上一层烟灰。这种烟灰里包含着一些像盐那样的白色晶体,不时散发出一阵阵刺鼻的气味。当地人把这种白色晶体称作阿摩神之盐。(译者)

精美蛋糕，芳香浓郁的白面包，琥珀似的糖果，和大壶大壶的设拉子酒，整瓶整瓶的果霜，还有来自底格里斯河畔的葡萄，都丢了，再也找不回来了。巴巴巴洛克只好以烤狼、炖秃鹫、辛辣的香草、腐烂的块菌、水煮野蓟，还有其他一些味同嚼蜡、令人难以下咽的野生植物代替。喝的东西也好不到哪儿去，除了几小瓶劣质白兰地，他实在拿不出其他东西来搭配这些恼人的食物了。这还是后面的伙计偷偷藏在鞋子里的。

看到这么原始的饮食，瓦塞克拉下了脸，巴巴巴洛克耸耸肩，一脸无奈的表情。不过，哈里发总算吃了一些，然后，倒头一睡睡了六小时。尽管有帘子挡着，白皑皑的山崖上反射过来的阳光还是搅了他的梦。他从惊恐中醒来，还被一群翅下发出令人窒息的恶臭的绿艾色苍蝇叮得痛彻骨髓。可怜的君主，虽然绞尽脑汁想办法，还是想不出下一步该怎么办。此时，巴巴巴洛克躺在一大群苍蝇中正打鼾，那些虫子忙不迭地纷纷往他的鼻子上凑。两个小厮快饿死了，手里的扇子也掉到地上，奄奄一息之时还不忘痛斥哈里发——这是瓦塞克生平第一次听到真话。

瓦塞克受了刺激，又诅咒起异教徒来，还说了一些令穆罕默德大感宽慰的话。"我这是在哪儿？"他大叫道，"这怪石嶙峋的山峰是什么山？还有这阴森的峡谷？我们到了可怕的卡夫①了吗？西牟鸟②为惩罚我亵渎神明的举动，会挖掉我双眼的！"说罢，他像牛一样咆哮起来，转身朝帐篷一侧的出口走去。但是，天哪！他都看见了什么！一边是无边无际的黑沙，另一边是陡峭的悬崖，上面长满了曾划破他

① 古代波斯传说中一座神秘的山。（译者）
② 古代波斯传说中的一种妖怪，由许多不同动物的各部分肢体组合而成。在绘画以及陶瓷、地毯等工艺品中均有描绘。（译者）

舌头的可恶的野蓟。不过,他以为自己在刺藤和荆棘丛中看到了巨大的花朵,但是他错了,因为这只是悬挂的床单和他华丽的侍从身上斑驳的破布条。山上有好几条缝,看似曾经淌过水,所以瓦塞克侧耳倾听,希望能听到潺潺的水声,结果只听到随从们的小声嘀咕——他们在抱怨旅途的艰辛,也为没有水喝而叫苦不迭。

"带我们到这里来干什么,"他们问道,"难道我们的哈里发还要再建一座塔?还是卡拉蒂丝迷恋的残酷恶魔伊夫里特①在此安家了?"

听到卡拉蒂丝的名字,瓦塞克就想起了母亲给他的简札,她说它们充满魔力,让他在危急时刻拿出来看看。就在仔细翻阅的时候,他听到了一阵欢呼声,接着是一阵热烈的掌声。门帘一挑,他看见巴巴洛克领着一队亲信,带来两个一肘尺高的小矮人。两人抬着一大篮甜瓜、柑橘和石榴,一边还用甜美的嗓音唱道:

"我们住在群山之巅藤条和草茎搭建的小屋,雄鹰羡慕我们的小窝,清泉供我们净身②,我们每日吟诵先知的祷文。我们爱您,大主教!我们的主人,仁慈的法克勒汀埃米尔③也爱您,他很敬重您这位穆罕默德的代理人。我们虽然卑微,但他信任我们。他知道我们身子可鄙,但心地善良。于是,他把我们安置在这里,帮助那些在这荒郊野岭不知所向的人们。昨天晚上,我们正在房里诵读《古兰经》,突如其来的一阵飓风吹灭了我们的烛火,吹得我们的房子摇摇晃晃。整整两小时,伸手不见五指。但我们听到远处有声音,我们猜想是驼

---

①　阿拉伯神话中的恶魔、巨神。(译者)

②　穆斯林在礼拜之前,必须要洗"大净"和"小净"。所谓"大净"就是沐浴全身,而"小净"就是洗身体的局部,如洗双手、前后窍、漱口、呛鼻、洗脸、洗双臂、摸头、洗双脚。(译者)

③　埃米尔,是伊斯兰国家对王公贵族、酋长或地方长官的称谓。(译者)

队从山上经过的驼铃声。不久,凄厉的叫声、可怕的怒吼,还有纳嘎拉鼓的声音不绝于耳。我们吓得直哆嗦,以为是独眼魔鬼达加勒和他的泯灭天使来祸害人间了。正发愁的时候,我们看到视野所及之处皆是炽热的火苗,不一会儿,我们发现自己身上也着火了。看到这么奇怪的景象,我们吃了一惊,拿起真主口述的《古兰经》,在火边跪下来,吟诵起下面这一节:'只需相信上天的仁慈;只有圣洁的先知能帮到我们;卡夫山自己会动摇,只有真主安拉的力量永存。'念完这一段,我们感到了安慰,内心平静,毫无杂念。四周鸦雀无声,我们能清楚地听到天上有个声音说:'我的忠仆之仆! 到快乐的法克勒汀山谷去,告诉他现在有个绝好的机会,来满足他的一颗好客之心。大主教今日被困在山里了,急需你的帮助。'我们高兴地接受了这个神圣的使命。我们的主人怀着满腔热忱,亲手采了这些甜瓜、柑橘和石榴。他领着一百头满载甘泉的骆驼随后就到。他来亲吻您的圣袍,恳请您光临他家。他家在这荒郊野外,就好比铅石中的一颗翡翠。"

说完,两个小矮人依然站着,双手交叉在胸前,毕恭毕敬,一言不发。

小矮人还在发表这番奇谈怪论的时候,瓦塞克就已抓起篮子。还没等他们说完,篮子里的水果就已经被他一扫而光了。他越吃越虔诚,又是背诵祈祷文,又是要《古兰经》和糖。

他正一心向主,小矮人进门时被他随手扔在一旁的简札又一次引起了他的注意。他拿起来,正要丢到地上,突然看到了卡拉蒂丝刻在上面的几行血红大字,够他胆战心惊的:

"小心你那些神学家老头和他们只有一肘尺高的小信使。不要相信他们的虔诚欺诈,别吃他们的甜瓜,将送甜瓜的人钉在木桩上。如果你犯傻去拜访他们,地宫的大门会用力对你关上,你会被震成碎片,你的尸体会遭到唾弃,腹内长满蝙蝠。"

"说这种不吉利的话做什么？"哈里发嚷道。"难道我必须渴死在这不毛之地，也不能到山谷中享用甜瓜和黄瓜！该死的异教徒，还有他可恶的乌木门！我已经被迫侍奉他太久了。再说，谁能规定我做什么？我的确不能进别人的住所！那好吧，那我能上哪儿？"

巴巴巴洛克一字不落地听到了哈里发的这番自言自语，满心欢喜，女士们也第一次和他想法一致。

两个小矮人受到了隆重的接待，拥抱礼后，被赐予缎子面的小软垫就座。他们对称的体形成了议论的焦点，任何一个细微之处大家都不放过。各种精美小食源源不断地呈上来，但他们都客气地拒绝了。他们一左一右爬上哈里发的座位，蹲在他两侧的肩膀上，开始在他耳边小声祈祷。他们的舌头像杨树叶一样抖个不停，就在瓦塞克快要失去耐心的时候，队伍里传来了欢呼声，法克勒汀到了。他领着一百位白胡子老头，带着一百部《古兰经》和一百头骆驼来了。他们马上开始行净礼，嘴里反复念叨着："以真主的名义！"瓦塞克为摆脱这些好事者的注意，也跟着做，因为他两手火辣辣的烫。

善良的埃米尔是个特别虔诚的人，还特会恭维人，他的长篇大论比他的使者还要长五倍、枯燥五倍。哈里发实在听不下去了，大叫道："看在对穆罕默德的爱上，我亲爱的法克勒汀，已经够了！我们去你的山谷，享用上天赐给你的水果吧。"

说走就走，队伍马上就出发了。埃米尔的老随从动作有些迟缓，不过哈里发私下派了小侍童去驱赶他们骑的骆驼。轿子里不时地爆发出阵阵大笑，原来是这群可怜的畜生上蹿下跳的笨模样，和老人们骑在上面痛苦而奇怪的表情，给女士们添了不少乐子。

不管怎样，他们顺着埃米尔在岩石上凿出的巨大台阶平安地下到了山谷，已经能听到潺潺的水声和树叶的沙沙声了。很快，队伍上了一条开满鲜花的小径，小径深处是一片广袤的棕榈林，棕榈树的枝叶掩映着一座毛石堆砌的建筑。整座建筑有九个圆屋顶,每个屋顶下都有一道青铜门,上面刻着:"这是朝圣者的庇护所,是旅行者的避风港,全世界的秘密都在这里存放。"

九个漂亮的小侍童身着朴素的埃及亚麻长袍站在各个门口,热情大方地接待所有来宾。其中四个最可爱的小侍童服侍哈里发上了豪华轿辇,另外四个稍稍逊色的负责照顾巴巴巴洛克——看到给他准备的房间温暖而舒适,巴巴巴洛克高兴得都跳起来了,剩下的一个负责招待其他人员。

等所有男宾退出视线以后,右边一个大厅的门徐徐打开了。一个身段苗条的年轻女子走了出来,她浅棕色的头发在黄昏的微风中飘荡。一群美若天仙的少女静静地跟在她身后。她们疾步走到妃嫔们的轿子前。这位年轻的女士优雅地俯下身子,对她们说道:

"迷人的妃嫔们,一切都预备好了。我们准备了床榻给你们休息,还给你们的房间撒上了茉莉花。睡着了也不会有蚊子来光顾你们的眼睑,我们会用一千根羽毛赶走它们。来吧,可爱的女士们!先泡个玫瑰澡,舒缓一下纤纤细足和娇嫩的身子,仆人们会在香灯下给你们讲故事逗乐。"

嫔妃们高兴地接受了她的盛情邀请,跟着她来到埃米尔的后宫。说到这里,我们先把她们放一放,回头看看哈里发。

瓦塞克发现自己置身于一片巨大的穹顶之下。殿内有一千盏水晶灯,还有一千只水晶瓶盛满上等果子露,在巨大的餐桌上闪闪发亮。桌子上摆满了各式各样的美食,有哈里发百吃不厌的杏仁汁炖杂碎、藏红花汤和白汁羊腿,等等。他敞开肚皮吃了个够,心满意足的同时,证实了自己的判断——埃米尔是真正的朋友。他还逼小矮人跳舞,这些小信徒虽然不乐意却不敢忤逆大主教。最后,他四脚朝天倒在沙发上,睡得比以往任何时候都要香。

穹顶之下，一片寂静，除了巴巴巴洛克大口大口嚼东西的声音之外，一点动静都没有。巴巴巴洛克急于犒劳在山里被饿扁的肚子，早就宽衣解带准备大吃一番了。这会儿，他兴奋得睡不着觉，又不想闲着，于是打算去后宫看看他掌管的女眷，看看她们是否已搽过麦加的香膏，是否已修过眉、梳过头，总之一句话，安排好她们所需的一切琐事。可他一连找了好久也找不到入口，又不敢大声说话，唯恐惊动哈里发，而且，宫里连个人影都没有。他正准备就此作罢，耳边传来了一阵呢喃细语。这是两个小矮人回到住所后，一生中第九百几十九遍诵读《古兰经》。他们非常礼貌地邀请巴巴巴洛克加入，但他的心思根本不在这儿。两个小矮人虽然厌恶他品行不端，还是跟他说了他要找的房间在哪儿。一路上他摸索着穿过上百条黑漆漆的走廊，终于在一条通道的尽头听到了女人们迷人的说话声，这令他欣喜若狂。"啊，哈！现在还没睡！"他边说边大步上前，"你们不会认为我撒手不管了吧？我来这完成主人交给我的使命。"

听到有人如此大声吆喝，守卫的黑人太监中出来两人，手持弯刀，过来探个究竟。这时，四面八方传来了妃子们的回答："那是巴巴巴洛克！不是别人！"这个机警的太监这会儿就在门口悬着的粉色薄纱前，借着里面透出来的柔和光线，看到一个椭圆形的黑斑岩浴池，四周挂着打着大褶、花彩般的帘子。由于拉得不是很严实，透过帘子的缝隙可以看到成群的年轻女仆，在女仆们中间，巴巴巴洛克发现了自己的弟子们，她们纵情地张开双臂，仿佛要拥抱这芬芳的池水，以驱赶旅途的疲惫。慵容倦意，窃窃私语，伴着迷人的微笑，再加上玫瑰醉人的芳香，这一切都不由得让人意乱情迷，连巴巴巴洛克自己都快把持不住了。

他定了定神，恢复了往日的一本正经，用一种不容分说的口吻，下令女眷们即刻离开浴池。埃米尔的女儿，年轻的璐罗奈哈尔，像羚羊一样生气勃勃,脑子里装满了鬼点子。就在他发号施令的当儿,她招手示意其中一个仆人放下用丝绳吊在房顶上的大秋千,同时,又向浴池中的女伴眨眼示意。这群女人本就不愿离开这温暖舒适之地,开始围着巴巴巴洛克饶起舌来,还变着法儿戏弄他。

瑙罗奈哈尔看他被折腾得筋疲力尽了,故意装出一副既尊重又关切的样子,上前与他搭讪,她说:"让我们的哈里发的太监总管就这么一直站着太不像话了。大人,屈尊到这沙发上坐一下吧,如果您不赏光,它会不高兴的。"

一番话说得巴巴巴洛克很是受用,他殷勤地答道:"我心中的女神啊,我接受您的邀请。说真的,您的美貌令我眩晕。"

"那么,坐下休息会儿吧。"美人说着,把他摁到了所谓的沙发上,说时迟那时快,沙发突然飞了出去。其他女人早已领会她的意图,光着身子从浴池中跳起来,拼命推秋千,秋千飞上了高高的房顶,吓得可怜的巴巴巴洛克魂飞魄散。时而他脚尖掠过水面,时而房顶的天窗几乎要抚平他的鼻子。他扯着破锣般的嗓子大声哭喊,但无济于事,因为被女人们的笑声淹没了。

瑙罗奈哈尔也笑得起劲,看惯了平日后宫里的太监,还从未见过如此显赫却令人厌恶的太监,所以远比其他人兴奋。她开始模仿一些波斯的诗句,装模作样地用一种讽刺的口吻念道:

> 哦,温顺的白鸽,
> 当你在空中翱翔的时候,
> 请温柔地看一眼你的爱侣;
> 歌声甜美的夜莺,我是你的玫瑰,
> 请放声歌唱,带走我的芳心!

嫔妃和仆人们听到这些诙谐的诗句后愈发地来劲,继续猛推秋千且乐此不疲。突然,拴着秋千的绳子"啪"一声断成了数截,巴巴巴洛克像乌龟一样四脚朝天掉进了浴池。四周一片惊呼,十二扇隐藏的小门倏地一下全开了,女士们朝巴巴巴洛克劈头盖脸扔掉了所有毛巾,熄掉了所有灯火之后,立马逃走了。

这个可怜的家伙,水没到了下巴,四周一片漆黑,又被恼人的毛巾缠住脱不了身,注定还要听到一轮又一轮由他的不幸引发的笑声,当是多给他一些安慰了。他挣扎着试图爬出浴池,但是没用,池边溅满了灯油,滑得很。他每用一次力,就猛地滑回去,巨大的水声在空荡荡的大厅里回荡。这该死的笑声一次比一次响亮,巴巴巴洛克宁可相信在这儿出入的是魔鬼而不是女人,他决定放弃努力,就待在池子里。他自言自语,自娱自乐,间或再骂会儿,这些都一字不落传到了隔壁床上那些恶邻居的耳朵里。他就这样苦中作乐过了一晚,黎明的到来令他吃了一惊。哈里发奇怪他怎么不在,差人到处找他。最后,他被拽上来了,不过已被毛巾闷得奄奄一息,身上都湿透了。当他浑身湿嗒嗒、牙齿咯咯响地出现在主人面前时,哈里发问他出了什么事,为何稀奇古怪地泡得像根咸腌菜。

"您为什么要来这该死的地方呢?"巴巴巴洛克粗声粗气地回答,"白胡子埃米尔的家,是像您这样的君主该携家眷来拜会的么?他一点都不懂生活。还有,这儿的女人多殷勤啊!想想她们是怎样把我像烤焦的面包皮一样泡在水里的,还让我像个小丑一样在她们可恶的秋千上荡来荡去,整夜荡个不停!给您的嫔妃上了多好的一课啊,我还教育她们要矜持、端庄来着!"

瓦塞克完全没领会这一通谩骂,便叫巴巴巴洛克把事情的来龙去脉说个清楚。可听完,他不仅不同情这个可怜的受害者,还为秋千的诡计和巴巴巴洛克在秋千上的样子笑得前仰后合。受伤的太监再也恭敬不起来了。

"哈,笑吧,陛下! 笑吧,"他说,"但愿这个瑙罗奈哈尔小姐不会在你身上玩什么把戏。她太淘气了,才不管你是不是一国之君呢。"

他的话当时对哈里发的触动并不大,但不久哈里发便重新记起来了。

法克勒汀的到来打断了他们的谈话,他来请瓦塞克参加在大草坪上举行的祷告和净礼。无数条溪流滋养着这片草地,瓦塞克觉得这儿的水沁人心脾,祷告却令人厌恶至极。不过,他从来来往往的众多托钵僧、遁世者和苦行僧身上找到了乐趣,尤其是那些来自印度腹地、中途在埃米尔处小住的婆罗门①、苦行者和其他一些信徒,他们装模作样,各有各的古怪。一个随身拖着一条大链子,另一个带着一只猴子,还有一个拿着鞭子,其行为举止也无不令人侧目。一些爬到树上,凌空伸出一只脚,一些坐在火上,毫不留情地敲打鼻子。这其中,有些人宝贝似的抱着害兽,这些害兽知恩图报似的与主人耳鬓厮磨。这些到处流浪的信徒令苦行僧、托钵僧和遁世者打心眼儿里感到厌恶。不过,这种厌恶感很快平息下来,因为他们相信哈里发的出现能使他们开窍,转而信仰穆斯林。但是,天哪! 他们多失望啊! 瓦塞克不但没有向他们布道,反而把他们当作小丑,命他们转达自己对毗湿奴和湿婆②的敬意。他还特别喜欢一个来自锡兰岛③的老者。此人又矮又胖,比任何人都要搞笑。

"过来!"他说,"看在你主神的面上,抽自己几个嘴巴给我解解闷。"

---

① 印度种姓制度中最高等级或祭司贵族。(译者)
② 两者均为印度教中的神。(译者)
③ 今斯里兰卡。(译者)

老伙计听到这里，又气又恼，号啕大哭。他不由得泪如泉涌，哈里发却在此时转过身去，听打着黄罗伞的巴巴巴洛克小声对他说道："陛下对这些来历不明的人要小心为上，有必要向陛下呈现这样的景观吗？还不时地来群癞皮狗似的和尚，在那里表演。我要是你，我就下令点一把火，将埃米尔的领地、他的后宫和他的'动物园'立马烧个干净。"

"呸，蠢货！"瓦塞克回答，"知道吗？这儿的一切太让我着迷了。不造访完这一群群虔诚的乞丐，我是不会离开这儿的。"

哈里发不管走到哪儿，身边总是挤满了可怜人：盲人、半盲人、没有鼻子的聪明人、失去耳朵的年轻女人，人人称颂法克勒汀的慷慨大方。他和他的白胡子老仆们一起，免费为所有人送上膏药和敷剂。正午时分，来了一大队瘸子，很快，规模空前的伤残者联盟便在旷野上分成了小分队。瞎子和瞎子一起摸索，瘸子和瘸子一起蹒跚，断臂的用他们仅存的一条胳膊互相比画，聋子集中在一条大瀑布的两侧——他们中有些人来自勃固①，耳朵异乎寻常的漂亮和肥大，但一样听不到声音。另外，这当中也不乏大量的驼背、歪脖，有的人甚至头上长了精美绝伦的犄角。

埃米尔为突出宴会欢迎贵宾的隆重气氛，下令在整个草坪铺上毛皮和桌布，各色穆斯林肉饭，和其他一些正统菜上桌了。但是，瓦塞克慷慨地指示拿这一盘盘令人生厌的东西去款待众人。这个君主见这么多张嘴动起来了，自己也开始想吃东西了。尽管太监总管一再劝阻，他还是决定就地准备饭菜。好客的埃米尔立即命人在柳树荫下摆上桌子。第一道菜是鱼，是从一座高山脚下的金沙河里刚捞

---

① 古代缅甸孟族的古都，现今缅甸最重要的城镇，位于缅甸南部勃固河东岸，仰光东北 80 公里处。（译者）

上来的。仆人烤鱼的速度和打鱼的速度一样快,转眼伴着醋汁和西奈山①小香草的鱼就上桌了。埃米尔做起事来总是尽善尽美,让人无可挑剔。

甜点还没上齐,便从山那边传来了诗琴声,在附近的山间回荡。哈里发是既欢喜又诧异,刚一抬头就有一把茉莉砸到了他的脸上。伴着一阵银铃般的笑声,几个身形优美的年轻姑娘从灌木丛中一闪而出,蹦蹦跳跳,像欢快的小鹿。她们的秀发散发出来的芬芳令瓦塞克如痴如醉,意乱情迷之下停止了进食,对巴巴巴洛克说道:

"是仙女下凡了么? 看,尤其是她,身形多么完美,在悬崖边上纵情奔跑着,还回头看呢,好像只在乎她随风飘扬的长袍是否优雅。除去挡在面前的灌木时,她的动作是多么急切而迷人。难道是她向我扔的茉莉?"

"哦,是她! 就连你,也会被她从山顶上扔下来。"巴巴巴洛克回答,"因为她就是我的好朋友瑙罗奈哈尔,正是她好心地把秋千借给我荡着玩,我亲爱的主人。"他拧着柳树上一根已经折断的小枝条,补充道:"让我去帮她改掉不尊重人的坏毛病吧,埃米尔没有理由抱怨,撇开种种虔诚的举动不说,他在山上养了这么一群女孩子,料峭的山风造就了她们放荡不羁的性格,实在是罪过。"

"住嘴,不知天高地厚的家伙!"哈里发说,"不许这么说她,她在山间穿梭的身影让我心驰神往。趁她在这自在的野外奔跑喘息的时候,不如让我好好想想,怎样才能让我有机会凝视她的双眼,呼吸她甜美的气息。"

说着,瓦塞克对着山那边张开了双臂,怀着一种前所未有的焦灼感将目光投向那里,努力把自己魂牵梦萦的目标锁定在视野里。但

---

① 位于西奈半岛中部,是犹太教中摩西接受上帝十诫的圣地。(译者)

她的行踪飘忽不定，就像飞翔在克什米尔山①上的一只美丽的蓝蝴蝶般难得一见。

哈里发看看还不够，还想听到璐罗奈哈尔的声音，他急切地转来转去，试图捕捉她的声音。终于，他听到了她躲在掷出茉莉花的灌木丛后与其中一个同伴窃窃私语："必须承认，哈里发长得很帅，但我的小久尔琴劳兹要可爱得多。他的一缕头发，对我来说，比印度群岛最华丽的刺绣还要珍贵。我宁要他淘气地咬在我手指上的牙印，也不要皇室珍藏中最宝贵的戒指。你把他丢在哪儿了，苏特尔嬷嬷？他怎么不在这里？"

激动不安的哈里发还想再听会儿，但她很快领着所有随从离开了，多情的君主一直目送她消失在视线之外。之后，他就像黑夜里迷茫的旅客，让云层遮住了引路的星星。他眼前一片漆黑，万物黯然失色，瀑布自上而下的水流令他满腹伤感，眼泪顺着茉莉花流下来，这花是他从璐罗奈哈尔手里接过来的，他把它放在炽热的胸前。他抓起一颗闪闪发光的鹅卵石，好让自己记住，此时此地，他心中第一次泛起了爱情的涟漪。两个小时过去了，他还没拿定主意离开，天就暗下来了。他多次想动身，都徒劳无功；他心倦体乏，无力思考；他仰面朝天躺在溪边，望着远处幽蓝的山顶，大叫道："在你背后都隐藏了些什么？在你深处都有什么事发生？她去哪儿了？哦，天哪！或许她现在正和她幸福的久尔琴劳兹在你的山间漫步！"

与此同时，夜晚的湿气袭来，埃米尔担心哈里发的健康，安排了銮驾过来接他。瓦塞克沉湎于幻想，根本没注意自己被抬上了轿子，回到了头天晚上接待他的大厅。

让我们先把哈里发放一放，让他好好回味他的新恋情，先来看一

---

① 现分属于印度和巴基斯坦。（译者）

下瑙罗奈哈尔。此刻,她正在山那边与她亲爱的久尔琴劳兹约会。这个久尔琴劳兹是埃米尔的兄弟阿里·哈桑的儿子,是这个世界上最标致可爱的年轻人。阿里·哈桑十年前去远航了,临行前将他唯一幸存下来的孩子——久尔琴劳兹托付给他的兄弟看护。久尔琴劳兹能用不同的文字传情达意,能在羊皮纸上勾勒出天底下能想象出来的最最精美的阿拉伯纹饰。他甜美的嗓音在诗琴的伴奏下令人心醉神迷。当他歌唱莱拉和摩君的爱情①,或是古代一些悲情恋人的故事时,听众总在不知不觉间泪流满面。他谱写的诗篇(和摩君一样,他也是一名诗人)常常令女人情不自禁地为之痴迷。女人们都很宠他,所以,尽管他已经十三岁了,她们依然把他留在后宫。他的舞步轻盈得像是薄纱在春风中徐徐拂动。他的双臂,在拥着那些年轻的舞伴时是多么优雅,但却无法在狩猎时投掷长矛,也无法勒住他叔叔牧场里的烈马。不过,他的箭术还算高明,若不是终日与瑙罗奈哈尔厮磨在一起,也能在比赛中力压群雄。

两兄弟将他们的孩子互相许配给了对方,瑙罗奈哈尔爱她的堂弟胜过自己的眼睛。两人品位相同,爱好相同,都是身材高挑,一副多愁善感的样子,都有一头长发和白皙的肌肤。久尔琴劳兹穿上他堂姐的衣服,简直比她本人还女孩子气。如果什么时候他要离开后宫去见法克勒汀,他就会像一只偶尔离开母兽巢穴出去冒险的小鹿般羞怯。不过,他敢淘气地模仿那些负责管教他的庄严肃穆的白胡子老头,尽管这样肯定会被毫不留情地训斥一通。每当遭到训斥,他就一头扎进后宫的闺房,躲到瑙罗奈哈尔的怀里哭泣。在瑙罗奈哈

---

① 《莱拉和摩君》是有名的阿拉伯及波斯恋爱诗歌,出自 7 世纪倭马亚王朝时期,那是描述至死不渝爱情的悲剧故事,如同后世的罗密欧与茱丽叶。(译者)

尔眼里，他的缺点都比别人的优点可爱。

　　结果，这天傍晚，离开草坪上的哈里发后，她和久尔琴劳兹一路飞奔，翻过了绿茵覆盖的山头，那儿有个隐秘的溪谷，是法克勒汀精心挑选的住处。太阳落在地平线上，看着特别大。年轻人的幻想总是生动而新鲜的，他们想象自己骑在西天华丽的云彩上，遥望珠宝城和安贝城①的圆屋顶，那是仙女们定居的地方。

　　瑙罗奈哈尔坐在山坡上，双膝托着久尔琴劳兹迷人的脑袋。四周静悄悄的，只听得到下面的溪流中有几个汲水的女孩子在说说笑笑。哈里发的不期而至，和他光彩照人的仪表，让热情似火的瑙罗奈哈尔心潮澎湃，虚荣心促使她情不自禁地想引起这个君主的注意。事实上，之前哈里发捡起她扔过去的茉莉花时，她也有意这么做了。但是当久尔琴劳兹问起为她采撷的那束花时，她慌了。她蜻蜓点水般在他的额头上吻了一下，然后慌忙起身，步伐凌乱地在悬崖边上走动。夜色愈来愈浓，金灿灿的落日变成了血红色，像燃烧着的火炉发出的光芒，映红了瑙罗奈哈尔激情四溢的脸庞。久尔琴劳兹对堂姐的不安很是紧张，便用一种央求的语气对她说道：

　　"咱们走吧，天看着吓人，怪柳摇晃得比平时厉害了，阴冷的山风让我心口发冷。来，咱们回吧，这是一个令人伤感的夜晚！"

　　说完，久尔琴劳兹抓起她的手，带着她上路了。瑙罗奈哈尔毫无意识地跟在他身后，满脑子尽是千奇百怪的想法。那一大片忍冬林是她平时最喜欢去的地方，可这回经过时她看都不看一眼。久尔琴劳兹却忍不住中途掰了些新枝，尽管他像后面有猛兽似的一路狂奔。

　　年轻姑娘们看到久尔琴劳兹如此急匆匆地赶来，还以为他像往常一样要过来跳舞，便马上手拉手围成一圈。但是久尔琴劳兹过来

--------

　　①　波斯神话中仙界的两座城。（译者）

时上气不接下气，一头栽倒在草丛里。这个意外令整个欢闹的人群惊恐不已。瑙罗奈哈尔神情恍惚，剧烈运动再加上心乱如麻，禁不住虚弱地跪倒在他身旁。她把堂弟冰冷的双手放进怀里，用一种芬芳的药膏按摩他的太阳穴。终于，他醒了。他把头深深地埋进她的长袍，恳求她别回后宫，因为害怕沙邦的呵斥。沙邦是个满脸皱纹、脾气暴躁的老太监，是他的看护人。因为打扰了瑙罗奈哈尔正常的散步，他怕这个粗暴的家伙会见怪。这群生气勃勃的年轻人围坐在一个长满青苔的小土丘上，开始变着法儿自娱自乐，监管他们的太监在不远处压着嗓子交谈。埃米尔女儿的嬷嬷，看到她的小主人坐在那儿，两眼发呆，若有所思，便想尽各种故事来逗她。早将烦恼置之脑后的久尔琴劳兹听得出神，又是大笑，又是鼓掌，还花样百出，开大家的玩笑，连太监也不放过，常常不顾他们年老体弱，激得他们在后面追着他跑。

就在他们嬉闹的时候，月亮出来了，风儿也止了，夜晚变得异常宁静和动人，于是大家决定就地用餐。苏特尔嬷嬷特别擅长一种沙拉，只见她先把鸟蛋和凝乳放进几个大瓷碗里，再加上柠檬汁、黄瓜片和鲜嫩的香草心搅拌均匀，然后依次分给大家。她用一个巨大的勺子给每个人都享用了一些。久尔琴劳兹像往常一样依偎在他堂姐怀里，噘着樱桃小嘴不肯接苏特尔嬷嬷递过来的沙拉，除非他堂姐喂他，他才吃。他吃起来小嘴动个不停，就像蜜蜂陶醉在花蜜里。一个太监跑去摘甜瓜了，剩下的忙着从欢宴上方的树枝上，打下密密麻麻的杏子。

在这欢乐的时刻，最高峰的山顶出现了一个光球，吸引了所有人的目光。光球和满月一样明亮，要不是月亮已经挂在树梢了，人们很可能就错把它当作月亮了。这奇观引起了大家的好奇，但是没人能猜出其中的原因。不可能是火，因为那光纯净透明，还带点蓝色，也从未见过这么大这么亮的流星。那奇特的光球暗了一下，马上又光亮如昔。开始的时候，它一动不动地待在巨石脚下，接着倏地一下窜入棕榈林，自此顺着水流漂下来，最后停在狭长阴暗的山谷里。它一动，久尔琴劳兹就紧紧抓住瑙罗奈哈尔的衣角，苦苦哀求她回宫。他碰到突发事件或是稀奇古怪的事情总是心里发抖。女仆们对他的提议连连附和，但是埃米尔的女儿禁不住好奇，不仅不愿意回去，还不顾一切执意要探个究竟。大家正在争论该如何是好时，那光球突然喷出一道耀眼的火苗，吓得他们尖叫着四下逃窜。瑙罗奈哈尔跟着大伙跑了几步，但是，快要转进旁边一条小道时，她又停了下来，只身回去了。她异常敏捷地向前飞奔，很快就到了刚才大家用餐的地方。那火球现如今待在山谷里纹丝不动，只是静静地燃烧。瑙罗奈哈尔双手扪胸，犹豫了好一阵子不敢上前。这是她第一次孤身在外，黑夜静得吓人，周遭的一切都在她心里激起了一种从未有过的感觉。想起久尔琴劳兹受惊的样子，她无数次转身想离开，但那光球始终在她前面。一种无法遏制的冲动令她奋然前行，不畏艰险向它靠近。

她终于到了山谷的入口，但是她并未看到光球，周遭一片漆黑，只有微弱的一点光在很远的地方时隐时现。她又一次停下脚步，瀑布低沉的水声，棕榈树空洞的沙沙声和枝丫上鸟儿的哀鸣，这一切让她充满了恐惧。她无时无刻不在怀疑自己是否踩到了毒蛇，所有关于邪恶的戴夫斯①和阴森的幽灵的故事一齐涌上心头。尽管如此，好奇心还是占了上风，她毅然踏上通往光点的蜿蜒小道，但因对道路不熟悉，没走多远她就开始后悔自己的草率了。

"我的天！"她说，"我要是像往常一样，在安全而明亮的家中与久尔琴劳兹共度良宵就好了！亲爱的宝贝！如果你像我一样孤身走在

_____

① 《圣经》中的财主。（译者）

这荒郊野外,你会吓得抖成什么样啊!"说完,她又继续上路,来到一处山岩开凿的台阶前,不慌不忙地走了上去。光点正一点点变大,出现在她上方的山顶上。最后,她听到从某个山洞传来了一个哀婉的和声,就像盘旋在墓群上空的挽歌,同时,还有一个像是往浴缸里注水的声音传进了她的耳朵。她继续往上走,发现岩缝里插满了巨大的蜡烛,正熊熊燃烧。这样的阵势让她着实害怕,而蜡烛散发的诡秘而浓烈的香味令她差点晕死在洞口。

恍惚中,她朝洞内望去,看到一个金色的大水池里蓄满了水,水汽在她脸上凝结出一颗晶莹的玫瑰花露。舒缓的曲子在洞中缭绕,池子边上,她还看到了一些皇室用品、王冠和鹭翎,都镶着闪闪发光的红宝石。正当她为富丽堂皇的陈设而屏气凝神时,音乐停止了,接着,有个声音问道:

"你为哪位君主点了这些蜡烛,预备了这个浴池和这些衣服?这些东西不仅配得上凡间的君主,就连给执掌法器的神明用也毫不逊色。"

对此,第二个声音回答:"它们是为迷人的埃米尔法克勒汀的女儿准备的。"

"什么,"第一个答道,"为那丫头?她成天跟一个不懂事的孩子混在一起,那孩子天天泡在女人堆里,长大了也不过是个懦弱的丈夫。"

"她怎会乐意跟那种徒有其表的人在一起呢?"另一个声音又说道,"相反,哈里发是世界之主,注定拥有远古苏丹的宝藏。他还是个堂堂六尺男儿,有一双能看透女人内心的眼睛,他疯狂地爱着她。不!她会足够明智地回应这份感情,也唯有这份感情能让她荣耀无比。毫无疑问,她会,而且会鄙视她迷恋的玩偶。到那时,此地所有的珍宝,包括贾姆希德①的红宝石,都是她的了。"

"你说的对。"第一个声音回答,"我得赶快到伊斯塔卡的地火之宫准备一下,迎接这对新婚夫妇。"

说话声戛然而止,蜡烛也灭了,随之而来的是无尽的黑暗。瑙罗奈哈尔一下子惊醒了过来,发现自己躺在父亲寝宫的沙发上。她击了一下掌,久尔琴劳兹和她的女仆们马上围了过来。大家见她走失了,都很伤心,派了太监到处找她。沙邦和其他人随后才到,他妄自尊大地数落起她来。

"小冤家,"他说,"你在哪儿拿的钥匙? 不会是庇护你的神灵帮你开的锁吧? 我倒要看看你有多大本事。来,到你房间去! 那儿只有两扇天窗,别指望久尔琴劳兹陪你。动作麻利点! 不然我把你关到双塔里去。"

听到他威胁自己,瑙罗奈哈尔愤怒地抬起了头,一双乌黑的大眼睛瞪着沙邦。打从在山洞听过那番重要的谈话以后,她的双眼明显睁大了。她说:"滚,要说去跟奴隶说,学着尊重生来就是为了发号施令的人,并且臣服于她。"

正如此这般地大发脾气,突如其来的惊呼声"哈里发! 哈里发!"打断了她。门帘随即被掀开了,奴隶们整整齐齐地在过道两侧跪下,可怜的小久尔琴劳兹躲到了沙发底下。最先进来的是一队黑人太监,身穿金丝绣花的穆斯林曳地长袍,手捧香炉,所过之处留下怡人的伽罗木香;接着是一本正经、趾高气扬的巴巴巴洛克,摇着脑袋好像对此次造访不太高兴;瓦塞克紧随其后,衣着华贵,步伐从容而威严,即使不是世界之主,他的出现也会让人艳羡不已。他忐忑不安地朝瑙罗奈哈尔走去,似乎深深地陶醉在她那双光华四射的明眸中,而

---

① 古代波斯神话中的王。(译者)

这双美目他先前只偷偷瞥到过几眼。但她很快垂下了眼睑，慌乱之下显得更加楚楚动人。

巴巴巴洛克是处理此类事件的行家里手，深知对漂亮女人要不择手段的道理，便马上屏退了左右。一看到沙发底下有小孩子的脚，他便毫不客气地将久尔琴劳兹拽了出来，扛在自己肩上，期间还令人作呕地在他身上摸个不停。久尔琴劳兹哭着喊着，挣扎着，反抗着，直到脸蛋红得像朵石榴花，饱含泪水的眼里射出愤怒的光芒。他意味深长地看了瑙罗奈哈尔一眼。哈里发看到了，便问她："这么说，那就是你的久尔琴劳兹？"

"世界之主！"她回答，"放了我堂弟吧，他年幼无知，没有恶意，不值得您动怒。"

"放心吧，"瓦塞克笑着说，"他不会有事，巴巴巴洛克最喜欢小孩子了，身边总带着糖果和蜜饯。"

法克勒汀的女儿窘得说不出话来，只能眼睁睁看着久尔琴劳兹被带走。起伏不定的胸口道出了她心中的慌乱，这进一步激发起瓦塞克的热情，使他变得肆无忌惮起来，就在他即将打消最后一丝犹疑时，埃米尔突然闯了进来，拜倒在哈里发脚下，对他说道：

"大主教！请不要在卑微的奴仆面前自贬身价。"

"不会，埃米尔，"瓦塞克回答，"我赐予她与我平等的身份。我封她为后，让你家族的荣耀代代相传。"

"唉！陛下，"法克勒汀说着拔掉了他引以为荣的胡子，"宁可将您忠实的奴仆赐死，也不要逼他违背自己的誓言。瑙罗奈哈尔已经正式许配给久尔琴劳兹，我兄弟阿里·哈桑的儿子，这一点她的双手可以为证。他们彼此也心意相通，已经发过山盟海誓了，婚约神圣，不容有悔呀。"

"那又怎样！"哈里发断然问道，"难道你放心把这个美若天仙的人儿嫁给一个比她自己还像女人的人吗？你想我会忍心看她的美貌在如此无能而懦弱的人手里枯萎吗？不会！她注定要在我的怀里度过一生，这是我的旨意！退下，别来打搅我欣赏她的美貌。"

恼怒的埃米尔拔出弯刀，递给瓦塞克，然后伸出脖子，斩钉截铁地说道："陛下，杀了您的这位不称心的东道主吧！自打看见先知的代理人亵渎他的待客之道，他就不想活了。"

听到父亲说这种话，璐罗奈哈尔再也承受不了心中的矛盾和煎熬，一下晕倒在地。瓦塞克既为璐罗奈哈尔的安危担忧，又为埃米尔违抗自己的旨意而不满，便命埃米尔照顾女儿，临走时还恶狠狠地瞪了他一眼。不幸的埃米尔突然仰面倒下，如同将死之人，一身冷汗。

久尔琴劳兹刚刚逃离了巴巴巴洛克的魔掌，恰巧这时回来了。他扯着嗓子，大声呼救，因为凭他一己之力实在无法应付。这个可怜的孩子脸色苍白，气喘吁吁，他试着将璐罗奈哈尔吻醒，他火热的双唇还真就让她醒过来了。法克勒汀也慢慢从哈里发的目光中缓过神来，艰难地踱到椅子旁坐下，仔细环顾四周，确定这个可怕的君主已经离开之后，派人请来了沙邦和苏特尔嬷嬷，分别对他们说道：

"朋友们！制服恶魔需要猛药，哈里发把悲哀和恐怖带给我们，我们该如何与他抗争呢？他若再瞪我一眼，我准会进坟墓的。所以，去把苦行僧从阿拉干①给我带来的蒙汗药拿来，那一剂药的效力能持续三天，给两个孩子服下去，哈里发就会相信他们死了，因为他们服下药后就会跟死了一样。我们假装把他们葬在大沙漠入口的梅姆②的山洞里，离我那些小矮人的房子也近。等看客们散去之后，你，沙邦，再另选四名太监，将他们送到湖边，那儿要事先安排口粮足够他

---

① 即今天的缅甸若开邦。（译者）
② 古阿拉伯传说中的人物。（译者）

们维持一个月。据我推算,瓦塞克需要一天来接受此事引起的震惊,再伤心个五天,闭门沉思两周,而后准备新的行程,总共逗留一个月时间也就差不多了,到那时我就彻底摆脱他的魔爪了。"

"计划是个好计划,"苏特尔嬷嬷说,"只要能实现的话。我已经注意到了瑙罗奈哈尔一点儿也不怕哈里发看她,而且他的目光落在她身上就再也没移开过。可以肯定,她虽然喜欢久尔琴劳兹,但知道哈里发尚在此地还是不会安分,除非我们可以让她相信她和久尔琴劳兹真的已经死了,而且死后被送到山上一段时间,是要惩罚他们为爱犯下的小过错。我们还会说自己也绝望地自杀了。您的小矮人会给他们带去愉快的布道,因为他们从没见过小矮人,不会起疑心。这样,我保证事情会朝着您所希望的方向发展。"

"那就这样!"法克勒汀说,"我同意你的意见。让我们赶快行动吧。"

话音刚落,他们便急匆匆地去拿药了。药混在果汁里,久尔琴劳兹和瑙罗奈哈尔很快就喝下去了。不到一小时,两人开始心跳加速,接着手脚慢慢失去知觉。他们从地上爬起来——哈里发离开之后,他们一直待在原地——爬到沙发上直挺挺地躺下,紧紧地抱着对方。

"抱紧我,亲爱的瑙罗奈哈尔!"久尔琴劳兹说,"摸一下我的心,好像要冻僵了似的。天哪,你和我一样凉! 难道哈里发可怕的目光把我们都杀死了吗?"

"我要死了!"她战抖着说道,"抱紧我,我快要断气了!"

"那就让我们一起死吧,"小久尔琴劳兹胸口痉挛般地叹了一口气,答道,"至少让我对着你的双唇呼出最后一口气吧。"此后,他们没再说话,就像死了一样。

哀号声很快传遍了后宫,那是沙邦和苏特尔嬷嬷在惟妙惟肖地模仿伤心欲绝的人。埃米尔被逼无奈出此下策,心中已经够苦的了,何况又是第一次用他的药粉，自然悲从中来，无须假装。奴隶们从四面八方赶过来，木然地看着眼前这一景象。屋里的灯只留了两盏，其余全熄了。荧荧的火光洒在两人的脸上，可惜他们就像美丽的花儿在生命最美好的时光里凋谢了。祭服准备好了，他俩的身子也在玫瑰水里洗过了，秀发已经梳好撒上香料，最后用比雪花石膏还白的殓服将他们包了起来。就在仆人将两个茉莉花环——他们生前最喜爱的花——分别套到他们头上的时候，瓦塞克进来了，他也是刚刚才接到噩耗。他看上去和午夜徘徊在墓地的幽灵一样苍白而憔悴，他顾不上自己和其他人，从奴隶堆里冲过去，跪倒在沙发脚下，捶打着自己的胸口，称自己为"残忍的凶手"，并不停地诅咒自己。他用战抖的双手掀起蒙在瑙罗奈哈尔脸上的面纱，随之大叫一声，晕倒在地。太监总管愁眉苦脸地把他拖走了，边走边念叨："唉，我就知道她不会领情的。"

哈里发一走，埃米尔马上命人取来棺木，并且严禁任何人进入后宫。所有窗户都上了闩，所有乐器都销毁了，阿訇们开始做祷告。瓦塞克一直默默地抽泣，直到这令人悲伤的一天结束。之前他悲愤交加，无法自控，他们不得已用了镇静剂让他保持冷静。

次日拂晓，宫里的大折门打开了，送葬的队伍一路向山里进发。"万物非主唯有安拉"的恸哭声传到哈里发耳朵里，他多想快点好起来，参加葬礼啊，要不是身体太过虚弱而无法走动，谁也甭想阻止他。刚走几步，他就摔倒了，属下们不得不把他抬到床上。他就这样不省人事地在床上躺了好几天，连埃米尔本人都动了恻隐之心。

送葬的队伍抵达梅姆的山洞后，沙邦和苏特尔嬷嬷遣回了整个队伍，只点名留下四个心腹太监。棺木就放在洞口，他们在一旁休息了一阵，然后将其抬到了一个小湖边。湖岸长满了灰白的苔藓，这里是苍鹭和白鹮的乐园，它们在不断地捕食蓝色的小鱼。两个小矮人接到埃米尔的指示，很快到了那里，在太监的帮助下开始用灯芯草和芦苇搭建小屋，这可是他们的拿手好戏。他们还建了一个仓库来储存供给，连带为自己准备了一个小礼拜堂。一大堆木头堆成了小山以备取暖之需，毕竟山里的空气比较冷。

傍晚，湖边生起了两个火堆，两个可爱的人儿被托出棺木，小心翼翼地放到同一间铺满干树叶的小屋里。几个小矮人敞开清脆而尖锐的嗓子诵起了《古兰经》，沙邦和苏特尔嬷嬷远远地站在一边，焦急地等待着药性过去。瑙罗奈哈尔和久尔琴劳兹终于无力地伸出双臂，慢慢地睁开了眼睛，开始好奇地打量周遭的每一件物品，他们越看越好奇，甚至想起身，但是因为太过虚弱又倒了回去。这时，苏特尔嬷嬷给他们喂了一杯甜果汁饮料，这是埃米尔特别嘱咐的。

久尔琴劳兹完全清醒了。他打了几个响亮的喷嚏，按捺不住心中的好奇，使劲站起来，走到屋外，如饥似渴地呼吸外头的新鲜空气。

"是的，"他说，"我又能呼吸了！我活过来了！我听得见声音！我看到了空中星光熠熠。"

听到爱人的说话声，瑙罗奈哈尔从干树叶上爬起来，跑出去，一把将久尔琴劳兹拥入怀里。首先引起她注意的是他们身上长长的殓服、花环，还有裸露的双脚；她两手捂着脸开始回想，想起了昏昏沉沉沐浴的情形，绝望的父亲，比两者还要清晰的是瓦塞克伟岸的身躯，还想起了自己和久尔琴劳兹病得奄奄一息，但是，所有这些画面都令她百思不得其解。她不知道自己身在何处。她放眼四望，想要努力识别周围的环境。孤零零的湖泊，光滑的水面上倒映着岸上的火光，灰白的湖岸，离奇的小屋，垂头丧气随风摇摆的纸沙草，白鹭凄凉的呼号和着小矮人刺耳的声音，一切的一切都使他们不由地相信司命天使已经向他们打开了另外一个世界的大门。

大惑不解的久尔琴劳兹一直搂着堂姐的脖子不松手，他想自己是到了鬼魂的地界了。堂姐一直沉默不语，把他吓坏了，他忍不住对她说道：

"说话呀，"他说，"我们在哪儿？你看到火堆上舞动的鬼魂了么？孟凯尔和奈吉尔①要来抓我们过去了么？死亡之桥是在这个湖上的么？庄严而平静的湖水下面或许藏着一个深渊，我们将永世在这里沉沦。"

"不是的，孩子们！"苏特尔嬷嬷说着朝他们走去，"别紧张！将我们的灵魂带到这儿和你们一起的司命天使向我们保证，说惩罚你们骄奢淫逸的生活只会持续几年。在此期间，你们必须待在这个沉闷的地方，这儿几乎终年不见阳光，也长不出水果和鲜花。他们，"她指着小矮人，接着说道，"会给我们提供生活所需，因为像我们这种现世的灵魂，保留了太多尘世间的习气。以后吃的只有米饭，没有肉；面包也会被笼罩湖面的雾气弄得潮乎乎的。"

听到今后的悲惨生活，两个可怜的孩子泪如雨下，拜倒在小矮人面前。小矮人们非常欣赏他们的人品，给他们做了一番寻常长度的精彩演说，说的是神圣的骆驼千年之后将送他们去永恒天堂。

布道结束了，接着他们沐浴、颂扬安拉和先知的功绩，然后草草用过晚餐，回到干树叶上休息。瑙罗奈哈尔和堂弟想着自己虽然死了，但还在同一个屋里躺着，心里也就好受多了。因为之前睡得很香，当晚剩下的时间两人都在谈论他们先前的遭遇。出于对幽灵鬼怪的恐惧，两人互相依偎着壮胆。

早晨，天阴沉沉的，下着小雨，小矮人爬上如同清真寺尖塔的高杆，喊他们做礼拜。所有会众，包括苏特尔嬷嬷、沙邦、那四个太监，还有白鹮，都到了。两个孩子耷拉着脑袋，慢吞吞地从小屋那边过

---

① 伊斯兰教天使名，在坟墓里预审死人的两个天使。（译者）

来。因为内心脆弱而忧伤,他们做起祷告来满腔热忱。祈祷一结束,久尔琴劳兹就迫不及待地问苏特尔嬷嬷和其他人,他们怎么就那么巧跟他堂姐和他本人一块儿死了呢?

"我们是自杀的,"苏特尔嬷嬷回答,"你们死了,我们也不想活了。"

听到这儿,瑙罗奈哈尔说:"还有哈里发!他也伤心过度死了吗?他也会到这儿来吗?"虽然都是过去的事情了,她还是忘不了他。

几个小矮人心中早就准备好了答案,他们故作正经地答道:"瓦塞克被打入地狱,回不来了。"

"我早知道他会有这样的下场,"久尔琴劳兹说,"听到这个消息,我打心眼儿里高兴,我敢肯定是他恐怖的眼神将我们送到这儿听布道,吃斋饭的。"

一星期就这样过去了。湖边的生活单调而乏味,瑙罗奈哈尔老想着生前的荣华富贵,久尔琴劳兹则与小矮人们一起埋头祈祷、干活,他们无时无刻不令他高兴。

当无忧无虑的这一幕在山里上演的时候,哈里发以崭新的面目出现在了埃米尔的面前。他一恢复知觉,就大声怒吼,吓得巴巴巴洛克浑身发抖:"背信弃义的异教徒!我发誓永远和你断绝关系!是你害死了我心爱的瑙罗奈哈尔!我恳请得到穆罕默德的原谅,早知这样,他会把她留在我身边的。去拿水给我净身,把虔诚的埃米尔叫来和我一起做祈祷,让我与他重归于好,然后,我们一起去拜祭可怜的瑙罗奈哈尔。我决定隐居山林,了此残生,为自己赎罪。"

瑙罗奈哈尔可没那么知足,她喜欢久尔琴劳兹。为增进彼此的感情,久尔琴劳兹全权由她照顾,但她依然觉得他不过是个玩偶,根本无法与贾姆希德的红宝石相提并论。她有时会对自己的生存方式产生怀疑,不敢相信人死了还有活着时的所有欲念和奇思怪想。为了解开这个疑团，一天早上，她趁大家还在熟睡的时候，屏住呼吸，小心翼翼地从久尔琴劳兹身边爬起来，轻轻地吻别他之后，开始沿着迂回曲折的湖岸往前走。湖的那一头是山岩，山很高，但还上得去。瑙罗奈哈尔不辞辛苦地向上攀登，到了山顶之后，向前狂奔，就像一只母鹿无意识地在追赶她的猎人。尽管她一路像羚羊一样敏捷，偶尔也不得不停下来，到怪柳底下喘口气。她正这么躺着，脑子里闪过一些片段，觉得此地似曾相识时，瓦塞克突然出现在她面前。原来那天早上，他心神不宁，天还没亮就出来了。他愣住了，不敢上前，眼前这个人身上裹着殓服，直挺挺地躺在地上，浑身战抖，脸色苍白，但依然美丽动人。最后，瑙罗奈哈尔既高兴又痛苦地抬起她清凌的眼眸看着他，说："陛下，您来这儿和我一起吃斋饭，听布道吗？"

"亲爱的幽灵！"瓦塞克大叫起来，"是你在说话吗？你和她一样有姣好的身材，迷人的容貌，那也摸得着么？"说着，迫不及待地抱住她，一边还补充道："四肢和胸膛热乎乎的！这意味着什么呢？"

瑙罗奈哈尔怯生生地答道："您知道，陛下，在您屈驾造访的那天晚上我死了。我堂弟认为是您的目光吓得，但我不信，对我来说，它并没那么可怕。久尔琴劳兹和我一起死了，我们被带到了一个与世隔绝的地方。那儿的伙食糟透了。如果您也死了，来和我们做伴，我深表同情，因为您会被小矮人和白鹳吵得头昏脑涨，另外，最令人痛苦的是，您，和我一样，也失去地宫的宝藏了。"

听她说起地宫，哈里发放开了抱她的双手，问她是什么意思。瑙罗奈哈尔简要地描述了一下梦里的所见所闻，和随后发生的事情，以及她假死的经过，还介绍了一下她成功逃脱的那个赎罪之地。要不是瓦塞克想得入神，这一切经她这么一讲，准会把他逗乐。不过，她刚一讲完，他就揽她入怀，对她说道：

"我的小心肝！谜底终于揭开了，我们都还活着！你父亲是个骗子,为了拆散我们,他把我们两个都骗了。那个异教徒,依我看,是想让我们一起上路,看来还是他好多了,我们至少还要一段时间才能到他的地宫。在我心里,远古苏丹们的珍藏加在一起,也远不及你这个可爱的小人儿来得宝贵,但愿在我像鼹鼠一样钻入地洞以前,可以光明正大、自由自在地和你长相厮守。忘了那个不务正业的小破孩,久尔琴劳兹,另外——”

“啊!陛下!”瑙罗奈哈尔插话了,“我求您别伤害他。”

“不,不会!”瓦塞克答道,“我已经告诉过你别再为他担惊受怕。他从小泡在蜜缸里长大,我看着都嫉妒。我们把他交给小矮人。说起他们,还是我的老相识,由他们陪他比你陪他更合适。至于其他事情,我不会再回你父亲那儿,我不想听他和他的老仆成天在我耳边叨叨,说我亵渎了他的待客之道,就好像让你嫁给我这个世界之主还不如嫁给一个女扮男装的假小子光彩。”

面对哈里发颇有说服力的一番言辞,瑙罗奈哈尔无言以对。她倒是希望这个多情的君主对贾姆希德的红宝石能产生更大的热情,但又觉得这种热情终究会与日俱增,于是,送上迷人的温柔,遂了他的愿。

哈里发发现时机已经成熟,便大声叫巴巴巴洛克过去,巴巴巴洛克在梅姆的山洞里睡大觉,正梦到瑙罗奈哈尔的鬼魂又一次把他放到了秋千上,刚好猛推了他一下,他一会儿飞上山顶,一会儿又掉进深渊。主人的叫唤把他从梦中惊醒了,他上气不接下气地跑过来,以为看到了刚刚梦见的鬼魂,差点晕过去。

“啊,陛下!”他大叫着直后退,双手捂着眼睛,“您这是要盗尸吗?您还真把死人挖出来了,但愿您不会带上她。想想她是怎么折磨我的,她恶毒得很,小心连您都不放过。”

“闭上你这张臭嘴!”瓦塞克说,“你很快就会发现抱在我怀里的是瑙罗奈哈尔本人，她活得好好的。你只管去旁边的山谷支起我的帐篷，我要和这枝漂亮的郁金香在那儿住下来，很快，我就会让她恢复光彩。尽你所能去找些东西来助兴，待会儿我再给你旨意。"

如此不幸的一件事很快传到了埃米尔的耳朵里，他痛不欲生，心灰意冷，开始和他的白胡子老仆们一样，往自己的脸上抹灰。他从此意志消沉，过路的不接待了，膏药也不发放了，这个庇护所里远近闻名的施舍活动没有了，相反，住在里面的人个个拉着一张苦瓜脸，唉声叹气的，他们被遗弃了。

尽管法克勒汀像永远失去女儿一样悲痛，他也没忘了久尔琴劳兹。他火速向苏特尔嬷嬷、沙邦和小矮人发出指示，嘱咐他们不要向这个孩子吐露实情，而要找个借口，将他转移到他指定的地方，使他远离湖那一头的高山，这样安全一点，因为他怀疑瓦塞克会对他不利。

此时，久尔琴劳兹正为找不到堂姐而满心疑惑，小矮人也和他一样吃惊，还是苏特尔嬷嬷比较聪明，很快就意识到出事了。她安慰久尔琴劳兹说在大山深处可以再次见到瑙罗奈哈尔，在那儿，地上满是橘子花和茉莉，躺上去比小屋的干树叶舒服多了；在那儿，他们可以伴着琴声聊天，还可以一起捉蝴蝶。正说得起劲，四个太监中的一个示意她到一边，告诉她有个同仁送信来了，信使已经解释了瑙罗奈哈尔逃跑的事情，还捎来了埃米尔的命令。沙邦和小矮人很快聚集到一起开会，会后迅速整理好行囊，登上一艘小船，带着这个孩子默默地出发了，久尔琴劳兹很配合他们的行动。他们就这样一路向前，直到船顺着水流跌进了一个山谷。一入山谷，久尔琴劳兹便被周遭的黑暗吓得惊慌失措，不停地发出刺耳的叫声。他到现在才相信生前和堂姐享受了太多的自由，死后果真要受罚。

我们还是回去看看哈里发和他的心上人吧。巴巴巴洛克已经搭好了帐篷,并且用华丽的印度布帘将整个山谷围了起来,由手拿弯刀的埃塞俄比亚奴隶在四周把守。为使青翠的草木在这个美丽的行宫里保持天然的活力,白衣太监提着红色的水桶,不停地走来走去。在国王的帐篷附近,可以听到摇扇子的声音,帐篷里透出迷离的灯光,哈里发在灯下将瑙罗奈哈尔的美丽尽收眼底。

他满心欢喜,在诗琴的琴声里,竖耳倾听她迷人的声音。而她,听他描述萨迈拉城和充满神奇的塔楼时也听得入了迷,尤其是当他讲述滚动的肉球、异教徒的无底洞和它的乌木门时,她更是神往不已。

他们就这样聊了一天一夜,然后一块儿在大理石的浴池里沐浴,黑色的大理石衬得瑙罗奈哈尔的肌肤益发白皙。她已经重新赢得了巴巴巴洛克的好感,巴巴巴洛克一门心思、无微不至地照顾他们的饮食,不断给他们呈上美食佳馔,甚至派人到设拉子去取香醇而美味的葡萄酒,那可是穆罕默德诞生以前酿制的陈酿。他在岩石上凿了几个凹槽,来烤瑙罗奈哈尔亲手制作的白面包,那面包的味道瓦塞克喜欢得不得了,以至于其他妻子做的东西,他是怎么也吃不下去了。法克勒汀虽然愤恨,却也同情他们,不然,他们早在法克勒汀的家里受尽冷遇,委屈得死掉了。

在此之前,迪拉拉是哈里发最宠爱的妃子,如今她对哈里发遗弃自己耿耿于怀,这是个性使然。在她得宠期间,她感染了瓦塞克许多疯狂的想法,迫不及待地想见识一下伊斯塔卡雄伟的古墓和四十柱殿。此外,她自小在麻葛①堆里长大的,因而深切地希望哈里发能够潜心侍奉拜火教。而此时,哈里发和她的情敌放浪而散漫的生活对

---

① 古波斯琐罗亚斯德教祭司阶层的称号。琐罗亚斯德教,即拜火教。(译者)

她便是一种双重的折磨。瓦塞克短暂的虔诚在她心里激起了严重的恐慌,但目前的情形明显更糟。于是,她毫不犹豫地提笔给卡拉蒂丝写信,告诉她事态恶化,他们一直在一个不容亵渎的老埃米尔家吃、住、玩乐;总之,得到远古苏丹的宝藏,还是那么遥远。信交给了两个在深山老林里伐木的樵夫,他们抄近路,十天便到了萨迈拉城。

伐木人抵达的消息传来的时候,卡拉蒂丝太妃和莫勒克纳不得正在下棋。瓦塞克走了几周之后,她就不再上塔楼了,因为她看过与儿子的命运有关的星星,一切都显得毫无头绪。她一遍又一遍地焚香膜拜,在塔顶上伸长脖子看,希望星星显灵,结果都一无所获。即便在梦里,她也只看到一些零零碎碎的织锦、几个小花束和其他一些毫无意义的小东西。一次次的失望把她推向了绝望,而她还配不出这样的药来使自己振作起来。她唯一的慰藉是莫勒克纳不得,他是个好人,又不卑不亢,但和她在一起的时候,他从来都不觉得快乐。

大家对瓦塞克的消息一无所知,而民间有许多关于他的荒谬传闻。不难想象卡拉蒂丝接到来信时是多么急切,得知儿子自甘堕落的行为时又是多么愤怒。"果真如此?"她说,"要么我死,要么瓦塞克去地宫。只要他能登上苏莱曼的宝座,烧死我都愿意!"说到这儿,她猛然转身,莫勒克纳不得吓了一大跳,不由地直往后退。她命人牵来神驼阿尔鲍法基①,还让面目狰狞的内克斯和冷酷无情的卡弗尔随行。"我不要其他随从,"她对莫勒克纳不得说,"事情紧急,咱们就到这儿吧!看好臣民,我不在的时候多向他们征税,接下来我们会有大笔大笔的花销,天知道会发生什么事。"

那一夜,天特别黑,卡托尔平原上邪风肆虐,换作其他路人,不管事情多么紧急,都会先停一停,但卡拉蒂丝不同,越是别人害怕的东

---

① 六世纪阿拉伯诗人塔拉法在其诗中不惜笔墨描写的骆驼。(译者)

西,她就越喜欢。内克斯与她不谋而合,而卡弗尔对瘟疫有一种特殊的偏爱。早晨,这支非凡的队伍,连同那两个引路的樵夫,在一片广袤的沼泽地旁稍事休息。沼泽地里冒出来的毒气足以要了所有动物的命,但阿尔鲍法基除外,它是吸着这些毒气长大的。农夫们恳请他们一行人不要在此地睡觉。

"睡觉?"卡拉蒂丝嚷道,"多么美妙的想法!除非要入梦,我从来不睡觉。至于我的随从,他们事情太多,没时间合上仅存的一只眼睛。"

可怜的农夫们惊愕地合不拢嘴,他们本就不高兴与他们同行。

卡拉蒂丝和她的黑人女仆下了骆驼,各自脱了外套,只剩底裤,跑到沼泽地里阳光最猛烈的地方去采毒草。这是为埃米尔一家准备的,也包括所有可能妨碍这次伊斯塔卡之行的人。看着三个可怕的身影跑来跑去,农夫们吓坏了——他们也不喜欢和阿尔鲍法基待在一块儿,卡拉蒂丝下令出发的时候,他们还愣愣地站在那儿。时值正午,太阳火辣辣的能把石头烤化了,不过,即便有一千个不愿意,他们也只能乖乖就范。

阿尔鲍法基喜欢独处,一靠近人烟便不停地打响鼻,卡拉蒂丝总是由着它的性子,不停地把它拉到这边又拉到那边,这样就阻止农夫们来获取食物了。本来他们经过的这个区域,上天安排了奶山羊和母羊产奶给路人解乏,看到这只丑陋的畜生和古怪的骑士们,它们都跑了。至于卡拉蒂丝,她根本不需要凡间的食物,而是事先服用了自创的鸦片剂来抗饿,还给了她的哑女们一些。

夜幕降临的时候,阿尔鲍法基突然停下来直踩脚,这对熟悉他步伐的卡拉蒂丝来说,意味着他马上就要进入墓区了。明亮的月光下,大家看到了一堵长长的围墙,墙上有扇虚掩的大门,门很高,连阿尔鲍法基都能轻易通过。可怜的向导们自知走到了生命的尽头,见眼下是个好机会,苦苦哀求卡拉蒂丝葬了他们,说完就咽气了。内克斯和卡弗尔,她们的头脑有别于常人,一点儿也不介意为两个苦命人的墓穴费神,而且没有比墓地和其间的坟墓更让他们合意的了。山坡上至少有两千座坟,有金字塔状的,有柱状的,总而言之,形态各异,应有尽有。卡拉蒂丝一味苦思冥想,哪还顾得上眼前这"迷人"的景象。想到当前是个可乘之机,她禁不住嚷道:

"这么漂亮的墓园肯定有鬼魂出没!他们是有灵性的。我的向导不经意间死了,我要向他们问路,就说请他们来享用新鲜的尸身吧。"

自言自语了这么几句之后,她向内克斯和卡弗尔招手,给她们打手势,好像说:"去,敲击四处的墓碑,亮出你们鬼叫般悦耳的呜呜声,招呼我想见的客人。"

黑人女仆高高兴兴地领命而去,指望从幽灵那儿获得更多乐趣。两人一副志在必得的样子,开始敲击墓碑,一下,两下……随之,地下传来了隆隆的响声,地面隆起一个个土丘,四面八方的幽灵伸长了鼻子,呼吸樵夫的尸身散发的臭气。

他们聚在白色的大理石石棺前,卡拉蒂丝坐在石棺里那两个倒霉的向导中间,以高贵典雅的礼仪接待了八方来宾,晚餐结束的时候才引入正题。很快,她便打听到了想知道的一切。她打算即刻启程,但她的黑人女仆正和幽灵缠绵悱恻,便打各种手势恳求她至少等到天亮。可卡拉蒂丝一向洁身自好,对爱情和休息不屑一顾,便毅然决然地拒绝了她们的请求,跨上阿尔鲍法基,命令她们马上就座。四天四夜的风雨兼程,一路上既没左拐,也没右拐,第五天,越过群山、穿过半数烧焦的林子,第六天,终于到了山谷口美丽的帘子前,她荒淫无度的儿子就躲在帘子后面。

天刚破晓,卫兵们还在岗哨上酣睡,毫无戒备,阿尔鲍法基粗重而急迫的脚步声把他们一下惊醒了。他们以为它是从地狱里逃出来的鬼魂，全都仓皇而逃。瓦塞克那时正和瑙罗奈哈尔在浴池里沐浴，一边听故事，一边对着讲故事的巴巴巴洛克大笑不止。听到卫兵们的喊叫声，他一个鲤鱼打挺跃出池子，看到卡拉蒂丝的一刹那，他又猛地跳了回去。卡拉蒂丝和她的黑人女仆骑着阿尔鲍法基，穿过遮蓬和帐幔，直冲进来。看到突如其来的人马，瑙罗奈哈尔（她从没停止过自责）还以为是上天的报应来了，恋恋不舍地抱住哈里发不松手。

卡拉蒂丝还在骆驼上安坐着，看到眼前这不堪入目的景象，怒火中烧。她不由分说一顿呵斥："你这双头四腿的怪物！这样又搂又抱什么意思？你不要远古苏丹的权杖，却抓住这个女人不放，让人看见不会不好意思么？就是为了这个小贱人，你违背了异教徒在羊皮纸上所开的条件？在她身上，你浪费了多少宝贵的时间？这就是我传授你知识的结果吗？这就是你的目的地？给我把这没头没脑的小东西推开，当着我的面把她扔到水里。按照我的吩咐做。"

盛怒之下，瓦塞克真想剔了阿尔鲍法基的骨，扒了卡拉蒂丝和黑人女仆的皮。还没来得及多想，异教徒、伊斯塔卡的宫殿、弯刀、法宝，这些形象犹如闪电，一下闪过他的脑海，让他的怒火平息下来。他彬彬有礼却斩钉截铁地对母亲说道："令人敬畏的夫人！都听您的，但我不能把瑙罗奈哈尔扔进水里。和她在一起比吃了榄仁糖还甜蜜，何况她迷恋红宝石，尤其是贾姆希德的红宝石，神灵也说过那是授予她的。所以，她得跟我们一起走，我想和她一起到苏莱曼的华盖底下休息。没有她，我睡不着。"

"那就这样！"卡拉蒂丝边说，边从驼背上下来，同时将阿尔鲍法基交给女仆照看。

瑙罗奈哈尔还是没有松手，她鼓起勇气，深情款款地对哈里发说道:"我亲爱的陛下,只要您愿意,我会追随您到卡夫山外伊夫里特的禁地,我会毫不犹豫地为您爬上西牟鸟的巢穴,它是这个世上除了这位夫人之外最可怕的生灵了。"

"这么说,还是位有胆识的小姑娘。"卡拉蒂丝赞道。

瑠罗奈哈尔当然有胆识,只不过,虽然心意已决,她还是不由地想起风度翩翩的小久尔琴劳兹,以及和他在一起时情意绵绵的日子,她一脸歉意,甚至掉了几滴泪,不经意中她还叹息道:"唉!我文雅的堂弟啊!真不知道他将来会怎样!"这些都被卡拉蒂丝看在眼里。

听到这话,瓦塞克皱起了眉头,卡拉蒂丝问他这是怎么回事。

"她在为深爱她的小伙子莫名地叹息,那个小伙子有一双含情脉脉的眼睛和一头松软柔滑的头发。"哈里发说。

"他在哪儿?"卡拉蒂丝问。"我得认识一下这个俊俏的孩子,因为,"她压低声音补充道,"我想在出发前重新赢得异教徒的欢心,在他眼里,没有什么能与一个情窦初开的男孩的心脏相媲美的了。"

瓦塞克从浴池里出来,吩咐巴巴巴洛克清点女眷和后宫能带走的一切东西,并集合卫队,做好准备,三天后出发。卡拉蒂丝独自去了一个帐篷休息,恍惚中异教徒用令人振奋的画面鼓舞她;好不容易醒了,却看到内克斯和卡弗尔就在她身旁。她们用手势告诉她已经把阿尔鲍法基领到湖边吃过苔藓了,那儿的苔藓看起来毒性很强,她们还发现了一些蓝色的鱼,和塔顶水池里的一模一样。

"啊哈!"她说,"我要去那儿找它们。这些鱼,毫无疑问,就是我略施小计就能让它们开口说话的那一种。它们也许能告诉我小久尔琴劳兹去了哪里,我非常希望能拿他当祭品。"说完之后,她马上带着黑乎乎的随从出发了。

卡拉蒂丝和她的黑人女仆干起坏事来总是很神速。她们很快到了湖边,点燃随身携带的魔法药后,脱光了衣服,下到齐下巴深的水里。内克斯和卡弗尔在边上舞动火把,卡拉蒂丝口中念念有词。鱼儿们不约而同地从水里探出脑袋,拍打着尾鳍,在水面上掀起层层涟漪。最后,它们发现自己被法力定住了,可怜巴巴地张开嘴巴,说道:"我们从头到尾都是您的了。您想知道些什么?"

"鱼儿们,"她答道,"我恳请你们,以你们身上金光闪闪的鳞片起誓,告诉我久尔琴劳兹这会儿在哪里?"

"在山的那一边。"鱼群异口同声地回答。"您满意了吗?我们可不喜欢老张嘴。"

"满意,"太妃接着说,"我知道你们不喜欢长谈,既然这样,你们休息吧,虽然我还有其他问题想问。"她刚说完,水面就恢复了平静,鱼儿们也随之不见了。

卡拉蒂丝为自己恶毒的计划铆足了劲,大步流星地翻过山去,看到可爱的久尔琴劳兹正在凉亭里睡觉,两个小矮人在一旁守候,嘴里不停地念着熟得不能再熟的祈祷文。这两个小矮人对坏人接近虔诚的穆斯林有未卜先知的本领,因此,他们早就料到卡拉蒂丝会来。卡拉蒂丝突然停下来,自言自语道:"他枕着他那可爱的小脑袋,样子多么安详啊!他的面容竟是那么的苍白和憔悴!这正是我想要的孩子!"

两个小矮人一跃而起,跳到她身上,打断了她开心的独白。他们使劲抓她的脸,内克斯和卡弗尔奋力营救她们的主人,便狠命地掐两个小矮人还以颜色,结果把他们都掐死了。见到穆罕默德时,两个小矮人都恳求他对这个女人和她的家族施以最严厉的惩罚。

山谷里的这场奇怪的争斗把久尔琴劳兹吵醒了,他迷迷糊糊,惊恐万分,情急之下跳上一棵靠坡生长的老无花果树,顺势爬上山顶,头也不回地跑了两小时。最后,他筋疲力尽,像死了一样跌进一个慈眉善目的老神仙怀里。老人喜欢孩子,把保护孩子当成了他唯一的消遣。有一次,像往常一样在空中巡视的时候,恰逢残忍的异教徒在可怕的地缝里咆哮,他救下了丧尽天良的瓦塞克一心要送进异教徒嘴里的五十个小可怜,并把他们安置在比云彩还高的房子里抚养,而他自己住得比他们都要宽敞,这些房子的旧主人都被他打发走了。

这些神圣而不可侵犯的庇护所上飘着经幡,以防戴夫斯和伊夫里特的侵扰,经幡上写着安拉和先知的名字,金光闪闪的好像闪电。对假死一事还蒙在鼓里的久尔琴劳兹,以为自己到了永恒天堂,也毫不畏惧地接受小朋友们的祝福。他们都聚在老神仙家里,竞相亲吻他光滑的额头和漂亮的眼睑。他觉得这才是他想要的生活:远离喧嚣的尘世、荒唐的后宫、蛮横的太监和阴晴不定的女人。在这个和睦的大家庭里,日子一天天、一月月、一年年地过去,他和他的同伴们一样开开心心的,因为老神仙赐予他们永恒的童年,不会拿转眼即逝的财富和徒有虚名的科学增加他们的负担。

卡拉蒂丝从来没有逮不到的猎物,她不停地责骂黑人女仆不仅没有抓住那个孩子,反而只顾自己高兴,掐死了两个小矮人,而这么做对她们一点好处都没有。她一路抱怨着回到山谷,看到她的儿子赖在瑙罗奈哈尔的怀里还不起来,就把一肚子的气撒到了两人头上。不过,想到第二天就要出发去伊斯塔卡,还能通过异教徒的帮忙与易卜劣斯交好,她的心里总算好过多了。但是,命里注定她不会如愿。

傍晚,卡拉蒂丝和迪拉拉正说着话,迪拉拉在她的处心积虑的安排下成为她的同伙,而且与她臭味相投。巴巴巴洛克过来禀报说:"萨迈拉城方向的天空火红火红的,看着好像出大事了。"卡拉蒂丝马上想起了她的星盘和法器,测出星星的纬度后,分析得出了一个令她很没面子的结论:萨迈拉城发生了可怕的暴动,穆塔瓦基勒①利用民

---

① 阿拔斯王朝的统治者之一。(译者)

众对他兄弟由来已久的不满,挑起叛乱,自立为王,如今包围了塔楼,莫勒克纳不得带着一小撮依然忠于瓦塞克的人,已经撤到了塔里。

"什么!"她惊呼,"偏偏这个时候塔楼丢了!我的哑女!黑奴!干尸!最糟的是,失去了我曾经在那里度过了那么多个夜晚的实验室,还不知道我的傻儿子能不能完成他的使命呢!不!不能就这么算了!我得火速回去支援莫勒克纳不得。只要我施点魔法,天上就会下冰雹,砸向叛军的脸,还会放出火红的铁箭,射向他们的头;我会趁其不备在他们脚边放出毒蛇,引爆炸药,到时,看他们还怎么反击!"

说完,卡拉蒂丝赶紧去找儿子。瓦塞克此刻正和瑙罗奈哈尔在他豪华的粉色帐篷里,安安静静地用餐。

"就知道吃!"她大叫道,"要不是我,你很快就成为馅饼之王了。你忠实的臣民摒弃了效忠于你的誓言。穆塔瓦基勒,你的兄弟,现在掌管着斑马山,要不是我在塔楼里还有些小东西,想要逼他退位可没那么容易。但是,我们不能再浪费时间了,我只想再说一句,收起帐篷,今晚就走,注意中途别再耽搁了。虽然你违反了羊皮纸上的条约,我还是心存希望,因为你大大地亵渎了埃米尔的待客之道,这是事实。你吃了他的面包和盐,还拐走了他的女儿。你这样做,异教徒只会高兴,接下来你若再干件坏事表现一下,那么一切将会顺利继续,你也会顺利迈入苏莱曼的殿堂。再见吧!阿尔鲍法基和黑人女仆在等着了。"

哈里发无言以对。他祝母亲一路顺风,然后继续用餐直到酒足饭饱。子时,在一片喧闹的喇叭声和军乐声中拔寨起营了,这当中声音最嘹亮的当属纳嘎拉鼓,鼓声淹没了埃米尔和老仆们的哭声,老人们因为流了太多的泪,体内的水分消耗殆尽,致使眼睛都缩在眼窝子里,头发也连根掉了。对瑙罗奈哈尔来说,这样的乐曲令人心碎,但她没有痛苦地逃避。她和哈里发在轿辇里坐着，幻想着在不久的将来为荣华富贵所环绕的情形，以此为乐。其他女人，个个愁眉苦脸，落寞地随着轿子晃动，唯有迪拉拉，一心想着在伊斯塔卡庄严的露台上举行拜火仪式的欢乐景象，以作慰藉。

四天后，他们抵达辽阔的洛克那贝德溪谷，谷内春意正浓，杏花开满枝头，千奇百怪的枝丫纵横交错，鬼斧神工地将一碧如洗的天空划成了一小块一小块。地上斑杂地长着风信子和长寿花，它们吐露的芬芳涤荡着人们的心房，让人觉着恬静而安详。成群的蜜蜂和无数的修士在那儿安了家。河的两岸，蜂巢和小礼拜堂交替排列，高耸的苍柏点缀其间，将它们衬托得愈发整齐和干净。虔诚的人们闲暇时便以侍弄小园子为乐，园子里种满了花花果果，尤其是波斯人引以为豪的口味独特的香瓜。有时，他们也三三两两地坐在草坪上，给洁白如雪的孔雀和蓝宝石般的乌龟喂食。此时，皇家仪仗队的先行官过来宣布了："洛克那贝德的住户们！跪到河边去，感谢上苍赐予你们荣耀。看吧，大主教来了！"

可怜的修士们觉得神圣无比，浑身来劲，在礼拜堂手忙脚乱地点好蜡烛，把《古兰经》摊到乌木桌上之后，带着一篮篮蜂房、椰枣和香瓜前去迎接哈里发。然而，当他们正儿八经排着队，迈着整齐的步伐往前走的时候，哈里发的马匹、骆驼和卫兵却在肆意践踏他们的郁金香和其他花卉，把它们踩得面目全非。修士们朝哈里发和老天行注目礼的同时，又忍不住可怜巴巴地瞥一眼身边正在上演的暴行。瑙罗奈哈尔被这儿的风景深深地吸引了，不由地怀念起她童年生活的地方——那令人愉快的僻静所在。她央求瓦塞克停一下，但瓦塞克怀疑异教徒会把这儿的教堂当成异端，便下令先头部队将其夷为平地。修士们听到这个野蛮的命令吓得呆若木鸡，最后忍不住号啕大哭。瓦塞克听着实在不雅，便吩咐太监们把他们赶得远远的，然后和瑙罗奈哈尔从轿辇上下来,一起在草地上漫步,两人一边采花,一边不停地打趣,玩得不亦乐乎。不过,虔诚的穆斯林——蜜蜂——认为有责任为它们受尽侮辱的主人报仇,便义无反顾地聚到一起展开行动,殊不知,这正合哈里发和瑙罗奈哈尔的意,因为他们的帐篷早在那儿候着了,准备将它们一网打尽。

至于对付孔雀和乌龟,巴巴巴洛克作为伙房总管也有出色的表现。他不失时机地把几十只送上了炙叉,又抓了几十只去炖汤。他们在这别具一格的筵席上肆无忌惮地大吃、大笑、大喝、大骂,这时,来自设拉子的毛拉、酋长、卡迪①和阿訇②(他们看着好像与这儿的修士素未谋面)到了。他们手持绣着《古兰经》的缰绳,领着一队驴过来了,驴身上满载着当地盛产的上好水果。他们将礼物呈上之后,恳请哈里发光临他们的城邦和清真寺。

"不要妄想留住我,"瓦塞克说,"你们的礼物我姑且收下了,但请你们不要再说了,因为我不太喜欢抵制诱惑,退下吧。话说回来,让你们这样受人景仰的人走着回去实在有失体面,你们看着又不像是擅长骑术的,就让我的太监把你们绑在驴背上,以免你们赖着不走,毕竟驴子们还是懂礼节的。"

来访者中有几个心高气傲的酋长,认为瓦塞克是个傻瓜,只是不便说出来。对于这些人,巴巴巴洛克用了两根绳子把他们捆得牢牢的,还用荨麻在后面猛抽他们的毛驴,驴儿受惊,魔怔似的一跃而起,前突后蹶,互相冲撞,出尽了洋相。

瑙罗奈哈尔和哈里发在争论谁最享受这可耻的一幕。看到老人和驴掉进了河里,他们齐声大笑。一条腿折了,另一个肩膀脱臼了,

---

①　穆斯林国家的法官。(译者)

②　意为"老师"或"学者"。(译者)

还有一个牙齿磕飞了，其余的情况更糟。

此后的两天，再也没有新的使节来扰。在洛克那贝德好好享受了一番之后，远征的队伍继续前行，离开了右岸的设拉子城，朝一望无际的平原进发。从那儿，依稀可见伊斯塔卡那黑魆魆的山顶就在地平线附近。

此情此景令哈里发和瑙罗奈哈尔喜不自禁。他们从轿子里纵身跳下，忘乎所以地欢呼起来。欢呼声所到之处，众人无不为之一震。他们你问问我，我问问你，大声叫嚷着："不会是到了辉煌的光明之宫吧？还是比谢德达①的园子还要讨人喜欢的园子?"着了魔的人哪！他们就这样陷在虚妄的揣测中不能自拔，无法参透真主的旨意。

善良的精灵并未完全置瓦塞克于不顾，他们到七重天找到穆罕默德，对他说："仁慈的先知！向你的代理人伸出您的慈悲之手吧。他的敌人戴夫斯设计要毁了他，他就要掉进他们的陷阱，万劫不复了。异教徒已在万恶的地宫等着他了，一旦涉足，他就真的毁了。"

穆罕默德愤愤地答道："他这是咎由自取，不过，我允许你们再做一次努力，看看能否将他引回正途，不再自取灭亡。"

在这些慈悲为怀的精灵中，有一位因他的虔诚在这一带的苦行僧和修士中最为声名卓著。他立马变成一个牧羊人，站到山坡上一群洁白的羊儿旁，吹起了笛子。这笛声是如此的哀怨忧伤，征服了听者的灵魂，唤醒了他们的良知，也驱散了他们心头所有的痴心妄想。听到这些充满力量的曲子，太阳躲到了阴云后面。两个小湖，原本水晶般清澈见底，亦变得通红如鲜血。这支壮观的队伍不自觉地向山坡走去。所有人都低着头，窘迫地站着，为各自犯下的罪行自责。迪

---

① 阿拉伯传说中的君主，其财富与权势堪比吉姆斯奇德与所罗门。（译者）

拉拉的心突突地跳个不停。太监总管叹了口气，后悔不已，他恳求女眷们的原谅——为满足自己，他经常折磨她们。

轿子里，瓦塞克和瑙罗奈哈尔脸色苍白，他们憔悴地注视着对方，相互诉说着自己的不是，一个是因为自己犯下了数不清的滔天大罪，还心存众多企图不敬的图谋，另一个是因为给她的家庭带去不幸，还让可爱的久尔琴劳兹遭受劫难。瑙罗奈哈尔确信自己在这不祥的音乐里听到了父亲临终的呻吟，而瓦塞克听到的则是他献给异教徒的五十个孩子的哭声。他们内心感到无法言喻的痛楚，只觉得自己不由自主地朝牧羊人走去。他的面容是如此威严，这让瓦塞克第一次感到了敬畏，而瑙罗奈哈尔用手捂住了脸。

音乐声暂时停了下来，守护神转而跟哈里发说话，他说："迷途的君主！上天将无数的子民托付于你，你就这样履行你的使命吗？罪行已然犯下，你这是要赶着去接受惩罚吗？你知道，翻过这些山，就到了易卜劣斯和该死的戴夫斯执掌的地狱王国。你受了恶魔的蒙骗，这是要拿自己去进献给他们哪！这是对你最后的恩典，放弃你万恶的企图回去；将瑙罗奈哈尔还给她一息尚存的父亲；把你的塔楼连同里面一切可憎的东西都毁了；让卡拉蒂丝远离公堂；公正地对待你的臣民；尊重先知的使节，在生活中做出表率，以弥补你犯下的大不敬之罪；别再成天纵情酒色，花点时间到你祖先坟前好好忏悔。你看乌云遮蔽了太阳。等它再次恢复光芒之时，如果你还一心不知悔改，上天对你的怜悯可就一去不复返了。"

瓦塞克吓得两腿发软，他感到这个牧羊人绝非凡人，正要匍匐到他脚下的时候，自尊心上来了，反而狂妄地抬起头，恶狠狠地瞪了他一眼，说道："不管你是谁，收起你那没用的忠告。要么是你骗我，要么是你自己上当受骗了。如果我所做的真如你说的那么可耻，那么上天对我哪里还会有什么恩典！我冒着血雨腥风，就是为了得到一种力量,令尔等战抖。现在希望就在眼前,别指望我会回去,也别指望我会把瑙罗奈哈尔送回家,在我眼里,她比我的生命和你的恩典都要宝贵。让太阳出来! 让它照亮我前方的道路! 才不管它通到哪呢!"一番话说得连守护神都不寒而栗。瓦塞克一头扎进瑙罗奈哈尔的怀里,吩咐随从将他的马拉回原路继续前行。

要按照他的命令行事并不难,因为笛声已经停止了。太阳发出灿烂的光芒。只听到一声痛苦的尖叫,牧羊人不见了。

尽管如此,守护神的笛声在瓦塞克的随从们心里还是产生了决定性的影响。他们用惊恐的眼神互相打量着,不到天黑,几乎所有人都跑了,这支庞大的队伍就只剩太监总管,一些愚忠的奴隶,迪拉拉和另外几个女眷——她们和她一样,都是拜火教的信徒。

哈里发心里满是对黑暗之神发号施令的渴望,对于仆从们的失职几乎没什么感觉。他热血沸腾,毫无睡意,连以往的安营扎寨都免了。瑙罗奈哈尔甚至比他本人还迫不及待,不停地催他赶路,而且对他极尽爱抚,使他没时间想别的。她幻想着自己的权势已经超过了示巴女王<sup>①</sup>,想象着自己坐在宝座上,众神拜倒在她脚下的情形。就这样,他们星夜兼程,直到看见两块高耸的巨石,这是通往山谷的入口,山谷的尽头是伊斯塔卡广袤的遗址。山顶上,许多王陵的墓碑依稀可见,在夜色的笼罩下,愈发显得恐怖。他们经过两个几近废弃的村子,村里只剩几个年老体弱的老人,看到马车,他们就跪下来大喊大叫:

"哦,天哪! 就是这些妖魔鬼怪折磨了我们六个月吗? 哎呀! 就是这些恐怖的鬼怪和山下的喧闹声把我们的人都吓走的,只留下我

---

① 传说中阿拉伯半岛的女王,在与所罗门王见面后,慕其英明及刚毅,与其有过一场甜蜜的恋情,并孕有一子。(译者)

们听凭恶魔的摆布。"

在哈里发看来,这些怨言并非前途无望的预兆。他驾车从这些可怜的老人身上碾过,最后停在了一个黑色大理石露台下面。他先下了轿,之后把瑙罗奈哈尔也扶下轿,两人心跳得厉害,一边贪婪地看着周围的一切,一边惶恐不安地等着异教徒过来。但他还没有出现的迹象。

山上的空气弥漫着死一般的静寂,露台上高耸的柱子直冲云霄,在月光下,它们夸张的影子投射在一个巨大的平台上。不计其数的黑魆魆的瞭望塔都没有屋顶,它们那些造型奇异的柱头已然成了乌鸦的乐园。看到来人,乌鸦们受了惊吓,呱呱地叫着飞走了。

太监总管吓得瑟瑟发抖,恳求瓦塞克点支火把。

"不行!"他答道,"没时间想这些琐事了,你就在这儿候着,等我的命令。"

说完,他把手递给瑙罗奈哈尔,和她一起沿着巨大的楼梯拾级而上,到了露台。露台由一块块方形的大理石铺就,平滑得如同寸草不生的湖面。右边矗立着一排瞭望塔,瞭望塔后面是一个广袤的宫殿遗址,宫墙上有各式浮雕,首先映入眼帘的是四只巨兽,包括豹和狮身鹰首兽,虽说是石头的,但还是令人望而生畏。离它们不远处,借着明亮的月光,可以清楚地看到月光倾泻直下的地方有一些字符,和异教徒弯刀上的那些字形相似,而且两者都是无时无刻不在变化。文字变幻良久,终于在变成阿拉伯文后固定不动。文中写的是:

"瓦塞克!你已经破坏了我羊皮纸上的盟约,本该被遣送回去,不过,看在你同伴的份上,同时也为犒赏你为此而付出的努力,易卜劣斯允许他的宫门对你敞开,地宫之火也将接受你加入它的崇拜者的行列。"

露台是依山而建的,他刚一读完,那山就开始颤动,瞭望塔跟着摇摇欲坠，眼看就要砸到他们身上的时候，山体裂开了，露出一排光滑的大理石台阶，看着像是通往那个深渊的。每级台阶两侧都各立着一支巨大的火把，和瑙罗奈哈尔在幻境中看到的一样。底下樟脑味的气体缓缓升起，在空荡荡的拱顶中间聚集成云。

这一景象非但没有令法克勒汀的女儿害怕，反而给她增添了些许勇气。她根本不屑与月亮和苍穹道声永别，就毅然决然抛弃了外头纯净的空气，一头扎进这乌烟瘴气之中。这两个离经叛道的家伙步履傲慢而坚定。两人伴着火光一路往下走，边走边互相欣赏地凝视着对方。他们看起来是那么光辉亮丽，以至于他们自认为自己就是神了。唯一令他们感到困惑的是为何到现在他们还没有走到阶梯的尽头。两人心焦如焚，不由地加快再加快他们的脚步，到最后快得好像不是在赶路了，倒像是从悬崖上跌落一般。终于，他们到了一扇巨大的乌木门前，哈里发一眼就认出了这道门。异教徒已经手持钥匙在那等着了。

"欢迎你们，"他带着一抹阴森恐怖的笑意对他们说道，"尽管穆罕默德和他的侍从们反对，我也要领你们进地火之宫。你们绝对受之无愧。"

说着，他拿钥匙去开门上的珐琅锁，门瞬间打开了，发出轰隆隆的巨响，犹如山崩地裂，不过他们刚一进去，门就合上了。

哈里发和瑙罗奈哈尔面面相觑，发现他们身处的地方虽然有一个拱形的屋顶，但异常高大宏伟，起初他们以为到了一个一望无际的平原。但后来，等眼睛慢慢习惯了身边这些富丽堂皇的东西后，他们放眼望去，看见了一排排的柱子和拱廊，由近及远，越来越小，小到变成一个个小点，如此这般，四下辐射开去，如同落日将它最后的光芒投向海面。甬道上点缀着金粉和藏红花，诡秘的香气令人几近窒息。尽管如此，他们还是继续前行，只见无数个香炉持续不断地焚着龙涎香和沉香,几根柱子之间摆放着桌子,上面摆满了珍馐美味,各色美酒在水晶瓶里闪闪发光。一群神怪和古怪的精灵,男男女女的,聚在一起,伴着地下传来的音乐翩翩起舞。

在这个广袤的大厅里来来往往的人很多,他们个个将右手摁在心口,对周围的一切漠不关心。每个人都脸如死灰,双眼凹陷,眼睛如同夜里墓地的鬼火闪着微光。他们中有些人沉浸在冥想里,缓慢地向前挪动着脚步;有些人,痛苦地尖叫着,像身中毒箭的老虎四处狂奔;其余的人,狂躁地磨着牙,口吐白沫,比最狂野的疯子还要疯狂。尽管每个人身边都有数不清的人,大家都互相躲避,漫无目的地晃来晃去,对其他人毫不在意,就好像独自一人游荡在人迹罕至的沙漠里。

瓦塞克和瑙罗奈哈尔被眼前这恐怖的景象吓呆了,问异教徒这些人是怎么回事,为什么这些游走的幽灵自始至终不把手从心口挪开。

"别瞎猜,"他不客气地答道,"很快你们就会知道一切的,咱们快去见易卜劣斯吧。"

他们继续在人群中穿梭,不过,尽管刚进来的时候信心满满,此刻,他们已经无法再镇定自若地仔细察看左右两边厅堂的景致了。这些厅堂的门都敞开着,里面有火把和火盆照明,熊熊燃烧的火焰直冲穹顶。最后,他们来到一个地方,四周挂满了绯红与金色交织的织锦幔子,长长地拖在地上,凌乱不堪。这里已经听不到唱诗班的颂歌和跳舞的乐曲了,只见远处隐隐闪着一丝火光。

过了一会儿,瓦塞克和瑙罗奈哈尔发现帘子后面透出一道亮光,进去一看,是一个铺着豹皮的帐幕,数不清的长须老者和全副武装的伊夫里特匍匐在一个雄伟的道坛前面。坛上,令人畏惧的易卜劣斯在一个火球上坐着。此人长相年轻,五官端庄高贵,但在邪气的浸淫下似乎已然失色不少,一双大眼睛显得骄傲而绝望,飘逸的长发和光明天使有几分相像。他受过雷击的手中挥舞着令怪物海德拉[①]、伊夫里特和地狱里所有神明都战抖不已的铁节杖。面对他,瓦塞克顿时心一沉,平生第一次以头杵地跪了下去。而瑙罗奈哈尔,虽然大失所望,却禁不住崇拜起易卜劣斯这个人来,她本以为见到的会是一个惊天巨人。易卜劣斯的声音比想象中还要温和,但带着一股能沁入脑髓的忧郁和悲哀。他说:

"微不足道的人啊,欢迎你们来到我的国度。你们已正式成为我的信徒了,可以尽情享受这里的一切,包括远古苏丹的宝藏和他们寒光闪闪的弯刀,以及那些能号令戴夫斯打开卡夫山地宫的法宝,那里和这里是相通的。看着吧,你们会发现有的是东西来满足你们那永不满足的好奇心。你们还将获得特许,进入阿里曼[②]的城堡和阿吉克[③]的大厅,里面描绘着所有被赋予灵性的生物,还有早在你们称之为"人类之父"的那个可鄙的家伙诞生以前就生活在地球上的各种动物。"

瓦塞克和瑙罗奈哈尔听了这么一番训示之后,顿时觉得精神振奋,信心大增,他们迫不及待地对异教徒说道:

"马上带我们去找这些稀世珍宝。"

"来吧!"这个恶魔一脸坏笑,"来!把我主人许诺过的都拿走吧,多拿一些。"

说着,异教徒领他们出了礼拜堂,进了一条狭长的走廊。他自己

---

① 阿拉伯神话中的九头怪蛇。(译者)
② 拜火教中的恶之神。(译者)
③ 阿拉伯神话中的巨人,据说在卡夫山建了个大厅,里面有所罗门王和其他东方君主的雕塑。(译者)

步履匆忙地走在前面，两个门徒异常敏捷地跟在身后。他们最后到了一个极具规模的大厅，上有宏伟的穹顶，四周有五十扇铜门，门上均上了铁闩，一种丧葬般的阴郁气氛笼罩着整个大厅。就是在这儿，在两个永不腐蚀的松木台上，木然地躺着形容枯槁的远古君主，他们都曾主宰过整个世界。他们还有足够的生命来感知自己的悲惨处境，他们的眼睛忧郁地转动着，他们相互凝视，神情沮丧到了极点。他们右手都一动不动地放在心口，脚上刻着各自执政时期的一些大事，包括他们的权利、他们引以为豪的事情和他们犯下的罪行。苏莱曼·拉德、苏莱曼·达奇和苏莱曼·迪·吉恩·本·吉恩将戴夫斯锁进了卡夫山阴暗的山洞，之后变得不可一世，蔑视神灵。他们都留下了丰功伟绩，尽管这些无法与苏莱曼·本·达沃德的辉煌业绩同日而语。

这个因才智过人而名声在外的君主被放在最高的松木台上，是紧邻穹顶的地方。他看着比其他人更有生气，但是会不时费力地长叹，并且和其他人一样，右手一直放在心口。不过他的面容更加镇定，他似乎正在聆听一个大瀑布沉闷的轰鸣——这也是在这个悄无声息的沉闷的大殿里唯一能够听到的声音，这个瀑布透过门缝可见一斑。在他的松木台周围摆了一圈的铜瓶。

"把这些神秘的瓶子打开，"异教徒对瓦塞克说，"你就能得到那些法宝，有了它们，你就能打开这儿所有的青铜门。你不仅能拥有里面所有的宝藏，还将成为守护宝藏的精灵的主人。"

这种不祥的开端令哈里发惊惶失措，他跟跟跄跄地朝瓶子走去，苏莱曼的叹息吓得他差点跌坐在地。就在这时，一个声音从先知乌青的双唇之间传来，说道：

"在我有生之年，我坐在辉煌的宝座上，右边是一万两千把金座椅，教长和先知们坐在那儿听我教诲；左边，是同等数量的银座椅，智者和神学家们坐在那儿听候我的差遣。当我如此这般为芸芸众生主持公道的时候，空中的鸟儿聚集到我的上方，为我搭起遮蔽阳光的华盖。我的领地人丁兴旺，我的宫殿高耸入云，我为真主建的庙宇堪称世界奇迹。可是我自甘堕落，沉迷于女色，且禁不住好奇。我听从了恶神阿里曼和法老女儿的建议，开始崇拜火和日月星辰。我摒弃了圣城，令精灵在伊斯塔卡修建瑰丽的宫殿和成排的瞭望塔，每一座瞭望塔都供奉一颗星星。那段时间，我纵情享受着无上的荣耀和快乐，不只凡人，连神灵都臣服于我的意志。于是我想——这也是我身边这些不幸的君主都曾有过的想法——我不必惧怕上天的惩罚。谁想雷电立刻把我的殿台楼阁劈成了碎片，把我扔到了这里。不过，和这里其他人一样，我并不是毫无希望的。有个光明使者说过，念及我年轻时候的虔诚，瀑布干涸之日即是我脱离苦海之时。在那之前，我得忍受痛苦，无法言喻的痛苦！无情的火焰一直在吞噬着我的心。"

说完，苏莱曼朝天举起双臂，祈求宽恕，哈里发透过他水晶般透明的胸膛目睹了他熊熊燃烧的心脏。看到如此惨烈的景象，瑙罗奈哈尔直挺挺地倒在了瓦塞克的怀里。瓦塞克禁不住猛烈地抽泣起来，哭喊道：

"异教徒啊！你带我们来的是什么地方？让我们走吧，什么我都不要了。哦，穆罕默德！您真的不再怜悯我们了吗？"

"别！别！"这个恶魔答道，"要知道，可怜的君主，你现在是在报应和绝望之所。你的心也将像易卜劣斯的其他信徒一样被点燃。在此之前，你们还有几天时间，想怎么过就怎么过吧。斜靠在成堆的金子上休息，对地狱里的魔鬼发号施令，在广袤的地宫里随意走动，怎么都行。至于我，我的使命已经完成了，现在你们自便吧。"说完他就不见了。

哈里发和瑙罗奈哈尔陷入了深深的绝望,痛苦得眼泪都流不出来了,人也站不稳了。最后,他们心灰意冷地拉起彼此的手,颤颤巍巍地出了这个要命的大厅,漫无目的地走着。所到之处,门都敞开来迎接他们,恶魔都朝他们跪拜,宝库悉数开启,一览无余,但他们再也感觉不到好奇、骄傲以及想占为己有的冲动了。耳闻精灵的合唱,面对款待他们的盛宴,两人还是一样的漠然。他们不停地从一个房间晃到另一个房间,从一个大厅晃到另一个大厅,从一个走廊晃到另一个走廊,所有地方都进出自如,所有地方都笼罩着同样一种阴森、压抑的气氛,所有地方都装饰得金碧辉煌,其间到处都是徒劳地寻求平静和安慰的人,每个人的心都在火里受尽煎熬。这些形形色色的受难者刻意地躲着他们,从神情看,好像在谴责他们的罪恶。于是两人退到一边,提心吊胆地等着自己也变得像他们一样令对方恐惧的那一刻。

　　“什么!”瑙罗奈哈尔大叫起来,“分手的时刻到了!”

　　“啊!”瓦塞克说,“我的眼睛永远都不能从你眼里找到快乐之源了。难道我们的缱绻时光就只能在恐惧中回味了?把我带到这儿来的,不是你。卡拉蒂丝从小就教我堕落,是她毁了我。”痛苦地发泄完之后,他招呼一个正在拨弄火盆的伊夫里特,令他将卡拉蒂丝太妃从萨迈拉城的王宫带到这儿来。

　　下达命令后,哈里发和瑙罗奈哈尔继续在沉默的人群里穿行,直到他们听到走廊深处传出了说话声。他们想到可能是些不幸的人,和自己一样在等待末日的来临,便循声而去,发现声音是从一个四四方方的小房间里传出来的。他们看到房间的沙发上坐着五个外表俊朗的小伙子和一个漂亮的姑娘,在幽暗的孤灯下伤感地说着话,个个神情沮丧而绝望,有两个正深情相拥着。看到哈里发和法克勒汀的女儿进来,他们起身致敬,给两人腾出了位置。然后,那六人中像是为首的那一个这样对瓦塞克说道：

"陌生的朋友，毫无疑问，你们现在和我们一样紧张，看你们还没把手放到心口，应该是在接受我们共同的惩罚之前来这儿度过那有限的几天时间吧。如果这样，可否讲讲你们来这之前的一些冒险经历？作为回报，我们也会把我们的经历告诉你们，那非常值得一听，就怕你们不想听。尽管在这儿我们不能忏悔，但我们会追溯我们罪恶的根源，这也是我们这样的可怜虫现在唯一能做的事情了。"

哈里发和瑙罗奈哈尔对这个提议表示赞同。伴着泪水和哀伤，瓦塞克将他的境遇原原本本地复述了一遍。在这痛苦的讲述之后，那个小伙子说起了自己的故事。每个人轮流进行，轮到第四个君主的时候，他刚讲到一半，突如其来的一声巨响打断了他，随之，穹顶震颤着打开了。

一朵云从天而降，等它慢慢消散之后，可以看到一个伊夫里特背着卡拉蒂丝来了，嘴里还在不停地诉苦。卡拉蒂丝一下跳到了地上，走到她儿子跟前，说道：

"你在这个小小的房间里面做什么？现在戴夫斯都听命于你了，我还以为能在史前君主的宝座上看到你呢。"

"可恶的女人！"瓦塞克答道，"从你生下我的那天起你就该被诅咒！去吧，跟这个伊夫里特走，让他带你去先知苏莱曼的大厅，到那儿你就会知道这些宫殿是用来做什么的了，而我是多么应该痛恨你教我的那些离经叛道的知识。"

"你肯定是让至高无上的权力冲昏了头了，"卡拉蒂丝回答，"我只想得到许可，向先知表达敬意。不过，你该知道这很正常，伊夫里特跟我说我们都不回萨迈拉城了，我就请求他给我些时间安排一下，他礼貌地答应了。我利用这一丁点儿的时间，放火烧了塔楼，把里面为我立下汗马功劳的哑巴、女黑奴和毒蛇也一起烧掉了。我本来也打算这样对付莫勒克纳不得的，可惜他最后投奔了你兄弟，我才不能如愿。至于傻到回萨迈拉城的巴巴巴洛克，和其他为你妻妾物色丈夫的男仆们，我肯定要好好折磨他们一番的，如果我有时间的话。可惜太匆忙了，我只能和你的妻妾设下圈套抓住巴巴巴洛克，把他吊死了。而你的妻妾，在女黑奴的帮助下，都活埋了，女黑奴们在生命的最后时刻也该满足了。说起我曾经非常喜欢的迪拉拉，她就在附近伺候一位麻葛，由此可见她崇高的思想，我想很快她就是我们的人了。"

瓦塞克心中着实沮丧，以至于听了这番言论以后，心中的愤恨无以言表。他命伊夫里特将卡拉蒂丝从他跟前带走，然后重新陷入沉思，吓得他的同伴大气都不敢出一声。

卡拉蒂丝急急忙忙地走进苏莱曼的大厅，丝毫不顾先知的呻吟，径直打开储藏罐的盖子，一把抓起法宝，然后，以这些房子里前所未有的大嗓门，命令戴夫斯给她打开伊夫里特本人都从未见过的最隐秘的宝藏和最久远的收藏。她通过只有易卜劣斯和他的亲信才知道的快速通道向下走去，由此进入桑萨风[①]抑或是冰冷的阴风轻拂的地宫内部。没有什么能吓退无畏的卡拉蒂丝，但是，她察觉到里面所有把手放在心口的人都有些许异样，这令她感到不快。当她从其中一个地洞出来的时候，易卜劣斯在她面前出现了。虽然他尽显地狱之王的威严，但她依然面不改色，甚至极为镇定地恭维了几句。

这个不可一世的君主这样回答她："太妃，你的学识和罪恶在我的王国里算是佼佼者了。好好利用剩下的闲暇时间吧，火焰即将吞噬你的心，折磨你的心，不会让你闲着了。"说完，他就消失在神龛的

---

①　伊朗的东北风。（译者）

帘子后面了。

卡拉蒂丝吃惊地顿了一会儿,但她决定听从易卜劣斯的建议。她召集了所有的精灵和戴夫斯前来拜谒。她就这样神气活现地在香雾中穿行,身边所有的恶魔都为她欢呼,其中大部分还是她的旧识。她甚至想废黜其中一个苏莱曼,篡夺他的王位,恰巧这时,一个声音从死亡之渊传来,宣告"一切都结束了",瞬间,这个无畏的太妃痛苦地皱起了高傲的眉头,她一声惨叫,将右手放到心口,再也没有缩回来。此时,她的心脏已燃起了永恒之火。

混混沌沌中,她忘了所有野心勃勃的图谋,和对凡人永不该知晓的秘密的渴求,她打翻了精灵的贡品,诅咒自己被孕育的那一刻和孕育了自己的子宫。突然一阵旋风席卷了她,她不见了,只有旋风还在那里不停地转、转、转。

几乎就在同时,同一声音向哈里发、瑙罗奈哈尔、那五位君主及那位公主也下达了这个可怕而不可逆转的命令。他们的心即刻燃烧起来,他们马上失去了上天赐予他们的最珍贵的礼物——希望。这些个悲惨的人神情恍惚、满脸愤怒地向后退缩,瓦塞克在瑙罗奈哈尔眼里看到的尽是狂怒和仇恨,而瑙罗奈哈尔从他眼里看到的也只有厌恶和绝望。有两个曾是好朋友的君主,在那一刻之前一直亲密无间,此时却互相躲闪,彼此咬牙切齿,仇深似海。卡里拉和他妹妹打手势互相咒骂,而另外两个君主不能自已地抽搐、惊叫,骇人至极,以此宣泄对彼此的恐惧。他们一个个加入被诅咒的人群,开始在永不停歇的苦海中游荡。

这就是,也应该是,对毫无节制的欲望和暴行的惩罚!这就是,也应该是,对盲目野心的惩罚。这种野心不仅超越了造物主指定的凡人可知的界限,而且,意在图谋神灵专享的事物并以此为豪,由此迷失了心窍,忽略了凡人生来就该是愚昧和卑微的宿命。

就这样,瓦塞克哈里发为了徒有虚名的荣华和不可染指的权力,犯下了数不清的罪行,玷污了自己的名誉,最后陷入永无止境的痛苦中,后悔不已。而卑微谦逊、受人藐视的久尔琴劳兹却享受着孩童般纯真的快乐,平静而安宁地度过了一生。